Das Buch

Der Krieg gegen das revolutionäre Frankreich läuft schlecht, und Lord Ramage, der dienstjüngste Captain der Navy, wird auf seiner Fregatte *Calypso* ins Seegebiet vor Jamaica abkommandiert. Ramage soll französische, spanische und holländische Kaperschiffe jagen und festsetzen. Ganz bewußt hat die Admiralität Ramage einen Auftrag erteilt, der eigentlich auf einen unerfahrenen Kommandanten zugeschnitten war. Kaperer zu jagen war zwar notwendig, aber es brachte keine Ehre und kaum Geld ein. Nur zwei Tage nachdem die *Calypso* Port Royal verlassen hat, stoßen Ramage und seine Besatzung auf ein kleines angeschlagenes Handelsschiff und müssen die Entdeckung machen, daß die gesamte Besatzung an Bord ermordet wurde. Die Jagd auf die Verantwortlichen gipfelt in einem furiosen Finale, das der mißgünstigen Admiralität in London wieder allen Grund gibt, sich über einen Ramage zu ärgern, der erneut Schlagzeilen macht.
Der neunte Band aus der beliebten marinehistorischen Serie um den jungen Seehelden Ramage und seine Männer.

Der Autor

Dudley Pope entstammt einer alten Waliser Familie und hat sich in England und Amerika als Marinehistoriker einen Namen gemacht. Sein Hauptinteresse gilt der Seekriegsgeschichte der Nelsonzeit, und seine Fachkenntnisse – er war selbst aktiver Hochseesegler und diente bei der Royal Navy – bilden die Grundlage seiner farbigen, faszinierenden Serie um Lord Ramage, die sich großer Beliebtheit beim Lesepublikum erfreut. Mit dem vorliegenden Titel, dem neunten Band der Ramage-Serie, werden die Seeabenteuer um Lord Ramage nach längerer Pause wieder fortgesetzt.

Die deutschsprachigen Taschenbuchausgaben der Ramage-Serie von Dudley Pope sind exklusiv bei Ullstein versammelt.

Dudley Pope

Ramage und die Rebellen

Roman

Aus dem Englischen
von Dieter Bromund

Ullstein

Besuchen Sie uns im Internet:
www.ullstein-taschenbuch.de

Umwelthinweis:
Dieses Buch wurde auf chlor- und säurefreiem Papier gedruckt.

Ullstein Verlag
Ullstein ist ein Verlag des Verlagshauses
Ullstein Heyne List GmbH & Co. KG
Deutsche Erstausgabe
2. Auflage Januar 2003
© für die deutsche Ausgabe by
Ullstein Heyne List GmbH & Co. KG
© 1978 by Dudley Pope
Titel der englischen Originalausgabe:
Ramage and the Rebels
Übersetzung: Dieter Bromund
Umschlaggestaltung: Hansbernd Lindemann, Grafikdesign, Berlin
Titelabbildung: »Die Schlacht bei Trafalgar«,
William Turner / Archiv für Kunst und Geschichte, Berlin
Druck und Bindearbeiten: Ebner & Spiegel, Ulm
Printed in Germany
ISBN 3-548-25652-X

Für Joy, Douglas
und Katie,
die die Inseln
auch so lieben

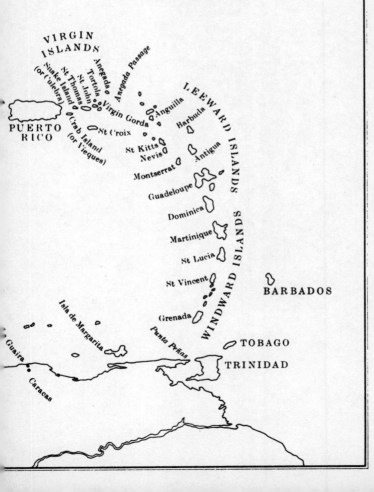

1

»Das hat mit Kriegsführung wenig zu tun, Sir!« sagte Ramage und legte soviel Ablehnung, wie er gerade noch wagen konnte, in seine Worte. »Das Ganze ist so etwas wie staatlich geförderte Wilddieberei. Ich habe nie verstanden, warum wir so was bei uns zulassen.«

»Es hat mit Kriegsführung wirklich nichts zu tun«, lautete die ärgerliche Antwort des Admirals. »Es handelt sich um kaltblütigen Mord, und mit diesen Befehlen hier« – er legte dabei seine Hand auf das versiegelte Päckchen auf dem polierten Tisch vor sich – »werden Sie den ganzen Spuk beenden. Die Kaperer sind nicht besser als Piraten. O ja, sie haben natürlich einen Kaperbrief aus Pergament, voll großer Siegel und höchst eigenhändig von diesem oder jenem König unterzeichnet oder von einer Königin. Dennoch bleibt es dabei: Die kapern Schiffe nur um der Beute willen.«

Wieder fiel seine Hand auf das Päckchen: »Hier drin steht's, und ich wiederhole es noch einmal, Ramage: Jeden Kaperer, den Sie auftreiben, ob nun Franzose, Spanier oder Holländer, werden wir vor ein Gericht der britischen Admiralität stellen, wenn er kein reguläres Patent zur Führung eines Schiffes vorweisen kann. Wir werden ihn wegen Piraterei anklagen, und er wird an einem Galgen vor den Palisaden aufgehängt werden. Suchen Sie also mit aller Sorgfalt. Und klären Sie jeden Kapitän auf, ehe Sie ihn von Bord befördern. Ich möchte nicht, daß hinterher einer sagt, er habe keine Zeit gehabt, seine Schiffspapiere einzusammeln. Das Patent, den Registerbrief, die Charterpapiere, die Musterrolle, das Log – eben alles. Und Zeugen – ich brauche Zeugen. Ich brauche den Steuermann des Piraten und wenigstens zwei Ihrer Offiziere. Alle Papiere, die Sie bekommen, stecken Sie in einen Beutel und versiegeln ihn. Und dann lassen Sie den Kaperkapitän mit seinem Namen neben Ihrem Siegel unterschreiben.«

»Ja, Sir«, antwortete Ramage geduldig.

»Ja, Sir, ja, Sir«, wiederholte der Admiral ärgerlich. »Es geht darum, daß Sie alles verstanden haben, Ramage. Wenn einer dieser verdammten Piraten seinen Kopf aus der Schlinge ziehen kann wegen eines Formfehlers, den Sie zu verantworten haben, dann stelle ich Sie selber vor Gericht – wegen Pflichtverletzung.«

»Ja, Sir«, sagte Ramage entschieden. Er sah die neueste Ausgabe der *London Gazette* unter einem Stapel Papiere auf dem Schreibtisch liegen. Der neue »Oberkommandierende Seiner Majestät Schiffe und Boote mit Dienstsitz Jamaica« wollte seinen jüngsten Kapitän nicht erfahren lassen, daß er gerade eine halbe Seite über ihn in der *Gazette* gelesen hatte. Darin wurde detailliert über Ramages Taten bei den Inseln unter dem Wind, fast tausend Meilen weiter östlich, zu Luv der Karibischen See, berichtet. Doch William Foxe-Foote, Vizeadmiral der Blauen Flotte, Parlamentsmitglied für Bristol, sagte man nach, einer der habgierigsten Flaggoffiziere der Marine zu sein. Die Bestechung von Wählern, denen er seinen Sitz verdankte, soll ihn – gerüchteweise – mehr als 75 000 Pfund gekostet haben. Und man sagte ihm auch nach – das rosa und schweißnasse Gesicht mit den winzigen Augen und der unförmigen Nase überzeugte Ramage sofort davon –, er habe den Ersten Lord der Admiralität so lange bedrängt, bis er ihm das Kommando in Jamaica übergeben hatte. In Jamaica konnte man schon immer das meiste Prisengeld erzielen. Foxe-Foote könnte also seine Schatzkiste, die die Wahl in Bristol geleert hatte, wieder füllen. 75 000 Pfund von einem Foote – jeder Zoll dieses Mannes in London wäre der Admiralität viel zu teuer geworden! Also war es das beste, ihm Jamaica zu geben.

»Warum grinsen Sie?« wollte der Admiral wissen.

»Ich dachte gerade an den Schock, den die Herren Kaperer bekommen werden, Sir«, sagte Ramage. Es machte ihm nichts aus, lächelnd einen Mann anzulügen, der ganz offensichtlich vor allem Politiker und dann erst Admiral war, beides jedoch nur, um seinem größten Ehrgeiz, und zwar reich zu werden, nachzugehen. Ramage erinnerte sich an eine Schmähschrift an die Adresse der Steuerzahler der Nation. Sie wurden darin glücklich gepriesen, daß es nur einen Foote im Old Palace Yard gab, eine Anspielung auf den Platz vor dem Parlamentsgebäude.

»Sie sind also zuversichtlich, daß Sie die Brüder ausräuchern können?«

Ramage war dankbar für die Gelegenheit, seinen einzigen Zweifel wiederholen zu können, einen, den Foxe-Foote natürlich am liebsten überhört hätte. »Die nordöstliche Küste von Südamerika, Sir, von Maracaibo bis Cartagena, Portebelo und dann bis an die Moskito-Küste. Da ist es sehr flach, und Dutzende von Buchten werden durch Korallenriffe geschützt.«

»Davor haben Sie wohl Angst, oder? Seien Sie nicht so furchtsam, mein Junge«, sagte der Admiral und gab sich keine Mühe, den Spott in seiner Stimme zu verbergen. »Sie haben einen guten Master an Bord, überlassen Sie ihm die Navigation. Und in der Abenddämmerung segeln Sie immer seewärts.«

Ramage wurde rot bei diesen beleidigenden und dummen Worten. »Ich meine Buchten, in die Mangroven hineinwachsen, Buchten, mit Sandbänken gesprenkelt, fast ganz durch Korallenriffe geschlossen, Sir. Da gibt's kaum ein paar Faden Wasser. Mein Schiff hat sechzehn Fuß Tiefgang. Das heißt, jeder Kaperer kann mir entkommen, indem er in solche Buchten schlüpft. Kaum ein Kaperschiff hat mehr als zehn Fuß Tiefgang.«

»Schicken Sie Ihre Boote zur Verfolgung hinterher. Ein Dutzend Seesoldaten, die das Schiff stürmen, ein Dutzend

Seeleute und einen Fähnrich, die es wieder raussegeln. Ich wünschte, ich wäre jünger. Das sind genau die Kampfbefehle, die ich immer gern bekam.«

»Natürlich, Sir!« sagte Ramage bewundernd und dachte dabei an die hundert Mann, die die meisten Kaperer als Besatzung hatten. Und er dachte an eine biographische Notiz in der aktuellen Ausgabe des *Naval Chronicle*. Darin war das wichtigste eine Bemerkung, daß Vizeadmiral Foxe-Foote, sei es durch Plan oder Kriegsglück, Flaggoffizier geworden war, ohne jemals an einem Kampf teilgenommen zu haben. Nie war einer tapferer als der, auf den nie geschossen worden war ...

Ramage nahm das Bündel mit den Befehlen, erinnerte sich aber noch an eine Bemerkung des Admirals, die der später vielleicht als Befehl verstanden haben wollte. »Nachts seewärts, Sir?«

Fragend hob der Admiral eine Augenbraue.

»Hier ist es üblich, sich bei Einbruch der Nacht in der Nähe der Küste zu halten, Sir«, fuhr Ramage vorsichtig fort. »Wenn die Kaperer ein Schiff Ihrer Majestät auf Lauer vermuten, suchen sie jede Gelegenheit, in der Dunkelheit die Küste entlang zu verschwinden, indem sie die Seebrise nutzen.«

»Sie haben Ihre Befehle!« antwortete der Admiral abrupt, »also führen Sie sie aus. Und lassen Sie die Kaperschiffe nicht in Flammen aufgehen, wenn Sie sie aufgebracht haben. Und schicken Sie die Kaperer zur Aburteilung hierher. Prisengeld für jeden, nicht wahr, Ramage? Warum also Geld verbrennen, es auf einem Riff stranden lassen oder es versenken? Hier auf Jamaica gibt es einen guten Markt für diese Schiffe. Gute Preise, sagen mir die offiziellen Schätzer. Meinen Sie, Sie werden da an der Küste Glück haben? Eine Prise pro Woche sollte es schon mindestens sein, oder?«

»Nein, Sir«, sagte Ramage leise. »Ich werde vielleicht eine pro Tag sehen, aber das wird dann auch alles sein.

Wenn ich selber ein Kaperschiff führen würde«, fügte er hinzu, »wäre ich sicher, daß mich keine Fregatte aufbringen würde. Und keins ihrer Boote würde mir nahe genug für einen Musketenschuß kommen.«

Admiral Foxe-Foote blickte entgeistert. Er erinnerte Ramage jetzt eher an einen erfolglosen Kurzwarenhändler als an einen Flaggoffizier. Die Haut über seinem langen, dünnen und knochigen Gesicht spannte und lockerte sich wie eine Fahne im Wind, die jedermann in der Umgebung mitteilte, wie es um ihn stand. »Keine Kaperschiffe aufbringen?« Er flüsterte fast, als könne er seinen Ohren nicht glauben. »Aber ... aber ich habe Ihnen gerade entsprechende schriftliche Befehle gegeben.«

Doch Foxe-Foote war sich seiner selbst überhaupt nicht sicher. Wenn er mit einer zufälligen Bemerkung jemandem zu nahe getreten war, hatte er gewöhnlich genügend Geistesgegenwart zu erkennen, was er falsch gemacht oder vergessen hatte. Jetzt sah er den jungen Kapitän aufstehen und die Befehle in seine Tasche stecken. Im nächsten Augenblick würde er sich verabschieden und um Hut und Degen bitten.

»So etwas Dämliches hätte ich von Ihnen nicht erwartet, Ramage!« Seine Stimme klang sorgenvoll und enttäuscht. »Bei einigen anderen Kommandanten, die ich mit diesem Posten in Jamaica übernommen habe, Männern, die es sich zu lange viel zu leicht machten, die fett und nachlässig wurden – ja, bei denen kann ich verstehen, daß nichts mehr sie begeistert, daß ihnen Kampfgeist fehlt. Verstehen kann ich das, es ihnen aber nicht nachsehen. Ihre saumselige Art, hier zu patrouillieren, hat dazu geführt, daß die Karibische See jetzt von feindlichen Kaperern überfließt. Ich hatte gehofft, Sie würden diesen anderen Kommandanten ein Beispiel geben. Aber jetzt ...« Traurig schüttelte er den Kopf, sah aus wie ein Bischof, der gerade entdeckt hatte, daß seine Frau sich mit einem Chorknaben abgab.

»Über die anderen Kommandanten kann ich nichts sagen, Sir«, antwortete Ramage leise, »ich bin ja gerade erst angekommen. Aber was mich selber angeht – ich kann mein Schiff mit seinen sechzehn Fuß Tiefgang nicht in zehn Fuß tiefes Wasser steuern, ohne auf Grund zu laufen. Und Sie haben mir gerade einen Leichter verweigert oder ein anderes Schiff mit geringem Tiefgang.«

Foxe-Foote hatte genug von einem Politiker an sich, um zu erkennen, wenn man die Seiten wechseln mußte. »Wenn Sie einen solchen Leichter bei sich hätten – sagen wir mal einen Schoner – würden Sie mir dann garantieren, diese Kaperer an der südamerikanischen Nordostküste auszurotten?«

»Nur ein Wichtigtuer könnte Ihnen so etwas garantieren«, sagte Ramage bestimmt. »Aber als Kaperer würde ich in unserem Kommen keineswegs ein gutes Vorzeichen sehen, Sir.«

»Der Schoner, der mit Ihnen von den Kleinen Antillen hierhergesegelt ist, wäre der geeignet? Die *Créole*?«

»Ja, Sir, sie wäre geradezu ideal.«

»Warum sind Sie so sicher? Sind Sie mit ihr gesegelt?«

»Ich habe sie aufgebracht, Sir«, sagte Ramage. »Mein ehemaliger Dritter Offizier ist jetzt ihr Kommandant.«

»Ach ja, natürlich!« sagte Foxe-Foote lahm. »Die Sache da am Diamond Rock. Sehr beeindruckend.«

»Darf ich annehmen, Sir, Sie werden sie meinem Kommando unterstellen?«

»Ja, ich denke schon. Aber Ihr jungen Leute glaubt immer, daß Fregatten, Schoner und Kutter auf den Bäumen wachsen. Ich werde die entsprechenden Befehle für den Kommandanten ausstellen lassen. Holen Sie ihn sich dann an Bord und instruieren Sie ihn. Spätestens morgen früh laufen Sie beide aus.«

Foxe-Foote sah, wie Ramage sich leicht verbeugte und das Zimmer verließ. Nichts an Ramages Verhalten konnte einen Flaggoffizier zu Beschwerden veranlassen. Er benahm sich absolut korrekt. Doch Foxe-Foote wurde das unangenehme Gefühl nicht los, daß dieser junge Kommandant einer Fregatte ihn verachtete. Offiziere aus adligen Häusern behandeln weniger Hochgeborene oft sehr herablassend. Ohne Zweifel kam kaum jemand aus einem bedeutenderen Adelsgeschlecht als dieser junge Ramage. Der Grafentitel seines Vaters war einer der ältesten des Landes. Wie auch immer, Admirale sollten sich in Gesprächen mit jüngeren Kapitänen nicht unterlegen fühlen . . .

Der Admiral griff nach der *Gazette*, schlug sie auf und begann den kleingedruckten Text zu lesen. In ihm fanden sich zwei Meldungen an die Admiralität, verfaßt von Ramage, die seine beiden letzten Unternehmungen beschrieben. Kein Zweifel, sie waren etwas ganz Besonderes, auch wenn der Bericht eher schnörkellos geschrieben war. Nach jeder der beiden Unternehmungen hätte er geadelt werden können. Doch darauf konnte er leicht verzichten, denn er trug schon einen der Titel seines Vaters.

Das Prisengeld dieser beiden Unternehmungen . . . Der Anteil des Admirals war an den Befehlshaber der Kleinen Antillen gegangen, den Starrkopf Henry Davis. Wenn doch Ramage bloß von Jamaica aus Segel gesetzt hätte . . . Tausende von Pfunden gingen so an Davis und Ramage. Man stelle sich solch eine Summe vor – und der junge Kerl benutzte noch nicht einmal seinen Titel. Er war Lord Ramage, und nach seines Vaters Tod würde er den Titel des Grafen von Blazey erben. Das wußten nur wenige Leute. Foxe-Foote griff zu Bleistift und Papier und schrieb: »Sir William Foxe-Foote« und fügte dann ein »Ritter« hinzu. Das strich er schnell wieder aus und setzte statt dessen »Baron« hinter seinen Namen. »Ritter« würde er wahrscheinlich sehr schnell werden – fast automatisch als Oberkommandierender in Jamaica. Aber »Baron« wurde man als Marineoffizier gewöhnlich nur nach einer gewonnenen Schlacht. Dieser junge Emporkömmling Horatio Nelson hatte seinen Titel nach der Schlacht von Kap St. Vincent bekommen. War dieser Bursche Ramage nicht auch dabeigewesen? Hatte er nicht ein Schiff, einen Kutter oder so etwas verloren, als er versuchte, einen spanischen Dreidekker an der Flucht zu hindern?

Foxe-Foote fluchte auf die Tropenhitze. Sie ließ seine Uniform an ihm kleben wie Teig an den Fingern eines Bäkkers. Er lächelte und schrieb dann »Lord Foote«. Beim Namenszusatz müßte er aufpassen. Er stammte unglücklicherweise aus einem Dorf mit einem lächerlichen Namen. Und man konnte einfach nicht »Baron Foote von Piddleditch in der Grafschaft Essex« sein. Doch er würde Baron werden, und wenn es seinen letzten Penny kostete – ein Vorteil, den man als Politiker hatte. In der Marine konnte man von Glück reden, wenn man am Ende eines Lebens Baron wurde. Baron wurde man jedoch nur nach einem überwältigenden Sieg und dann auch nur als Oberbefehlshaber. In beiden Fällen riskierte man, daß eine Kugel einem den Kopf abriß. Da war ein Titel in der Politik schon angenehmer zu bekommen. Natürlich könnte die eigene Partei auf dem Weg dahin die Macht verlieren, aber kluges Stimmverhalten und lautes Dafürsein würden einem den begehrten Titel sehr viel leichter bringen als ein Dutzend dieser gefährlichen Unternehmungen, bei denen man Leib und Leben riskierte.

Was war es eigentlich, der Titel, das Prisengeld, sein hübsches Gesicht, das diesen jungen Ramage so ... ja, was eigentlich? Es machte ihn nicht überheblich, denn er ahnte offensichtlich von dem Eindruck nichts, den er machte. War es seine deutliche Selbstsicherheit? Sein Selbstvertrauen? Es war schwer zu beschreiben. Mit Selbstvertrauen hatte dieser Eindruck sicher zu tun. Denn die Berichte in der *Gazette* zeigten, daß er angeborenen Mut besaß – unabhängig von seinem Ruf in der Britischen Marine. Dieses Selbstbewußtsein führte ihn in den Kampf und brachte ihn heil und gesund wieder heraus. Doch wie still und bescheiden hatte er da an der anderen Seite des Tischs gesessen, fiel Foxe-Foote plötzlich ein, und hatte seinen

Admiral so ausmanövriert, daß er genau das bekommen hatte, was er wollte.

Früh am Morgen, noch vor dem Eintreffen von Ramage, hatte Foxe-Foote beschlossen, sich von diesem jungen Mann nicht beeindrucken zu lassen, von dem man sagte, er würde noch vor seinem vierzigsten Lebensjahr entweder in einer ruhmreichen Schlacht untergehen oder der jüngste Admiral der Navy werden. Ganz bewußt hatte er ihm einen Auftrag gegeben, der eigentlich auf einen jungen unerfahrenen Kommandanten einer Fregatte zugeschnitten war, der seine Beförderung mehr dem Einfluß von oben statt eigener Erfahrung verdankte. Natürlich mußte man Kaperer jagen, aber es brachte keine Ehre ein, und trotz aller gegenteiligen Bemerkungen wußte Foxe-Foote, daß dabei niemand richtiges Prisengeld kassieren würde. Ein aufgebrachter Kaperer war soviel wert wie der Schiffsrumpf: er hatte keine Fracht, die normalerweise das Geld brachte. Seine wenigen eigenen Lieblinge, Kommandanten, die seine Gunst suchten, patrouillierten mit ihren Fregatten, wo es die fetten Prisen gab – schwerbeladene spanische Kauffahrer vor Cartagena und Havanna, vor San Juan in Puerto Rico und Santo Domingo, oder Franzosen auf dem Wege nach Guadeloupe. Nun ja, er hatte nicht um Ramage gebeten. Die Admiralität hatte ihn geschickt, um die Wuhling aufzuklarieren, die sein Vorgänger hinterlassen hatte.

Die einzige Aufgabe, die jetzt noch blieb, brachte weder Ehre, noch Geld oder gar Ruhm. Kaperer jagen, die unter allen möglichen Flaggen segelten und britische Kauffahrer aufbrachten! Und wohin segelten sie die? Zumeist offenbar nach Curaçao. Aus der kleinen holländischen Insel vor der Nordostküste Südamerikas mit ihrem geschützten Hafen war in letzter Zeit ganz offensichtlich ein Piratennest geworden. Das traf eigentlich auf drei Inseln zu – mit ihren Anfangsbuchstaben vom Beginn des Alphabets: Aruba, Bonaire und Curaçao. Großbritannien hatte in der Karibik keinen einzigen Verbündeten mehr. Jedes Schiff, das nicht unter britischer Flagge segelte, jede Insel unter fremder Flagge war feindlich. Spanien, Frankreich, die Niederlande – einzige Ausnahme war Dänemark mit seinen drei winzigen Inseln östlich von Puerto Rico.

Wie einen dieser junge Mann anstarren konnte! Nun ja, Trotz glänzte nicht in seinen Augen, aber irgend etwas in seinem Blick ließ den Admiral sich nicht wohl fühlen. Tiefliegende Augen über hohen Wangenknochen. Ramage bewegte lieber seinen ganzen Kopf als seine Augen. Wenn er einen ansah, meinte man immer, der ganze Mann habe sich einem zugewandt. Man fühlte sich wie vor dem Lauf einer Kanone.

Er erinnerte sehr an seinen Vater, den alten Admiral. Das gleiche, ziemlich schmale Gesicht, eine Hakennase und schwere Augenbrauen. Zwei Narben über der rechten Braue, eine recht frisch, noch rosa. Säbelwunden! Oder Erinnerungen an Stürze aus einem Lotterbett, an Kneipenabenteuer? Nein, Ramage trank nicht, Foxe-Foote war sich dessen sicher und dankbar. Kein leichtes Zittern der Hände, kein schwacher, ständiger Schweiß, kein unruhiger Blick, keine Begründungen für einen Drink. Ramage hatte trotz der Hitze des Tages einen Rumpunsch abgelehnt.

Foxe-Foote warf die *Gazette* auf den Haufen Papier. Nein, bisher war dieser Tag nicht gut gelaufen. Er war entschlossen gewesen, Ramage auf der Fregatte *Calypso* loszuschicken, um die Kaperer auszuräuchern, und hatte sich vorgenommen, weder einen Wunsch anzuhören noch ihn gar zu erfüllen. Er wollte nur auf die Befehle deuten und sagen, daß darin alles stehe. Und was war geschehen? Der junge Spund hatte ihm kühl gesagt, wie man Fregatten in der Karibik einsetzt, hatte sich praktisch geweigert, auch nur einen einzigen Kaperer aufzubringen, wenn man ihm keinen Schoner unterstellte und ...

Nun ja, das war's. Schlimm genug. Laß ihn nur einen einzigen Fehler machen, sagte sich Foxe-Foote. Junge Kapitäne sollten nicht zu oft in der *Gazette* erscheinen. Sie plusterten sich auf, meinten, alle jungen Damen müßten bei ihrem Anblick vergehen. Ihr Prisengeld legten sie in Staatspapieren an oder kauften sich große Landsitze – ach, es war alles verdammt ungerecht. Nicht jeder Flaggoffizier konnte sich im Kampf auszeichnen – aber Gott sei Dank wußte das auch der Erste Lord der Admiralität. »Schick mir ja die Prisengelder«, murmelte Foxe-Foote, »oder du kannst sofort um deine Entlassung bitten.« Die kleine eifersüchtige Stimme in seinem Hinterkopf unterdrückte er. Ramage war schließlich einer der jüngsten Kapitäne der Navy mit vollem Rang, während er, William Foxe-Foote, einer der dienstältesten Admirale der Blauen Flotte war. Mit Glück und ein paar Todesfällen unter den Admiralen über ihm würde er im nächsten Jahr Vizeadmiral der Weißen Flotte sein und ein paar Jahre später einer der Roten. Dann würde er im Unterhaus über genügend Einfluß verfügen, um den Titel zu erlangen, mit dem er sich einen Sitz im Oberhaus sichern würde. Man würde längst ehrfürchtig seinen Reden lauschen, ehe der junge Spund Earl of Blazey wurde und seinen eigenen Sitz einnahm . . .

Ramage erwiderte die Grüße, als er an Bord kletterte, glücklich über den Schatten des Sonnensegels. Er ging quer über das Achterdeck zu dem Niedergang, der zu seiner Kajüte führte. Er sah, wie der Master ihn beobachtete, ihm offensichtlich eine Meldung machen wollte, doch sich über die Laune seines Kommandanten nach dem Gespräch mit dem Oberbefehlshaber nicht sicher war. Ramage war sich klar darüber, daß er wahrscheinlich mißmutig aussah, doch daran war eher die Sonne schuld als William Foxe-Foote, Vizeadmiral der Blauen Flotte. Nur wenige Minuten vor dem Mittag stand die Sonne genau über ihnen. Das Licht brach sich in allen Wellen und schmerzte in seinen Augen. Es war so feucht an Bord, daß die Uniform an seiner Haut klebte. Seine Mütze schien fünfzehn Pfund zu wiegen und erheblich kleiner geworden zu sein. In der Hitze schmerzte sein Kopf, das Haar glänzte schweißnaß, die Füße schienen geschwollen und in Stiefel gepreßt, die ihm viel zu klein waren.

Nein, verärgert war er nicht. Er fühlte sich, abgesehen von der Hitze, ganz wohl. Foxey – so nannte man in der gesamten Navy, vom Kochsgehilfen bis zum Admiral, den Oberkommandierenden – hatte sich wie erwartet verhalten. Ramage war zufrieden, daß er die *Gazette* unter den Papieren entdeckt hatte. Sie also war der Schlüssel zu Foxe-Footes Verhalten: Er wollte sich auf gar keinen Fall durch einen jungen Kommandanten beeindrucken lassen, über den zwei Berichte in der *Gazette* erschienen waren. Wie auch immer – Foxey hatte ihm den Schoner gegeben und tat in diesem Augenblick sicherlich genau das, was er vor dem Verfassen von Befehlen längst hätte tun sollen: die Karten der Nordostküste Südamerikas studieren und mit seinem Stellvertreter alle Probleme diskutieren.

»Sie wollen mich sprechen, Southwick?« fragte er den Master.

»Ich nicht, Sir!« antwortete der Alte. »Der Zahlmeister möchte Sie sprechen. Er hat wohl Schulden gemacht und möchte mit Ihnen darüber reden.«

Ramage verzog das Gesicht. »Gut. Schicken Sie ihn in fünf Minuten zu mir nach unten. Und setzen Sie ein Signal für die *Créole*. Mr. Lacey soll an Bord kommen.«

Southwick wartete und hoffte auf einen Hinweis, wie es mit der *Calypso* weitergehen sollte. Doch die Hoffnung wurde enttäuscht – und das lag an seiner eigenen Gründlichkeit. Alle Wasserfässer der Fregatte waren gefüllt, alle Boote bis auf eins an Bord genommen und festgezurrt, alle Segel waren ausgebessert und auch das Vormarssegel, alt und verschlissen, war abgeschlagen und durch ein neues ersetzt worden. Die Fregatte könnte Fahrt aufnehmen, sobald das Boot an Bord und der Anker klargekommen war.

Ramage stieg die steilen Stufen des Niedergangs nach

unten, erwiderte den Gruß des Postens und zog den Kopf ein, als er seine Kajüte mit den niedrigen Decksbalken betrat. Er warf seinen Hut auf die Bank, legte seinen Säbel ab, ließ sich an seinem Tisch in den Sessel fallen und zog die schriftlichen Befehle des Admirals aus der Tasche.

Er erbrach das Siegel und strich mit schweißnasser Hand das Papier glatt. Die üblichen einleitenden Formeln und dann der eigentliche Befehl: Die Herren Händler auf Jamaica beschwerten sich. Schiffe, die zwischen Jamaica und den Inseln über dem Wind und unter dem Wind verkehrten – also von Antigua bis Barbados –, wurden immer häufiger von Kaperern angegriffen, die spanische, französische oder holländische Kaperbriefe führten. Die Kaperer nutzten offenbar die Holländischen Inseln in der Karibischen See als Handelsplätze für ihre Beute.

Doch die Fregatten der Royal Navy, die vor Kuba, Hispaniola, Puerto Rico und vor der Mona Passage patrouillierten, berichteten immer seltener von Kaperern. Diesen Berichten zufolge gab es keinen Zweifel: Die Kaperer hatten sich nach Süden zurückgezogen, vor die Nordostküste Südamerikas. Ramage sollte zwei Monate lang vor der Küste kreuzen, vor allem Curaçao im Blick behalten und »der Bedrohung ein Ende machen«.

Ramage seufzte. Er faltete das Papier wieder zusammen und legte es in die rechte obere Schublade seines Schreibtischs. Er schloß sie ab, als er sein Schlüsselbund gefunden hatte. Solche Befehle brauchte man nie wieder zu lesen. Die zynischeren Kommandanten unter seinen Kameraden nannten solche Befehle »Warme Luft vom Admiral«. Sie waren so geschrieben, daß die Herren der Admiralität in London den Verfasser selber niemals zur Rechenschaft ziehen konnten, sollte etwas schieflaufen.

Ramage wollte die Karten studieren, ehe Lacey von der *La Créole* an Bord kam. Aber da wollte ihn doch der Zahlmeister dringend sprechen. Dieser Rowlands war ein altes Klageweib. Als kaufmännischer Geschäftsführer der Fregatte war er wie ein gerissener Anwalt ständig dabei zu melden, was die Bilanz des Schiffes belasten könnte. Er hatte Schulden gemacht: davor hatte jeder Zahlmeister Angst. Als ob er nicht wüßte, daß jeder Geschäftsmann gelegentlich mal Verluste einstecken müßte!

Ramage dachte an Southwicks fragende Blicke am Niedergang und lächelte. Das wallende weiße Haar des Alten hatte wie ein Staubwedel unter seinem Hut hervorgeschaut. Das Signal an Lacey hatte ihn neugierig gemacht. Wie lauteten die Befehle für die *Calypso*? Ramage beschloß, ihn mit dieser Frage zunächst allein zu lassen. Er würde es gleichzeitig mit allen anderen Offizieren erfahren, sobald Lacey an Bord gekommen war.

Der Posten meldete den Zahlmeister, und Ramage rief ihn in seine Kajüte. Der Mann brachte keine Papiere mit – ein gutes Zeichen also. Er hatte ein grobes Gesicht, das an einen Dorfkrämer erinnerte, der in den Schuldturm geführt wurde, nachdem er sich von seinen besten Kunden verabschiedet hatte. Außerdem schaute er traurig und hatte Schatten unter den Augen. Rowlands sah immer so aus. Als Waliser war er der Auffassung, daß niemand ein richtiges Verhältnis zum Geld hatte. Für Rowlands war Geld kein Mittel, das Leben zu genießen. Ramage erkannte, um was es Rowlands ging: Geld zu sammeln war das Ziel seines Lebens, und als reicher Mann zu sterben, sein innerstes Anliegen.

Der Mann war nervös – ohne jeden Zweifel. Als er eintrat, duckte er seinen Kopf unter den Balken wie eine Taube vor dem Futter. Dabei war er höchstens einen Zoll größer als die Kajüte mit ihren fünf Fuß und vier Zoll Höhe. Er stand aufgeregt da und hatte sich sorgfältig eingekleidet, um seinen Kommandanten zu sprechen. Das war, fiel Ramage ein, bisher nie ein gutes Zeichen gewesen, sondern immer die Einleitung zu einer Menge von Problemen. Doch gab es Probleme ohne Papiere, ohne lange Listen, ohne riesige Aufstellungen, Übersichten und

Kontobücher? Irgendwas Persönliches? Das Eingeständnis einer Unterschlagung? Bigamie?

Ramage bedeutete Rowlands, auf der gepolsterten Bank Platz zu nehmen. Er drehte seinen eigenen Stuhl so, daß er dem Mann ins Gesicht schauen konnte. »Southwick meinte...«, begann er aufmunternd.

»Es ist das Wasser«, sprudelte es aus Rowlands, »ich weiß nicht, was ich damit machen soll.«

Sofort fielen Ramage die mehr als dreißig Tonnen Wasser ein, die sorgfältig unter Deck in Fässern gestaut waren. Sie sollten die Mannschaft der *Calypso* mehr als drei Monate versorgen. War das Wasser schlecht geworden, schmeckte es brackig? Jetzt, so kurz vor dem Ankerlichten, müßte man die Spundlöcher öffnen, das Wasser in die Bilge laufen lassen und dann nach außenbords pumpen. Dann würde die Schufterei beginnen – die leeren Fässer mit den Booten zum Passage Fort zu bugsieren. Sie müßten dort wieder gefüllt werden, an Bord gehievt und unter Deck wieder sorgfältig gestaut werden. Und über all das würde sich Admiral Foxe-Foote mokieren, wenn nicht gar noch schlimmer reagieren. Er würde das Ganze für eine List halten, um den Aufbruch zu verzögern.

»Es handelt sich nur um ein paar Fässer, Sir«, fuhr Rowlands eifrig fort. »Zwei Dutzend genau.«

»Haben wir das Wasser hier in Port Royal oder noch in Antigua übernommen?«

»Es war an Bord, als wir das Schiff eroberten, Sir. Ich nehme an, die Franzosen haben das Wasser noch in Frankreich übernommen. Ganz bestimmt. Wo sonst hätten sie Wasser fassen können?«

Wovon sprach der Mann bloß? »Gibt es Wasser nur in Frankreich, Rowlands? Oder ist dies Mineralquellwasser gut für die Leber?«

»Nein, Sir!« antwortete Rowlands bedrückt. »Es ist kein Mineralquellwasser. Ich wünschte, es wär's. Es ist auch kein einfaches Wasser. Nein, Sir, es ist Brandy, Sir, zwölf

Fässer: genau dreitausendundvierundzwanzig Gallonen Brandy, mit dem Weinmaß gemessen.«

Ramage war so erleichtert, daß er mit gespieltem Ernst fragte: »Ich nehme an, es ist ein guter Brandy, Rowlands. Die Franzosen haben uns hoffentlich keinen Rohbrand in die Fässer gefüllt. Oder ist er eher für Verbände geeignet als zum Trinken?«

»Ich weiß nicht genau, Sir!« sagte Rowlands wieder mißmutig, doch nicht mehr so bedrückt. »Wirklich, Sir, ich weiß es nicht. Denn ich bin ja kein Trinker.«

Rowlands hatte eine zweite unangenehme Angewohnheit. Er konnte harmlose Bemerkungen so aussprechen, daß sich der Zuhörende angegriffen fühlen mußte. Ein zufälliger Beobachter wäre nie darauf gekommen, daß Ramage noch nicht einmal drei Flaschen Wein im Jahr trank und von starkem Alkohol überhaupt nichts hielt. Aber der Zahlmeister verstand es wie kein anderer an Bord, Ramage zu ärgern. Er war selbstzufrieden, geldgierig, von sich überzeugt und egoistisch. Dennoch hatte Ramage nichts unternommen, um ihn zu ersetzen. Er war einigermaßen – wenn auch auf lästige Art und Weise – verläßlich und, obwohl Ramage sich in keine seiner Angelegenheiten mischte, wohl so ehrlich wie nötig.

Ramage hörte von Deck einen Ruf. Lacey näherte sich also. Er hatte jetzt andere Sachen zu bedenken als die zwölf Fässer Brandy im Schiff, die Rowlands anstelle von Wasser entdeckt hatte.

»Kopieren Sie alle Zeichen auf den Spunden und geben Sie Ihre Aufzeichnung dann Southwick, damit wir sie ins Logbuch übernehmen können.«

»Aber Sir«, protestierte Rowlands, »die Fässer sind oberhalb der Bilge senkrecht gestaut. Und manche Zeichen befinden sich auf den Unterseiten.«

»Das will ich auch hoffen, daß Brandyfässer senkrecht und oberhalb der Bilge gestaut sind«, brummte Ramage. »Stellen Sie sich mal den Besitzer vor, wenn der entdecken würde, daß Spunde sich gelöst und Fässer leckgesprungen sind, weil sie in schwerer See unter Deck gegen die Planken rollten, und so Brandy in der Bilge schwappt statt Milch und Honig.«

»Milch und Honig, Sir?« wiederholte Rowlands und wunderte sich ganz offensichtlich, wie Milch und Honig, die keinem Schiff je zugeteilt worden waren, in die Bilge gelangt sein konnten.

»Rowlands«, wiederholte Ramage mit Nachdruck, »notieren Sie die Zahlen und Zeichen für Southwick. Haben Sie alle anderen Wasserfässer geprüft? Die Mannschaft wird sicher glauben, Brandy sei ein guter Ersatz für Wasser, aber ich zweifle, ob der Schiffsarzt dem zustimmt. Und sagen Sie dem Leutnant der Seesoldaten, er soll einen Posten abstellen, der die Fässer bewacht, bis wir sie in unserer eigenen Last für Rum gestaut haben.«

Rowlands eilte aus der Kajüte, zufrieden mit dem Auftrag und glücklich darüber, daß die Verantwortung für die Fässer nun von ihm genommen war. Er hatte dem Kommandanten alles gemeldet, und jetzt trug der die Last der Verantwortung auf seinen Schultern – so wie der Mann, den er mal gedruckt gesehen hatte, die Welt auf seinen Schultern trug. Atlas hieß er, oder so ähnlich. Wahrscheinlich ein Grieche. Vielleicht der erste Mensch, der eine Landkarte veröffentlicht hatte.

Als Ramage nach oben ins Regal nach seinen Karten griff, fiel ihm ein, daß der Papierkrieg wegen der Brandyfässer gewaltiger sein würde als wegen der Eroberung der Fregatte. Also war es besser, die Sache mit den Fässern, die aus Frankreich stammten, zu Ende zu bringen, ehe er sich den Karten der südamerikanischen Nordostküste widmete.

Southwick trat nach Meldung durch den Posten so schnell ein, daß Ramage überzeugt war, der Master hatte nahe beim Niedergang gewartet.

»Ist Rowlands' Problem gelöst, Sir?« fragte er in einem

Tonfall, der für seine Verhältnisse schon wie ein Verhör klang.

»Es ist nicht Rowlands' Problem.« Ramage machte keinen Versuch, seinen Unmut zu verbergen. »Es ist meins, Ihres, das von Konteradmiral Davis und von all den Schwachköpfen in Antigua, die das Inventar registrierten, als wir das Schiff als Prise in den Hafen gesegelt hatten.«

»Was haben die denn übersehen?« fragte Southwick neugierig.

»Zwei Dutzend Fässer Brandy . . .«

»Zwei Dutzend. Sir, das sind dreitausend Gallonen. Wo sind die?«

»Die sind da unten bei den Wasserfässern«, antwortete Ramage mißmutig. »Und Sie sorgen jetzt dafür, daß sie in die Last für unseren eigenen Rum transportiert werden. Wir haben Glück gehabt, daß das Schiff bisher nicht in die Luft geflogen ist.«

»Diese verdammten Franzmänner – nur Schmuggler. Die müssen die Fässer doch nach Martinique reingeschmuggelt haben! Wetten, daß die dem Zoll nie was davon gesagt haben? Immer mal ein paar Gallonen an die Pflanzer verkaufen, die wahrscheinlich den eigenen Rum nicht mehr ausstehen können. Da fragt man sich, was die verdammte Revolution eigentlich wollte? Die Offiziere nehmen das Maul voll mit Freiheit, Gleichheit, Brüderlichkeit – oder was immer sie so brüllen. Aber zum Schmuggeln sind sie sich nicht zu schade, wenn sich die Gelegenheit ergibt!«

»Wir aber auch nicht, was den Zoll in Antigua und Port Royal angeht«, wies Ramage ihn zurecht.

Southwick schaute verblüfft auf. »O Gott ja . . . Offiziell haben wir den Brandy ja aus English Harbour und nach Port Royal geschmuggelt. Aber wem gehört er denn nun? Wer zahlt die Abgaben? Und«, fügte er nachdenklich hinzu, »wer kriegt sie?«

»Das wird man später sehen«, antwortete Ramage. »Wir

schmuggeln inzwischen weiter. Aber Rowlands gibt Ihnen die Zahlen auf den Fässern. Tragen Sie sie unter dem heutigen Datum im Logbuch ein, wie die Fässer gefunden wurden, daß sie voll sind und so weiter. Notieren Sie auch, daß wir sie in die Rumlast umgestaut haben. Ich habe inzwischen Rennick veranlaßt, einen Posten aufziehen zu lassen. Wir haben Glück, daß keiner von der Mannschaft die Fässer entdeckt hat. Ich kann mir lebhaft vorstellen, wie eines Morgens alle Mann betrunken zwischen den Fässern geschnarcht hätten.«

»Diese Idioten auf der Werft in English Harbour«, brummte Southwick. »Die haben Tage für die ganze Inventur gebraucht. Die Wasserfässer haben die nur mal schnell gezählt. Und angenommen, da ist auch Wasser drin. Aber jeder hätte auf drei Meter Entfernung den Brandy riechen können. Allein schon die Verdunstung!«

»Sprechen Sie nicht darüber«, sagte Ramage. »Wenn da unten jemand mit offenem Licht herumgelaufen wäre, um die Wasserfässer zu inspizieren, hätte die Flamme den Alkoholdunst entzündet und das ganze Schiff wäre in die Luft geflogen.«

»Wenn ich an den ganzen Papierkrieg denke, den die Fässer auslösen werden, wäre das nicht mal das schlimmste gewesen«, sagte Southwick bitter. »Es geht ja alles von neuem los. Die Inventarisierung und die Bewertung der Prise. Das hat wieder mit der Gesamtbewertung zu tun und das schließlich mit dem Prisengeld. Also auch mit unseren Anteilen – unser aller Anteilen. Von Admiral Davis bis zum Kochsmaat. Es kann Jahre dauern, bis wir Geld sehen. Sie wissen, wieviel Zeit sich die lassen, die die Ladung von Prisen kaufen. Die nutzen jede Entschuldigung, die Zahlung zu verzögern und die Zinsen einzustreichen.«

»Warten wir's ab«, sagte Ramage. »Niemand kann erwarten, daß wir Admiral Foxe-Foote mit der Sache behelligen. Er will schließlich, daß wir so schnell wie möglich

Segel setzen. Vor drei Monaten sind wir nicht zurück. Und wer weiß, was bis dahin alles passieren kann.«

»Drei Monate, Sir?« fragte Southwick neugierig. »Wo geht es hin? Lassen Sie mich raten. Golf von Mexiko? Kuba? Die Moskito-Küste? Doch ganz bestimmt nicht zurück nach Antigua, Sir?«

»Warten wir auf Lacey. Das müßte er sein, nicht wahr? Lassen Sie die anderen Offiziere kommen – auch Rennick. Er sollte wissen, was wir vorhaben, damit die Seesoldaten eingreifen können, wenn es nötig ist.«

Lacey war verblüfft, als er die Kajüte betrat. Das letzte Mal war er der Dritte Offizier der *Calypso* gewesen, also der rangniedrigste Offizier an Bord. Die Fregatte war gerade von der Royal Navy in Dienst gestellt worden, als die *Juno*, Ramages früheres Schiff, sie erobert hatte. Und verblüfft fiel ihm ein, daß er auch auf der *Juno* Dritter Offizier gewesen war.

Jetzt war er fünfundzwanzig Jahre alt. Und man sah ihm an, daß er seine Heimat in Somerset, im Schatten der Quantocks, schon lange nicht mehr gesehen hatte, schon ganze vier Jahre nicht mehr, seit er Leutnant geworden war. In den vier Jahren war er vor allem durch Ramages Fürsprache vom rangjüngsten Offizier der *Juno* zum rangjüngsten Offizier der *Calypso* befördert worden, und nach der letzten wilden Reise sogar zum Kommandanten des Schoners *La Créole*.

Sein eigenes Kommando. Eine magische Formel. Sie stieg einem zu Kopf wie ein steifer Grog. Natürlich war er immer noch Leutnant. Alle Befehle waren an Leutnant William Lacey gerichtet. Doch an Bord der *La Créole* war er »Der Kapitän«, hatte zwei Leutnants unter sich, einen Mastergehilfen statt eines Masters und einen Unteroffizier der Seesoldaten.

La Créole war die reinste Hexe. Die Franzosen konnten schon schnelle Schiffe bauen, und es war richtig, daß er ein

Schiff kommandierte, das er selber aufgebracht hatte. Er war Admiral Davis dankbar, daß er dem Schiff seinen französischen Namen gelassen hatte, statt sie in *Diamond* umzutaufen, nach dem Diamond Rock in der Nähe Martiniques, wo sie erobert worden war. Das hatte man wohl ursprünglich vorgesehen.

La Créole klang gut. Die meisten kreolischen Frauen, die er bisher getroffen hatte, waren außerordentlich schön gewesen. Glatt und schlank wie der Schoner, mit straffen Brüsten unter leuchtenden Kleidern. »Ihr Schiff?« – »Ja, ich kommandiere die *Créole*, den schwarzen Schoner da drüben.« – »Waren Sie beim Überfall am Diamond Rock dabei, als damals auch die *Jocasta* erobert wurde?« Er gab – mit Bescheidenheit, die ihm gut stand – gern zu, daß er dabeigewesen war.

In diesem Augenblick sah er auf und entdeckte, daß Ramage ihn beobachtete. Er wurde rot, weil er glaubte, daß Ramage ihn mit seinen tiefliegenden Augen durchbohrte und seine Gedanken bloßlegte, seine Ängste – aber auch seine Hoffnungen.

Als Ramage ihn fragte, ob an Bord der *La Créole* alles gut liefe, war er dankbar, daß er keine Probleme zu melden hatte.

»Wie groß ist Ihre Mannschaft?«

»Einundfünfzig, Sir, zehn Seesoldaten und ein Unteroffizier.«

»Und Sie haben zehn Sechspfünder?«

»Und dazu die beiden Zwölfpfünder-Karronaden, die sie in Antigua eingebaut haben.«

»Sie segelt gut?«

»Wie eine Hexe, Sir. Sauberer Rumpf, ganz mit Kupferblech beschlagen – genau das richtige Schiff für Kaperer!«

»Was sie ja auch war, bis wir sie eroberten!«

»War sie das wirklich, Sir?« Lacey war überrascht. »Ich dachte, sie gehörte zur französischen Kriegsmarine.«

»Nein, sie war ein Kaperschiff, Heimathafen Port Royal.

Aber die französische Marine übernahm sie und ein Schwesterschiff einen Tag, bevor sie uns angriffen.«

Lacey würde die Nacht nie vergessen, in der die beiden Schoner in der Dunkelheit die Fregatte angriffen und versuchten, sie zu entern. Aber – nun ja, das war zwar erst ein paar Wochen her, doch es schien wie aus einem ganz anderen Leben: Der aufgeregte junge Leutnant, der sich sehr anstrengen mußte, bei all dem Feuern aus Musketen und Pistolen, dem Brüllen und Rufen und dem Klirren der Entermesser einen kühlen Kopf zu behalten. Dazu das Schreien der Verwundeten – das alles hatte ihn befremdet. Der aufgeregte junge Leutnant kommandierte jetzt sein eigenes Schiff, einen der beiden angreifenden Schoner, und er zeigte keine Furcht mehr – jedenfalls nicht mehr beim Segeln. Er war auch nicht davongelaufen, als es unter Ramages Kommando mehrere Male in den Kampf ging, vielleicht hatte er ja etwas von ihm gelernt. Aber in einer tobenden Schlacht einen klaren Kopf zu behalten und keine Furcht zu zeigen – das machte Mr. Ramage einzigartig.

Plötzlich fühlte sich Lacey sehr wohl, weil er ahnte, weswegen er an Bord der *Calypso* gerufen worden war. Der Admiral hatte Befehle für die Fregatte, und *La Créole* würde sie begleiten... Vielleicht hatte Mr. Ramage ihn sogar angefordert.

»Sie sind also bestens ausgerüstet?«

»Ja, Sir. Admiral Davis war sehr freundlich in English Harbour. Er gab mir eine vollständige Besatzung und die Seesoldaten – und auf der Krankenliste steht kein einziger.«

»Und Ihre Offiziere?«

»Es sind zwei sehr gute Leutnants, Sir. Jung, aber gut. Auf den Mastersgehilfen kann ich mich verlassen – wie auf einen jüngeren Bruder von Southwick. Und der Unteroffizier der Seesoldaten ist einer der besten. Ich würde keinen einzigen Mann hergeben, Sir.«

»Sie haben Glück«, antwortete Ramage nüchtern und dachte zurück an Schiffe, die er schon kommandiert hatte. »Ein Kommandant ist immer nur so gut wie die Mannschaft. Wenn Sie einmal in Erwägung ziehen sollten, einen Mann auszuwechseln, beherzigen Sie das. Ein fauler Apfel, Sie wissen . . . Schicken Sie ihn im Zweifel von Bord.«

Lacey schätzte, Ramage wartete auf irgend etwas. Und nach ein paar Minuten oberflächlicher Unterhaltung hörte er, daß ein paar Männer den Niedergang herunterstiegen. Und dann bellte der Posten heiser: »Die Herren Offiziere, Sir!«

Und dann waren sie plötzlich alle da. Aitken, der Erste Offizier, Wagstaffe, der Zweite, Baker, der Dritte und der junge kleine rothaarige Peter Kenton, der seinen Platz als Vierter Offizier eingenommen hatte. Dazu Southwick. Sein weißes Haar hing locker. Er sah viel jünger aus, als er wirklich war. Seine Haut war straff. Es schien, als habe der ewige Salzwind und die Gischt der Haut keine Chance gelassen, Falten zu bekommen. Dazu Rennick, der aussah, als hätte man ihn mit einem Schuhanzieher in seine Uniform gezwängt. Immer noch rotgesichtig und immer noch so fröhlich dreinblickend wie ein Ausrufer auf einem Jahrmarkt.

So etwas fehlte ihm, wenn er in der Kajüte der *La Créole* saß. Sie war kaum größer als seine alte Kabine auf der *Juno*. In der hatte er sich mit den anderen Offizieren unterhalten können, ohne die Tür zu öffnen. Auf der *La Créole* war er einsam. Die Offiziere und Unteroffiziere aßen in der Messe. Seine eigenen Mahlzeiten wurden ihm in der Kajüte aufgetragen. An Deck hielten sich die Offiziere an Lee. Ihm als Kommandierenden stand als Privileg die Luvseite zu. Aber er konnte sich mit niemandem an Bord nur einfach so unterhalten. Weil er der Kommandant war, sprach niemand mit ihm, ohne vorher von ihm angesprochen worden zu sein.

Das spürte er auch jetzt wieder. Aitken, der Meilen über

ihm auf der Liste der Leutnants stand, lächelte freundlich. Doch das Lächeln des Schotten hatte etwas Unnahbares an sich. Gleiches bei Wagstaffe und Baker. Nur der junge Kenton sah ihn mit so etwas wie staunender Bewunderung an. Er spürte all das und verstand: Das waren die Offiziere der *Calypso*. Und Aitken würde sicher bald sein eigenes Kommando bekommen. Doch im Augenblick kommandierte keiner ein Schiff – außer ihm. Auf seinem Schoner nannte man ihn Kapitän. Natürlich hatte er noch nicht den Rang eines vollen Kapitäns wie Mr. Ramage, der ein Schiff der fünften Klasse oder ein noch größeres kommandieren konnte. Er war nur Leutnant, aber selbst die Leutnants anderer Schiffe würden von ihm als Kapitän der *La Créole* sprechen, seiner Aufgabe entsprechend und nicht nach der Liste der Royal Navy, auf der er den Rang eines Kapitäns noch lange nicht erreichen würde.

»Der Kapitän!« Die beiden Worte trennten ihn wie dikkes Glas von Männern, die seine Freunde gewesen waren. So mußte es auch sein. Die Disziplin an Bord verlangte es, verlangte solche Distanz. Ein Kommandant, der freundschaftlich mit seinen Offizieren oder gar mit der Mannschaft umging, war ausnahmslos ein schlechter Offizier, obwohl man ihn als angenehmen Menschen schätzte. Mr. Ramage bemühte sich nie, populär zu werden. Er benahm sich mal sauertöpfisch, mal witzig, schwieg manchmal, redete manchmal – doch immer gab er das Tempo an. Er bestimmte das Klima. Das Achterdeck konnte an einem heißen Tag ein verdammt kühler Ort sein, wenn Ramage sauer war. Solche Tage gab es nicht oft, aber er konnte sich an einige erinnern. Dabei wußte er, daß er auf der *La Créole* auch solche mürrischen Tage hatte. Dann war es auf dem Achterdeck der *La Créole* auch so kühl. Und dabei fiel ihm ein, daß es solche Tage zu häufig gab. Doch schließlich suchte er noch seinen eigenen Weg, war zornig über eigene Fehler wie über die anderer. Ganz besonders dann, wenn er den anderen eine selbständige Aufgabe überlassen und sich dabei vorgenommen hatte, nicht zu murren und nicht einzugreifen. Und dann doch hatte eingreifen müssen. Nur wenige Offiziere und Unteroffiziere hatten genügend Vertrauen in ihr eigenes Können. Sein eigener Maßstab wurde strenger, je mehr er als Kommandant lernte.

Ramage winkte, und man setzte sich oder stand, wo man mochte. Southwick nahm seinen Stammplatz ein, den einzigen Sessel. Rennick stand mit gebeugtem Kopf an der Tür, die Decke war zu niedrig für ihn. Doch es sah eher aus, als sei seine Uniform zu eng zum Sitzen. Kenton, der zum ersten Mal an einer solchen Besprechung teilnahm, wirkte verloren, bis Ramage auf einen Stuhl wies.

Kenton war fünf Fuß und vier Zoll groß und berührte gerade die Decksbalken. Während Aitken gleichzeitig farblos und leicht gebräunt aussah, pellte sich Kentons rosa Haut mit ihren vielen Sommersprossen. Kenton liebte die Tropen, doch die Sonne versengte ihn, den Rothaarigen, mitleidslos. Kenton, Sohn eines Kapitäns auf Halbsold, war gerade einundzwanzig Jahre alt und hatte sein Leutnantsexamen genau drei Monate nach seinem zwanzigsten Geburtstag bestanden, dem frühesten Termin, zu dem man befördert werden konnte.

Southwick, der schon Jahre unter Ramage gedient hatte und alt genug war, um als Vater jedes einzelnen in der Kajüte durchzugehen, machte sich ein paar angenehme Gedanken: »Der Golf von Mexiko – Patrouillen vor Veracruz, spanische Schiffe mit Schätzen an Bord ...«

»Natürlich«, sagte Ramage, »Sie können sechs Männer haben und die Jolle und in der Abenddämmerung beginnen.«

Die anderen Männer grinsten. Sie kannten Southwicks Blutdurst. Sein rundes freundliches Gesicht mit dem weißen Haar ließ ihn aussehen wie einen wohlwollenden Bischof oder einen leutseligen Dorfschlachter. Ein Mann Anfang Sechzig, der alten Damen Vertrauen einflößen und in seinem Sessel sitzen könnte, einen Lieblingsenkel auf jedem Knie. Wie der ernste Aitken einmal zugab, war das sein erster Eindruck von Southwick gewesen, der auch bis zu dem Augenblick gegolten hatte, als sie zum ersten Mal gemeinsam kämpften. Der Alte verwandelte sich in einen furchtbaren Kämpfer, schwang wie ein Berserker aus einer Wikinger-Legende einen zweihändigen Säbel von unglaublicher Größe. Da taufte Aitken ihn um in den »Wohlwollenden Schlachter«.

»Der Admiral hätte uns nach Veracruz schicken können«, sagte Ramage, »aber er dachte ohne Zweifel, wir hätten in der letzten Zeit so viele Prisengelder gemacht, daß wir an anderer Stelle sinnvoller eingesetzt wären.«

Die Offiziere lächelten. Ihnen war klar, daß Ramage sie hinhielt.

»Für die *Calypso* hat er uns eine interessante Aufgabe gegeben – eine angenehme Reise. Lacey und *La Créole* machen die ganze Arbeit und ernten allen Ruhm.«

Alle sahen Lacey an, die meisten ziemlich neidisch. Es war wie bei einer Testamentseröffnung: Man fragte sich, warum ausgerechnet gerade der jüngste Cousin all die Zuckerstückchen bekommen hatte.

Southwick gab einen seiner berühmten Schnüffler von sich, der seine Mißbilligung ausdrückte. Dieses Schnüffeln hatte Ramage schon hundertmal gehört – immer dann, wenn dem alten Master irgend etwas an Ramages Plänen nicht gefiel. Da gab es ganz unterschiedliche Grade von Schnüfflern: Laut und kurz bedeutete, Southwick würde es anders angehen, aber daß es im Ansatz nicht ganz falsch war. Wenn er etwas für falsch hielt, zog er laut und anhaltend die Luft durch die Nase ein. Dann folgte meist ein langgedehntes »Ja nun, Sir . . .«. Nach diesen Spielregeln würde Ramage dann fragend die Augenbrauen heben, Southwick würde das als Aufforderung zum Reden deuten und seine Meinung kundtun.

Aitken brauchte einige Zeit, bis er erkannte, daß dieser

Code sich zwischen dem Kommandanten und dem Master über eine lange Zeit hin entwickelt hatte. Sie waren zusammen, seit Mr. Ramage sein erstes Kommando als junger Leutnant angetreten hatte. Die beiden waren dann mehr als ein dutzendmal in Gefechte gesegelt, hatten in einem Hurrikan alle Masten verloren, hatten ihr Schiff auf einem Riff aufgeben müssen, waren auf einer öden Insel ausgesetzt worden, hatten einen vergrabenen Schatz gefunden ... Ein Fremder brauchte lange, um dieses Schnüffeln zu verstehen. Und auf einmal war Aitken klar, daß Southwick gerade deutlich seine Meinung gesagt hatte.

Aitken glaubte, Ramage würde sie überhören, weil Southwicks Urteil kaum auf Fakten beruhte. Die Tatsache, daß die *La Créole* eine Aufgabe übernahm und Ruhm ernten konnte, bedeutete immerhin, daß die *Calypso* sie nicht ausführen konnte. Soviel war Aitken klar, und er wartete zufrieden und geduldig.

»In Antigua haben Sie alle von zunehmenden Überfällen durch Kaperer gehört und daß sie mehr und mehr Schiffe aufbringen, die nach Jamaica segeln oder von Jamaica kommen«, sagte Ramage. »Es ist schlimmer, als wir annahmen. Die Fregatten, die vor den Küsten von Puerto Rico, Hispaniola und Kuba kreuzen, melden immer weniger französische, spanische und holländische Kaperer vor den großen Häfen.«

Southwick fuhr sich mit der Hand durchs Haar und brummte: »Die müssen eben besseren Ausguck halten!«

»Oder woanders suchen«, antwortete Ramage ruhig. Jetzt sahen alle auf. Ihnen war klar, daß diese paar Worte nicht zufällig hingeworfen waren, sondern einen Hinweis bedeuteten.

»Die Nordostküste Südamerikas«, spekulierte Southwick. »Flaches Wasser, Dutzende von ähnlich aussehenden Buchten mit Mangrovensümpfen als Ufer – und natürlich Schwärme von Moskitos. Maracaibo, der Golf von Venezuela, Riohacha, Santa Marta, Baranquilla und weiter bis Portobelo. Die meisten viel zu flach für uns, aber nicht für Kaperer oder die *Créole* ...«

Ramage nickte und wandte sich Rennick zu. »Wir werden viel von den Booten aus operieren und dabei die *Créole* unterstützen. Ich möchte, daß Ihre Männer in die Boote und aus den Booten klettern, als wären sie unter den Duchten geboren. Und Ihre Männer, Lacey: Wenn ein Kaperer in Wasser entkommt, das zu flach ist für die *Créole*, dann schicken Sie ihm Boote nach, und unsere werden Ihnen folgen, wenn irgend möglich. Ich möchte, daß Sie Ihre Männer drillen, wie man Boote blitzschnell zu Wasser bringt, wie man mit umwickelten Riemen lautlos rudert, wie man im Dunkeln einen Kompaß benutzt, wie man eine Kanone in einem Beiboot bedient, wie man Pistolen im Gürtel trägt, ohne daß sie sich zufällig entladen. Und erwarten Sie ja nicht, all das nur bei ruhigem Wetter zu tun. Sie wissen, der Passat bläst wie ein halber Sturm aus heiterem Himmel bei ruppiger See.«

»An welchem Ende der Küste beginnen wir, Sir?« fragte Aitken.

Eine gute Frage, denn die Küste lief von Ost nach West, und der Passat blies stetig von Ost nach West. Im Osten zu beginnen, hieß also für die *Calypso* und die *La Créole* in Luv zu starten, sozusagen bergab zu segeln und die Kaperer nach Lee vor sich her zu treiben, genau wie Wölfe die Schafe hügelabwärts über eine Weide jagen – vorausgesetzt, die Fliehenden bogen nicht plötzlich in den Schutz der flachen Buchten ab.

»Wir beginnen weit in Luv von Maracaibo«, sagte Ramage, »bei den holländischen Inseln, und zwar deshalb, weil der Admiral erfahren hat, daß die Kaperer Curaçao als Basis benutzen.«

»Könnte sein, könnte wirklich sein«, murmelte Southwick vor sich hin. »Die Inselhauptstadt Amsterdam ist ein sicherer Ankerplatz. Die schmale Einfahrt ist leicht zu verteidigen. Es gibt genügend Lagerhäuser für die Beute. Die

Insel liegt gut, um unseren Schiffen aufzulauern. Ein guter Markt für Prisen und Beute; die verdammten Holländer sind gute Kaufleute und reich dazu. Die Franzosen auf Guadeloupe, Martinique und Hispaniola, die Spanier an der Festlandsküste nur ein paar Meilen entfernt, und dann Puerto Rico und Hispaniola im Norden. Na ja, aber dann vor allem die Holländer.«

Leise meldete sich Wagstaffe: »Es hat noch einen Vorteil für uns. Jamaica liegt in Lee. Unsere Prisenmannschaften werden also vor einer Backstagsbrise nach Port Royal segeln können.«

Wieder einmal schnüffelte Southwick, und Ramage ahnte, was kommen würde: »Und keine Prisenmannschaft werden wir jemals wiedersehen. Kein Schiff von Port Royal wird je nach Curaçao segeln. Die werden unsere Männer einfach in ihre Schiffe pressen. Und uns bleiben dann ganze fünfzig Leute, nachdem wir in Port Royal der Royal Navy zweihundert guttrainierte Männer zur Verfügung gestellt haben . . .«

Das Problem hatte Ramage bereits bedacht. Es würde erst entstehen, wenn sie tatsächlich eine Prise aufgebracht hatten. Bei soviel Sandbänken, Buchten und Korallenriffen vor der Küste wollte er sich darüber den Kopf noch nicht zerbrechen.

Er rollte die Karte auf seinem Schreibtisch aus und beschwerte sie, damit sie nicht wieder zusammenschnurrte. »Treten Sie näher, meine Herren«, lud er ein, »ich möchte gern, daß Sie Ihre Erinnerungen an diese Küste auffrischen. Mein Befehl lautet, die Kaperer loszuwerden. Wie wir ihn ausführen, hängt ab von dem, was wir zwischen den Inseln vorfinden.«

Er drückte einen Finger auf die untere Kartenhälfte. »Hier liegt Curaçao, in der Mitte der drei Inseln dicht unter der Festlandsküste. Da liegt Bonaire östlich und Aruba westlich. Aber nur auf Curaçao kommt es an. Es sieht aus, als ob Curaçao im Zentrum einer Uhr liegt. St. Lucia und

Martinique liegen auf drei Uhr, Guadeloupe, Antigua, St. Barts und St. Kitts auf ein Uhr, Puerto Rico und Hispaniola genau auf zwölf und Jamaica hier oben im Nordwesten auf zehn Uhr. Das Festland liegt im Süden. Die britischen Handelsschiffe, die zwischen Jamaica im Westen und den Inseln über und unter dem Winde im Osten segeln, queren alle Linien, die von Curaçao ausgehen ...«

Er nahm einen Kartenzirkel aus der Halterung und öffnete ihn so weit, daß er damit sieben Breitengrade oder vierhundertzwanzig Meilen abtragen konnte. Eine Spitze setzte er genau auf Curaçao und drehte den Zirkel dann langsam, bis die zweite Spitze auf Grenada ruhte, der Insel am südlichen Ende der Kette. »Sehen Sie, nur vierhundertzwanzig Meilen bis Grenada und zu den anderen Inseln, Martinique, Antigua, Nevis, St. Kitts. Keine ist weiter als fünfhundert Meilen entfernt, da sie alle auf einer gekrümmten Linie liegen. Puerto Rico, fast ganz Hispaniola – alles innerhalb des Vierhundertzwanzig-Meilen-Radius'.«

Es klackte, als er den Zirkel zusammenklappte. »Unsere Handelsschiffe passieren Curaçao nördlich in einer Distanz von nicht mehr als vierhundert Meilen, ob sie nun allein oder im Konvoi nach Westen oder nach Osten segeln. Vierhundert Meilen – das sind nicht mehr als drei Segeltage selbst für den lahmsten Segler. Setze am Sonntag morgen Segel, bringe am Mittwoch ein Schiff auf und entlade die Beute am Samstag abend auf Curaçao. Eine Prise pro Woche, wobei es keinen Grund für einen Kaperer gibt, nicht auch mal drei Prisen am Tag zu kapern. Hundert Mann als Mannschaft, die unsere Handelsschiffe überfallen und sie als Prisen übernehmen. Und alle sind an der Beute beteiligt.«

»In der Tat«, brummte Southwick, »und dabei verdienen sie mehr als der Oberbefehlshaber.«

»Aber auch mit mehr Risiko«, sagte Wagstaffe und sah bedauernd, wie Ramage die Gewichte von der Karte nahm.

»Lacey, Sie haben diese Karte auch? Gehen Sie am besten mal mit Southwick durch unser Stellkarten, damit Sie kopieren können, was Ihnen fehlt. Haben Sie auch Kopien von dem französischen Signalhandbuch? Das, was wir in Martinique übernommen haben, meine ich.«

»Nein, davon habe ich keine Kopie, Sir!«

Ramage wandte sich an Kenton. »Helfen Sie Lacey, Kopien zu machen. Behandeln Sie das Buch wie unser eigenes Signalbuch, Lacey. Einschließen, wenn es nicht gebraucht wird. Und immer in der Tasche mit dem Bleigewicht, damit wir es notfalls sofort über Bord werfen können...« Er zog seine Uhr hervor. »Sonnenuntergang ist in fünf Stunden. Wir lichten Anker in drei Stunden. Also beeilen Sie sich mit Bleistift und Papier, meine Herren.«

2

Der kniende Seemann nahm mit großer Sorgfalt seinen Hut aus geflochtenem Stroh vom Kopf und holte ein triefendes, längliches Stück Tabak aus dem Futter. Ehe er es in den Mund schob, bemerkte er: »Ich werd's langsam leid, immer wieder auf dem da rumzukauen. Ich tu's schon zwei Tage lang – und viel Geschmack ist nicht mehr drin. Du kannst mir nicht zufällig einen Bissen Tabak leihen, Jacko?«

»Seit wann kau ich denn Tabak?«

»Ich weiß, aber du könntest ja irgendwo etwas aufgehoben haben!«

»Bestimmt. Als Mittel gegen Rheumatismus und Schlangenbisse.«

»Oh, du verdammter Yankee. Halt den Stoff ruhig. Mann, ist das eine Hitze. Bist du soweit mit der Schere, Rossi? Halt, laß mich noch die Falte rausnehmen. So, jetzt kannst du schnippeln.«

Die drei Männer hockten an Deck und schnitten das Muster von ein Paar Hosen aus, das auf ein Stück weiße

Leinwand gezeichnet war. Alberto Rossi, Seemann aus Genua, schnitt sehr genau. Die Spitze seiner Zunge bewegte er zwischen den Lippen, ein Zeichen dafür, wie konzentriert er arbeitete.

Der Mann mit dem Strohhut war ein junger Londoner. Für ihn waren die Hosen bestimmt. Er verachtete die Klamotten, die der Zahlmeister verkaufte und die alle nach einem einzigen Schema zugeschnitten waren. Eines der abwertendsten Urteile, das ein Matrose über einen anderen Mann an Bord fällen konnte, lautete dann auch: »Er ist so ein Kerl, der Hosen vom Zahlmeister trägt.«

Rossi hielt einen Augenblick beim Schneiden inne und sah sich den Stoff genauer an. »Ich glaub, Staff, die Linie hier hast du zu eng gezogen.« Er fuchtelte mit der Schere herum. »Das wird dich kneifen. Soll ich nicht etwas zugeben?«

Stafford musterte den Stoff kritisch, ganz sicher, daß die Linie akkurat gezogen worden war, aber Jackson stieß ihn an. »Du hast die Linie entlang deiner alten Hose gezogen und nichts für den Saum zugegeben.«

Der Londoner schaute ihn mit offenem Mund an. »Richtig«, sagte er dann, »ich hab so aufgepaßt, daß der Stoff ja nicht verrutschte – bei diesem Wind. Also dann, gib ringsum einen halben Zoll für den Saum zu, Rosey!«

Die drei unterbrachen ihre Arbeit und drehten sich um, als eine zweite Gruppe, die ganz in der Nähe kniete, einen heftigen Streit begann. Einer erhob sich plötzlich und wedelte mit einem Lumpen.

»Du verdammter Idiot!« brüllte er. »Schau, was du gemacht hast. Du hast zwei Lagen zerschnitten. Nicht eine. Und hast ein ganzes Bein abgeschnitten. Ich hab ja gesagt, dir mit deiner Schere kann man nicht trauen. Zehn Shilling kostet der Scheiß, den du versaut hast. Warum kletterst du nicht auf den Bugspriet und schmeißt die Goldstücke gleich in die See?«

»Solange es deine sind, ist mir das egal«, antwortete der

andere ruhig. »Aber du hast gezeichnet und den Stoff gehalten, und ich habe nur geschnitten, wo du gewollt hast.«

Mit einem Wutschrei warf der Mann den Stoff aufs Deck, sprang darauf herum und schüttelte seine Fäuste. »Du hirnverbrannter Idiot, du Blödmann mit weicher Birne, warum verdammt ...«

»Nun mal langsam«, unterbrach ihn der Mann mit der Schere sanft, »wenn du so weitermachst, helf ich dir nie wieder.«

Stafford stupste Rossi in die Seite. »Los, mach weiter mit deiner eigenen Schnippelei. Kümmer dich bloß nicht um die, oder dir geht's wie denen. Vergiß nicht, ringsum einen halben Zoll dazuzugeben.«

Sorgfältig sah Stafford zu und murmelte dann: »Eh, Jackson, gibt es hier niemanden, der mir einen Priem Tabak leihen kann?«

»Paß lieber auf deine Hosen auf. Sonst bekommst du schließlich vier Beine und keinen Sitz – wie ein kaputter Stuhl.«

Endlich waren die Hosen ausgeschnitten, und das Vorderteil wurde an Stafford gehalten, der kritisch an sich hinuntersah.

»Scheint in Ordnung«, sagte er zögernd, »oder was meinst du, Rosey?«

»Ganz in Ordnung«, antwortete der Italiener, »*sta attenti* beim Nähen. Nicht diese großen Stiche, die du beim Segelnähen immer machst.«

»Na so oft holt der Bootsmann mich dazu ja auch wieder nicht«, brüstete sich Stafford. »Gestern, als das Vormarssegel riß, hab ich mich freiwillig gemeldet, damit ich an eine Segelnadel kam.«

»Ich hoffe, du hast wenigstens eine scharfe erwischt. Die meisten Nadeln sind rostig«, meinte Jackson. »Das sind die, die die Franzosen an Bord gelassen haben. Schlechte Qualität, keine Kraft im Metall. Die halten keine Spitze.«

»Ich habe eine gute scharfe Nadel mitgenommen, aber

ich find sie jetzt nicht«, gab Stafford zu. »Hast du nicht eine, die ich mir mal eben leihen kann, Jacko?«

»Nein. Ich weiß, daß Rosey ein starkes Garn hat, und ich hoffte . . .«

Der Italiener funkelte ihn an. »Hast du den Stoff, den wir gerade zerschnitten haben, vom Zahlmeister gekauft, Staff? Möcht ich gern mal wissen. Der Zahlmeister hat keine Klamotten verkauft, seit wir aus Antigua raus sind, soweit ich mich erinnere . . .«

»Also, ich hab's von keinem Macker an Bord geklaut«, antwortete Stafford gereizt. »Das weißt du ganz genau, oder . . . ?«

»*Accidente!*« fuhr Rossi ihn an. »Ich wollte nur wissen, warum du vom Zahlmeister nicht auch das Garn organisiert hast. Außerdem brauchst du zwei Knöpfe.«

»Die werde ich schon kriegen«, stimmte Stafford zu, »aber der Zahlmops hat kein Garn rausgerückt.«

»Der Zahlmops weiß, wen er vor sich hat. Nicht jeder Zahlmops ist ein Dummkopf.«

Ramage legte vorn am Achterdeck eine Pause ein und sah über das Schiff. Diese Szene wiederholte sich auf jedem Schiff der Königlichen Marine auf See: Sonntagnachmittag war »Putzen und Flicken« angesetzt, und die Männer der Freiwache konnten tun und lassen, was sie wollten. Einige dösten in der Sonne, andere stopften ihre Kleider, einige schnitten sich Stoff zurecht und nähten sich selber Hemden und Hosen oder setzten Flicken ein.

Sonderbar, wie penibel der einfache Seemann mit seinen Sachen umging, überlegte Ramage. Er war empört, wenn man von ihm erwartete, Sachen aus dem Schapp des Zahlmeisters zu tragen. Wenn er mit Nadel und Faden umgehen konnte und nicht zu faul war, so trug er auf gar keinen Fall ein Hemd vom Zahlmeister mit demselben Schnitt wie seine Macker. Sein Kragen mußte breiter oder schmaler sein. Oder er wollte das ganze Hemd mit einem französischen Saum haben, so daß er es auch links tragen konnte. Auch sein Hut mußte sich unterscheiden. Einige mochten die natürliche Farbe des Halms, andere teerten den Hut lieber. Einige zogen große Hüte vor, die fast von den Ohren gehalten wurden. Die Augen lagen dann im Schatten des breiten Rands, der auch den Nacken schützte. Andere zogen sehr schmale Krempen vor und trugen ihren Hut sehr hoch auf dem Kopf, keck nach vorn in die Stirn gekippt. Einige Kommandanten versuchten immer wieder, ihre Männer zu zwingen, Hemden und Hosen in gleicher Farbe und in gleichem Schnitt zu tragen, eine Art Matrosenuniform also nach dem Vorbild der Seesoldaten oder des Heeres. Ramage konnte sich damit aber nicht anfreunden. Seine einzige Vorgabe war: Wenn seine Bootsmannschaft ihn in offiziellen Geschäften vom Schiff ruderte, hatten sie weiße Hemden und Hosen und schwarze Hüte zu tragen. Doch da die Rudermannschaft nur aus Freiwilligen bestand, war niemand gezwungen, weiße Hosen zu tragen. Sie mußten ja nicht in sein Boot. Doch Aitken hatte ihm seinerzeit mehr als hundert Mann gemeldet, die sich fast um das Dutzend Ruderplätze im Boot geschlagen hätten. Exzentrische Kommandanten, die es natürlich leider auch gab, kleideten ihre Bootsmannschaften manchmal geradezu lächerlich ein. Wilson war so ein Fall. Er hatte sich zum Gespött gemacht, als er die *Harlekin* kommandierte. Als sein Admiral die Männer im Boot sah, fragte er den Kapitän, ob er ein Schiff oder einen Zirkus führte. Wilson war wirklich jemand, der andere Leute verlegen machen konnte.

Ramage beobachtete die Windbüdel – Korken, in denen Federn steckten – an einem Bändsel über den Netzen am Schanzkleid. Dann sah er in den Himmel, über den einzelne Wolken in geraden Linien nach Westen trieben. Das Wetter hielt sich, der Wind hatte nach Ost gedreht. Im Nordost-Passat konnte man beim Segeln sicher sein, daß der Wind selten oder gar nicht aus Nordosten wehte.

Heute hatte der Wind zumeist aus Ost und Südost geblasen. So konnte er in kurzen Schlägen vor der Küste Hispaniolas kreuzen und so etwas wie Schutz vor den kurzen, harten Seen finden, die sich über dem großen Schwell aufbauten. Diese Wellen hatten einfach nicht die richtige Länge, und immer wenn die *Calypso* mit dem Bug in eine große hineinstieß, stoppte sie fast. Der Wind war nicht stark genug, sie hindurchzuschieben.

Noch ein paar Meilen, und dann konnte er Süd laufen, den Kurs genau auf Curaçao absetzen, oder jedenfalls ziemlich genau. Der Kurs mußte eine westlaufende Strömung von einem Knoten berücksichtigen. Bei diesem Wind schien ein Knoten richtig zu sein. Starker Ostwind, der ein oder zwei Wochen lang wehte, verstärkte die Strömung immer. Aber wer die Karibische See von den Großen Antillen zum südamerikanischen Festland überquerte, mußte sich auf sein Glück verlassen, denn die Navigation wurde zu einer reinen Zufallsarbeit. Sollte der Landfall dann doch stimmen, nickte man zufrieden.

Wer sich Curaçao von Norden her näherte, mußte weder auf Felsen noch auf Riffe achten. Mit etwas Glück und exakter Navigation würden die Kaperer die Fregatte und den begleitenden Schoner erst entdecken, wenn der Ausguck auf der Insel die Schiffe über dem Horizont auftauchen sah. Selbst dann würde eine Zeitlang Unsicherheit herrschen, denn sowohl die *Calypso* als auch die *La Créole* waren französisch gebaut und benutzten immer noch Segel, die französisch geschnitten waren und sich durch ihre tiefe Gillung deutlich unterschieden. Und da die Flaggen mit Sicherheit auf solche Entfernung noch nicht zu erkennen waren, würden die Bürgermeister auf Curaçao verständlicherweise glauben, die französischen Alliierten schickten Verstärkung oder liefen die Insel wegen Wasser und Proviant an, für das sie sicherlich bar und vorab zahlen müßten.

Southwick, der gerade das Log überwacht hatte, kam

und meldete, das Schiff laufe knapp unter sechs Knoten. Am nördlichen Horizont lag Land, das irgendwo östlich endete, dort wo Hispaniola an die Mona-Passage grenzte, eines der wichtigsten Tore aus der Karibik in den Atlantik. Am südöstlichen Ende von Hispaniola lag die Insel Saona, auf die Ramage jetzt deutete. »Sobald das Ostkap von Saona und Punta Espada in einer Peilung liegen, fallen wir ab und laufen auf Curaçao zu.«

»Aye, aye, Sir. Bei diesem leichten Wind werden das lange 330 Meilen.«

Ramage wies auf die *La Créole* achteraus mit ihren brettharten Gaffelsegeln. Sie stieg und fiel in der lang anrollenden Dünung so leicht wie die fliegenden Fische, die immer mal wieder blitzend über das Wasser jagten. »Wenn sie den Wind erst mal querab hat, werden wir uns schwer tun, mit ihr mitzuhalten. Sie ist am Wind schnell wie ein Vogel, und Wind und See sind hier wie geschaffen für sie.«

»Ich weiß«, klagte Southwick, »darum habe ich gestern auch die Leesegel sorgen lassen. Wir würden dämlich aussehen, wenn sie Segel kürzen müßte, damit wir mithalten können.«

»Ich an Laceys Stelle würde meine eigenen Pläne schmieden«, sagte Ramage. »Ich würde meinen besten Rudergänger nehmen, die Stagsegel prüfen, die größte Fock klar zum Setzen halten – und dann würde ich auf das Signal der *Calypso* warten, den Kurs nach Süd zu ändern. Ich würde an ihr vorbeilaufen, ehe Kapitän Ramage auch nur eine Chance hätte, ein neues Signal zu setzen.«

Southwick kicherte und rieb sich die Hände. »Das erinnert mich an unsere Zeit auf dem Kutter *Kathleen*, Sir. Schade, daß wir nie einen Schoner hatten, dann würden wir ein paar von den Tricks kennen.«

»Wenn Sie nach vierzig Jahren auf See – nicht wahr? – nicht genügend Tricks kennen, um dem jungen Lacey was vorzumachen, der gerade ganze acht Jahre fährt, und das Kommando über die *Créole* erst vor acht Wochen übernommen hat, dann lieber Freund, wird es Zeit für Sie, an Land zu gehen. Pflanzen Sie Kohl in England. Vierzig Reihen zu je acht Köpfen.«

»Sie ist ein französisches Schiff, Sir!« sagte Southwick.

»Wie dieses hier!« entgegnete Ramage spöttelnd.

»Wir können ja gern mal versuchen, in einer Böe anzuluven oder vor dem Wind abzulaufen. Das würde dem jungen Spund zeigen, was wir können. Aber raumschots – genau dafür sind Schoner gebaut.«

»Dummerweise laufen wir nach Süden, also wird der junge Spund es uns schon zeigen«, sagte Ramage. »Und die meisten Kaperschiffe, die wir jagen, werden auch Schoner sein.« Er sah wieder zum Land hinüber. Saona und Punta Espada peilten jetzt fast in einer Linie, und die *Calypso* lief nach Nordost, hoch am Wind auf Steuerbordbug, so als versuche sie, noch höher an den Wind zu kommen und durch die Mona-Passage in den Atlantik zu segeln.

»Wir werden ein bißchen schummeln«, sagte Ramage. »Der höhere Dienstrang muß wenigstens ein paar Privilegien haben. Wir werden jetzt schon durch den Wind gehen. Das ist eine Stunde früher, als Lacey erwartet.«

Southwick schnüffelte wieder – diesmal ganz anders, völlig neutral. Nichts deutete auf Vorteile, nichts auf Nachteile.

Ramage rief Wagstaffe, den wachhabenden Offizier, und gab ihm seine Befehle. Ein paar Augenblicke später war Orsini, der junge Fähnrich, zusammen mit einem Seemann eifrig damit beschäftigt, Signalflaggen anzuschlagen.

Southwick ging zum Kompaßhäuschen und sah auf die Nadel. »Auf diesem Kurs laufen wir Nord-Nord-Ost.« Er blickte zum Liek des Großsegels und dann zum Windbüdel. »Der Wind kommt aus Ost, wenn wir also nach Süden laufen, haben wir ihn dwars. Wenn er ein bißchen zunimmt ...«

Mit dem Sprachrohr in der Hand gab Wagstaffe jetzt den ersten Befehl zum Wenden der Fregatte. Nach dem

Manöver würde der Wind statt von Steuerbord von Backbord einfallen. Die Männer der Freiwache, die nur herumlagen oder putzten und flickten, bewegten sich der Wache aus dem Weg. In wenigen Augenblicken würden die an Schoten und Brassen zerren, bis die Segel übergingen.

Die Rudergänger, an jeder Seite des Rades einer, beobachteten den Quartermaster, der in Luv von ihnen stand und immer wieder Wagstaffe und die Lieken der Segel beobachtete.

Ramage genoß diesen Augenblick. Eine Fregatte durch den Wind zu nehmen war eine Wonne, wenn man es richtig machte. Jetzt müßte das Schiff, ohne Höhe zu verlieren, durch vierzehn Strich am Kompaß drehen und dann fast in die entgegengesetzte Richtung mit gleicher Geschwindigkeit weitersegeln. Welch eine Freude, wenn man die Männer, die sich scheinbar ohne jede Ordnung bewegten, trainiert hatte. Jeder folgte seiner eigenen Aufgabe, als sei das Deck durch unsichtbare, aber doch deutliche Pfade markiert. Die Segel knallten und flappten, Taue quietschten, als sie durch Blöcke rauschten – und dann herrschte plötzlich nach dem letzten Befehl, mit dem die Segel auf dem neuen Kurs getrimmt wurden und der Quartermaster den neuen Kurs aussang, Frieden und Stille. Und das Schiff fiel in seine ruhigen Auf- und Abbewegungen wie ein fliegender Specht. Ein paar Stunden Ruhe vor dem nächsten Manöver – der Zauber der See, merkte er, lag in ihrer schnell wechselnden Vielfalt.

Wagstaffe schaute zu Ramage hinüber. Der nickte, als er sah, daß alles klar war. Die *La Créole* lag also achteraus. Er überlegte, ob damals dem jungen aufgeregten Leutnant, der den Kutter *Kathleen* kommandierte, wohl auch so mitgespielt worden war – von einem allmächtigen Kapitän. Auf einmal erklärten sich viele kleine und damals unverständliche Episoden von selber. Plötzliche Kurswechsel, abrupte und unverständliche Befehle mittels Signalflaggen, die man kaum entziffern konnte, weil der Wind gedreht hatte und man nur das Flattern des schmalen Tuchstreifens erkannte – andere Kapitäne mit vollem Rang hatten die gleichen Tricks angewandt. Jetzt, Jahre später, mußte er zugeben, sie hatten recht gehandelt: denn so blieb er ständig wachsam und auf der Hut. Selbst heute, da er sich auf seine Männer verlassen konnte und nicht selber die Kimm absuchen mußte nach fremden Segeln oder Mastspitzen und kein Flaggschiff im Blick behalten mußte, auf dem ohne Vorwarnung Signalflaggen nach oben steigen konnten – selbst heute war er einer der ersten, der so etwas erspähte. Natürlich sollte ein Ausguck im Masttopp ein fernes Schiff wegen seiner Höhe über Deck als erster entdecken, doch...

Wagstaffe unterbrach seine Gedanken mit Befehlen an den Quartermaster, und die Männer wirbelten das Rad herum. Eine Wende oder eine Halse vor einer Küste ließ immer den verrückten Eindruck aufkommen, das Schiff laufe noch auf altem Kurs und nur die Küste rutsche in diese oder jene Richtung. Jetzt schien die Küste von Hispaniola nach Westen zu gleiten, so als zöge jemand ein faltenreiches, glänzendes Tuch über einen Tisch.

Immer noch fand er es ungewohnt, ein Manöver ganz dem Wachhabenden an Deck zu überlassen. Er beherrschte sich gut genug, um den Mund zu halten und nicht den Eindruck zu erwecken, als wolle er sich einmischen. Das ganze Manöver schien ihm als Kommandanten viel zu unwichtig – abgesehen vom ersten Befehl. Ja, er hielt den Mund, obwohl ihm das manchmal schwerfiel – wie gerade jetzt: Der Wind war schon aus den achteren Segeln, und Wagstaffe würde bereits Sekunden zu spät kommen: Los Vorschoten!

Wagstaffe hob das Sprachrohr an den Mund und gab den Befehl. Dabei schaute er zu Southwick rüber, der zurückstarrte. Southwick wußte, daß der Befehl zu spät gekommen war – und jetzt wußte es auch Wagstaffe. Warum tue ich also nicht so, als bewundere ich die Gegend, fragte sich Ramage.

Die Segel flappten laut wie große nasse Tücher. »Hol das Großsegel!« bellte Wagstaffe. Doch was zum Teufel machten Jackson und seine Männer? Sie zeigten plötzlich nach oben, als sie sicher waren, daß der Kapitän sie auch beachtete.

Oben gestikulierten die Ausguckleute im Fockmast und im Großmast wie wild. Ihre Rufe gingen im Schlagen des Tuchs und im Knarren und Übergehen der Rahen unter. Ramage lief an die Backbordreling, als der Bug der *Calypso* durch den Wind ging. Ein Fleck auf der Kimm? Oder gar zwei? Flecken, die die Sonne hervorrief, die in die Toppsegel von einem oder zwei fernen Schiffen schien? Er war sich nicht ganz sicher.

Schließlich gab Wagstaffe den letzten Befehl: »Laß gehen und hol an!« Der Quartermaster sah auf den Kompaß, starrte in die Lieken des Großsegels und fluchte auf die Rudergänger. Da endlich hörte Ramage die Rufe von oben: »An Deck!«

Am liebsten hätte er seine Hände vor den Mund gelegt und nach oben geantwortet, aber Wagstaffe hatte das Sprachrohr und rief nach oben.

»Ausguck Großmast!« kam die ferne Antwort. »Ein Segel, vielleicht zwei, jetzt klar auf Backbordbug voraus, Sir.«

Wagstaffe schaute sich um und entdeckte Orsini, der auf den Befehl wartete, das Signal für die *La Créole* zu setzen. »Los, mein Junge, nimm's Glas und dann nach oben. Wer segelt da und auf welchem Kurs?«

Der junge Fähnrich griff nach dem hingehaltenen Teleskop und rannte zu den Großwanten. Wagstaffe sah Ramage an, war sich offenbar nicht mehr sicher, was mit den Signalflaggen geschehen sollte – ein Haufen bunten Tuchs an Deck, bereits an die Leine angeschlagen. Doch mit einem Blick hatte Ramage erkannt, wie Lacey auch ohne

Befehl die *La Créole* wendete. Er hatte wahrscheinlich gesehen, wie die Flaggen angeschlagen wurden und wie Orsini in den Mast hastete. Also gab es jetzt nur noch einen wichtigen Befehl.

»Alle Mann auf Gefechtsstation, Mr. Wagstaffe!«

Schon verließen die Männer das Deck. Sie hatten die Meldung des Ausgucks gehört und sammelten ihr Zeug ein, weckten ihre schlafenden Kameraden und rannten zu ihren Gefechtsstationen. Der Geschützmeister beeilte sich, die Schlüssel zur Pulverkammer zu holen, und Bowen, der Schiffsarzt, der ganz offensichtlich im Bug ein Nickerchen gemacht hatte, eilte nach unten, um seine Instrumente bereitzulegen.

Ramage schaute über Backbord nach vorn und stützte sich dabei auf das Schlußstück der letzten Zwölfpfünder-Kanone. Es dauerte ein paar Augenblicke, bis er den Flecken am Horizont wiedergefunden hatte. Er sah genauer hin, es waren zwei Flecken, also zwei Schiffe. Sie schienen bei der ersten Sichtung dichter beieinander gewesen zu sein.

Wer auch immer sie waren – wichtig blieb, sich in Luv von ihnen zu halten.

»Mr. Wagstaffe, gehen Sie hoch an den Wind! An die Leebrassen! Luvbrassen los! Vorsegel dicht! Und jetzt die Brassen ganz dichtholen!«

Ramage unterbrach sich. Es gab natürlich noch mehr Befehle, um die *Calypso* so schnell und so hoch wie möglich am Wind segeln zu lassen, um das möglicherweise feindliche Schiff an der Flucht zu hindern. Aber Wagstaffe kannte sie alle, und jeden Augenblick würde jetzt Aitken an Deck sein.

Da marschierte nun auch der Trommler der Seesoldaten auf und ab, ließ die Trommelstöcke über das Fell wirbeln, das die Männer auf ihre Posten rief. Einige wußten schon, was geschehen würde, riggten bereits Pumpen und rannten mit Eimern voll Sand an Deck; andere lösten die Kanonen aus ihren Halterungen.

»Mr. Wagstaffe, signalisieren Sie der *Créole* ›Segel in Sicht!‹ und geben Sie ihr die Peilung!«

Southwick zeigte nach achtern, und Ramage sah, wie die *La Créole* bereits hoch an den Wind ging, um hinter der *Calypso* herzulaufen. Und in diesem Augenblick wehten drüben drei Signale aus.

»Man soll das Signalbuch eben nicht jungen Leutnants überlassen«, murmelte Southwick. »Lacey hat bestimmt Orsini beim Aufentern beobachtet.«

Wagstaffe hielt sein Teleskop ans Auge und begann die Signale zu entziffern. »350 – Ich habe eine fremde Flotte entdeckt. 366 – Die Schiffe liegen beigedreht. 315 – Das Schiff ist kampfbereit.«

»Bestätigen«, sagte Ramage und winkte Southwick herbei. »Der war schneller als wir, nicht wahr?«

Southwick grinste verschmitzt. »Sie haben ihn schließlich so ausgebildet, Sir. Er hat ein paar Ihrer Gewohnheiten übernommen. Wie der Herr, so's Gescherr.«

Wieder meldete sich der Ausguck aus dem Großmast und gab nach unten weiter, was Orsini beobachtete. »An Deck. Es sind zwei Schiffe, Sir. Beide liegen beigedreht. Eins, das uns am nächsten liegt, sagt Mr. Orsini, ist ein Handelsschiff. Das andere ist kleiner. Schratgetakelt, Sir. Viel weniger Freibord. Und mit großem Decksprung...«

Wagstaffe bestätigte. Doch wenige Augenblicke später meldete der Ausguck weiter: »An Deck! Das kleinere ist ein Schoner. Er macht sich segelbereit. Das Handelsschiff taumelt so, als ob niemand am Ruder steht, sagt Mr. Orsini.«

Als der Ausguck »Beide liegen beigedreht« gemeldet hatte, wußte Ramage schon, was geschehen würde. Er wandte sich an Aitken, der gerade oben angekommen war und noch seinen Säbel einhängte. »Gut voraus an Backbord hat gerade ein Kaperer, ein Schoner, ein Handelsschiff aufgebracht. Er sichtete uns, als wir ihn entdeckten, und jetzt ergreift er die Flucht.«

Laut meldete der Ausguck wieder von oben: »An Deck! Der Kurs vom Schoner ist ein paar Strich nach Steuerbord weg von unserem Kurs. Das Handelsschiff hat so gedreht, daß alle Segel back stehen.«

Ramage sah Baker und Kenton aufs Achterdeck eilen und Aitken Meldung machen. Der trat vor ihn und meldete ganz formell: »Schiff ist klar zum Gefecht, Sir. Wollen Sie, daß die Kanonen geladen und ausgerannt werden?«

»Im Augenblick noch nicht!«

Und dann tauchte auch Jackson mit Säbel und Pistole auf. Ramage drehte sich um, als Jackson die Scheide einhängte und dann die Pistole in den Gürtel schob.

Southwick meldete zunehmenden Wind. Man sah jetzt auch, daß die *La Créole* sich genau achteraus von der Fregatte hielt, doch viel mehr Lage schob. Sie hatten keine Chance, den Schoner des Kaperers einzuholen, machte Ramage sich voll Bitterkeit klar. In sechs Stunden war es dunkel. Und der alte Spruch, eine Verfolgung von achteraus braucht viel Zeit, war sehr wahr. Und er war auch nicht bereit, seine kleine Kampfgruppe aufzuteilen.

Seltsame Natur des Menschen: Wenn er seinen Männern jetzt befohlen hätte, in ein Gefecht zu segeln, hätten sie laut gejubelt, obwohl sie wußten, daß dabei einige von ihnen fallen würden, andere schwer verwundet und für den Rest des Lebens verkrüppelt wären. Und daß Bowen ihnen Arme oder Beine absägen müßte; gegen den rasenden Schmerz nur ein Stück Holz zwischen den Zähnen und einen Schluck Rum zur Betäubung. Doch jetzt würde er ihnen in wenigen Augenblicken sagen, daß es heute kein Gefecht geben würde – es sei denn, Unwahrscheinliches ereignete sich. Enttäuscht würden sie ihrer Unmut Luft machen.

»An Deck! Der Schoner hat nach Nordost gewendet, Sir!«

Und in einer halben Stunde, gestand sich Ramage enttäuscht ein, würde der Schoner wieder wenden und sich so langsam immer höher an den Wind heranarbeiten mit der absoluten Gewißheit, daß ein Squarerigger wie die Fregatte ihm nie nahe kommen und ein Schoner, so weit in Lee, ihn nie einholen könnte. Zu Beginn der Dämmerung wäre er außer Sicht, und im Logbuch der *Calypso* würde es lakonisch heißen: »Fremdes Segel zuletzt im Südosten gesichtet.«

Die *Calypso* arbeitete sich schwer nach Luv voran. Gischt flog manchmal wie ein Regenschauer über das Vorschiff. Jetzt konnte man gelegentlich mit dem Teleskop schon das Deck des Handelsschiffes über der Kimm auftauchen sehen. Noch blieb der Rest der Hull unsichtbar. Sie driftete nach Westen, alle Segel backgesetzt. Doch da begann sie abzufallen und zu drehen, als der Wind in die backstehenden Vorsegel einfiel.

Hatte der Schoner alle als Gefangene von Bord mitgenommen? War das Schiff aufgegeben worden? Seltsam, daß sich drüben keine Hand rührte, die Segel zu trimmen oder sie aufzugeien. Jetzt trieb sie gar achteraus. Das Ruder konnte jetzt jederzeit abbrechen, wenn der Rudergänger das Schlagen nicht sofort verhinderte. Natürlich gab es auch eine andere Erklärung. Er versuchte, nicht daran zu denken. Er würde es noch früh genug erfahren.

»Mr. Aitken! Wir brauchen ein Boot, vielleicht sogar zwei. Lassen Sie sie klar machen. Sechs Seesoldaten für jedes Boot, und ein Dutzend Seeleute extra. Und bitten Sie Mr. Bowen, seine Instrumente einzupacken. Er wird auch übersetzen.«

Der Erste Offizier starrte ihn an. Und dann wurde ihm klar, was der Hinweis auf Bowen bedeutete. Denn das Handelsschiff hatte sich mit dem Kaperer kein Gefecht geliefert. Als er seine Befehle gab, sah er, wie das ferne Schiff sich langsam drehte wie eine Schwanenfeder, die auf einem Dorfteich vom Wind hin und her getrieben wurde.

Rennick gab jetzt seinen Seesoldaten ihre Befehle. Männer liefen und machten die Boote klar zum Ausschwingen. Jackson fragte Ramage: »Soll ich Ihren Bootsmantel holen, Sir?«

Für die Tropen hatte Ramage einen leichten Mantel, der seine Uniform vor Gischt schützte. Die See war ruppig bewegt, genug für ein nasses Übersetzen. Er schüttelte den Kopf. »Ich werde nicht übersetzen!«

Sein amerikanischer Bootssteuerer sah ihn überrascht an. Ein Besuch an Bord eines Handelsschiffes, das gerade aus England kam, bedeutete immer Zeitungen, Nachrichten und auch Leckerbissen wie Käse zum Beispiel. Ramage sagte nur: »Nehmen Sie besser Mr. Baker mit!«

Aitken hörte, was sie sprachen, drehte sich fragend um, aber Ramage sagte auch ihm nur: »Kenton übernimmt das eine, Baker das andere Boot. Rennick soll seine Soldaten aufteilen. Und sorgen Sie auch dafür, daß der Gehilfe des Arztes Mr. Bowen begleitet.«

»Erwarten Sie, daß es so schlimm wird, Sir?«

Ramage beobachtete, wie sich drüben die Segel wieder füllten, ehe das Schiff sich in den Wind drehte. »Ja, es wird sehr schlimm werden.«

Es wurde in der Tat noch schlimmer. Als sich die *Calypso* weiter näherte, sah jeder an Bord, daß das Handelsschiff tief im Wasser lag und wahrscheinlich im Sinken begriffen war. Ramage verlor keine Zeit, die Fregatte in sein Luv zu bringen, die Vormarssegel back zu holen und die beiden Boote zu Wasser zu lassen. Er befahl Baker, als erster an Bord zu gehen und Kenton dann alle weiteren nötigen Befehle ins zweite Boot zu geben.

Ramage beobachtete durch das Glas, wie Baker zusammen mit Jackson über eine Strickleiter, die vom Achterdeck herabhing, an Bord kletterte. Baker stoppte auf dem Achterdeck, ging ins Vorschiff und verschwand unter Deck. Dann kam er kurz wieder hoch und gab Kenton das

Zeichen aufzuentern. Auch Bowen kletterte nach oben, ihm folgten Rennick und der Sergeant. Dann suchten sie, soweit Ramage erkennen konnte, gemeinsam unter Deck weiter. Die Luken waren fest geschlossen, Persennings und Keile noch an Ort und Stelle. Es war deutlich, daß niemand in die Fracht unter Deck eingedrungen war.

Eine halbe Stunde später lag das Schiff noch tiefer und wurde unstabil. Es bestand jetzt Gefahr, daß es jeden Augenblick ohne Warnung kentern könnte. Ramage ließ eine Kanone abfeuern als Befehl, sofort an Bord zurückzukehren. Baker, Kenton, Rennick und Bowen meldeten sich zum Report auf dem Achterdeck, alle mit weißen Gesichtern und ganz offensichtlich sehr mitgenommen.

»Sie haben den Namen am Heck lesen können, Sir?« Die *Tranquil*, Heimathafen London. Aber an Bord waren keine Papiere. Die Kajüte des Kapitäns war durchsucht worden, seinen Sekretär hatte man in tausend Stücke zerschlagen, jede Schublade einzeln geleert«, meldete Baker.

Er hielt ein Bündel Papier hoch. »Wir werden die meisten Toten anhand dieser Listen identifizieren können, und wohl auch ein paar von der Mannschaft. Es gab ein paar Kisten, die an Leute auf Jamaica adressiert waren. Die haben wir in die Boote mitgenommen, und ich lasse sie gleich an Bord hieven.«

Ramage spürte, daß er die Frage nicht stellen wollte. Und auch Baker wollte dazu schweigen. Dennoch fragte er schließlich: »Wie viele?«

»Fünfzehn Mannschaften und Offiziere, neun Passagiere, fünf Frauen darunter!«

»Alle tot?«

»Drei lebten noch, als wir sie fanden. Einer starb, ehe Bowen an Bord kommen konnte. Die beiden anderen – zwei Frauen – starben, ehe er etwas für sie tun konnte. Die Frauen waren vergewaltigt und dann mit dem Messer zerfleischt oder erschossen worden. Seltsam nur, daß niemand zu fliehen versuchte.«

»Vielleicht wurden sie bewacht und warteten darauf, vom Schoner als Gefangene übernommen zu werden. Und dann haben ihre Wächter sie ermordet. Könnte es so gewesen sein?« fragte Ramage.

Baker nickte traurig und betroffen. »Genau das könnte passiert sein, Sir. Als der Kaperer uns sichtete, Sir!«

»Ja. Das Prisenkommando wollte wahrscheinlich die Gefangenen auf den Schoner übersetzen – oder jedenfalls die, die nach Lösegeld aussahen. Und dann sollte das Prisenkommando das Handelsschiff übernehmen. In dem Augenblick kamen wir in Sicht.«

Hätte ich eine Stunde später gewendet, warf Ramage sich vor, hätte der Kaperer uns nie gesehen. Hinter der Kimm hätte er das eroberte Schiff in Fahrt gesetzt – und die Leute an Bord würden noch leben, wenn auch als Gefangene. So war es zu diesem sinnlosen Massaker gekommen. Das Schiff sank, die Boote waren immer noch an Deck festgezurrt, warum also hatte man alle getötet? Warum hatte man ihnen mit den Rettungsbooten nicht eine Chance gegeben? Den Kaperer hätte das nichts gekostet – außer Gnade, und die gab's umsonst.

»Warum sank sie?«

»Sie hatte zwei Sechspfünder an Deck«, antwortete Baker. »Kaum mehr als kleine Kanonen für Beiboote. Aber die Kaperer richteten eine im Niedergang nach unten und feuerten. Das gab ein Loch im Rumpf.«

»Gibt es irgendeinen Hinweis auf den Namen des Kaperers?«

»Nein, Sir, aber er ist ein Franzose«, antwortete Baker. Kenton zog die Schnur eines Leinenbeutels auf und holte ein Bündel blauen, weißen und roten Stoff ans Tageslicht. »Die wollten ganz sicher diese Flagge setzen. In der Eile haben sie sie an Bord vergessen.«

Ramage konnte sich die Szene vorstellen. Frauen schrien, als die Schüsse aus Musketen und Pistolen peitschten. Männer baten um Gnade, bevor die Entermesser sie zerfleischten. Und von irgendwoher beobachtete der, der das alles befohlen hatte, das Geschehen: der Kapitän des Kaperschiffs. Er wollte den Menschen auf dem sinkenden Schiff nicht eine winzige Chance lassen. Nein, er war erst zufrieden, als sie alle in ihrem Blut lagen. Vierundzwanzig Mordopfer. Sie machten ihn nicht reicher, sein Leben weder sicherer noch unsicherer. Denn keiner der Toten kannte ihn.

Kenton hob die Flagge, und sie wehte aus wie ein Blatt Papier. Er sah den Kommandanten an. »Es war schlimm, Sir! Nicht wie eine Schlacht. In einem Kampf erwartet man Tote und Verwundete. Es sah aus wie in einem Schlachthaus.«

Ramage nahm von Baker das Bündel Papiere entgegen. In den nächsten paar Stunden würde er viele private Briefe lesen müssen, damit er so viele Opfer wie möglich identifizieren konnte. Das war nichts im Vergleich zu dem, was der junge Leutnant gerade erlebt hatte. Wie Kenton richtig gesagt hatte: Es war keine Schlacht. Aber der Krieg bestand nicht nur aus Kämpfen. Darum hatte er die jungen Männer auf das Handelsschiff rübergeschickt: Southwick, Aitken, Wagstaffe. Sie hatten so etwas möglicherweise noch nie erlebt, obwohl sie Ähnliches erwartet hatten. Doch für Baker und Kenton, vielleicht auch für Rennick, war dies das zweite Gesicht des Krieges, von dem sie sich bestimmt nie hatten träumen lassen. Ramage war sich sicher: In Zukunft würden sie verstehen, warum der Kommandant ihres Schiffes sich weigerte, Kaperern Gnade zu erweisen.

»Da«, sagte Southwick plötzlich laut, »jetzt sinkt sie!«

Luft, die unter Deck eingeschlossen war, brach die Luken auf, wirbelte Bretter und Planken in Schaumkaskaden empor, wehte Leinwandstücke hoch, Keile und Persenningleisten brachen. Säcke und Kisten schwammen auf, als das Schiff sich auf die Seite drehte, Rahen knickten und sanken, als die Stropps brachen. Das Handelsschiff drehte sich zur *Calypso,* und einen Augenblick sahen sie alle wie aus einer Vogelperspektive auf das Deck. Dann kenterte es – fett, schwer, häßlich. Grünbraun sah der Rumpf aus mit seinem Kupferbeschlag. Kleine schwarze Flecken zeigten Stellen, an denen das Kupfer abgerissen war. Das Wasser wirbelte, als stiege ein großer Wal an die Oberfläche, und dann war das Schiff verschwunden. Luftblasen ließen Wrackteile, Planken und Säcke sich drehen und treiben.

Ramage musterte die Kimm im Osten. Der Kaperer war jetzt nur noch ein Fleck ein paar Meilen nach Luv, ein unbekannter Mörder, der in den Dunst flüchtete. Achteraus lag *La Créole* beigedreht mit offenen Geschützpforten wie die *Calypso*. Es war zwecklos, den Kaperer zu verfolgen. Die Nacht würde ihn schlucken, ehe die *Calypso* oder *La Créole* nahe genug heran waren.

Aitken sah Ramage fragend an. Der nickte. Ein paar Augenblicke später braßten die Männer die Rah des Vormarssegels, andere setzten die Schlösser in die Kanonen und schossen die Abzugleinen auf. Pulverbeutel wurden ins Magazin zurückgetragen, Entermesser und Pistolen wanderten wieder in die Truhen. Der Sand wurde von Deck gewaschen, und die Sonne trocknete in wenigen Minuten das Holz der Planken. Zehn Minuten später machte die Freiwache der *Calypso* wieder das, was sie getan hatte, ehe der Kaperer und sein Opfer aufgetaucht waren.

Noch einmal suchte Ramage die Kimm ab und stieg dann mit den Papieren nach unten. Hier war es kühl und dunkel, und er war froh, der Hitze entronnen zu sein. Der Untergang des Schiffes mit den vierundzwanzig ermordeten unschuldigen Männern und Frauen bewegte ihn stark. Hätte er eine Trauerrede halten müssen, als das Handelsschiff sank? Daran hatte er nicht gedacht. Er zog es auch jetzt vor, auf seine Weise an einem stillen und dunklen Platz zu trauern. Er haßte die Feierlichkeiten und den Pomp kirchlicher Begräbnisse, aber er wußte auch, daß die Mannschaft viel von solchen Ritualen hielt. Nicht um der

Rituale willen, sondern »weil man das Richtige tun muß«. Sie hatten die richtige Einstellung zum Tod eines Kameraden. Mit einem »richtigen Begräbnis« wollten sie dem Toten die letzte Ehre erweisen. Ein richtiges Begräbnis für einen anderen hieß wohl auch ein richtiges Begräbnis für einen selber. Bei so einem Begräbnis zollte jedermann an Bord dem Toten seinen Respekt – vom jüngsten Schiffsjungen bis zum Kommandanten.

Den Leuten, an die jetzt nur noch die Blätter auf seinem Sekretär erinnerten, hatten sie nicht einmal ein Winken hinterherschicken können. Niemand hatte daran gedacht. Southwick wäre der erste gewesen, der darauf hingewiesen hätte. Jackson hatte Bakers Bericht gehört und geschwiegen. Der Amerikaner gehörte eigentlich nicht zu denen, die ihre Gedanken für sich behielten, wenn der Ruf des Kapitäns in Gefahr war. Nein, die, die wußten, was das sinkende Schiff mit sich in die Tiefe nahm, waren zu betroffen, um an irgend etwas zu denken. Und so war die *Tranquil* ganz allein still und würdig versunken – und hatte ihre Toten mitgenommen.

3

Ramage hob die Feder und sah sich die Spitze genau an. Sie war stumpf, aber er hatte keine Lust, sie anzuspitzen. Eine miserable Feder, die ganz offensichtlich von einer Gans in der Mauser stammte. Wenigstens kam sie von einem linken Flügel, war also für einen Rechtshänder bestimmt. Er schraubte das Tintenfläschchen auf, holte sein Tagebuch aus der Schublade und notierte kurz das Zusammentreffen mit der *Tranquil*. Dann nahm er einen leeren Bogen und begann mit dem Entwurf seines Berichts an den Admiral. Fasse dich kurz, sagte er sich. Der alte Foxe-Foote würde jedes Wort unter die Lupe nehmen – was zweifellos sein Vorrecht war. Je weniger Worte man schrieb, desto weniger Schlingen legte man sich. Ein so unerfahrener Mann wie dieser Admiral würde ganz sicher kritisieren, daß Ramage den Kaperer nicht verfolgt hatte. Also mußte man ihm klarmachen, daß der Kaperer in zwölf Stunden Dunkelheit überallhin hätte fliehen können. Und er, Ramage, hatte schließlich vom Admiral selber den Befehl, nach Curaçao zu segeln. Er las seinen Entwurf noch einmal durch. Weniger als eine Seite – das würde dem Schreiber gefallen, wenn er die Reinschrift anfertigen und den Brief in das Briefbuch übertragen mußte.

Aus der oberen Schublade nahm er jetzt ein Stück Stoff und wischte die Federspitze sorgfältig trocken, drehte das Tintenfläschchen fest zu und verstaute beides. Und er wußte jetzt genau, daß er damit nur die Lektüre der Briefe immer weiter vor sich her schob.

Den ersten hatte der Master der *Tranquil* den Eignern des Schiffs geschrieben. Der Brief sollte von Jamaica mit dem Postschiff gehen, das Wochen früher als der Konvoi in England ankam. Er berichtete, daß das Wetter bisher auf der ganzen Reise gut gewesen sei. Anstatt also mit dem Rest des Konvois vor Barbados zu ankern, war er allein weitergesegelt. In Nevis hatte er die Reise kurz unterbrochen, um frisches Gemüse für die Passagiere zu kaufen, und war dann Richtung Jamaica wieder aufgebrochen. Er erklärte, warum der Preis für Obst und Gemüse auf Barbados drei- bis viermal so hoch sei wie auf Nevis: Zu viele Schiffe liefen Barbados an. Sparsamkeit also hatte die *Tranquil* aus dem Konvoi geführt. So stand sie dann fünfzig Meilen weiter nördlich, anstatt mit dem Konvoi von Barbados aus weiterzusegeln. Der Grund, der schließlich zu der Begegnung mit dem Kaperer geführt hatte, war also der hohe Preis für Obst und Gemüse auf Barbados gewesen. Und der Grund, der die *Calypso* dazu veranlaßt hatte, eine Stunde zu früh zu wenden, und damit den Kaperer in Panik versetzte, war der Wunsch von Kapitän Ramage, der *La Créole* einen Streich zu spielen . . .

Die Frau eines Majors des 79. Infanterieregiments besuchte ihre Eltern, die offenbar eine Plantage auf Jamaica besaßen. Sie hatte für ihren Mann ein Tagebuch geführt. Die letzte Eintragung stammte vom Tage zuvor. Ramage schrieb den Namen mit Bleistift auf ein zweites Blatt unter den Namen des Masters und die Namen und die Adresse der Eigner des Schiffs.

Ein Mann, der auf Jamaica lebte und nach einem Besuch Londons dorthin zurückkehrte, schrieb einen bösen Brief an seinen Agenten in London. Da er wahrscheinlich Pflanzer war, würde man ihn in Port Royal sicher kennen. Aus irgendeinem Grund hatte der Agent sich nicht genügend darum gekümmert, daß Möbel, Kisten mit Wein und Kästen mit Steingut, das er in London erstanden hatte, rechtzeitig an Bord gekommen waren. Der Brief ließ keinen Zweifel daran aufkommen, daß der Agent ein Dummkopf war. Inzwischen waren diese Sachen entweder auf einem anderen Schiff oder warteten noch in einem Lagerhaus in London. Hätte der Agent seinen Anweisungen gemäß gehandelt, wäre alles mit der *Tranquil* untergegangen. Sicherlich unwichtig, denn auch der Eigner war tot. Ramage schrieb dessen Namen und den Namen und die Adresse des Agenten auf seine Liste.

Wieder ein Brief von einer Frau. Sie kehrte nach einem Besuch Englands zu ihrem Mann nach Jamaica zurück – und schrieb an ihre Mutter in Lincolnshire – in Louth? Ihre Schrift war nicht leicht zu entziffern. Sie beschrieb die Reise von London nach Nevis und erzählte ihrer Mutter, wie sehr sie sich freue, ihren Mann und die Kinder wiederzusehen, und ob es wohl klug gewesen sei, so lange von zu Hause wegzubleiben – achtzehn Monate. Sie freute sich, in das warme Klima zurückzukehren, und entschuldigte sich deshalb bei ihrer Mutter, doch Lincolnshire sei kalt und feucht gewesen. Da fiel Ramage auf, daß die Frau die letzten Zeilen erst vor ein paar Stunden geschrieben haben konnte. Sie schrieb, gerade sei ein Schiff aufgetaucht und segle auf sie zu. Der Kapitän fürchte, daß es sich um einen Kaperer handeln könnte. Der Kapitän sei sich sogar sicher, denn er habe die spanische Flagge erkannt. Der Spanier habe ein paar Schüsse vor ihren Bug gesetzt, und sie hätten gestoppt. Sie selber, so schrieb sie ihrer Mutter, bete um einen guten Ausgang. Der Name des spanischen Schiffes, so sagte der Kapitän, laute *Nuestra Señora de Antigua*; was für ein sanfter Name, schrieb sie. In ein oder zwei Stunden wolle sie den Brief zu Ende bringen und hoffentlich von einem guten Ausgang der Begegnung berichten. Hier endete der Brief. Doch die Frau war nicht umsonst gestorben: Sollte Gott die *Nuestra Señora de Antigua* nur davor bewahren, jemals von einem Schiff der Royal Navy gesichtet zu werden, dachte Ramage bei sich.

Ramage fand, daß Briefe von Männern sehr unpersönlich klangen. Es waren nur weitere Namen und Adressen für die Liste. Frauen hingegen beschrieben, was sie beobachteten und was sie sich für ihre fernen Lieben wünschten. Eigentlich wollte Ramage seine Gefühle beim Lesen dieser fremden Briefe in Zaum halten, weil er sich neugierig schalt, doch dann spürte er, wie er beim Lesen die Verfasser gut kennenlernte. Jeder Brief lebte, beschrieb Augenblicke in deren Leben, jeder sah guten Mutes der Zukunft entgegen, freute sich auf die Kinder, auf Jamaica, wollte gern wissen, wie neu gepflanzte Blütenbäume und Büsche sich entwickelt hatten... und dann der Schock. Kein Schreiber atmete mehr, jeder lebte jetzt nur noch in der Erinnerung.

Eine Gänsehaut lief ihm über den Rücken, als er einen Augenblick daran dachte, daß auch Gianna ganz leicht auf der *Tranquil* hätte reisen können – als Passagier nach Jamaica. Ganz impulsiv hätte sie entscheiden können, England zu verlassen und hinter ihm herzusegeln, um bei ihm zu sein. Sie wäre fast so schnell gewesen wie der Brief, in dem sie ihm ihren Plan mitgeteilt hätte. Sein Vater und seine Mutter hätten zwar alles versucht, ihr das Vorhaben auszureden, doch die Marchesa di Volterra war viel zu lange Herrscherin ihres eigenen kleinen Landes in den Hügeln der Toskana gewesen, hatte zu viele Diener gehabt, die ihr alle Wünsche erfüllten, zu viele Minister, die sich ihr beugten, als daß man sie an einem Vorhaben hätte hindern können.

Ihr kleines Königreich war von Napoleon überrannt worden. Sie war nach England geflohen und lebte jetzt bei seinen Eltern in Cornwall, alte Freunde ihrer Familie, die sie wie ihre eigene Tochter behandelten. Eine wilde, eher ungezähmte Tochter mit einem feurigen Temperament, einem großen Herzen und, was am wichtigsten war, mit der richtigen Einstellung zum Leben. Daß die Marchesa und ihr Sohn sich ineinander verliebt hatten, hielten sie für die natürlichste Sache der Welt, für ein ganz und gar passendes Arrangement.

Ramage wußte, daß sein Vater überhaupt nichts Romantisches an der Tatsache fand, daß sein Sohn die Marchesa vor der sie verfolgenden französischen Kavallerie am Strand der Toskana gerettet hatte. Ramages Vater, der Admiral Earl of Blazey, hatte selber viele Jahre auf See zugebracht. Er wußte, daß sein Sohn Pflichten hatte, die er erfüllen mußte. Daß die Marchesa eine kleine, schwarzhaarige Schönheit von knapp zwanzig Jahren war und keine alte, verbitterte Tyrannin – nun ja. Der Earl hatte die Schultern gezuckt. Er hatte eigentlich Giannas Mutter erwartet, doch die war kürzlich gestorben.

Ramage zwang sich, nicht weiter seinen Gedanken nachzuhängen. Gianna hätte unter den Leichen auf der *Tranquil* sein können. Und er hätte frühestens, wenn überhaupt, etwas davon erfahren, wenn man einen Brief von ihr gefunden hätte.

Paolo hätte auch an Bord sein können, hätte Ramage ihn nicht einfach vergessen; Paolo, Giannas Neffe, der unbedingt zur See gehen sollte. Gianna hatte ihn dazu immer wieder gedrängt. Paolo Orsini war Erbe des Königreichs von Volterra, bis Gianna heiraten und selber Kinder haben würde. Der junge Paolo würde seine Tante dort gefunden haben – zwischen den Leichen. Lächerlich, Gianna als Paolos Tante zu bezeichnen – sie war höchstens fünf oder sechs Jahre älter als er.

Er sammelte jetzt die Briefe ein. Bleib ganz ruhig, schalt sich Ramage dabei. Auch Jackson hätte sie wiedererkannt. Dies ist der beste Weg, sich verrückt zu machen. So wurden junge Kommandanten, die Traditionen und die Routine ihres Berufs von allen anderen trennten, zu Exzentrikern, ja schnappten manchmal sogar über. Sie hockten allein in ihrer Kajüte, grübelten, dachten über dies nach, fürchteten jenes und spielten das unendliche Spiel, das immer mit »Wenn...« begann. »Wenn dies eingetreten wäre, hätte jenes sich vermeiden lassen... Wenn ich dies getan hätte.« Das schlimmste an diesem »Wenn...«-Spiel war für einen Kommandanten, sein Selbstvertrauen zu verlieren. Wenn er dann in solcher Stimmung seine Befehle las, könnte er sie ohne große Schwierigkeiten als viel zu schwierig einschätzen. Und dann würde er darüber grübeln, was es für Konsequenzen hätte, »wenn...« er einen Fehler machen würde.

Als nächstes würde er seinen Erfolg an sich in Frage stellen. Und wenn er erst einmal diesen trügerischen Boden betreten hatte, war er verloren! Er würde keinen Erfolg haben, egal, was er tat. Das war die wichtigste Lektion, die er über das Befehlen gelernt hatte. Und zwar als Nelson, damals noch Kommodore, ihm das Kommando über die kleine *Kathleen*, den Kutter, gegeben hatte, und Southwick dazu als Master.

Die ersten Befehle des Kommodore waren zwar furchteinflößend gewesen, doch rückblickend gestand sich Ramage ein, daß er, sicher weil er jung und unerfahren gewesen war, nie an ein Scheitern gedacht hatte. Dazu war auch keine Zeit gewesen. Wichtig war vor allem, nicht ständig zu grübeln. Halt deine Gedanken in Bewegung. Ein schwerer Kopf nach einer feuchten Nacht bei einem Empfang, Besorgnis über die Mannschaft, die nicht gut genug gedrillt war – es gab tausend Sachen zu bedenken. Hauptsache, man hatte keine Zeit zum Grübeln – und oft hatte man genau deswegen Erfolg. Wenn man mal einen Mißerfolg verzeichnete, dann aus dem Grund, weil Erfolg nicht zu haben war. Und nicht wegen mangelnden Selbstvertrauens.

In diesem Augenblick stand Ramage wieder einmal vor Augen, wieviel er Southwick verdankte. Der alte Mann hatte ihm jahrelang gedient, blieb immer derselbe, war immer guter Laune, obwohl er immer wieder mal vor sich hin brummelte. Brummelte warmherzig über die Mannschaften, egal wer sie waren, wie gut und auf welchem Schiff – er behandelte sie alle wie unbotmäßige, doch geliebte Söhne. Natürlich gab es nicht nur Southwick, sondern auch Kerle wie Jackson, Stafford und Rossi.

Niederlagen, Mißerfolge, ja selbst einfache Schwierigkeiten konnte man sich mit solchen Männern an Bord kaum vorstellen. Jackson zum Beispiel. Er war Amerikaner und trug einen amerikanischen Schutzbrief in seiner Tasche. Er brauchte sich nur an den nächsten amerikanischen Konsul zu wenden und könnte sofort aus der Royal Navy entlassen werden. Doch er war der Bootssteuerer des Kommandanten, ein Mann, der Giannas Leben mindestens einmal gerettet hatte – und Ramages viele Male. Rossi, der dickliche, immer fröhliche Mann aus Genua, dessen Englisch makellos war und dessen Karriere in Genua voller Flecken. Rossi hatte sich freiwillig gemeldet. Auch Genua war von Napoleon besetzt, und er, der Genuese, war glücklich, daß ihn die Royal Navy dafür bezahlte, verhaßte Franzosen zu töten. Und schließlich Stafford, den Gianna in jedem ihrer Briefe erwähnte. Wie Jackson und Rossi hatte er bei Giannas Rettung mitgewirkt. Er hatte in der Bridewell Lane im Herzen Londons gelebt und hatte Schlosser gelernt. Dann hatte ihn ein

Preßkommando in die Marine gezwungen. Er gab gern zu, sich kaum je legal mit einem Schloß befaßt zu haben.

Die drei konnten sich stundenlang aneinander reiben – doch sie stritten nie. Ramage dachte nach. Ja, sie alle waren in der Fregatte, die in dem Gefecht sank, als sie Gianna retteten. Sie hatten damals das Boot gerudert, das sie aufnahm. Sie waren auch auf der *Kathleen*, die der spanische Dreidecker in der Schlacht bei Kap St. Vincent zu Kleinholz schoß. Sie waren mit ihm zusammen auf der *Triton* gewesen, als er das Kommando über eine Mannschaft übernahm, deren größter Teil gemeutert hatte. Sie waren mit ihm durch den Hurrikan gesegelt, der sie entmastet und auf ein Riff bei Puerto Rico geworfen hatte. Sie waren mit ihm auf dem Postschiff gewesen, um herauszubekommen, warum die Post immer wieder verschwand ... Und so weiter, damals und wohl auch in Zukunft.

Jetzt hatten sie zu ihrer Freude den Neffen der Marchesa an Bord (oder, wie ihn Stafford stolz vor dem Rest der Mannschaft nannte, das Neffchen der Marchesa). Schweigend waren sie sich darüber einig, ihn im Auge zu behalten. Jackson hatte dem Jungen schon einmal das Leben gerettet, als sie vor ein paar Wochen ein feindliches Schiff enterten und der Junge mit dem Entermesser in der einen und dem Dolch in der anderen Hand über das feindliche Deck jagte.

Wenn der Junge getötet worden wäre ... wie hätte er das je Gianna sagen können? Er riß sich zusammen. Auch solche Gedanken gehörten zu dem verdammten »Wenn ...«-Spiel. »Wenn Paolo fallen würde ...« Paolo war lebhaft, energisch, lernbegierig und hatte vor nichts Furcht – und von Mathematik keine Ahnung. In der Auseinandersetzung, die Gianna mit Ramage gehabt hatte und in der er schließlich überzeugt worden war, hatte sie deutlich gemacht: Wenn der Junge ein paar Jahre als Fähnrich durchsteht und später Leutnant der Royal Navy wird, hat er viel gelernt. Viel, das ihm nützen würde, sollte er als Napoleons Nachfolger jemals Volterra regieren. Er würde Menschen verstehen, könnte sie führen und beherrschen.

Ramage befahl dem Posten vor der Kajüte, seinen Schreiber zu holen. Als er ihm den Bericht und die Liste mit Adressen und Namen zu Reinschrift und Kopie übergeben hatte, ließ er Aitken rufen. Der Erste Offizier war stellvertretender Kommandant. Man vergaß das leicht, oder mochte gar nicht gern daran denken: Wenn dem Kommandanten etwas zustieße, wäre Aitken verantwortlich für Schiff und Mannschaft. Dabei konnten Kapitäne genauso leicht an Kartätschen oder gelbem Fieber sterben wie jeder andere Mann an Bord . . .

Aitken spürte beim Eintreten, daß der Kapitän über etwas brütete. Er nahm auf dem Bänkchen Platz, auf das Ramage deutete. Die tiefliegenden Augen schienen nach innen gerichtet, und man mußte nicht lange nachdenken, um zu wissen, warum. In den Highlands gab es genügend Männer, denen Raub und Überfälle auf ihre Dörfer zu denken gaben, die schon ein halbes Jahrhundert zurücklagen. Es war also kaum überraschend, daß der Kommandant über ein blutiges Massaker grübelte, das vor gut einer Stunde auf der *Tranquil* verübt worden war.

Ramage sah ihn an wie einen Fremden.

»Weiß die Mannschaft, was auf der *Tranquil* geschah?«

Eine verblüffende Frage. Wie konnte geheimgehalten werden, was man auf der *Tranquil* gesehen hatte? »Ja, Sir. Alle wissen Bescheid.«

»Und was denken und fühlen sie?«

»Schlimmeres als Wut, Sir. Besonders wegen der Frauen. Wir könnten . . .«

»Wir könnten was, Aitken?«

»Wir könnten Probleme haben, sie zurückzuhalten, sollten wir einen Kaperer aufbringen. Ich meine, wenn wir ihn entern!«

Doch statt wütend zu werden und den Rat zu äußern, die Offiziere sollten gefälligst ihre Untergebenen unter

Kontrolle haben, nickte Ramage nur. Nicht zustimmend, sondern nach Art alter Männer, die interessante Neuigkeiten hören.

Aitken war dankbar für die Gelegenheit, darüber zu sprechen. »Ich wollte das gerade vorbringen, Sir. Vielleicht wollen Sie zur Mannschaft sprechen. Und sie davor warnen, Amok zu laufen, wenn wir Kaperer aufbringen.«

Der junge Schotte spürte, wie das Interesse des Kapitäns nachließ. Und er war sich nicht sicher, ob er darüber erleichtert oder bedrückt sein sollte, als Ramage äußerte: »Ich habe nicht vor, besondere Befehle zu geben, wenn wir einen Kaperer namens *Nuestra Señora de Antigua* entern, Mr. Aitken. Wir bringen Kaperer auf und entern sie wie immer, und ich erwarte, daß unsere Disziplin eingehalten wird.«

»Aye, aye, Sir. Aber keine Gnade für die *Nuestra Señora de Antigua*. Es ist schließlich die . . .«

»Ich weiß, der Name stand in einem Brief. Die letzten paar Zeilen wurden geschrieben, als sie schon ziemlich nahe war.«

Aitken griff nach seinem Hut und wollte die Kajüte verlassen. Aber der Kommandant forderte ihn mit einer Handbewegung auf, sitzen zu bleiben, und Aitken sagte leise: »Ich glaube, Sie fühlen auch, daß an der Sache irgend etwas nicht stimmt.«

Aitken hatte das bereits gespürt, als Baker und Kenton an Bord zurückgekehrt waren. Southwick und er hatten geahnt, was die beiden Leutnants sehen würden – die ermordeten Frauen gehörten allerdings nicht dazu. Sie waren also nicht überrascht. Doch nach der Rückkehr der beiden Leutnants bemerkte Aitken ein seltsames Klima an Bord. Es ging vom Kommandanten aus, und Jackson und Rossi waren auch betroffen. Stafford nicht und Southwick nicht. Keiner von beiden besaß besonders viel Phantasie. Man konnte sich auch kaum vorstellen, daß einer der beiden den Zweiten Blick hatte.

Aber er hatte ganz stark gefühlt, daß ... ja was eigentlich? Auf dem Achterdeck war es kühl geworden wie in der Krypta einer Kirche. Er hatte das Geschehen vorher geahnt, obwohl es nicht stärker war als ein kaum erinnerter Traum. Und so wußte er einfach, ehe es tatsächlich geschah, daß Baker ein Bündel Briefe mitbringen würde. Er wußte, daß der Kommandant sie nehmen und den Niedergang mit eingezogenen Schultern hinuntersteigen würde, als erwarte er böse Nachrichten anstelle von Briefen völlig fremder Menschen.

Jackson, der Bootssteuerer des Kommandanten, bewegte sich wie betäubt und weigerte sich, Stafford weiter beim Nähen seiner neuen Hose zu helfen. Rossi, der Dritte im Bunde, saß auch für sich allein, seine Gedanken schienen Meilen entfernt zu sein. Dabei hatten die beiden sicher mehr Gewalt und Blut gesehen als jeder andere Mann an Bord. Was sie so aus der Bahn geworfen hatte, konnten nicht diese sinnlosen Morde auf der *Tranquil* gewesen sein. Es war etwas ganz anderes – so als habe eine Hand aus der Vergangenheit sie an der Schulter berührt.

Er selber hatte so etwas zum ersten Mal erlebt, als er elf oder zwölf Jahre alt war und zu Hause in Dunkeld den steilen Berg ins Dorf hinabstieg.

Es war ein später Herbsttag. Die Sonne verwandelte die Blätter der großen Buchen in glänzendes Kupfer. Durch das Tor war er in die Ruinen der Kathedrale gelaufen – ein Skelett aus Steinen. Es standen nur noch die Wände, das Dach war längst verschwunden. Doch man konnte sich das alte Gebäude in seiner ganzen vergangenen Großartigkeit vorstellen: Er sah Frauen, Männer und Kinder, die Hymnen sangen, deren Echo sich auf den spitzen Bögen brach. Der Gottesdienst endete mit dem Segen, und langsam kehrten sie nach Hause zurück. Unterwegs hielten sie noch für ein kurzes Schwätzchen an, man hörte von den Nachbarn Neues und gab ein paar Gerüchte weiter.

Um die Kathedrale lagen an den Wegen Gräber und

Eingänge zu Grüften. Behauener Marmor mit Altersflecken, von Flechten bedeckt, der über ein paar hundert Jahre oder länger die Geschichte der Menschen von Dunkeld erzählte. So kamen die Leute auf dem Weg aus der Kirche an den Gräbern ihrer Eltern, Großeltern und Urgroßeltern vorbei. Als junger Mann hatte er all das gespürt und hatte im Geiste Menschen in Kleidern gesehen, die er nicht einordnen konnte. Erst später erfuhr er, daß es Kleider aus vergangenen Jahrhunderten waren.

Zwischen jener Zeit und dem Tag, als er dort als Junge stand, war die Kathedrale abgebrannt. Die Kirchenbänke und die Balken waren in Flammen aufgegangen, das Dach war eingestürzt. Niemand hatte versucht, es zu reparieren. Moose und Flechten begannen auf den Steinen zu wachsen, über die Gräber kroch Gras. Seine Mutter sprach nie darüber. Aber als er so dort stand und darüber nachdachte, wurde es um ihn herum plötzlich kühl. Nicht kalt und nicht furchteinflößend, obwohl er damals ein kleiner Junge war. Es reichte gerade aus, daß er sich klar war: Hier geschah etwas, das er nie beschreiben oder gar erklären könnte. Und in der Tat hatte er später auch nie darüber gesprochen.

Jetzt also hatte sich die *Calypso* verändert. Vermutlich bildete er sich das nur ein. Doch während er hier saß und seinen Kommandanten anschaute, wußte er, daß um den Kapitän, um Jackson und um Rossi irgend etwas war – ja, eine Art Aura, so als seien sie geradewegs aus der Vergangenheit gekommen.

Natürlich war das gänzlich absurd. Die *Calypso* war vor fünf Jahren als Fregatte auf einer französischen Werft gebaut und vor wenigen Wochen von Mr. Ramage erobert worden. Und Jackson war amerikanischer Seemann, der freiwillig in der Royal Navy diente. Rossi war Genueser – oder wie nannte er sich selbst – Genovesi? – und das war's. Er, James Aitken, war Leutnant der Royal Navy und Erster Offizier der *Calypso*. Er tappte hier durch abergläubische Vorstellungen wie ein uralter, verwitweter Schwachkopf in den Hügeln von Perthshire, der mit gichtigen Händen winkte, aus zahnlosem Mund vor sich hin sabberte und mit schwächer werdenden Augen in einer Welt vager Erinnerungen und Träume von damals lebte.

Und dennoch: Da saß der Kommandant und sprach davon, daß an der Sache irgend etwas nicht stimme. Und dabei blickte er vor sich hin, als habe er gerade einen Geist gesehen.

Mit Aitken hatte das alles nichts zu tun, aber als der junge Schotte die Kajüte betrat, hatte Ramage genau das erlebt: Er hatte das ganz sichere Gefühl zu wissen, was Aitken sagen würde. Davor hatte er sich dabei ertappt, daß er Befehle gab mit Worten wie aus einem Theaterstück oder aus einem Traum. Southwick hatte sich gefragt, warum Ramage nicht an Bord der *Tranquil* ging, und Ramage selber war erstaunt gewesen, als er Jackson mitgeteilt hatte, daß er nicht mitkommen würde.

Als Baker und Kenton drüben auf dem Schiff waren, wußte er von irgendwoher, was sie sahen. Er wußte, daß man dort Frauen ermordet hatte. Doch er hatte seine Befehle gegeben, war nach unten in die Kajüte geklettert, hatte die Briefe gelesen und an Gianna gedacht – und sich dabei die ganze Zeit gegen etwas gewehrt –, aber wogegen?

Als Aitken eingetreten war, hatte er sich an eine Geschichte erinnert, die ihm sein Vater erzählt hatte, als er noch sehr jung war. Sein Vater berichtete irgend etwas aus der Familiengeschichte der Ramages. Und daß er, wenn er erwachsen sei, anstelle seines Vaters Earl of Blazey sein werde.

Anfangs hatte er das nicht begriffen. Dann verstand er, was sein Vater meinte. Wenn ein Earl starb, wurde der älteste Sohn der nächste Earl. Sein Vater war der zehnte, und war Nachfolger wiederum seines Vaters, Ramages

Großvaters, des neunten Earl, der seinerseits dem achten Earl gefolgt war, Ramages Urgroßvater.

Über genau diesen, Charles Uglow Ramage, den achten Earl of Blazey, erzählte ihm sein Vater die Geschichte. An Einzelheiten erinnerte er sich kaum noch – er war so jung, daß die Geschichte ihm kaum mehr bedeutete als die vielen, die Mutter oder Vater ihm vor dem Einschlafen erzählt hatten.

Doch Urgroßvater Charles, der zweite Sohn, war als Royalist im Bürgerkrieg auf Barbados stationiert gewesen. Aus Gründen, die Ramage längst vergessen hatte, mußte der Urgroßvater von der Insel fliehen und segelte mit dem Schiff der Familie nach Jamaica. Gewöhnlich wurde es zur Versorgung von Plantagen eingesetzt. Aus irgendeinem Grunde wurde der Urgroßvater Pirat. So sehr haßte er die Spanier, daß er jahrelang die Nordostküste Südamerikas heimsuchte und spanische Kaperer überfiel – genauso wie jetzt sein Urenkel, nur daß der Offizier des Königs war.

Ramage erinnerte sich schwach, daß irgendwas von einem Freibeuter erzählt worden war. Vielleicht gab es sogar mehrere – warum nicht, in so vielen Jahren? Aber die Einzelheiten waren verblaßt, waren in der Erinnerung der Kinderjahre versunken zwischen Geschichten von Hexen, Feen und Gnomen mit Zauberstäben.

Hatte sein Urgroßvater ein ähnliches Massaker erlebt? Die Karibik hieß damals noch Nordsee, der Pazifik war die Südsee, und damals lebten noch Männer, die sich an Drake erinnerten, der im Kanal die spanische Armada besiegt hatte. Was hatte sein Vorfahre erlebt, das ihn die Spanier sein ganzes Leben lang so bitter hassen ließ?

Dann erinnerte er sich an silberne Kerzenhalter, die zum Dinner zu Hause benutzt wurden. Sie waren dreiarmig. Insgesamt waren es fünf, doch üblicherweise benutzte man nur zwei, es sei denn, viele Gäste wurden bewirtet. Diese Kerzenhalter waren Teil eines Lösegelds, das nach einem Überfall auf eine Stadt an der Küste gezahlt worden war. Es gab noch einiges mehr außer den Leuchtern. Ein Satz kleiner silberner Teller, die nicht mehr benutzt wurden, weil das Säubern und Polieren dem feinen Muster nicht guttat, das wohl maurischen Ursprungs war. Dann die Pistolen mit dem Feuersteinschloß, die Arkebusen, die in der Halle aufgereiht standen, Rüstungen, reich dekorierte Brustpanzer und Helme – all das hatte der achte Earl in seinen Tagen als Freibeuter in seinen Besitz genommen.

Heute hieß Freibeuter jemand, der eine Art Pirat war. Zu Urgroßvaters Zeiten war ein Freibeuter im allgemeinen jemand, der lange vor Gründung der Royal Navy vom König oder seinem Gouverneur ein Patent erhielt, das ihm erlaubte – ja ihn geradezu aufforderte – auf eigene Kosten den Feind zu bekämpfen. Drake, Ralegh, Hawkins – sie alle waren Freibeuter.

Aitken sah ihn an, offenbar etwas erstaunt. Was hatte er gerade gesagt? Der Erste Offizier wollte die Kajüte verlassen, da hatte der Kommandant ihm bedeutet zu bleiben, und dann hatte er etwas zur Erklärung gesagt. Er erinnerte sich nicht mehr daran, also war es wohl auch nicht so wichtig.

»Entern. Drillen Sie die Männer so häufig wie möglich im Entern. Holen Sie die Schleifsteine an Deck und lassen Sie die Entermesser rasiermesserscharf schleifen. Auch die Pieken müssen scharf sein. Dann die Boote. Üben Sie das schnelle Aussetzen der Boote...«

»Das sagten Sie bereits, Sir!« antwortete Aitken geduldig.

»O ja, natürlich«, sagte Ramage. »Sehr gut, ich glaube, das war's dann wohl.«

Aitken erhob sich langsam und hoffte, der Kapitän würde fortfahren mit dem, wobei er sich unterbrochen hatte. Aber er schaute so abwesend, und Aitken spürte, es war jetzt nicht die Zeit, den Kommandanten aus seinen Gedanken und Erinnerungen zurückzuholen.

4

Die Dunkelheit kurz vor der Dämmerung war bedrükkend, kühl und feucht. Ramage wickelte sich in seinen Bootsmantel. Er haßte den Geruch der Wolle, die sich mit Salz aus der nassen Luft vollgesogen hatte. In drei oder vier Stunden würde er unter der brennenden Sonne jeden Seemann beneiden, der nur ein leichtes Hemd und dünne Hosen trug. Doch jetzt, als sie alle auf den Sonnenaufgang warteten, schien es ihnen hier so kalt wie im Englischen Kanal. Natürlich war es das nicht. Doch er war so an die Tropen gewöhnt, daß er schon dann fror, wenn die Temperatur einmal unter das sank, was in England als glühendheißer Tag galt.

Baker hatte die Wache. Alle zehn Minuten rief er die Ausguckleute auf ihren Posten an: zwei im Bug, einen mittschiffs und zwei im Heck. Er rief sie einzeln an und erhielt immer die gleiche Antwort: »Nichts in Sicht, Sir!« Aber diese häufigen Anrufe geschahen nicht aus Nervosität oder weil besondere Gefahr drohte. So hielt man Männer im Ausguck wach. Es war besonders ermüdend, in die Dunkelheit zu starren, und unendlich leicht, in Schlaf zu fallen, selbst im Stehen. Auf Wache zu schlafen war ein ernstes Vergehen. Nicht wegen des Eindösens, aber in den Augenblicken oder Minuten des Schlafs könnte sich ein feindliches Schiff nähern oder eine felsige Untiefe auftauchen. Ein dösender Mann konnte das Schiff zum Untergang verdammen und jeden einzelnen seiner Kameraden zu Tode kommen lassen.

Ramage akzeptierte, daß Ausguckleute mal dösten. Es war ja noch nicht so lange her, daß er als Fähnrich Ausguck gegangen war. Er erinnerte sich an die Tricks, wach zu bleiben. Die Augen anfeuchten und in den Wind starren machte einen wieder munter, doch leider nur für ein paar Minuten, nie für lange. Auf Hacken und Zehen hin und her wackeln, den Kopf wie ein nasser Hund schütteln, die Knie beugen und strecken, sich auf Augen und Brauen klopfen ... Doch das beste Mittel, wach zu bleiben, war der Wachhabende, der befehlsgemäß den Ausguck alle zehn Minuten anzurufen hatte. Vielleicht hatten auch andere Kommandanten solche Befehle – Ramage hatte nie unter einem gedient, der das angeordnet hatte. Wie auch immer – seit er ein Schiff kommandierte, hatte er noch nie einen Mann wegen Schlafens auf Wache auspeitschen lassen müssen.

Er stellte sich vor, wie die Erde sich langsam der Sonne entgegendrehte. Hier begann der Morgen, dort senkte sich die Dämmerung über das Ende des Tages – so etwa im östlichen Zipfel des Mittelmeers. In Cornwall hatte der Morgen bereits vor vier Stunden begonnen. Jetzt war dort schon heller Tag – im geschäftigen St. Kew. Man hatte längst gefrühstückt. Was würden seine Eltern, was würde Gianna heute unternehmen? Der alte Admiral würde wahrscheinlich zu Pferd ein Feld inspizieren oder einen kranken Pächter besuchen. Mutter würde sich um die Speisefolgen des Tages kümmern. Und Gianna? Die würde vielleicht an ihn schreiben, eine weitere Seite in den langen Briefen, die sie ihm schrieb wie ein Tagebuch.

Die Sonne schien also schon über England oder verbarg sich hinter Wolken, erhob sich über dem Atlantik und würde auch bald hier erscheinen. Die Theorie war ganz interessant, und ohne Zweifel würde sie – es sei denn, die Welt ging unter – auch wirklich aufgehen. Dennoch war es im Augenblick verdammt dunkel und verdammt kalt hier, nördlich der holländischen Insel. Es wehte eine Brise von zehn Knoten, alle Segel standen, und unter Deck trommelte gerade der Trommler die Männer auf Gefechtsstation. Dämmerungsbeginn in fremden Gewässern bedeutete in Kriegszeiten, daß auf jedemSchiff der Royal Navy alle Mann auf Gefechtsstation mußten. Der langsam aufsteigende Tag könnte eine leere Kimm zeigen oder ein feindliches Schiff, ja eine ganze Flotte in Schußnähe.

Er achtete jetzt auf die Geräusche im Schiff: Sie gehörten so zu seinem Leben, daß er für gewöhnlich nicht achtgab auf sie. Das Knarren der großen Rahen über sich. Das gelegentliche Flappen eines Segels, das wie trockenes Niesen klang. Das Rumpeln der Trommel des Rades, wenn die Männer das Ruder bewegten und die Steuerreeps sich spannten oder lockerten. Sie zogen die Pinne unter Deck nach backbord oder steuerbord und gaben dem Ruderblatt seine Richtung. Es hielt das Schiff auf Kurs. Von fern ertönte das häßliche Knarren eiserner Bolzen und Zapfen, die sich gegeneinander bewegten und nur durch Seewasser feucht gehalten wurden.

Auch das Schiff knarrte beim Rollen, wenn die Seen es bewegten. Planken bewegten sich gegeneinander, Püttings, Kiel und Kielschwein. Hier ganz achtern machte das Heck mit seinem reichen Schmuck mehr Lärm als das einer britischen Fregatte, die nach anderen Vorlagen gebaut war. Das kurze, tiefe Knacken, wenn die Lafetten der Kanonen beim Rollen des Schiffs in die Taue ruckten, die immer einen Zoll nachgaben. Das leise Stöhnen von Wanten, deren Tauwerk sich unter Druck dehnte. Ramage dachte dabei immer, so würde Rheumatismus klingen, wenn die Krankheit eigene Laute hätte. Das Quietschen der Blöcke, wenn Tampen durch die Scheibengatten rutschten, erinnerte an Tierschreie. Der Bootsmann und seine Gehilfen hatten diese Blöcke beim Schmieren offenbar übersehen. Doch bei den vielen hundert Blöcken war das Schmieren eine Aufgabe, die kein Ende nahm.

Das Zischen der See und die weißen Pferde auf den Wellenkämmen klangen in der Dunkelheit schärfer. Gelegentlich rumpelte und klatschte es laut, wenn der Bug eine Welle erwischte, deren Kamm er abschnitt und deren Gischt er hoch aufsprühen ließ. Manchmal bewegte sich etwas in der Dunkelheit hoch oben – ein Seevogel kreiste in der Nacht, war vielleicht aus dem Wasser durch das sich nähernde Schiff aufgescheucht worden. Manchmal flappte es leicht auf Deck – fliegende Fische waren auf die Planken gefallen. Gewöhnlich ließ der Decksoffizier zu, daß ein Ausguck die Fische einsammelte und in einem Eimer staute, der zu diesem Zweck am Großmast stand.

Ramage zuckte zusammen, als der Trommler seine Wirbel startete und unter Deck die Gehilfen des Bootsmanns ihr Ritual begannen: Die Pfeifen schrillten. Die »Nachtigallen von Spithead« wurden sie spöttelnd genannt. Rufe und Drohungen folgten, um die Männer aus ihren Hängematten zu bringen.

Und wieder einmal sammelten sich die Männer der *Calypso* auf ihren Gefechtsstationen: Die Decks wurden mit Sand bestreut, die Kanonen ausgerannt. Sie waren geladen geblieben. Liebevoll geschnitzte Pfropfen schützten die Mündungen gegen Spritzer von See und Regen. Die Männer erhielten Entermesser, Pistolen, Musketen und Pieken, und die Seesoldaten traten unter Rennicks scharfem Blick an. Ramage hatte einmal einen Seesoldaten klagen hören, daß Rennick ein Vampir sei. Er könne im Dunkeln sehen.

Langsam wandelte sich die See in dunkles Grau. Da das Licht täuschte, schien es, als ob die schwarzen, öligen, sich schnell bewegenden Wellen ihren Lauf verlangsamten und höher wurden. Man sah sie jetzt anrollen, während der Himmel im Osten fast unmerklich heller wurde.

Ramage sah, daß Southwick an Deck gekommen war und vorn auf dem Achterdeck stand, Hände auf der Reling, nach vorne blickend. Der Master war unter allen Männern an Bord der neugierigste. Was würde die Dämmerung enthüllen? Er hatte vorhergesagt, sie würden Curaçao an Steuerbord voraus entdecken, fünfzehn Meilen entfernt, und an Backbord die viel kleinere Insel Bonaire.

Ramage war froh, wenn Curaçao auftauchte – wenn auch aus anderen Gründen als Southwick. Damit die *La Créole* sich achteraus halten konnte, war es nötig gewesen, eine Hecklaterne brennen zu lassen, denn die Nacht war unter dichten Wolken sehr dunkel gewesen. Ramage wollte nicht riskieren, den Schoner außer Sicht zu verlieren. Die Lampe war schlecht getrimmt und qualmte leicht. Der rußige Gestank hatte ihn öfter einmal erreicht und alle Kleider durchdrungen. Denn immer wieder hatte ein Fetzen Wind um das Heck gespielt und über die achtere Reling geweht.

Ramage zog seinen Mantel enger. Der Zug aus den oberen Segeln des Besans war wie ein kleiner Sturm, der ihm von oben in den Nacken wehte – besonders schlimm bei rauhem Wind. Wie jeder wußte, gab es diesen Zug immer, gestand er sich ein. Es war eine reine Angewohnheit zu behaupten, aus gerade diesem Quadranten wehe er besonders heftig. Es bedeutete nichts weiter als die Hoffnung, bei leichtem Anluven oder Abfallen würde der Zug von oben ein anderes Opfer finden. Das geschah natürlich nie.

Das Grau begann sich auszudehnen, und Baker trat vor ihn.

»Ich bitte um Erlaubnis, die Ausguckleute nach oben zu schicken, Sir!«

»Ja«, antwortete Ramage. »Schicken Sie Orsini mit einem Glas hoch. Southwick will natürlich sofort wissen, wenn jemand Land sieht.«

Baker lachte über den Master, der immer noch an der Achterdecksreling stand wie ein Pferdewetter, der nervös auf seinen Traber wartet.

Die Navigation des Masters war bisher immer sehr genau gewesen. Zwanzig Minuten später meldete Paolo von oben, daß durch den Dunst Land an Backbord voraus auftauchte: Bonaire, und zwei bis drei Strich Steuerbord voraus Curaçao. Von Südsüdwest bis Südwest notierte Southwick auf der Tafel, die er in einer Schublade im Kompaßhäuschen aufbewahrte. Die Mannschaften spülten das Deck, um den Sand loszuwerden, laschten die Kanonen wieder fest und brachten die Piken zurück in die Stellings um die Masten. Es war zweifelsohne Curaçao. Im Osten flach, dann stiegen Berge sanft auf und endeten in einem kegelförmigen Berg im Westen: Sint Christoffelberg.

Sie lagen hoch genug am Wind, bemerkte Ramage. Der Hafen lag ziemlich in der Mitte von Curaçaos Südküste, und beide Schiffe konnten ihn bei stetigem Wind gut aus Nordosten anlaufen. Aufmerksame Posten am Ostende der Insel würden die Fregatte und den Schoner vor der aufgehenden Sonne entdecken, aber später, näher an Land, würden sie im Licht der Sonne segeln, und das Glitzern des Wassers würde es einem Beobachter sehr schwer machen, Flaggen zu erkennen. Ein Beobachter konnte meinen, daß die Fregatte und der Schoner, die so französisch aussahen, auch unter französischer Flagge segelten.

Rossi wischte den letzten Tonstaub weg und musterte den Handlauf aus Messing oben am Niedergang äußerst genau. Der Erste Offizier wäre damit zufrieden, vorausgesetzt, kein *stupido* würde ihn vor der Inspektion anfassen. Fingerabdrücke, Fingerabdrücke, dachte er ärgerlich. Die Finger der meisten Männer an Bord dienten offenbar nur einem einzigen Zweck: Spuren auf frisch und glänzend poliertem Messing zu hinterlassen.

Jackson und Stafford hatten ein halbes Dutzend Ledereimer um den Großmast aufgestellt. Sie waren leer, und das Leder wurde poliert, bevor die Eimer, mit Wasser gefüllt, wieder an ihre entsprechenden Haken kamen. Solche Feuereimer waren im Fall eines Brandes ziemlich nutzlos, aber mit dem Namen *Calypso* auf der Seite sahen sie elegant aus. Elegant jedenfalls von der einen Seite. Wer sich die andere Seite genauer ansah, würde Kratz- und Schleifspuren auf dem Leder entdecken. Sie stammten von scharfen Messern, die den ursprünglichen Namen entfernt hatten.

»Warst du schon mal auf Curaçao, Jacko?«

»Nein. Ich war noch nie da. Hatte noch nie was mit Holländern zu tun.«

»Sie sollen gute Kämpfer sein, hört man, die Holländer.«

Jackson nickte. »Das hab ich auch gehört. Harte Männer. Hart im Handeln, harte Trinker, harte Kämpfer.«

»Warum lassen die sich in Geschäfte ein mit den Spaniern und den Franzosen?«

Der Amerikaner hob die Schultern. »Politik oder Profit. Darum geht's ja meistens – oder um Frauen!«

»Frauen!« murmelte Stafford sehnsüchtig. »Die holländischen Frauen sind meistens sehr breit gebaut, wenn ich mich recht erinnere. Und dann machen sie viel Lärm mit ihren Holzschuhen.«

Er hob den Ledereimer, den er gerade polierte, so hoch, daß die Sonne daraufffiel. »Wegen der Frauen wünscht ich mir, wir wären irgendwo im Mittelmeer!«

»Mittelmeer?« fragte Jackson. »Ich erinnere mich nicht, daß du dich Frauen gegenüber besonders hervorgetan hast.«

»Wir hatten nicht viel Gelegenheit dazu. Aber Italien und Spanien ...«

»Da habe ich auch einige breit gebaute gesehen. Gebaut wie Dreidecker. Auch in Korsika. Erinnerst du dich an die von Bastia, die uns Obst und Gemüse verkauften? Rund wie die Kohlköpfe, die sie uns verkauften, waren einige.«

»Ja, ja. Und sie hatten wunderbare Orangen. Und ab und an gab es sogar richtige Schönheiten. Unter den Frauen, meine ich.«

»Ich habe keine gesehen«, sagte Jackson dumpf.

»Ich ziehe Italien vor. Die Marchesa«, erinnerte ihn Stafford.

»Die zählt nicht«, sagte Jackson bestimmt. »Von ihrer Art gibt's in ganz Italien nur eine einzige.«

In den nächsten fünfzehn Minuten unterhielten sich die Männer über den Strand der Toskana, an dem sie die Marchesa gerettet hatten, und über die anschließende Reise nach Gibraltar. Dann gesellte Rossi sich zu ihnen, der alles Messing geputzt hatte und ihnen jetzt beim Polieren der Eimer half.

Rossi hatte überhaupt kein Interesse, sich mit ihnen über Frauen zu unterhalten, obwohl sie ein Thema waren, bei dem er sich für einen Experten hielt. Er kam immer zu dem gleichen Urteil – es gab nirgends solche Frauen wie in Italien. Wer anderer Meinung war, war sicher ein Eunuch.

»Die Kaperer, Jacko. Glaubst du, wir finden sie in Curaçao?«

»Besser vor Curaçao«, antwortete Jackson grimmig. »Da können wir sie vor ihren Freunden verbrennen oder versenken.«

Munter meldete sich Rossi: »Erinnert euch an die *Tranquil* . . . laß sie verbrennen!«

Einer der Gehilfen des Bootsmanns kam, um die Arbeit zu prüfen, und sah sie neugierig an: »Was brennt?« Sein Blick bewies deutlich: Feuer auf See war das Schlimmste für einen Seemann.

»Es brennt nichts!« antwortete Stafford beruhigend. »Jedenfalls noch nicht. Wir hoffen nur ein paar von den Kaperern zu schnappen und aus ihnen einen Scheiterhaufen zu machen!«

»Dazu könnt ihr von mir Stahl und Stein haben!« bot der Bootsmannsgehilfe bitter an. »Ihr hättet die Leute mal sehen sollen. Du hast sie ja gesehen, Jacko. In Stücke gehauen, besonders die Frauen. Wer immer die fünf Frauen umgebracht hat, benahm sich wie ein Schlachterlehrling.« Er sah zu Jackson rüber, den viele aus der Mannschaft – ganz und gar irrtümlich – für einen Vertrauten des Kommandanten hielten. »Erwarten wir Kaperer auf Curaçao? Hab nie gehört, daß sie den Platz anliefen! Ist doch eine holländische Insel, nicht wahr?«

Der Amerikaner hob die Schultern und fuhr sich mit der Hand durch das dünner werdende, sandfarbene Haar.

»Mir scheint, daß aus der Insel ein Piratennest geworden ist. Ich weiß nur, daß wir dahin segeln, um sie zu suchen. Aber ich weiß nicht, warum sie die Insel als Basis benutzen. Vielleicht machen ihnen unsere Fregatten an den Nordküsten die Hölle heiß. Es bewegen sich nicht allzu viele spanische Schiffe um Kuba. Hispaniola ist ruhig und ebenso Puerto Rico.«

»Dann bleibt außer der Nordostküste vom Festland nicht viel übrig«, kommentierte Stafford.

»Von Kaperei verstehst du überhaupt nichts«, meldete sich Rossi überraschend gesprächig. »Ein Kaperer bringt ein Schiff auf, macht Beute, und manchmal nimmt er auch Passagiere gefangen. Drei Sachen also. Er ist an nichts anderem interessiert.« Mit einer Handbewegung schien er Gefangene über die Reling in ein Boot zu schikken.

»Aus den drei Sachen macht er Gewinn. Er verkauft die Fracht. Dazu braucht er einen Hafen und einen Markt, einen Platz, auf dem es Händler mit Geld gibt. Dann verkauft er das Schiff. Dafür braucht er das gleiche: Hafen, Kaufleute, Männer mit Geld. Was die Passagiere angeht – also, Lösegeld zu kriegen ist harte Arbeit. Und wenn er meint, er hat genug am Schiff und an der Ladung verdient, schickt er die Passagiere ins Boot oder« – er deutete zurück nach Norden – »er bringt sie um.«

»Du weißt aber verdammt gut darüber Bescheid«, kommentierte der Gehilfe des Bootsmanns.

»Ich habe in Genua nicht gelernt, ein *prété* zu werden«, sagte Rossi nur. »Ich habe kein Gesicht für einen Priester. Aber die Kaperei« – er streckte die Hände aus, Handflächen nach oben – »ist wie die Fischerei. Man muß nur keine Netze flicken.«

»Und warum ist die Kaperei dort in Ordnung und hier nicht?« fragte Jackson listig.

»Kaperei ist überall in Ordnung«, antwortete Rossi mit Pathos. »Aber im Mittelmeer bringen nur die *Saraceni*

Passagiere um. Überlaß sie dem Meer in einem Boot – ja, aber Mord – nein!«

Jackson erinnerte sich nicht, den Italiener je so kalt und gleichzeitig so erregt gesehen zu haben. Es gab niemanden an Bord der *Calypso*, den der Tod jener Frauen nicht schockiert hätte, weil jeder sich unter den Toten seine Frau, Mutter oder Tochter vorstellen konnte.

»*Era barbarico!*« erklärte Rossi, »und wenn ich den Mann finde ...« Seine Geste zeigte unzweideutig, wie er ihn kastrieren würde. »Damit fange ich an. Und danach ...«

»Ist in Ordnung«, unterbrach ihn Stafford, »laß uns raten. Meine Vorstellungskraft ist ganz schön gut, und ich kann mir ausmalen, was mir geschehen würde.«

»Die Spanier«, klagte Rossi, »sind zu lange durch Italien marschiert.«

»Sag mal Jacko«, meinte Stafford nachdenklich, »du erinnerst dich doch an das Fort, wo wir die Marchesa retteten? Wo du und Mr. Ramage dann den Arzt holten?«

»Santo Stefano, so hieß der Ort. Das Fort wurde nach einem spanischen König benannt. Der, der die Armada losschickte. Philip II.«

»*La fortezza di Filipo Secundo*«, sagte Rossi. »Ich kenne es. Hoch über dem Hafen. Dieser Philip war von allen Spaniern der Schlimmste. Er ließ jeden schätzen und nahm das Geld, um zu ihrer Bewachung überall Befestigungen zu bauen. Sie zu bewachen vor jedem, der sie je hätte retten können.«

»Ich dachte, du magst die Franzosen nicht!« Stafford fand Vergnügen darin, Rossi auf den Arm zu nehmen.

»Ich liebe die Franzosen nicht, weil sie Genua eroberten und die Ligurische Republik ausriefen. Aber früher hatten wir mit den Franzosen kaum Probleme. Wohl aber mit den Spaniern. Die liefen immer zum Papst. Und sie glaubten, alle italienischen Staaten gehörten ihnen. Immer diese Grausamkeiten – jahrzehntelang. Oder Jahrhunderte. Der

Galgen für die Ketzer, der Dolch für die Rivalen ... und hier draußen, das Entermesser für die Frauen.«

»Diese Eimer«, unterbrach sie der Gehilfe und schüttelte sich, »glänzen jetzt genug. Füllt sie mit Wasser und hängt sie auf.«

Überall an Deck der *Calypso* beendeten jetzt die Männer ihre Arbeiten. Die Enden von Fallen und Schoten und von vielen Dutzend anderer Tampen, die in den letzten paar Stunden benutzt worden waren, hingen gut aufgeschossen klar. Die Glocke vorn im Vorschiff glänzte strahlend in der Sonne. Ab und an roch es nach dem Rauch von Holzkohle, den ein Fähnchen Wind aus dem Schornstein der Kombüse wehte. Da unten kochten die Kupferknechte schon das Fleisch für das Mittagessen der Männer.

In fünfzehn Minuten würden die Schreie der Gehilfen des Bootsmanns die Männer zum Drill an die Kanonen rufen. Der Erste Offizier würde die Übungen mit der Uhr in der Hand verfolgen. Die *Calypso* lief unterdessen rollend und stampfend mit achterlichem Wind und achterlicher See aus Backbord auf die östliche Ecke von Curaçao zu. Die *La Créole* hielt sich dicht hinter ihr.

Die Insel war ein blaugraues Flimmern auf der Kimm. Die immer noch niedrige Sonne ließ die wenigen Hügel lange Schatten werfen – und machte die Form noch vager. Als die Sonne höher gestiegen war und die *Calypso* sich mit fast acht Knoten näherte, verschwand binnen einer Stunde das Grau und wandelte sich in schwache Braun- und Grüntöne.

Ramage fühlte sich nach einer Rasur, einem kurzen Nikkerchen und einem Happen Frühstück erfrischt. Er beobachtete die Insel von der Reling des Achterdecks aus. Ein Ausguck am Ostende der Insel müßte die Schiffe längst entdeckt haben, jedenfalls die *Calypso* mit ihren hohen Masten. Und ohne Zweifel würde jetzt ein Bote mit einer Meldung nach Amsterdam galoppieren.

Southwick stellte sich neben ihn. Unter dem Arm

klemmte sein Teleskop. Nach seiner Miene zu urteilen, hatte er gut gefrühstückt. Er zeigte auf Curaçao jetzt voraus an Steuerbordbug, während sie durch die Passage segelten, die die größere Insel von Bonaire im Osten trennte.

»Die Inseln sind sicher ihr Geld in der Karibik kaum wert«, sagte Southwick, »nur Ziegen, Kakteen, Aloe, Salzpfannen, kaum Regen. Wer hier stationiert ist, dreht sicher durch.«

»Auf Bonaire und Aruba mag das stimmen«, meinte Ramage, »aber nicht auf Curaçao. Amsterdam gilt als einer der schönsten kleineren Häfen. Ein kleines Port Royal.«

Southwick drehte sich um. »Waren Sie schon mal da, Sir?«

Ramage schüttelte den Kopf. »Ich kenne es nur von der Karte her. Es sieht aus wie ein Schlüsselloch, das senkrecht zur Küste steht.«

»Schloß ist richtig, Sir. Ein Schiff, das hineinsegelt, kann beide Ufer mit einem Pistolenschuß erreichen. Ich habe nie verstanden, warum wir es den Holländern überließen. Da holt man kein Schiff raus, es sei denn, man erobert zuerst die Forts an beiden Seiten des Eingangs.«

»Kann sein, daß wir sie nicht rauslocken können. Normalerweise haben wir ja Frieden. Ich zieh ja auch das Grün von Jamaica vor. Früchte in Hülle und Fülle, Rinder, Schweine, Fisch. Ich lese, daß die hier von Ziegen leben, gelegentlich gebackenen Leguan essen. Das reizt mich überhaupt nicht. Ab und an Enten und Schnepfen für die guten Schützen. Rosa Flamingos auf Bonaire, höre ich. Zu Hunderten.«

»Ja, die sind wirklich ein Anblick«, stimmte ihm Southwick zu. »Aber Amsterdam selber ist nichts als ein großes Lagerhaus. Tabak kommt aus Südamerika rein, Schnaps wird nach draußen geschmuggelt, Sklaven aus Guinea werden gleich zu Dutzenden hier auf dem Markt verkauft, Salz tonnenweise verschifft. Die Mijnheers sind ganz schön geschäftstüchtig. Wo immer es Gelegenheit zum Handel gibt, findet man bestimmt einen Holländer.«

»Das dürfen Sie denen aber nicht vorwerfen«, sagte Ramage. »Die Händler auf Jamaica tun auch ihr Bestes, nicht wahr?«

»Das ist richtig, Sir«, gab Southwick unwillig zu. »Aber die Mijnheers sind große Schmuggler rüber zum Kontinent.«

»Die Spanier sind ja auch ihre Verbündeten«, warf Ramage ein.

»Klar. Aber der Zoll auf holländischen Schnaps ist in Südamerika riesig hoch. Auch auf allen anderen holländischen Waren. Das jedenfalls habe ich gehört. Also segeln die Mijnheers in dunklen Nächten zum Festland rüber, in irgendeinen Fluß hinein. Da löschen sie dann ihren Gin und ihre Sklaven. Auf diese Weise schützen sie den spanischen Zoll vor zuviel Papierkrieg.«

»Das tun sie nun schon hundertfünfzig Jahre oder länger«, sagte Ramage. »Kennen Sie noch deren Parole: kein Frieden südlich vom Äquator? Die Spanier wollten damals allen anderen verbieten, in die Neue Welt zu segeln.«

»Und die Bunkaniere von sechzehnfünfzig«, meinte Southwick verschmitzt. »Keinen Oberkommandierenden, keine Signalbücher, keine Befehle, nichts für die hohe Admiralität. Man fing eben jedes spanische Schiff. Und man überfiel jede spanische Stadt, die einem gerade gefiel. Man konnte ja unter Hunderten wählen, die ganze Nordostküste entlang bis zur Landenge, von der Moskitoküste ganz zu schweigen, oder von Neuspanien, Cuba, Hispaniola.

»Und Puerto Rico«, fügte Ramage hinzu. »Aber Sie wissen auch, was passierte, wenn die Dons sie erwischten?«

Der Master sah ihn fragend an.

»Die Inquisition«, erinnerte ihn Ramage. »Die Jesuiten. Alle fremden Gefangenen wurden wie Ketzer behandelt. Die Priester glaubten, die einzige Art, Ketzer vor der ewigen Verdammnis zu bewahren, war, sie auf die Folterbank zu spannen.« Er blickte auf Southwicks Bäuchlein und seine schweren Wangen. »Die hätten Sie in einer halben

Stunde halbiert. Und den Rest Ihres Lebens hätten Sie in Salzminen zubringen können. Entweder beim Wenden und Schaufeln von Salz in den Pfannen oder Sie hätten Felsen in quadratische Brocken zerschlagen müssen, die man für das Bauen von Festungen brauchte. Danach wären Sie schlank gewesen wie ein Belegnagel.«

Southwick fuhr sich zufrieden über den Bauch. »Der ist doch ganz angenehm ...«

»Also, vor hundert Jahren hätten Sie ein Papist sein müssen, um ihn zu halten, oder Sie hätten sich nicht gefangennehmen lassen dürfen.«

»Stellen Sie sich mal vor, Sir. Einfach so über die Kimm zu segeln und eine ganze Stadt auszunehmen ...« Southwick wurde fast poetisch: »Für den Kopf des Bürgermeisters könnte man viel Geld verlangen, und erst recht für den vom Bischof.« Offensichtlich dachte er gerade an die Folterbank. »Dann die Häuser der Kaufleute nach Kisten mit Goldstücken durchsuchen. Und dann frisches Fleisch zum Einsalzen. Und ein paar Krüge spanischen Weins müßten es natürlich auch sein. Er wäre es wert gewesen.« Southwick sagte das mit der Nachdenklichkeit eines weltlichen Geistlichen, der die Sünde verdammte. »Ich hätte das Geld so schnell wieder ausgegeben, wie ich's gefunden hätte. Genauso wie die Bukaniere. Doch in der Tat, Sir, vierzig Jahre im Dienst des Königs haben mich auch nicht reich gemacht.«

Und damit begann er, die Küste von Curaçao mit seinem Teleskop abzusuchen. »Es sieht noch viel einsamer aus als vor zwanzig Jahren.«

Auch Ramage hob sein Glas. Er konnte die Südküste der Insel gut überblicken, als die *Calypso* jetzt das Ostende umrundete und sich dann zwei Meilen von der Küste entfernt hielt. Achtunddreißig Meilen lang und zwischen zweieinhalb und sieben Meilen breit. Das Land sah im Fernglas grau und vertrocknet aus. Die Sonne stand jetzt fast im Zenit, und jeder Busch und jeder Kaktus warf einen so kurzen, dunklen Schatten, daß man meinte, alles stünde auf schwarzem Sockel. Ab und an sah man hagere Divi-Divi-Bäume – dünne Stämme, wenige dünne Äste und selten Blätter. Sie zeigten wie magere Hände nach Westen, standen vom Wind abgewandt. Aloe – man schrieb ihr magische Eigenschaften zu. Sie sollte den Schmerz von Stichen, Verbrennungen und Schnitten nehmen. Und dann entdeckte er auch die riesigen Kakteen, die wie Orgelpfeifen wuchsen. Sie hießen Datu, hatte er mal gelesen. Und dann neben den »Orgelpfeifen« eine Gruppe Kadushi, Kakteen, die den Orgelpfeifen ähnelten, doch Gelenke zu haben schienen. Und um die Kakteen herum wimmelte es von Ziegen, ganze Herden, die sich ihr Futter dort suchten, wo alle anderen Vierfüßler längst verhungert wären. Tamarisken bildeten große Bögen. Daneben die große Krone einer Manchineel. Er stellte sich die Äpfel auf der Erde vor. Äpfel, die einem Menschen den Mund beim Reinbeißen verbrannten und ihn töteten, wenn er sie schluckte. Ein seltsamer Baum war dieser Manchineel. Sklaven regten sich immer fürchterlich auf, wenn sie eine fällen mußten. Sie behaupteten, der Saft verbrenne ihre Haut wie Säure.

Und wo waren die Kaperschiffe? Nichts zu sehen von Segeln, außer ein paar weißen Tüchern auf kleinen Booten, die sich vor der Küste um Fischkörbe kümmerten.

5

Im Arbeitszimmer in der Residenz des Gouverneurs von Curaçao war es heiß. Die Decke des weißgetünchten Raums war hoch, Jalousien beschatteten die hohen, nach Westen hin offenen Fenster, und auch das einzige nördliche Fenster stand offen. Und doch klebte die Kleidung an Gouverneur van Someren wie eine dicke, unangenehme zweite Haut. Er lehnte sich in seinem Lehnstuhl nach vorn, damit die leichte Brise, die durch sein Zimmer wehte, seinen Rücken kühlen konnte. Seine Füße waren in den Stiefeln angeschwollen, obwohl der verdammte Arzt meinte, daß alles in Ordnung sei. Und auch seine Reithosen waren plötzlich viel zu eng. Nahm er zu, vielleicht zu sehr zu? Der Schneider hatte kürzlich den oberen Saum der Hose und den Saum unten um die Knie auslassen müssen und hatte jetzt einige Jacketts zur Änderung.

Er war nicht dick. Eher ein mittelgroßer Mann jenseits der Fünfzig, der etwas zulegte. Er hatte die hohen Wangenknochen und die weit auseinanderstehenden blauen Augen, die ihn auf der ganzen Welt als Holländer verrieten. Doch seine Augenbrauen waren weiß und so dünn, daß er fast orientalisch aussah.

Er legte seine langstielige Tonpfeife zur Seite. Zum Rauchen war es viel zu heiß. Nein, zum Rauchen fehlte im Zimmer einfach die Luft. Der Tabak schmeckte sehr nach Erde. Er war eine Probe der neuen Ernte einer Plantage in der Nähe von Riohacha auf dem südamerikanischen Kontinent. Dieser Probe zufolge war mit dem Tabak kein Geld zu machen.

Leise klopfte es an der Tür. Ein junger Heeresoffizier trat ein. Der Schnitt der Uniform und die Epauletten auf seinen Schultern zeigten, daß er der Stabschef des Gouverneurs war, dem er einen Brief überreichte. »Die britische Fregatte und das zweite Schiff, Sir. Sie ist durch den Kanal gesegelt und ist jetzt unterwegs nach Westen – etwa zwei Meilen von der Küste entfernt. Ein Boot ist gerade gekommen. Der Kavallerietrupp, der das Schiff von Land im Auge behält, wird uns alle Viertelstunde eine Nachricht schicken, damit wir informiert sind.«

Gouverneur van Someren nickte wie abwesend. Seine hellblauen Augen waren blutunterlaufen. Die schwachen Augenbrauen ließen seine Augen noch stärker geschwollen erscheinen. »Erst Probleme aus dem Westen, Lausser«, sagte er dumpf, »und jetzt noch Probleme aus dem Osten.«

Major Lausser, der den Gouverneur nicht nur mochte, sondern ihn auch respektierte, meinte: »Die britische Fregatte patrouilliert hier sicherlich nur.«

»Sie sprachen von zwei Schiffen!«

»Das zweite ist klein. Ich glaube, es ist ein Schoner – der ersten Meldung zufolge. Von einer einzigen Fregatte haben wir nichts zu befürchten, Exzellenz.«

»Wegen einer einzelnen britischen Fregatte mache ich mir auch keine Sorgen, Lausser, obwohl man sie nicht unterschätzen sollte. Eine Fregatte ist wie eine Kavallerie-Patrouille: Sie kann ein Hinweis darauf sein, daß sich eine Armee oder eine Flotte nähert.«

Der Gouverneur tippte auf ein Blatt Papier. »Unsere Geschichte an Land – die See lasse ich im Augenblick mal außer acht – ist nicht mehr sehr ruhmreich, seit wir Verbündete des Französischen Direktoriums sind. Ich habe hier mal einiges zu Papier gebracht.«

Er hob den Bogen hoch und begann laut zu lesen: »In Ostindien haben wir im August 1795 Malacca und im Frühjahr 1796 Amboyna und Banda den Briten übergeben. Auf Ceylon verloren wir Trincomalee im August '95 und Colombo im folgenden Frühjahr. Das Kap der Guten Hoffnung ging im September 1795 verloren – obwohl die Garnison dabei nur den Rat des Statthalters befolgte. Und hier – das reinste Elend. Demerara und Essequibo ergaben sich im April 1796, Berbice im Mai und Surinam im August 1799. Das ist kein sehr ruhmreiches Blatt für die ersten paar Jahre der Batavischen Republik. Die Franzosen besitzen unsere Heimat, die Engländer die meisten unserer Kolonien.«

Er sah, wie Lausser nervös zur Tür schaute, und fügte bitter hinzu: »Öffnen Sie die Tür weit und lassen Sie jedermann davon hören. Wenn fünfhundert Revolutionäre und französische Kaperer die westliche Hälfte dieser Insel unter dem Deckmantel der Freundschaft ausplündern, dann bin nicht ich es, dem Loyalität fehlt.«

»Aber Hilfe ist unterwegs, Exzellenz. Jeden Tag kann unsere Fregatte einlaufen.«

»Jeden Tag, jeden Tag. Das ist alles, was ich höre. Die Franzosen könnten sie aufgehalten haben. Die verdammten Briten hätten sie kapern können. Sie könnte immer noch in der Schelde ankern, durch die Blockade am Auslaufen gehindert. Sie könnte untergegangen sein. Was ist los, hm? Und selbst wenn – was passiert, wenn sie einläuft, Lausser? Was nützen uns ein paar Hundert Seeleute? Sie werden die Bordelle überquellen lassen. Ich brauche eintausend gut ausgebildete holländische Soldaten. Männer, die diese verfluchte Hitze aushalten können und auf deren Loyalität ich rechnen kann.«

Wieder klopfte es an der Tür, und eine lächelnde junge Dame trat ein. »Das Schiff, Papa!« meldete sie fröhlich. Doch als beide Männer sie nicht ansahen, fragte sie: »Stimmt was nicht, Papa? Was ist los?«

»Gar nichts ist los – abgesehen von diesen französischen Revolutionären, meine Liebste. Das Schiff ist nicht die *Delft*, sondern eine britische Fregatte.«

Das Mädchen setzte sich, zupfte den hellblauen Rock zurecht und vermied es, beide Männer anzusehen. Sie hatte langes, goldblondes Haar, das sie geflochten, und durch Kämme hochgehalten trug. Diese Kämme aus Schildpatt hatte ganz offensichtlich ein spanischer Handwerker geschnitten und gesägt. Nach ein paar Minuten sah sie ihren Vater an und hatte sich wieder unter Kontrolle.

»Warum besuchen uns Briten? Wer hat sie eingeladen?«

Der Gouverneur hob die Schultern. »Kein Besuch! Ein patrouillierendes Schiff will nur mal in den Hafen spähen. Es wird weitersegeln – wie alle anderen!«

»Und das britische Schiff wird entdecken, daß die einzigen Schiffe hier französische Kaperer sind«, sagte das Mädchen bitter. »Ich kann die Franzosen nicht mehr ausstehen. Die behandeln uns heute wie damals die Spanier. Und wir verlieren wieder alle Schiffe an die Briten. Neun

Schiffe allein drüben in der Bucht von Saldanha. Neun Linienschiffe und zwei Fregatten ergaben sich unter Admiral de Winter ...«

»Aber sechs entkamen«, unterbrach sie ihr Vater, »und vier Fregatten.«

»Das weiß ich selber auch. Vergiß nicht, Jules diente auf einer!«

Sie stand kurz vor dem Weinen, und ihr Vater sagte tröstend: »Bitte, erreg dich nicht, Maria. Jules kann jeden Tag hier sein!«

Nun brach das Mädchen wirklich in Tränen aus und verließ den Raum. Ihr Vater war verwirrt. »Was habe ich denn diesmal Falsches gesagt, Lausser?«

Der Adjutant wußte auch keine Antwort. »Ich weiß es wirklich nicht, Exzellenz! Sie schien beunruhigt wegen der Franzosen, aber als Sie ihren Verlobten erwähnten, der auf dem Weg hierher sein könnte – da verließ sie dieses Zimmer.«

»Ja, ja, das war's. Die Erwähnung von Jules. Eine ziemlich lange Verlobungszeit – dabei ist sie es, die den Tag der Hochzeit immer weiter hinausschiebt.«

»Genau, Sir«, stimmte Lausser trocken zu und wechselte dann das Thema. »Die britische Fregatte wird in etwa zwei Stunden vor Sint Anna Baai stehen. Soll ich den Kommandanten der Forts befehlen, in einer Stunde einsatzbereit zu sein?«

Van Someren nickte. »Ich werde alles von hier aus beobachten. Sollte die Fregatte das Feuer eröffnen, so wird sie auf die Befestigungsanlagen oder die Schiffe zielen und nicht auf die Residenz des Gouverneurs.«

Lausser entdeckte zu seiner Freude ein paar Lachfältchen um die Augen des Gouverneurs und lachte pflichtgemäß. »Aber es könnte sein, daß sie nicht dort trifft, wohin sie zielt, Sir.«

»Das Risiko nehme ich auf mich. Aber sie werden sich weit draußen halten. Sie wissen, daß unsere Kanoniere gut ausgebildet sind. Vor Ihrer Zeit, Lausser, vor etwa vier Jahren, kam uns einer zu nahe, und dann schlief der Wind ein. Da haben wir dem Feind einen Mast weggeschossen. Er kam nur deswegen davon, weil ihn die Strömung mit sich zog und die Mannschaft den Schaden reparierte. Die Royal Navy hat aber aus dem Vorfall gelernt.«

Er nahm seine Pfeife und legte sie dann ungeduldig weg, immer noch wütend über den schlechten Tabak. Er nahm eine Zigarre aus einem silbernen Kasten auf seinem Schreibtisch, sah sie sich an und legte sie widerstrebend zurück. »Ich habe in letzter Zeit viel zuviel geraucht. Ich könnte etwas zu trinken gebrauchen. Würden Sie bitte dem Steward klingeln!«

Gouverneur van Someren war müde. Nicht wegen des wenigen Schlafs während der letzten zwei Wochen, als im Westen der Insel revolutionäre Aufstände tobten. Nein, er hatte einfach zu viele Jahre auf der Insel Curaçao gelebt. Im Februar 1793 war er bereits drei Jahre Gouverneur der Insel gewesen. Da griffen die Franzosen die Holländer an. Und zwei Jahre später mußten der Statthalter und der Prinz von Oranien nach England fliehen – und die Franzosen tauften ihr Vaterland um in Batavische Republik. Und Gottlieb van Someren blieb als Gouverneur mit Frau und Tochter auf Curaçao, ein – so der Volksmund – republikanischer König der drei Inseln Aruba, Bonaire und Curaçao. Die Franzosen beherrschten die holländische Flotte und gaben den holländischen Offizieren Befehle. Viele waren im tiefsten Innern gespalten. Sie wollten dem Statthalter ihre Loyalität bewahren und mußten doch den holländischen Admirälen gehorchen.

Wie viele holländische Offiziere, die in weit entfernten Kolonien dienten, mußte auch van Someren sich entscheiden, dem neuen Regime zu dienen oder nicht. Wie konnte man hier dem Statthalter gegenüber loyal bleiben? Und wie viele andere hatte er sich ganz einfach entschieden: Das Beste war es, weiterzumachen. Zurückzutreten oder gar zu fliehen hätte für Curaçao ein Risiko bedeutet: Die Franzosen hätten dann entweder einen französischen Gouverneur oder einen Holländer geschickt, der dem neuen Regime gänzlich ergeben war.

Seine Frau haßte Curaçao. Sie schwor, daß die Hitze ihre Haut austrocknete und die Franzosen ihre Seele verkümmern ließen. Doch ebenso überzeugt war sie, daß Gin, der gute süße holländische Gin, die einzige Medizin war, die sie retten konnte. In den letzten vier Jahren hatte sie immer dann Gin getrunken, wenn andere sich mit gekochtem Wasser oder Wein erfrischt hatten. Allen Versuchen, sie nach Holland zurückzuschicken, war sie entschieden entgegengetreten. Denn mehr noch als die Tropen haßte sie die Franzosen. Und weil ihre Familie vor sehr langer Zeit schwer unter den Truppen Herzog Albas gelitten hatte, verließ sie einen Raum immer dann, wenn ein Spanier eintrat.

Das machte das Leben eines Gouverneurs nicht gerade leichter, doch er gab zu, daß es auch seine Vorteile hatte. Er mußte sich gesellschaftlich nicht sonderlich mit den Spaniern abgeben, weil er eine Entschuldigung hatte. Dabei berief er sich nicht einmal auf seine Frau, denn ihre Einstellung war allgemein bekannt. Während Lausser Getränke kommen ließ, fiel ihm ein, daß er wahrscheinlich einer der wenigen Gouverneure war, gleich welcher Nationalität, dem es egal war, ob er seinen Posten behielt oder nicht. Er hatte einiges Geld zurückgelegt. Er würde seinen Lohn empfangen, wenn der Prinz aus dem Exil in England zurückkehrte. Im Augenblick schienen indes – nun ja – die Franzosen allmächtig.

Er zog seine Uhr aus der Tasche. »Vergessen Sie die Befehle an die Forts nicht, Lausser.«

»Ich habe mir die Freiheit genommen, Exzellenz, sie bereits vor unserem Gespräch weiterzugeben.«

Van Someren nickte. Lausser war standhaft und verläßlich. Er wünschte sich immer wieder, Maria würde ihn heiraten statt jenes scharfäugigen jungen Marineoffiziers Jules, der sich nur über die Republik und Republikaner unterhalten konnte, über die neuesten französischen Siege und über die Schurkerei von Wilhelm V., dem Statthalter von Holland, und seinem Sohn, dem Prinzen von Oranien, die nach England geflohen waren.

Van Someren verdrängte den zukünftigen Schwiegersohn aus seinen Überlegungen. Er hatte immerhin viele Jahre lang auf seinem Posten als Gouverneur einen kühlen Kopf behalten – keineswegs leicht für einen Mann, der mit der französischen Regierung umgehen mußte. Er hatte eben mit den Wölfen geheult.

Kein Republikaner konnte ihm mangelnde Loyalität der Batavischen Republik gegenüber vorwerfen. Doch sollte der Statthalter schließlich wieder seinen Thron einnehmen, würde Gouverneur van Someren mit sauberen Händen vor ihm stehen. Jedenfalls mit Händen, die bis heute sauber geblieben waren.

In der Ferne waren schwach Schüsse zu hören. Lausser sah fragend hoch. Die Unruhestifter waren immer noch in der Nähe. Die Schüsse hatten sicher die loyalen holländischen Truppen abgefeuert – von denen er viel zu wenige hatte. Oder die Einwohner hatten sich gegen Banditen gewehrt, die ihre Häuser ausrauben wollten.

Van Someren nahm das vergoldete Papiermesser vom Schreibtisch und balancierte die Klinge auf dem Zeigefinger seiner rechten Hand. Viele Jahre lang hatte er sich selber in so einem Gleichgewicht halten können. Doch jetzt war es mit solchen Balanceakten vorbei. Jetzt bestand Gefahr. Jetzt würde er vielleicht für all die Jahre zahlen müssen. Er war der holländische republikanische Gouverneur. Doch in diesem Augenblick war er auf dem besten Weg, seine Stellung und vielleicht sogar sein Leben zu verlieren. Eine Bande Republikaner zog über die trockene Insel, stolperte mehr, als daß sie marschierte, hing auf widerspenstigen Eseln, soff roh destillierten Rum oder Gin, raubte und vergewaltigte – wie immer es der Bande gerade behagte. Wenn sie nicht zu betrunken waren, sangen sie die alten Revolutionslieder, die nun auch schon fast zehn Jahre alt waren. Sie benahmen sich, als sei Curaçao eine gerade eben eroberte britische Gewürz- oder Zuckerinsel, nicht Teil der Batavischen Republik. Sie stachelten die Schwarzen an, rieten ihnen, ihre Herren im Schlaf umzubringen, die Ernte zu verbrennen, das Salz zu verstreuen und die Wände der Salzpfannen kurz und klein zu schlagen.

Er nahm eine neue Tonpfeife aus dem Ständer auf seinem Schreibtisch und fing an, sie mit Tabak zu füllen. Was zum Teufel blieb ihm zu tun? Die schlimmsten dieser Banditen waren Franzosen. Zugegebenermaßen Mannschaften von Kaperschiffen. Aber war es nur die Gier auf Beute, die sie außer Rand und Band geraten ließ? Junge holländische Revolutionäre hörten nur zu gerne auf ihre Parolen.

»Wie viele Banditen haben unsere Patrouillen ausgemacht, Lausser?«

»Mehr als fünfhundert, Exzellenz. Zwei Drittel der Kerle kommen von den französischen Kaperschiffen, von den zehn, die hier in Amsterdam im Hafen liegen.«

Fünfhundert. Das klang sehr wahrscheinlich, denn die meisten Kaperer hatten überzählige Männer an Bord, die sie auf Prisen schicken konnten. Doch warum dieser Aufruhr? Revolutionärer Eifer? Wohl kaum – denn von den Kaperern konnte kaum jemand richtig lesen oder gar schreiben. Es ging ihnen um Beute, um nichts anderes. Der Rest waren örtliche Revolutionäre, enttäuschte Holländer, der übliche Abschaum.

»Was denken Sie, Lausser, worum geht es denen wirklich?«

»Um Raub, Sir. Die meisten Kaperer hatten kaum Glück gegen die Engländer. Es gab viel zu viele Kaperer, die nur wenige Opfer jagten. Im Norden patrouillieren britische Fregatten, viel mehr Schiffe als bisher. Ich weiß, daß die Händler hier vor zwei Wochen den Kaperern den Kredit verweigerten. Damit fing es an. Keine Verpflegung mehr, keinen Schnaps mehr...«

»Ach wirklich? Davon ist mir nichts zu Ohren gekommen. Eine sehr kurzsichtige Einstellung, keinen Kredit mehr zu geben. Ungefähr so sinnvoll, als würde man einem Wegelagerer die Börse überreichen und dann gleich darauf um Wechselgeld bitten. Jetzt verstehe ich: Das war der Grund für diesen Aufstand hier.«

»Aber sie hatten ihre Rechnungen nicht bezahlt, Sir!«

»Genau«, knurrte van Someren ungeduldig, irritiert über Laussers fehlende Vorstellungskraft. »Solange sie hier vor Anker liegen, werden sie auch kein Geld verdienen, und ohne Proviant können sie nicht auf See gehen. Die Kaufleute haben doch bis heute ganz gut an ihnen verdient. Die Kaperer sind äußerst großzügig, wenn sie Beute gemacht haben. Die Prisen werden hier zu Preisen verkauft, die die Kaufleute machen. Darum sollten die Krämer die Kaperer willkommen heißen und ihnen nicht den Kredit sperren.«

»Aber sie bezahlten ihre Rechnungen nicht mehr, Sir!« wiederholte Lausser, entsetzt über die praktische Einschätzung des Gouverneurs.

»Man kann Kaperer nur mit einer Fregatte im Hafen bedrohen, Lausser.«

»Nun ja, Sir, eine ist ja auf dem Weg zu uns!«

»Ich meine eine holländische, keine britische«, sagte van Someren und lächelte über seinen dünnen Witz. »Inzwischen werden wir unsere Verteidigung herrichten müssen gegen unsere Freunde, die Kaperer, weil die Krämer dieser Insel fürchten, man könnte ihre Läden ausräumen...«

Die Lage Amsterdams machte die Stadt von See aus unangreifbar. Doch von Land aus war die Stadt kaum zu verteidigen. Der Kanal ins Schottegatt teilte die Stadt wie ein breiter kurzer Fluß vom Meer bis zum Inlandsee in zwei Hälften. Im Osten lag Punda, die Spitze, mit der Residenz des Gouverneurs, von der aus man den Eingang zum Hafen und die Küste überblicken konnte. Außerdem lag hier Waterfort, das beides verteidigte.

Otrabanda, die »andere Seite«, lag westlich. Von hier aus verteidigte das Riffort den Hafeneingang. Aber Anlagen, die Punda und Otrabanda gegen Angriffe von Land aus verteidigen konnten, gab es nicht. Die Forts waren nichts weiter als lange Aufbauten aus Steinen vor den Kanonen – breite starke Wälle gegen die See hin, doch offen zum Land.

Gegen meine Feinde kann ich Amsterdam verteidigen, überlegte van Someren, aber nicht gegen meine Verbündeten. Er hatte ganze zweihundert holländische Soldaten. Die paar Schwarzenkompanien hatten sich gerade geweigert, gegen den französischen Abschaum anzutreten. Also war er diesen Leuten ausgeliefert. Und zu allem Überfluß tauchte gerade jetzt eine britische Fregatte auf. Eigentlich sollte er der Batavischen Republik richtig dankbar sein, daß sie keine weiteren Feinde hatte – im Augenblick jedenfalls.

»Exzellenz!« meldete sich Lausser. Der formelle Ton sollte deutlich machen, wie wichtig ihm das Folgende war. »Exzellenz! Sollen wir die Frauen nicht zur Sicherheit in die Forts schicken?«

Der Gouverneur hielt seine Tonpfeife am Mundstück und tippte mit deren Kopf auf den Tisch. »Sicherheit vor wem? Das muß ich noch entscheiden. Wenn wir sie vor dem Angriff zweier britischer Schiffe schützen wollen, dann sollten wir sie hier in der Residenz versammeln. Aber wenn wir sie vor diesen republikanischen Trunkenbolden bewahren wollen, dann sind sie in den Forts am besten aufgehoben. Ich denke, wir evakuieren am besten Otrabanda – vernageln natürlich zuerst die Kanonen –, bringen alle nach drüben und konzentrieren uns ganz auf Punda. Und versenken selbstverständlich alle Fähren.«

»Können wir die Kaperer aufbringen, die im Kanal ankern, Sir?«

»Das kann ich nicht riskieren. Wenn ich zehn meiner Leute pro Kaperschiff brauche – und das hieße, sie müßten mit eigenen Booten übersetzen – benötige ich schon hundert Mann. Mehr habe ich nicht für beide Forts zusammen. Die hundert, die die republikanischen Brüder da draußen in Schach halten sollen, werden nicht rechtzeitig zurück sein. Wenn die Kaperer, die an Bord geblieben sind, Widerstand leisten...«

Es klopfte an der Tür. Lausser sprang auf und nahm dem Diener einen Brief ab. Er sah auf das Quergeschriebene und wollte den Brief an den Gouverneur weiterreichen. Der schüttelte den Kopf und bedeutete Lausser, ihn zu öffnen. »Es wird nichts Gutes sein!«

Der Brief war nicht versiegelt. Lausser entfaltete das Papier und überflog schnell das Geschriebene. »Von Hauptmann Hartog, Sir. Die Republikaner – so nennen sie sich selber, schreibt er – sammeln sich in Gruppen auf der Straße zwischen Soto und Sint Willebrordus, ungefähr elf Meilen vor Amsterdam. Er glaubt, daß entweder ein einzelner Mann oder ein Komitee das Kommando übernommen hat. Er rechnet damit, daß sie jetzt schneller vorankommen werden. Er zieht sich zu uns zurück. Bisher waren seine Ausfälle gering. Er hält absichtlich seine Männer zurück, schreibt er, Sir.«

»Ein vernünftiger Mann«, knurrte van Someren. »Tote Männer in den Salzpfannen nützen uns wenig. Er weiß, daß er nur hinhaltende Rückzugsgefechte zu führen hat.«

»Ja, Sir. Und damit scheint er Erfolg zu haben.«

»Sehr gut, sehr gut. Also was jetzt – mit den Frauen?«

Lausser wußte, daß van Someren jetzt seine Meinung hören wollte, und sagte: »Waterfort, Sir. Die Republikaner sind die größte Gefahr, besonders dann, wenn sie anfangen, die Läden zu plündern und den Schnaps finden. Behalten Sie die Frauen solange es geht hier in der Residenz und schicken Sie sie erst im letzten Augenblick nach unten ins Fort.«

Van Someren nickte zustimmend. Es ging wahrscheinlich nur um fünfzig Frauen. Alle anderen waren schon vor Tagen auf Plantagen zu Freunden am Ostende der Insel geflohen – bei den ersten Anzeichen von Unruhen. Er war dankbar, daß sie seinem Rat gefolgt waren. Die fünfzig Hiergebliebenen waren die Ehefrauen standfester Kaufherren, die sich schlicht weigerten, ihren Haushalt durch Fremde in Unordnung bringen zu lassen – selbst wenn sie das schließlich in größte Gefahr bringen konnte.

Der Gouverneur entschied nun endgültig: »Sehr gut. Wir werden Waterfort als letzte Zuflucht nutzen. Sagen Sie dem Kommandanten von Riffort – ich vergesse immer wieder seinen Namen – er soll sich darauf vorbereiten, die Kanonen zu vernageln und seine Männer rüber nach Punda zu bringen – in die hiesige Garnison. Sie sollen alle Musketen mitbringen und so viel Pulver, wie sie gerade noch schaffen. Der Rest geht ins Meer.«

Wieder klopfte er mit der Pfeife auf den Tisch: »Und dann lassen Sie mehr Trinkwasser nach Waterfort bringen. Mit all den Frauen, ihren Kindern, wahrscheinlich auch vielen Männern, könnte das Wasser knapp werden. Füllen Sie so viele Fässer, wie Sie finden können, mit Wasser und schaffen Sie sie nach Punda. Und vergessen Sie auch die Verpflegung nicht.«

Bei jedem seiner Worte klopfte er mit dem Pfeifenkopf auf den Tisch. Beim letzten Wort zerbrach die Pfeife. Er sah verblüfft auf den Stiel in seiner Hand. »Wissen Sie, Lausser, auf unsere Feinde, die Briten, können wir uns verlassen. Unsere verdammten französischen Alliierten sind die wahre Gefahr.«

»Sie können jetzt die Einfahrt von Amsterdam erkennen, Sir«, sagte Southwick. »Von unserem Blickwinkel aus sehen die Wälle der Festung aus wie eine einzige große Anlage. Aber der größte Teil der Stadt – mit dem Sitz des Gouverneurs, dem Parlament, dem Markt – liegt auf dieser Seite, Point genannt. Der Kanal teilt die Stadt in zwei Hälften und führt zu einem Binnensee, dem Schottegatt. Und die Bucht an der Einfahrt hier heißt Saint Anna's.«

»Was für Kanonen sind in den Befestigungsanlagen?« fragte Ramage.

»Dreißig in Waterfort auf dem Point. Jedenfalls waren es so viele bei meinem letzten Besuch. Aber der Point hat drei Seiten. Achtzehn Kanonen stehen auf dem Wall, der parallel zur Küste läuft. Sechs stehen auf dem ersten Abschnitt, der im Winkel abbiegt und Südsüdwest abdeckt. Sechs weitere stehen auf dem zweiten, von dem aus die Einfahrt bestrichen werden kann. Dieselbe Anzahl gibt's im Riffort auf Otrabanda, der anderen Seite im Westen. Ich glaube, es sind Vierundzwanzigpfünder, aber ich bin nicht sicher.«

»Sechzig Kanonen«, sagte Ramage nachdenklich. »Aber Sie können doch nicht gleichzeitig alle auf uns gerichtet werden?«

»Nein, Sir. Die Kanonen auf den schräg von Punda abgewinkelt verlaufenden Wällen können uns beim Einlaufen nicht erreichen. Dafür aber alle von Otrabanda. Achtundvierzig zusammengenommen, würde ich mal schätzen!«

»So wirksam wie im Kampf Breitseiten von zwei Vierundsiebzigern.«

»Ja, Sir!«

»Und wie breit ist der Kanal innerhalb der Festung?«

»Ungefähr zweihundert Yards.«

»Ein Schiff, das einläuft, hat also Waterfort auf Punda ungefähr hundert Yards an Steuerbord und Riffort auf Otrabanda hundert Yards an Backbord.«

»Genauso ist es, Sir!«

Ramage konnte sich den Geschützführer einer der holländischen Kanonen lebhaft vorstellen, wie er weit hinter dem Rücklauf stand, die Abzugsleine in der Hand hatte und über den Lauf der Kanone hinweg peilte. Die *Calypso* würde beim Einlaufen ins Schottegatt gewaltig aussehen. Die Gebäude mit ihren steilen Dächern und die Festungsanlagen würden den Wind abfangen, so daß das Schiff vielleicht nur vier Knoten laufen könnte. Der Geschützführer würde seine Kommandos geben, um die Kanone nach rechts oder links schwenken zu lassen. Wenn er nicht schlecht ausgebildet oder zu aufgeregt war, sollte er eine Kugel oder Kartätsche nach Belieben durch jede Geschützpforte der *Calypso* jagen können. Oder er könnte den Rumpf an der Wasserlinie mit Kugeln durchsieben wie eine Schneiderin, die den Stoff beim Nähen durchlöchert.

Southwick sah ihn fragend an. Er schwitzte in der Sonnenglut. »Nicht mal in einer dunklen Nacht, wenn es wie aus Eimern gießt!« sagte er und schüttelte den Kopf.

Ramage grinste. »Schade, daß es in diesen Breiten keinen Nebel gibt!«

Der Master blieb unbewegt, doch er war erleichtert. Amsterdam konnte man unmöglich angreifen, der Hafen war nahezu uneinnehmbar. Und fast genauso wichtig wie die Festungsanlagen waren die Holländer, die als tapfere Soldaten galten. Einen Spanier konnte man in Panik versetzen, einen Franzosen bluffen – aber einen Holländer... Er glich den Engländern zu sehr und würde Mann gegen Mann kämpfen. Das hieß natürlich nicht, daß Ramage die Stadt nicht angreifen würde, wenn er es für richtig hielt. Doch die Holländer wußten, daß sich eine britische Fregatte und ein Schoner näherten. Denn Ramage hatte keinen Versuch unternommen, eine französische Flagge zu setzen, obwohl beide Schiffe aus französichen Werften stammten. Französische Kaperer würde man leicht täuschen können, ebenso wie Mijnheers. Doch nun würden sie die Mannschaften in beiden Forts erwarten. Ja, sicherlich hatten sie jetzt, da sich *Calypso* und *La Créole* näherten, bereits die Kanonen geladen und waren feuerbereit. Die Türen zu den Magazinen standen offen, und Kartuschen und Kugeln warteten auf ihre Verwendung ... Die Kanonen könnten eine unsichtbare Schranke etwa zweitausend Yards vor dem Hafen errichten, und jeden, der sie überqueren wollte, würden die vierundzwanzigpfündigen Kugeln in Splitter zerlegen, noch ehe er die Tausendyard-Linie erreicht hatte.

Wieder hob Ramage sein Teleskop und meinte zu Southwick: »Allzuoft sehen Sie die Flagge nicht, die über den beiden Forts weht und auf dem großen Gebäude auf dem Point, der Residenz des Gouverneurs, vermute ich: die Flagge der Batavischen Republik.«

Die Franzosen hatten offensichtlich Freude daran, alles umzubenennen. Genua war jetzt die Ligurische Republik, Holland die Batavische Republik. Die Schweizer lebten nun in der Helvetischen Republik, und ein paar italienische Kleinstaaten um Bologna, Modena und Ferrara waren in der Cisalpinischen Republik zusammengefaßt. Doch neue Namen bedeuteten für niemanden neue Freiheit ...

Ramage wandte sich an Aitken, den wachhabenden Offizier. »Halten Sie wenigstens zwei Meilen Abstand von Amsterdam«, sagte er, »wir sind nur neugierig, wollen auf keinen Fall provozieren.«

Eine halbe Stunde später hatten sie Blick auf Amsterdam, das der Kanal sauber in zwei Hälften teilte. Nicht in zwei gleiche Hälften, wie Ramage erkannte. Die größere Seite war Punda mit dem Palast des Gouverneurs, dem Parlament und den meisten Häusern. Auf der anderen, kleineren Seite schien der Handel zu blühen. Weit hinten, am Anfang des Inlandsees, lagen die Kaperer vor Anker. Aitken hatte zehn gezählt, Southwick acht, der Ausguck im Großmast zehn, und Jackson und Orsini, die mit Teleskopen nach oben geschickt worden waren, bestätigten: Es waren zehn.

Southwick war genauso verblüfft wie Ramage, als Jackson ihm – wieder unten – meldete, daß es so aussah, als seien die meisten Schiffe außer Dienst gestellt oder würden repariert. Segel waren nirgendwo zu sehen, keine einzige Rahe war zu entdecken. Und auf keinem der Schiffe bewegte sich jemand, mit Ausnahme der zwei oder drei Männer, die an der Reling eines der Schiffe standen.

Ramage hatte sich den Kopf darüber nicht zerbrochen und hatte folglich auch noch keinen Plan. Er wandte sich an Aitken und sagte: »Folgen Sie weiter der Küste. Die Karte zeigt ein oder zwei Buchten, in denen sich Kaperer verstecken könnten. Wir brauchen also einen guten Ausguck, um vielleicht ein paar von ihnen vor Anker zu überraschen.«

Damit ging er nach unten in seine Kajüte, froh, in den Schatten zu kommen. Er setzte sich an seinen Schreibtisch, griff zur Karte im Gestell über seinem Kopf und breitete sie vor sich aus. Zehn Kaperer. Das hieß, der Admiral verfügte über korrekte Informationen: Amsterdam war die Basis der Kaperer. Zehn Kaperer. Aber sie waren die einzigen Schiffe im Hafen. Sie hätten gut ein Dutzend Prisen auf dem See außer Sichtweite vor Anker liegen lassen können. Aber die Kaperschiffe sahen aus, als seien sie außer Dienst gestellt. Warum hatte man die Segel abgeschlagen? So etwas ging leicht, aber es überraschte doch. Vielleicht gab es ja da in Amsterdam einen guten Segelmacher, der größere Reparaturen an den Segeln eines einzelnen Kaperers ausführte, ihm vielleicht sogar neue Segel zuschnitt. Der Passat setzte dem Segeltuch sehr zu. Und in Sonne und Regen verwitterte das Segelgarn schnell. Aber alle zehn könnten doch nicht gleichzeitig ihr Tuch auf dem Boden eines Segelmachers zur Ausbesserung haben. Das machte keinen Sinn. Ein Segelmacher, im besten Fall zwei Männer und drei Lehrlinge, konnten nicht gleichzeitig an zehn Stells von Segeln arbeiten. Und kein Kaperer würde es wagen, seine Segel auch nur einen Tag länger als unbedingt nötig an Land zu lassen. Er würde seine Segel zum Segelmacher bringen, dort warten und sie zurück an Bord bringen. Wenn die Segel also nicht an Land waren, könnten sie nur unter Deck gestaut sein, geschützt vor der flimmernden Hitze der Sonne und vor dem Regen. Natürlich regnete es auf diesen Inseln selten, und man konnte hier nur dank Frischwasserbrunnen überleben.

Ob wirklich nur zwei oder drei Männer von den Kaperern an Deck kommen würden, um eine britische Fregatte und einen Schoner die Hafeneinfahrt queren zu sehen, fragte er sich? So etwas geschieht ja höchstens einmal alle drei bis vier Monate. Zwei oder drei von vielleicht, nun ja, sicher mehr als fünfhundert Männern? Wo waren die anderen? Einige könnten an Land sein, beim Füllen von Wasserfässern oder beim Abholen der Verpflegung vom Schiffshändler. Ein paar Dutzend könnten bei den Salzpfannen sein, wo sie Wagen oder Säcke mit Salz füllten, um Fleisch zu konservieren. Einige könnten gerade in Bordellen sein – obwohl Männer und Frauen um diese Tageszeit eine Siesta vorzogen. Aber nur zwei oder drei Männer ... Die Kaperer hatten sich doch nicht zurückgezogen, weil sie keine Beuteschiffe mehr fanden? Er dachte an die vierundzwanzig Toten der *Tranquil*, ermordet von der Besatzung der *Nuestra Señora de Antigua*.

Der Posten vor der Tür meldete Mr. Southwick, der den Kommandanten zu sprechen wünschte.

Der Master sah bedrückt aus und kam ohne Vorrede sofort zur Sache: »Wir verlieren viel Raum nach Lee, Sir. Bei so leichten Winden und einer westlichen Strömung werden wir lange brauchen, um nach Amsterdam zurückzukehren. Denn ich nehme an, daß Sie dicht bei der Bucht Saint Anna's bleiben wollen ...«

Es war Southwicks Pflicht, ihm derlei Ereignisse zu melden. Als Master der *Calypso* war er verantwortlich für die Navigation des Schiffes. Doch Ramage ärgerte sich über sich selber, ohne zu verstehen, warum. Sicherlich hatte er keine Vorstellung gehabt von dem, was ihn hier in Amsterdam erwarten würde. Er wußte nur, daß die zehn Kaperer, wahrscheinlich alle außer Dienst gestellt, seine Befehle unsinnig erscheinen ließen. Keins dieser Schiffe würde in See stechen, solange sich zwei britische Kriegsschiffe hier sehen ließen. Und kein britisches Kriegsschiff konnte der Hafeneinfahrt bei Tag oder Nacht näher als tausend Yards kommen, ohne von den Kanonen der Festung zu Splittern zerschossen zu werden. Kein Bluff und keine List würde sie vom Feuern abhalten.

Dennoch, dachte Ramage bedrückt, ist dies eine Situation, die William Foxe-Foote, Vizeadmiral der Blauen Flotte, Parlamentsmitglied für Bristol und Oberkommandierender Seiner Majestät Schiffe und Boote mit Dienstsitz Jamaica, sich nicht vorstellen konnte, oder gar verstehen und akzeptieren würde. Vor allem nicht verstehen und ganz bestimmt nicht akzeptieren.

Ramage lud Southwick mit einer Handbewegung ein, sich in den Sessel zu setzen, der gegen das Rollen des Schiffes durch eine leichte Kette gesichert war, die von der Unterseite des Sitzes zu einem Augbolzen in den Decksplanken führte. Der Master legte seinen Hut neben sich auf den Boden und fuhr sich mit den Händen durch das Haar, das jetzt vor Schweiß glänzte. Der Abdruck des Leders quer über seine Stirn ließ ihn seltsam nachdenklich aussehen.

»Haben Sie eine Ahnung, was diese Kaperer machen könnten?« fragte Ramage.

Southwick zog die Schultern hoch und schnüffelte. »Bei allem Verständnis für Admiral Foxe-Foote, Sir, aber diese Kaperschiffe sehen aus, als ob die Besitzer gerade bankrott gegangen sind. Die sehen alle aus wie die alten Fischerboote, die da auf die Salzwiesen am Medway gesetzt worden sind, sie wirken aufgegeben. Die Farbe blättert ab, das stehende Gut lockert sich, und in einer windigen Nacht werden die Masten über Bord gehen. Ich habe das Rigg von denen da drüben zwar nicht gesehen, aber der Eindruck ist so.«

Zustimmend nickte Ramage. »Ich glaube auch nicht, daß viele in den letzten paar Monaten auf See waren.«

»Ganz bestimmt nicht, Sir. Und dann ist kein Mensch da drüben an Bord. Ich sah vielleicht zwei oder drei Leute. Wachgänger? Drei für zehn Schiffe sind nicht viel. Irgendwas ist da verdammt noch mal nicht in Ordnung. Vielleicht gibt es noch mehr von den Kaperbrüdern auf Bonaire oder Aruba?«

»Warum?« fragte Ramage. »Warum sollten Kaperer auf Inseln ohne gute Häfen sein? In Bonaire müßten sie vor einer flach abfallenden Küste ankern. Warum dort, wenn Amsterdam so ein sicherer Hafen ist? Schutz vor Wind und See, Schutz hinter sicheren Forts, Verpflegung und Wasser vorhanden . . .«

»Das irritiert mich ja auch so«, stimmte Southwick zu. »Ich rechnete mit einem halben Dutzend Kaperern, vielleicht sogar einem Dutzend, alle segelklar und bereit, ankerauf zu gehen. Vielleicht mal eine Reparatur hier oder da, vielleicht ein Auswechseln von Teilen des Riggs – aber doch nicht alle zehn auf einmal! Es ist unheimlich hier, Sir. So als habe das Gelbfieber alle Männer umgebracht, als sie vor Anker lagen.«

Einen Augenblick lang stellte Ramage sich vor, Amsterdam sei heimgesucht von einer Gelbfieber-Epidemie. Aber er hatte Menschen auf den Festungswällen gesehen und auf den Straßen von Punda und Otrabanda, als die *Calypso* vorbeisegelte. Southwick wühlte in seinem Haar, das langsam trocknete. »Ihre Befehle vom Admiral, Sir. Ihnen bleibt nicht viel zu tun übrig.«

»Zehn Kaperschiffe liegen in Amsterdam«, erinnerte ihn Ramage.

Southwick richtete sich kerzengerade auf. »Aber Sie werden doch nicht in den Hafen segeln, um sie anzugreifen, Sir?«

Ramage grinste und winkte ab. Southwick konnte sich in seinem Sessel wieder entspannen. »Ich werde auch nachts keine Boote reinschicken. Wahrscheinlich haben sie Bäume, die sie mit einer Kette abends quer über die Hafeneinfahrt ziehen. Aber es wird schwer sein, den Admiral zu überzeugen.«

»Die Kaperer können sich nicht mal ihr Essen leisten, wenn sie da drüben nur vor Anker liegen«, gab Southwick zu bedenken. »Sie sind alle an der Beute beteiligt. Ohne Sold ist jeder Hafentag verlorenes Geld. Die Händler werden langsam Geld sehen wollen . . .«

»Das habe ich mir auch schon alles überlegt«, sagte Ramage sanft. »Würden Sie mit einem der Kaperschiffe auslaufen, wenn hier draußen eine britische Fregatte und ein Schoner warten?«

»In einer dunklen Nacht würde ich es vielleicht versuchen, Sir.«

»Na, na, wirklich? In den Tropen ist es nie richtig dunkel!«

»Hungrige Männer handeln tollkühn!«

»Das kann für die Mannschaft gelten. Aber vergessen Sie nicht: Jedes Kaperschiff hat einen Besitzer. Und der wird sein Schiff nicht aufs Spiel setzen, bloß weil seine Leute hungrig sind.«

»Einverstanden, Sir, aber dennoch verstehe ich's nicht!« murmelte Southwick. »Warum liegen die Kerle auf dem Trockenen, wenn andere – zumindest Spanier – draußen kreuzen? Stellen Sie sich mal die Beute vor, die sie sich entgehen lassen.«

»Daran denke ich auch gerade«, sagte Ramage. »Die einzig vernünftige Erklärung ist wahrscheinlich, daß alle Kaperer statt auf See an Land sind und dort etwas machen, was ihnen ebensoviel einbringt. Und das ist ganz bestimmt etwas, das zum Himmel stinkt.«

Southwick schlug sich aufs Knie und verzog sein Gesicht zu einem breiten Grinsen. »Darauf wäre ich nicht gekommen, Sir. Aber jetzt möchte ich wirklich wissen, was sie tun.«

Ramage zuckte mit den Schultern. »Da habe ich nicht weitergedacht. Sie sind sicher auf keiner Kirchweih oder sitzen auf den Festungswällen und angeln.«

»Wir könnten ja mal für ein oder zwei Wochen eine Blockade um die Insel legen«, sagte Southwick. »Selbst ein paar Prisen aufbringen. Ein paar Gefangene verhören...«

»Genau das werden wir tun. Wir müssen sie zu irgend etwas provozieren. Sie – das sind eher die Holländer als die Franzosen. Es wäre sicher ganz gut, ein holländisches Handelsschiff vor Amsterdam aufzubringen. Wenn wir den Verkehr zwischen der Insel und dem Festland blockieren, schickt der Gouverneur vielleicht die Kaperer raus, um uns zu vertreiben. Als Flottille hätten sie nachts eine Chance, wenn der Gouverneur so viele Truppen wie möglich an Bord gehen läßt.«

Southwicks Stimmung hellte sich auf. Ramage sah, daß die Aussicht auf ein Gefecht ihm guttat und die gleiche Wirkung hatte wie eine Flasche Schnaps auf einen Trinker. Doch wie er so dasaß, erinnerte er an einen Bischof vom Lande. Nur seine Augen verrieten ihn. Sie blitzten wie die eines Mannes, der ein gutes Geschäft wittert. Er griff nach seinem Hut. »Ich werde jetzt...« Er unterbrach sich, weil der Ausguck von oben aus der Mastspitze etwas meldete. Doch es war nicht laut genug, um in der Kajüte verstanden zu werden. Dann hörten sie Aitken antworten, und Ramage und Southwick eilten an Deck. Aitken sah überrascht hoch und kam Ramage zum Niedergang entgegen.

»Der Ausguck meldet viel Rauch im Innern der Insel, und wir meinen, gelegentlich Musketenschüsse zu hören, Sir. Sehr schwach, vielleicht sind es Entenjäger oder so. Von hier unten kann man den Rauch noch nicht erkennen, Sir!«

»Ist das neuer Rauch, oder hat es da schon längere Zeit gebrannt?«

Aitken sah plötzlich bedrückt aus. »Das habe ich vergessen zu fragen, Sir!«

Er trat ein paar Schritte zurück, hob das Sprachrohr an den Mund und brüllte: »Ausguck!«

»Ausguck, Sir!«

»Der Rauch. Hat es gerade angefangen zu brennen, oder haben Sie den Rauch eben erst entdeckt?«

»Der Rauch ist neu, Sir. Er nimmt zu, und es sieht aus, als ob Häuser Feuer fangen. Weißer und schwarzer Rauch.«

Ramage sah nach drüben zum Land. Die trockene Ebene am Ostende der Insel ging in sanfte Hügel über, die steiler und steiler wurden, je näher sie dem Sint Christoffelberg kamen.

Er entdeckte den Rauch nur einen Augenblick, bevor Southwick und Aitken darauf hindeuteten. Rauch gab es auf den karibischen Inseln häufig. Die meisten waren ja mehr als die Hälfte des Jahres zundertrocken. Wenn die Sonnenstrahlen in einer Glasscherbe gebündelt wurden, wenn ein Jäger zu sorglos mit seinem Lagerfeuer umging, wenn ein Funken aus dem Meiler eines Köhlers wehte – dann brannten die Hügel schnell. Das Feuer erlosch, wenn der Wind einschlief oder so drehte, daß er den Flammen entgegenblies. Aber Rauch und das Echo von Musketenschüssen – das war etwas ganz anderes. Er war sicher, Schüsse aus der Ferne zu hören. Aitken hielt sich das Sprachrohr so hingebungsvoll ans Ohr, als lausche der junge Erste Offizier dem Sirenengesang einer Meermaid unter einer Palme am Ufer.

Der kräftige Passat trieb den Rauch vor sich her. Statt einer aufsteigenden Wolke sah Ramage vom Achterdeck aus eher einen Dunstschleier. Southwick beugte sich über den Azimuthkompaß, um seine Peilungen mit der Hafeneinfahrt, der Spitze vom Sint Christoffelberg, dem nächsten Kap im Westen und dem Rauch zu machen. Mit den drei ersten würde er auf der Karte die exakte Position des

Schiffes eintragen. Mit der vierten konnte er Ramage melden, wo das Feuer ungefähr brannte.

Er eilte mit der Schiefertafel, auf der die Peilungen notiert waren, nach unten und war schon vier oder fünf Minuten später wieder oben, um Ramage zu melden: »Der Rauch steigt ungefähr auf halber Strecke zwischen dem Dorf Soto und dem Ort Sint Willebrordus auf. Ungefähr elf Meilen westlich von Amsterdam. Ob er wohl von brennenden Zuckerrohrfeldern kommt?«

»Auf dieser Insel wächst kein Zuckerrohr. Und brennendes Zuckerrohr klingt auch nicht wie Musketenschüsse. Es kann sich nur um Häuser handeln.«

»An Deck. Von Ausguck Fockmast!«

Überrascht sahen Ramage, Aitken und Southwick nach vorn. Die körperlose Stimme klang aufgeregt. Und Aitken rief nach oben: »Von Deck!«

»Segel auf Backbordbug voraus, Sir. Und ich glaube, ich sehe Land dahinter. Es könnte eine Wolke sein, aber die Peilung steht.«

»Was für ein Schiff?«

»Kann ich noch nicht erkennen, Sir. Der Rumpf ist noch unter der Kimm. Aber ich glaube, es läuft auf uns zu.«

Aitken wandte sich nach Jackson um, gab ihm das Teleskop und deutete nach oben. Wortlos zog sich der Amerikaner in die Wanten und begann in die Spitze des Fockmasts zu klettern.

Ramage sagte: »Land kann es nicht sein. Aber er hat vielleicht eine Wolke entdeckt, die über Aruba hängt.«

»Was für ein Schiff?« murmelte Southwick in sich hinein. »Vielleicht ein Kutter aus Jamaica mit neuen Befehlen vom Admiral. Wahrscheinlich wieder Einsatz an Geleitzügen...«

»Alle Mann auf Station!« befahl Ramage Aitken.

Jackson meldete sich von oben, als der Trommler seinen Wirbel beendet hatte.

»Der Rumpf kommt gerade über die Kimm. Aber dem

Schnitt der Segel nach ist es ein Handelsschiff. Könnten Amerikaner sein, Sir.«

»Setzen Sie ein Signal für Lacey«, sagte Ramage. »Sein Ausguck schläft.«

Als die Signalflagge ausgeweht war, von *La Créole* bestätigt und wieder abgeschlagen, meldete Jackson von seinem Ausguck im Fockmast, daß das Schiff gerade durch den Wind gegangen war und offenbar nach Curaçao segeln wollte. Aitken meldete alle Mann der *Calypso* auf Station. Und wieder hörte man von Jackson, daß es ein Handelsschiff sei, so gut wie sicher amerikanisch.

Amerikanisch! Und damit auf der Hut vor britischen Schiffen. Denn ein Treffen auf See führte gewöhnlich dazu, daß ein britisches Kommando an Bord kam und ein Offizier der Royal Navy die Mannschaft überprüfte. Fand er einen Briten, wurde der sofort in die Royal Navy gepreßt. Ramage stellte sich den knurrenden amerikanischen Kapitän vor, der auf diese Weise zwei gute Seeleute verlor – vielleicht aus einer zwölfköpfigen Mannschaft. Andererseits waren aber Kapitäne neutraler Schiffe auch gute Informationsquellen. Sie liefen feindliche Häfen an, sahen Kriegsschiffe und konnten hinterher über alles reden, da sie ja nicht als Prisen aufgebracht worden waren. Der beste Augenblick, einen Kapitän zum Sprechen zu bringen, war der Augenblick, in dem er aufatmete, weil er keinen seiner Männer an die Royal Navy abgeben mußte.

Die *Calypso* und das Handelsschiff näherten sich einander schnell. Schon nach wenigen Minuten konnte Ramage den Rumpf des Amerikaners über dem Horizont sehen. »Lassen Sie die Kanonen ausrennen«, befahl er Aitken. »Wir wollen grimmig aussehen. Danach kommen Sie bitte in meine Kajüte. Ich habe weitere Befehle für Sie.«

In der Kajüte erläuterte er seine Absichten. »Der Kapitän des amerikanischen Schiffes wird fluchen, wenn er die britische Flagge entdeckt. Der hat uns für eine französische Fregatte gehalten. Für ihn ist eine französische Fregatte, die von Amsterdam aus nach Westen segelt, etwas ganz Normales. Doch dann wird er plötzlich seinen Irrtum erkennen.«

»Sie werden also ein Prisenkommando zu ihm an Bord schicken und seine Papiere überprüfen. Er könnte vom südamerikanischen Festland, von Aruba oder direkt von irgendwoher in Nordamerika gesegelt sein. Wenn er gerade aus einem feindlichen Hafen kommt, dann möchte ich wissen, welche Schiffe er dort gesehen hat, welche auf See, und vor allen Dingen, ob es Kaperer waren. Daten, Positionen, Kurse, die gesteuert wurden...«

Aitken schaute besorgt drein. »Diese Amerikaner sind normalerweise nicht sehr daran interessiert, ausgerechnet uns zu helfen, Sir«, sagte er vorsichtig.

»Natürlich nicht«, stimmte Ramage zu. »Man hat ihnen nämlich in der Regel gerade nur ein paar ihrer besten Männer von Bord genommen, weil sie angeblich Briten sind. Also machen Sie ihm bitte klar, daß Sie, wenn er mit Ihnen zusammenarbeitet, seine Stammrolle nicht einmal von außen anschauen wollen.«

»Also wird er so erleichtert sein...«

»Genau«, pflichtete Ramage ihm bei. »Aber wenn er sich weigert, wissen Sie auch, was Sie zu tun haben!«

Aitken nickte. »Hoffentlich finde ich ein paar Schotten. Wir sind hier auf der *Calypso* viel zu wenige!«

»Ich suche Qualität, Mr. Aitken, nicht Quantität«, sagte Ramage doppeldeutig und lachte trocken.

»Aye, aye, Sir! Ich habe gehört, daß unsere Admiralität unseren Kommandanten genau diese Antwort gibt, wenn sie mehr Fregatten verlangen.«

»Das tun sie ganz bestimmt«, sagte Ramage. »Darum versorgen wir uns lieber selber; wir laufen aus und holen uns auf See, was wir brauchen.«

Der junge Schotte lachte, was selten genug bei ihm vorkam. »So habe ich das noch nie gehört, Sir. Ich würde gern mal wissen, wie oft eine Fregatte und ein Schoner zusammen auslaufen, bemannt mit den Leuten, die sie sich erobert haben.«

»In ein oder zwei Jahren werden wir unsere eigene Flotte besitzen. Wir werden sie dann Ihren Lordschaften verchartern gegen einen entsprechenden Anteil Prisengeld!«

Eine Stunde später warteten Ramage und Southwick an der Reling des Achterdecks. Die *Calypso* lag beigedreht eine halbe Meile in Luv des Amerikaners. Der hatte seine Segel aufgegeit, lag breitseits in der Dünung und rollte heftig. Der Kapitän traute offensichtlich seinen Rahen, dem Rigg und den Segeln nicht, um ein Beidrehen zu riskieren. Die Eigner ordneten oft aus wirtschaftlichen Gründen an, in den Tropen alte Segel einzusetzen. Das hatte natürlich nichts mit Sparsamkeit zu tun, denn in den Tropen fielen Böen ein, überraschender und kräftiger, als man sich in gemäßigten Zonen vorstellen kann. Doch Schiffseigner waren eben Leute, die leichthin einen Taler ausgaben, um einen Heller zu sparen, und sich zu diesem erfolgreichen Handel auch noch gratulierten.

Caroline, aus Charleston, Süd-Carolina. Als er den Heimathafen las, hatte er Jackson in das Enterkommando beordert. Aitken hatte er vergattert, dem amerikanischen Seemann ja nichts von ihren Absichten zu verraten. Dem verblüfft dreinschauenden Ersten Offizier hatte er nur erklärt, Jackson sei in Süd-Carolina geboren.

Die *Caroline* aus Süd-Carolina. Das hörte sich an wie der Anfang eines Wiegenliedes. Es gab kaum Zweifel, daß sie Amsterdam anlaufen würden. In diesem Fall könnte er sie auf die eine oder andere Weise nutzen – vielleicht sogar als trojanisches Pferd, das ihn mitten unter die Kaperer brachte.

Er konnte das Schiff natürlich auch einfach in Besitz nehmen, seine Leute an Bord schicken und es dann weiter unter amerikanischer Flagge nach Amsterdam segeln lassen. Wenn er seine Offiziere in alte Klamotten steckte, würden sie als Amerikaner durchgehen und den Papierkrieg mit den holländischen Behörden führen. Natürlich würden sie in der Nähe der Kaperer ankern. Bald nach Einbruch der Dunkelheit würden sie sie entern, alle in Flammen setzen und dann die *Caroline* heraussegeln. Man konnte sicher sein, daß die Holländer sie dabei nicht unter Feuer nehmen würden, denn sie mußten annehmen, daß sie vor den brennenden Schiffen floh, ohne zu ahnen, daß sie dies alles angezettelt hatte.

Ramage schüttelte den Kopf. Verrückter Gedanke. Was würde das für einen diplomatischen Aufruhr geben. Jeder britische Offizier, der so mit einem amerikanischen Schiff umsprang, würde vor ein Kriegsgericht der Royal Navy gestellt, verurteilt und höchstwahrscheinlich eingesperrt werden. Die Beziehungen zwischen Großbritannien und Nordamerika waren schon gespannt genug. Ein Zwischenfall wie dieser könnte einen Krieg auslösen. Doch abgesehen davon, dachte er bedauernd, wäre das ein exzellenter Plan.

»Aitken und Jackson werden gleich wieder die Leiter hinuntersteigen«, meldete Southwick. »Ach, der Kerl da mit dem breitrandigen Strohhut wird der Kapitän sein. Jetzt schüttelt er Aitken die Hand. Und jetzt auch Jackson.«

Zehn Minuten später war das Boot längsseits der *Calypso*, die *Caroline* schüttelte ihre Segel aus und nahm wieder Fahrt auf in Richtung Amsterdam. Es war ungewöhnlich, einen Squarerigger ihrer Größe unter amerikanischer Flagge segeln zu sehen. Handelsschiffe in der Karibik waren meistens Schoner. Die *Caroline* war dunkelgrün gepönt, eine Farbe, die Sklavenschiffe bevorzugten, um in ihren Verstecken in den Mangroven an den Flußläufen im Golf von Guinea nicht aufzufallen.

Aitken eilte, offensichtlich aufgeregt, zu Ramage. Jackson, der als nächster die Leiter hochgeklettert war, grinste breit. Ramage bemerkte, daß der Erste Offizier kurz nach achtern in Richtung Aruba schaute. Dann machte er Meldung und bemühte sich, dabei deutlich zu sprechen.

»Es lief alles genauso, wie Sie vorhergesagt hatten, Sir. Ich nehme an, die Hälfte seiner Mannschaft sind Briten. Er sagte, daß in Aruba eine französische Fregatte ankerte. Die sollte nach Curaçao auslaufen, kurz nachdem die *Caroline* ankerauf gegangen war. Er geht davon aus, daß sie bald in Sicht kommen müsse.«

»Hat er Kaperer gesehen?«

»Nein, Sir. Er hatte nur ein paar Anmerkungen dazu. Normalerweise trifft er in der Windward Passage vor dem Festland drei oder vier; sie entern ihn immer, um die Papiere zu prüfen. Aber er sagte, er habe jetzt viel mehr britische Kriegsschiffe gesehen. Er war also nicht überrascht, als er uns erblickte – jedenfalls sagte er das. Und Jackson hat sich mit ein paar Leuten aus der Mannschaft unterhalten.«

Ramage blickte den Amerikaner an. »Nun, haben Sie alte Freunde getroffen?«

Jackson grinste. »Keine alten Freunde, Sir, aber ich kannte einen der Männer. Er war in meine Schwester verliebt – als beide etwa fünf Jahre alt waren.«

»Und was haben Sie noch entdeckt?«

»Einiges, Sir. Und alles bestätigt, was Mr. Aitken gerade sagte. Die Männer von der *Caroline* trafen auf Aruba ein paar französische Matrosen von der Fregatte. Sie waren ein undisziplinierter Haufen, kümmerten sich nicht sehr um die Befehle der Offiziere. Nannten sich untereinander »Bürger«. Und sie bezahlten die Preise nicht, die die holländischen Händler verlangten. Sie halbierten einfach, was die Händler forderten. Und wenn sich eine Menge empört um sie sammelte, zogen sie ihre Säbel.«

Während Jackson berichtete, dachte Ramage an das kleine Buch in der Schublade seines Schreibtisches – das französische Signalbuch. Er sah Aitken an. »Sehr gut, das da auf der *Caroline*.« Er drehte sich zu Jackson um. »Gleichfalls. Setzen Sie jetzt ein Signal für die *Créole*. Ich möchte sofort Mr. Lacey an Bord haben.«

Eine Stunde später hatten die Männer die Kanonen wieder eingerannt und festgezurrt, hatten Piken, Entermesser, Musketen und Pistolen in die Waffenkisten zurückgelegt und die Decks gescheuert. Ramage sah in seiner Kajüte in die interessierten, schwitzenden Gesichter seiner Offiziere. Er hatte seinen Plan erklärt und fragte Lacey: »Haben Sie noch Fragen?« Der Kommandant der *La Créole* hatte keine.

Aitken machte sich Sorgen wegen der Dunkelheit. »Wenn sie nun nachts von Aruba aufkommt, Sir?«

Ramage schüttelte den Kopf. »Würden Sie nachts bei Neumond, wahrscheinlich aufkommender Bewölkung und Gegenstrom, achtundvierzig Meilen segeln, wenn Sie es einrichten könnten, bei Tageslicht einzulaufen?«

»Nein, Sir«, antwortete der Erste Offizier entschuldigend, »es war eine dumme Frage. Ich würde in der Morgendämmerung fünfzehn Meilen westlich der Insel stehen, westlich von Westpunt Baai. Wäre der Wind schwächer als erwartet, wäre ich entsprechend später dort. Aber auf keinen Fall würde ich das Risiko eingehen, nachts an der Küste auf Grund zu laufen.«

»Und genau da werden wir sein«, sagte Ramage. »Wir werden ganz in der Nähe von Westpunt Baai stehen. Und da die Küste südwestlich in Richtung Amsterdam verläuft, wird Lacey also zeigen können, was die *Créole* als Lockvogel hergibt.«

Noch einmal erkundigte er sich nach weiteren Fragen. Wagstaffe hatte noch eine: »Überlassen wir die Kaperer in Amsterdam sich selber, Sir?«

»Im Augenblick ja, aber das ist denen nicht klar. Posten an der Küste werden melden, daß wir nach Westen segeln. Doch bei Beginn der Abenddämmerung werden wir umdrehen und nach Amsterdam zurücksegeln. Die holländischen Beobachter werden also melden, daß wir umkehren und offenbar vorhaben, die Nacht vor dem Hafen zu verbringen – also genau den Trick zu spielen, den man erwartet. Aber sobald es ganz dunkel ist, werden wir wieder umdrehen und ...«

»Und hoffen, daß es nicht so dunkel ist, daß wir auf Grund laufen«, fügte Aitken trocken hinzu.

»Sint Christoffelberg ist zwölfhundert Fuß hoch«, sagte Ramage. »Wir sollten ihn also leicht in fünf Meilen Entfernung sichten können. Und Lacey muß nur unsere Hecklaterne immer im Auge behalten.«

Er erhob sich und sagte langsam: »Denken Sie daran, meine Herren, der genaue Zeitablauf ist entscheidend. Wenn der Fisch den Köder nicht schluckt, müssen wir sofort handeln. Sonst werden Dutzende von uns unnötig sterben oder verwundet.«

6

Zu Beginn der Morgendämmerung hatten Southwick und ein Dutzend Männer etwa die halbe Länge der dünnsten Ankertrosse, die mit ihren zehn Zoll Umfang immerhin noch so dick war wie der Unterarm eines Seemannes, auf dem Vordeck aufgeklart. Dazu hatten sie die Ankerleine zuerst nach außen durch die Ankerklüse geführt und eine Sorgleine an sie geschlagen. Alle Kanonen waren geladen und ausgefahren, die Decks waren feucht und gesandet, Entermesser, Enterbeile, Pistolen und Musketen waren ausgegeben. Die *Calypso* war wie immer bereit für den Tagesanbruch. Doch heute lag, anders als sonst, die Ankerleine wie eine schlafende Schlange im Vorschiff.

Ramage ging über das Schiff. Er spürte die Erregung der Männer. Hier und da blieb er in der Dunkelheit stehen und sprach mit ihnen: Es könne gut zwei bis drei Tage dauern, ehe der Franzose auftauchte. Die Männer waren zufrieden, daß der Kommandant mit ihnen redete. Doch seine Warnung schlugen sie in den Wind. Sie hatten beschlossen, daß die französische Fregatte an diesem Tag aufzutauchen habe. Sie würde in Lee gemeldet werden, sobald die Männer bei ausreichendem Licht in den Ausguck in den Masttopps gestiegen waren und sich umgesehen hatten. Einer aus der Mannschaft hatte sich klug überlegt, daß der Franzose im Westen gegen den helleren Himmel im Osten die *Calypso* zuerst entdecken und davonsegeln könnte. Doch Ramage konnte ihn beruhigen. Die *Calypso* würde vor dem dunklen Sint Christoffelberg und vor den Hügeln des westlichen Curaçao in den ersten entscheidenden fünfzehn Minuten des Tagesanbruchs nicht zu entdecken sein.

Der Ausguck, der eigens im Heck der *Calypso* postiert war, meldete alle fünfzehn Minuten, daß *La Créole* noch achteraus segelte. Trotz dunkler Nacht glitzerte das Wasser. Und gelegentlich zeigte ein grünlicher Wirbel achteraus, wenn der Bug auf eine steile Welle traf, daß der Schoner ihnen folgte.

Aus eigener Erfahrung wußte Ramage, daß Lacey in dieser Nacht kaum schlief aus Sorge, daß die Ausguckleute im Bug die Hecklaterne der *Calypso* aus dem Blick verlieren könnten. Wahrscheinlich hatte der junge Leutnant das Achterdeck nicht verlassen, denn er wußte, wie wichtig es war, daß sein Schiff in der ersten Morgendämmerung nur ein paar hundert Yards von der *Calypso* entfernt segelte. Wahrscheinlich hatte er die Nacht auf einem Deckstuhl zugebracht, den Bootsmantel über den Schultern, dösend, und mit ständigen Fragen den Wachhabenden ärgernd – wie es nur eifrige Kommandanten können. Ja, ja, sagte sich Ramage, ich weiß genau, wie sich Lacey fühlt.

Bei Tagesanbruch mußte *La Créole* ganz nahe sein, für alle Fälle. Ramage hatte das nachdrücklich klargemacht. Persönlich glaubte er zwar nicht, daß sie ausgerechnet mit

Beginn der Helligkeit den Franzosen sichten würden, doch die Chance bestand natürlich, daß er zur richtigen Zeit abgesegelt war, eine schnelle Passage hatte und so bei Tagesanbruch vor Curaçao stehen würde. Der Erfolg der Aktion hing ab von *La Créole*: Er hatte dafür gesorgt, daß Lacey das ganz und gar verstanden hatte.

Ramage schaute durch eine Geschützpforte. Er konnte gerade die Wellenkämme unterscheiden. Sie hatten einen grauen Rand. Die Sterne auf der östlichen Kimm glänzten schon etwas schwächer, der Gürtel des Orion war über sie hinweggezogen und hatte sich gesenkt, das Kreuz des Südens und der Pflug hatten sich gedreht, der Polarstern hatte seinen Platz gehalten, doch bald würde die Sonne sie alle überstrahlen. Ja, Sint Christoffelberg stach auf Steuerbordbug wie eine schwarze Klinge nach oben in den Himmel und verdeckte die Sterne über der nordöstlichen Kimm.

In der Dunkelheit warteten auf Deck drei Männer auf das Kommando des Wachhabenden – an diesem Morgen war es Wagstaffe. Er würde sie als Ausguck in die Masttopps schicken, und jeder würde behende wie ein Affe an seinem Mast nach oben klettern in der Hoffnung, als erster melden zu können: französische Fregatte in Sicht. Das Aufentern im Wettbewerb Mast gegen Mast hatte Tradition in der Navy.

Ramage beendete seinen Gang nach vorn an der Steuerbordseite und kreuzte den Bug, um an Backbord aufs Achterdeck zurückzugehen. Es gab kaum Seegang. Die *Calypso* rollte wenig, hob sich nur gelegentlich in der Welle einer Dünung, die entlang der Küste lief. Solch eine Welle war vielleicht an der Küste Westafrikas entstanden, hatte den Atlantik überquert und lief nun durch die Karibik, um irgendwo in den modrigen Untiefen des Golfs von Mexico zu enden.

Männer hockten in Gruppen um ihre Kanonen. Gewöhnlich schliefen sie zu dieser Zeit noch halb. Doch heute waren sie hellwach. Flüstern und gelegentliches halblautes Lachen zeigten, wie munter sie waren. Ramage hatte noch nie verstanden, wie Männer lachen und spaßen konnten, wenn sie in der nächsten Stunde vielleicht schon tot waren, von Schrapnells zerfetzt, zerrissen von Kugeln. Doch Hauptsache, sie waren gut gelaunt. Vielleicht waren sie guten Mutes, weil sie zuversichtlich waren. Sie waren überzeugt, der Tod könne ihnen nichts anhaben. Und sie waren zuversichtlich, weil sie bisher, jedenfalls unter seinem Kommando, Glück gehabt hatten. In allen Gefechten der letzten paar Monate, auch beim Erobern der *Calypso* und der *La Créole*, hatte es wenig Ausfälle gegeben.

Würden sie den Mut verlieren, wenn in einem Gefecht viel Blut fließen würde? Wären sie dann weniger kampfentschlossen? Er zweifelte daran. Sie ähnelten darin sehr Southwick, der auf einen Kampf so erpicht war wie Schuljungen auf ein Murmelspiel oder ein Wilderer auf fette Fasane. Er hörte seinen eigenen Schritt auf Deck, fing das leichte Rollen des Schiffes ab und wußte, daß er ein immer besserer Kommandant wurde. Er hatte sehr lange gebraucht, bis er den scheinbaren Widerspruch verstand: Ein Kommandant, der sich zu viele Sorgen um den Tod seiner Männer im Kampf machte, tötete sie zu Dutzenden, wenn er im Gefecht zögerte. Der kühnste Plan war gewöhnlich der sicherste. Doch bewußt hatte er diese Strategie noch bei keinem Gefecht eingesetzt. Doch jetzt, da er an manche Kämpfe zurückdachte, wurde ihm klar, daß er sie oft mit weniger Toten und Verwundeten durchgestanden hatte als behutsamer vorgehende Kommandanten.

War er eingebildet? Vielleicht. Doch wenn seine Arroganz seine Männer zuversichtlich machte und zu Erfolgen führte, dann war gegen Arroganz nichts einzuwenden. Und natürlich war es ihre eigene Arroganz, die seine Männer kühn und erfolgreich machte. Sie waren überzeugt, daß ein Engländer leicht drei Franzosen aufwog. Die Liste Toter und Verwundeter bestätigte das. Und so schien auch die Admiralität darauf zu setzen, daß hundert Männer auf einem Schiff der Royal Navy ein französisches Schiff mit dreihundert Mann Besatzung entern und erobern könnten.

»Ausguck! Entert auf!«

Wagstaffes gebrüllter Befehl schnitt in Ramages Gedanken. Und er bemerkte, um wieviel heller es in den letzten paar Minuten geworden war, in denen er nur an der Geschützpforte gelehnt und die Wellenkämme beobachtet hatte.

Die Männer erhoben sich vom Deck, wo sie gesessen oder gehockt hatten. Sie stöhnten, wenn Muskeln steif geworden waren und nicht mitmachen wollten. Manche froren in der Morgenkühle und schlugen die Arme um sich. Und gelegentlich spuckte einer Tabaksaft durch die Geschützpforte nach draußen.

Ramage kletterte aufs Achterdeck und fand Wagstaffe gespannt an der Reling wartend. Er trug das Sprachrohr in der einen, das Nachtglas in der anderen Hand und wartete ganz offensichtlich auf die erste Meldung des Ausgucks. Southwick stand am Kompaßhäuschen und unterhielt sich mit Aitken, der Wagstaffe sofort ablösen würde, wenn feindliche Schiffe in Sicht kamen. Der Zweite Offizier würde dann zu seinen Kanonen eilen. Die Seesoldaten nahmen mit viel Stiefelstampfen und Kolbenknallen ihre Posten ein.

Keiner der Offiziere der *Calypso* hatte seinen Plan gebilligt. Ramage hatte das beim Erklären gespürt. Nur Lacey war ganz begeistert, weil er eine wichtige Rolle spielte. Aber alle anderen hatten Vorahnungen, auch Southwick, der ein Dutzend Schlachten mitgemacht hatte, und selbst Kenton, der noch wenig erfahren war. Keiner hatte seine Mißbilligung ausgedrückt. Den meisten Kommandanten wäre ihr Schweigen wie Zustimmung erschienen.

Doch als er sie gestern in seiner Kajüte musterte, einen nach dem anderen fragte, ob noch etwas unklar sei, ahnte er, was in ihren Köpfen vorging. Jeder reagierte anders, weil jeder einen anderen Charakter hatte. Für Southwick war das Ganze reine Zeitverschwendung. Seiner Meinung nach machte man kaum einen Fehler, wenn man so schnell wie möglich beim Feind längsseits ging und den Kampf mit Breitseiten und Pieken begann. Der Master hatte seine ganze Kraft im rechten Arm, wenn er einen Säbel gewaltig wie ein Schlachterbeil schwang. Aitken, der schweigsame Schotte, besaß genügend Intelligenz, die Absicht hinter Ramages Plan zu durchschauen – aber er glaubte nicht an den Erfolg, und auch nicht, daß der Plan nötig sei. Wagstaffe machte mit seinen Fragen klar, daß die Franzosen niemals in die Falle tappen würden. Doch wenn, könnte sie zuschnappen. Der junge Kenton hatte noch nie von solch einer Sache gehört und zögerte als Jugendlicher eher: Warum mit einem Florett fechten, wenn man mit einem Entermesser zuschlagen konnte? Kenton war schon lange genug auf See, um zu wissen, daß Schlachten nicht ohne Tote geführt werden konnten, doch noch nicht lange genug, um zu versuchen, solche Ausfälle geringzuhalten. Ihm und allen anderen Offizieren sowie dem Leutnant der Seesoldaten war klar, was sich in Hunderten von Gefechten immer wieder herausgestellt hatte: Eine britische Fregatte und ein Schoner waren für eine französische Fregatte keine Gegner. Warum also herumspielen?

Aitken war ein gründlich denkender Offizier. Ramage ahnte, daß der junge Offizier, über seine Jahre hinaus klug und auf dem besten Weg, bald ein eigenes Kommando anzutreten, jetzt begann, die Welt aus den Augen eines Kapitäns zu sehen. Risiko und Erfolg waren abzuwägen, Risiko und Verantwortung, und Risiko und Schuld. Er wußte, daß hohe Offiziere, Oberkommandierende ebenso wie die Lordschaften der Admiralität immer erst die Befehle lasen, dann die Ergebnisse zur Kenntnis nahmen und selten jemanden für seine Erfolge lobten. War eine Aktion fehlgeschlagen, dann fand man allerdings ganz schnell den

Schuldigen, auch dann, wenn die Befehle viel zu absurd gewesen waren, um zum Ziel zu führen.

Aber ein Kommandant, der gelegentlich versuchte, die beiden Dinge auszubalancieren, das Risiko in der einen Waagschale, Verantwortung und Schuld in der anderen, sah oft die zweite Waagschale deutlich nach unten sinken. Also nahm er das Risiko nicht auf sich, um seine Zukunft nicht zu gefährden. Er lehnte den risikoreichen Plan ab, entwarf einen sicheren. Der gewagte Plan hätte viele Verluste vermeiden können. Der sichere war nur deswegen sicher, weil das Ergebnis um den Preis vieler Leben erreicht werden konnte.

Während Ramage den östlichen Himmel beobachtete, aus dem die Helligkeit die Dunkelheit nach Westen schob, fühlte er Ärger aufsteigen über das ganze Befehlssystem der Royal Navy. Es bedeutete im Kern, daß kein Kommandant, dessen Frau und Familie von seinem Sold abhingen, je ein Risiko eingehen konnte, bei dem er seine Zukunft gefährdete. Es gab ein paar Ausnahmen – aber wirklich nur ein paar. Im Augenblick fiel ihm nur Konteradmiral Sir Horatio Nelson ein.

Die Offiziere, die Risiken auf ihre Zukunft eingingen, um Leben zu schonen, waren vornehmlich Männer mit Privateinkünften. Alexander Cochrane zum Beispiel war Erbe des Earl von Dundonald. Obwohl diese Familie nicht reich war, würde es für Cocky reichen, sollte die Admiralität ihn vor ein Kriegsgericht zerren und ihn wegen seiner verwegenen Unternehmungen verurteilen. Bisher hatten sie zwar keinen Anlaß, ihn anzuklagen, aber er nahm phantastische Risiken auf sich. Er hatte Erfolg, und seine Männer vergötterten ihn.

Natürlich gab es dumme Offiziere, reiche und arme, die Risiken nur deswegen eingingen, weil ihnen die Vorstellungskraft fehlte. Männer, die wirklich alles auf eine Karte setzten, ohne sich darüber im klaren zu sein, daß der minimale Gewinn, den sie erringen konnten, in keinem Verhältnis stand zum Risiko, das sie eingingen. Er dachte mehr an kluge Männer. Aitken zum Beispiel hatte einen langen Weg hinter sich. Er kam aus Perthshire in Schottland, wo seine verwitwete Mutter lebte. Durch ungewöhnliches Können und durch Mut hatte er es schon weit gebracht. Aber gerade er könnte es sich in wenigen Jahren schon nicht mehr leisten, das alles aufs Spiel zu setzen.

Was dazu führte, dachte Ramage bitter, daß der Oberkommandierende oder die Admiralität den Erfolg nur nach der Höhe der Verluste beurteilten. Ein Gefecht, in dem eine britische Fregatte eine französische besiegt hatte, wurde als großer Sieg beurteilt, wenn dabei fünfzig Männer getötet und einhundert verwundet worden waren. Dabei fragte niemand nach der Notwendigkeit dieser Verluste. Die französische Fregatte war ja schließlich erobert worden. Nimm dem Feind das Schiff ab, und niemand fragt nach den Verwundeten. Aber erobere dasselbe Schiff mit nur einem Dutzend Ausfällen – und der Kommandant wird nicht viel gelten. Höheren Orts würde man die Schultern zucken und meinen, die Franzosen seien eben Memmen.

Vielleicht war das die richtige Einstellung: Ihre Lordschaften konnten ja wohl kaum in Tränen ausbrechen, weil in einem Gefecht hundert Männer gefallen waren. Täten sie's, würde die Admiralität aufhören zu funktionieren. Wer würde es dann noch wagen, Befehle zu geben? Kein Admiral könnte ein Schiff in den Kampf schicken, wenn er an die Frauen und Kinder denken würde, die den Mann und Vater verlieren würden, aufgrund seines Befehls. Admiräle mußten ein hartes Herz haben – und seiner Erfahrung nach hatten das auch die meisten – und ein gutes Gefühl für Kommandanten, die durch ihre Prisengelder die Schatullen der Lords füllten.

Probleme gab es immer, wenn ein Kommandant seine Mannschaft zu gut kannte. Wenn er um die Gewohnheiten und Spleens seiner Männer wußte, sie an ihren Dialekten wiedererkennen konnte, wenn er ihre Hoffnungen und Ängste ahnte, wenn er um Rat gefragt worden war, weil eine Frau den Mann im Stich gelassen hatte oder ein Sohn verschwunden war. Dann gab es das Problem des Risikos und die Frage nach der eigenen Zukunft nicht mehr. Der Kommandant nahm teil, er war involviert, er war wie der Vater einer großen Familie.

Jackson zum Beispiel. In der Musterrolle stand nur: Jackson, Thomas; Amerikaner, geboren in Charleston, Carolina, Freiwilliger. Dann gab es da auch Stafford, William; geboren in London, gepreßt, und Rossi, Alberto; geboren in Genua, Freiwilliger. Auf der *Calypso* gab es an die fünfzig Männer, die zwei, drei oder noch mehr Jahre unter ihm gedient hatten. Die zum Beispiel bei ihm gewesen waren, als der Kutter *Kathleen* von dem spanischen Dreidecker gerammt und in Splitter zerlegt worden war. Die mit ihm auf der *Triton* in viele Gefechte gesegelt waren und die erlebt hatten, wie sie entmastet auf einem Korallenriff geendet hatte ... Und Männer wie Jackson und Thomas waren bei ihm gewesen, als er Gianna am Strand der Toskana vor herangaloppierender bonapartischer Kavallerie gerettet hatte. In der Dunkelheit hatte Jackson mörderische Schreie ausgestoßen und damit die Pferde erschreckt.

Es gab so viel zu erinnern; so viele mit den Männern geteilte Erfahrungen. Southwick, kürzlich auch Aitken, Wagstaffe, Baker und schließlich auch der junge Lacey da achteraus auf seiner *La Créole*.

Wenn einer der Männer fiel, würde er trauern wie bei einem Bruder, einem Neffen, einem Onkel? Nein, er würde trauern, weil er einen seiner Männer verloren hatte. Es war ein seltsames Verhältnis, das auch alle anderen an Bord mit einschloß. Southwick zum Beispiel war so eine Mischung von exzentrischem Onkel und wirrem Jungen. Jackson, groß und sehnig, mit seinem dünner werdenden sandfarbenem Haar, erschien ihm wie der standhafte Mittelpunkt einer ganzen Familie. Offiziell war er der Bootssteuerer des Kommandanten, aber in all den Jahren war er so etwas wie ein Leibwächter oder Gutsinspektor geworden. Jackson hatte einige Male sein Leben gerettet – so wie er Jacksons. Es gab also weder Schulden noch Guthaben, nur gegenseitigen Respekt.

Stafford. Wenn man's nicht ganz genau nahm, war Stafford ein helläugiger wacher Cockney, Schlosserlehrling aus London, als ihn die Preßgang fing. Doch auch wenn er seine bisherige Jugend ausschließlich mit dem unerlaubten Öffnen von Schlössern verbracht hatte, hatte er sich zu einem ausgezeichneten Seemann entwickelt, ohne Furcht und völlig loyal. Ramage mußte bei ihm oft an alte Rittergeschichten denken. Mit allergrößter Mühe und der Zunge zwischen den Lippen konnte Stafford gerade seinen Namen schreiben, doch für seine Freunde wie Jackson oder Rossi würde er sein Leben opfern. Er hatte eine erheiternde Art, Worte falsch auszusprechen, und Jackson verbesserte ihn mit großer Geduld.

Rossi war der dritte, nach dem sich Gianna in ihren Briefen immer erkundigte: Er war dicklich, schwarzhaarig, hatte olivfarbene Haut und war immer guten Mutes. Der Genuese war überstürzt aus seiner Vaterstadt aufgebrochen, haßte die Franzosen aus tiefstem Herzen, war stolz auf sein neues Vaterland und ihm loyal ergeben. Als Freiwilliger war er, soweit Ramage das nachvollziehen konnte, nur deswegen in die Navy eingetreten, weil er hier die beste Gelegenheit hatte, Franzosen zu töten. Er hatte Genua verlassen, ehe die französischen Eroberer es eingenommen und dort die neue Republik ausgerufen hatten. Die Akten der Stadt würden wahrscheinlich zeigen, daß die Stadtoberen die Geschichte nicht glaubten, die Ramage vernommen hatte, daß Rossi nämlich einen Mann in Notwehr getötet hatte. Doch Ramage verhielt sich wie die meisten Kommandanten. Was vor Rossis Eintragung in die Musterrolle passiert war, interessierte ihn nicht.

Rossi war außergewöhnlich stolz auf Gianna. Er war stolz, daß die Frau, die sein Kommandant liebte – das ganze Schiff wußte davon –, Italienerin war. Vielleicht hatte er einen ganz kleinen, geheimen Vorbehalt, weil sie keine Genueserin war, aber schließlich lag Volterra in der Toskana nahe genug an Genua. Eine Frau aus Neapel, aus Sizilien oder Rom würde er nicht akzeptieren, Zweifel hatte er bei Venetianerinnen, aber eine Frau aus der Toskana war eine Nachbarin, fast eine *paisana*. Fast, nicht ganz. Die Toskana war ein anderer Staat, aber eben doch nahe an der Republik Genua.

Stafford nannte sie immer »die Marchiessa«, und Rossi versuchte ständig, ihn zu verbessern. Doch der Cockney konnte so etwas wie »Markesa« nicht aussprechen. Stafford und Rossi hielten sie für die schönste Frau, die sie je gesehen hatten. Ramage fragte sich, ob die wohl meinten, daß sie den Kommandanten heiraten würde. Jackson war sicherlich davon überzeugt, doch Jacksons Verhältnis Gianna gegenüber war ein besonderes. Er hatte Ramage begleitet, als sie eine italienische Stadt nach einem Arzt absuchten, der das Leben der – wie sie glaubten – sterbenden Gianna retten sollte.

Ein plötzliches Brüllen neben sich ließ Ramage vor Schreck erstarren. Wagstaffe antwortete auf einen Ruf vom Ausguck im Großmast: »Nichts in Sicht im Süden und Westen, Sir. Land ist nur an Steuerbord in Sicht.«

Man meinte fast, das Schiff schüttle sich vor Enttäuschung. Southwick schnüffelte, Wagstaffe rieb mit dem Sprachrohr seine Kniescheibe, ein enttäuschter Aitken murmelte einen schottischen Fluch, und im Halbdunkel schien es, als traten die Männer vor Enttäuschung gegen die Kanonen.

Keine französische Fregatte. Sie war also noch in Aruba. Er sah nach achtern. Die *La Créole* war so nahe, daß es schien, als ob Bugspriet und Klüverbaum gleich die Heckreling der *Calypso* aufreißen würden. Laceys Ausguck, der wie eine Fliege oben im Masttopp hockte, würde auch einen leeren Horizont melden, und die Schoner-Besatzung wäre sicher gleichfalls enttäuscht.

Ramage schwieg einige Minuten, und dann sagte er beiläufig zu Wagstaffe: »Ich kann eine graue Gans auf eine Meile Entfernung erkennen.«

Das war der Standard zur Bestimmung der Sichtigkeit. Von dem Augenblick an konnte das Leben an Bord wieder seinen normalen Lauf nehmen. Die Handwaffen wanderten in die Truhen zurück, die Kanonen wurden eingerannt, Leinenschürzen oder Leinenlappen wurden bei jeder Kanone über das Zündloch gerigt, um Feuerstein und Abzugsmechanismus vor Gischt zu schützen. Der Koch würde sehr schnell das Feuer anschüren, das beim Kommando »Alle Mann auf Station« gelöscht wurde. Und dann würde das Kochen beginnen. Jeder konnte sein Fleisch haben, wie er wollte, nur gekocht mußte es sein. Das gleiche galt für das Gemüse: Die Navy bewies seltsamen Humor, wenn sie den Mann Koch nannte. Er hatte nur das Feuer in der Kajüte anzuzünden und das Wasser in den Kupferkesseln zum Kochen zu bringen.

Heute, erinnerte sich Ramage, würde es Sauerkraut geben. Der eingelegte Kohl war gut für die Gesundheit der Männer, aber er konnte ihre mangelnde Begeisterung für Sauerkohl verstehen. Ein Faß stank beim Öffnen wie ein Abort – oder noch schlimmer. Es stank zwar nur eine Viertelstunde, aber das ganze Schiff roch danach. Als verantwortlicher Kommandant versuchte er es als erster, obwohl ihm allein der Gedanke daran Übelkeit verursachte.

Immer noch war die verdammte französische Fregatte nicht in Sicht, und die Südküste und die Westküste von Curaçao boten dem Auge keinerlei Schönheit. Er würde also tagsüber vor Amsterdam bleiben. Es würde die Holländer ruhighalten, und es gab immer eine Chance, ein Fischerboot aufzubringen, um herauszubekommen, was sich auf der Insel tat.

Er bat Wagstaffe um das Sprachrohr und rief den Ausguck im Großmast an: »Können Sie Rauch über Land entdecken?«

»Nein, Sir. Auch nicht riechen.«

Der Ausguck war hellwach. Sie standen jetzt hart in Lee der Insel, und der Ausguck hoch oben würde sehr viel leichter Rauch riechen als jemand an Deck, wo sich die Gerüche aus der Bilge, von geteertem Tauwerk und der Atem tabakkauender Männer mit dem Geruch feuchter Kleidung mischten. Natürlich roch es wie immer nach trokkenem heißem Land. Nicht so wie in Spanien oder Italien nach Kräutern und Gewürzen, sondern wie vor jeder staubtrockenen Tropeninsel nach Heu oder Dung.

Das Feuer, das gestern in der Nähe des Dorfs mit dem unmöglichen Namen gebrannt hatte, hatte sich nachts nicht weiter nach Westen ausgebreitet. Der hellere östliche Himmel ließ die Westflanke des Sint Christoffelbergs in tiefem Schatten liegen, und die Hügel, die gen Osten abflachten, sahen aus wie gewaltige Wellen, die auf einem Strand ausliefen. Kein Schuß war zu hören, weder von Kanonen noch von Musketen. Die Probleme der Insel waren offensichtlich gelöst. Ramage stellte sich Viehställe vor, die zufällig in Flammen aufgegangen waren. Männer schossen auf Vieh, das durch das Feuer in Panik versetzt war. Er zuckte mit den Achseln. Feuer auf diesen trockenen Inseln war so gefährlich wie Feuer auf einem Schiff.

Es war Zeit, umzudrehen und Sint Anna Baai anzulaufen, um wieder mal einen Blick auf die Kaperer zu werfen: ein Schlag von fünfundzwanzig oder dreißig Meilen gegen eine westliche Strömung von ein oder zwei Knoten, vielleicht ein paar mehr, vielleicht stärker werdend mit zunehmendem Wind. Er suchte Southwick, entspannte sich und spürte plötzlich Hunger. In zehn Minuten würde wahrscheinlich sein Steward Silkin an Deck erscheinen und melden, daß das Frühstück bereitet sei. Der Himmel war klar. Rund eine Stunde nach Sonnenaufgang würden kleine runde weiße Wolken sich im Osten bilden und nach Westen über den Himmel ziehen. Der Himmel würde strahlend blau werden, die See ihn dunkel widerspiegeln und dabei große Tiefen verbergen, Gräber von Geheimnissen und Jahrhunderten. Und die Sonne würde steigen und brennen und Menschen und Pflanzen versengen – zu dieser Jahreszeit genau senkrecht von oben. Jedermann würde sich bald nach der Kühle der Nacht zurücksehnen.

Vierzig Jahre oder mehr war diese Küste Tummelplatz von Piraten gewesen. Vor mehr als hundertfünfzig Jahren hieß das alles hier Spanisches Amerika. War Ramages Urgroßvater hier vorbeigesegelt auf dem Weg zu einer Stadt auf dem Festland? Plötzlich wünschte er sich, es ganz genau zu wissen; er wollte in einen spanischen Hafen segeln, den sein Urgroßvater Charles und seine Besatzung einst den Spaniern weggenommen hatten. Und er wollte Peilungen nehmen vom Sint Christoffelberg und Westpunt, sie auf einer Karte eintragen und die Position des Schiffes bestimmen, in dem Bewußtsein, daß Charles Ramage dies mit ungenügenden Hilfsmitteln auch getan hatte. Der alte Charles hatte hier an der Küste ein Vermögen gemacht, genug, um seinen Landsitz wieder aufzubauen und einzurichten, den die Truppen Cromwells verwüstet hatten. Die Soldaten hatten damals alles Schöne für sündig gehalten und fühlten sich durch einen der schönsten Landsitze der westlichen Grafschaften beleidigt.

Der alte Charles. Warum »alt«? Wahrscheinlich war er auch in den Zwanzigern, als er hier segelte, genau wie jetzt sein Urenkel. Seltsam, daß man seine Vorfahren selten als junge Leute in Erinnerung hatte. Wie kam er gerade jetzt auf Charles, der seinem Bruder als achter Earl of Blazey nachgefolgt war?

Ramage hatte jahrelang in der Karibik gedient, ohne je anders als flüchtig an Charles zu denken. Doch jetzt war es fast, als segle er in seinem Kielwasser. Dann wurde ihm plötzlich klar, daß die Erinnerung begonnen hatte, als sie die *Tranquil* entdeckt hatten mit den Toten – Opfer von Kaperern auf einem spanischen Schiff. Das hatte ihn in die Vergangenheit zurückversetzt.

Er merkte plötzlich, wie geduldig Southwick seit einiger Zeit neben ihm wartete. Der Master war gewohnt, daß der Kommandant gelegentlich Tagträumen nachhing, und wußte, wann er ihn unterbrechen konnte und wann er zu warten hatte, ohne daß Ramage es merkte. »Enttäuschend, Sir, nicht wahr – kein Franzose in Sicht.«

»Ich habe noch nie einen pünktlichen Franzosen getroffen.«

»Das ist wohl wahr, Sir!« stimmte Southwick beruhigend zu. »Sie hatten uns vorgewarnt. Einen Tag oder zwei Wartezeit. Vielleicht haben wir bis heute abend wenigstens eine spanische Prise aufgebracht. Es muß doch zwischen Amsterdam und dem Festland Handel geben. Ich erinnere mich, daß Obst und Gemüse für die Inseln auf kleinen Schonern vom Festland kam. Es gibt in Amsterdam einen Markt, wo man direkt vom Schiff kaufen kann.«

Ramage nickte, ihm tat die Bemerkung von eben leid. »Hier regnet es so selten, daß sie ihre frischen Lebensmittel ja von irgendwoher haben müssen. Aber einen Schoner, voll mit Bananen und Kohl, als Prise ...«

»Die Männer wären für frischen Kohl anstelle des Sauerkrauts sehr dankbar, Sir. Wir müssen heute ein Faß öffnen.«

Keiner der beiden erwähnte die Vorschriften für Prisen. Es gab Zeiten, da ein kluger Kommandant sie einfach vergaß. Die Vorschriften besagten, daß einer Prise die Luken versiegelt werden mußten und sie in den nächsten britischen Hafen zu schicken war. Dort würde man sie inventarisieren, bewerten und versteigern. Es gab keinerlei Vorschriften für kleine spanische Schoner oder Slups, die beim Aufbringen randvoll mit frischem Obst und Gemüse beladen waren. Eine Prise mußte nach Jamaica geschickt werden, das 700 Meilen nordwestlich von hier lag. Die Chancen, daß solch ein Schiff eine so lange Reise heil überstand, waren gering. Denn die Schoner und Slups von hier waren roh und auf das billigste zusammengehauen. Obst und Gemüse würden binnen Stunden anfangen zu faulen und in ein paar Tagen fast explodieren. Ein Schoner voll explodierender Bananen ...

Ein kluger Kommandant, wegen der Angst vor Skorbut immer auf der Suche nach frischem Obst und Gemüse, würde in einem solchen Fall die Ladung an Bord nehmen, das Schiff versenken und die zwei oder drei Mann Besatzung entweder auch an Bord nehmen oder sie mit ihrem Beiboot an Land zurückschicken. Im Logbuch würde dann nur eingetragen, daß die Prise groß wie ein Ruderboot gewesen und versenkt worden wäre. Anders war es natürlich, wenn die Ladung des Schoners aus Tabak bestand auf dem Weg vom Festland nach Curaçao. Der brachte viel Geld.

»Wir segeln nach Amsterdam zurück und patrouillieren etwa fünf Meilen vor dem Hafen«, sagte Ramage. »Lacey soll mit der *Créole* alle vier oder fünf Stunden näher heransegeln, sich die Kaperer anschauen und immer mal ein bißchen für Unruhe dort drüben sorgen.«

»Können wir näher unter der Küste bleiben, Sir? Ich würde mir gern mal genauer ansehen, wo die Feuer brannten.«

Also war auch Southwick neugierig geworden. »Gehen Sie so dicht unter Land, wie Sie mögen. Wir haben tiefes Wasser bis ans Ufer, nicht wahr?«

»Meine Karte sagt: Kein Grund bei hundert Faden – bis etwa hundert Yards vor dem Ufer, und das Wasser ist kristallklar. Wenn die Sonne höher steht, werden wir den Grund bei zehn Faden oder mehr sehen. Korallenriffe gibt es dicht unter dem Ufer und bis zu fünfhundert Yards entfernt.«

Ramage sah nach achtern. Die *La Créole* war ihnen immer noch so nahe, als liefe sie im Schlepp. »Mr. Wagstaffe, wir werden in wenigen Minuten halsen und nach Amsterdam zurücksegeln. Signalisieren sie der *Créole*, daß ich nicht möchte, daß ihr Bugspriet die Heckfenster meiner Kajüte zerstört, während ich frühstücke.«

Da meldete der Ausguck im Fockmast aufgeregt: »An Deck!«

Überrascht sahen sich Southwick, Wagstaffe und Ramage an und blickten dann nach oben. Wagstaffe eilte zum Kompaßhäuschen, um das Sprachrohr zu holen. Aber Southwick legte die Hände an den Mund und brüllte: »An Fockmast Ausguck – von Deck. Was sehen Sie?«

»Segel an Backbordbug, und ich glaube, mit Kurs auf uns. Ich denke, es ist ein Kriegsschiff. Es könnte eine Fregatte sein, Sir.«

»Halsen Sie sofort, und setzen Sie das Signal für die *Créole*«, befahl Ramage kurz. »Schicken Sie Jackson mit dem Glas nach oben. Lassen Sie die Männer im Bug antreten, und sorgen Sie dafür, daß die Schleppleinen klar sind.«

Er wartete, bis Wagstaffe und Southwick die entsprechenden Befehle gegeben hatten, und sah die *Calypso* wenden, weg von dem fernen Schiff und Kurs Amsterdam nehmend. Männer braßten Fallen und Schoten, trimmten Rahen und Segel so, daß die Fregatte jetzt gut nach Osten lief, parallel zur Küste. Es schien jetzt, als würde die Sonne bald backbord voraus aufgehen.

»Was zum Teufel ist mit Jackson los?« fragte er knapp. Er wartete nicht auf die Antwort und drehte sich zur *La Créole* um. Die segelte immer noch im Kielwasser der *Calypso*. Lacey hatte den Schoner gut unter Kontrolle, aber die nächsten zehn Minuten würden entscheiden, ob er ein geborener Führer war oder nur einer auf einem Stück Pergament mit Siegel und Unterschrift des Oberkommandierenden.

Jetzt endlich rief Jackson von oben: »Drei Masten, Sir. Alle Segel sind oben, auch die Royals. Rumpf noch unter der Kimm. Aber es ist eine Fregatte. Ich denke, sie sieht aus wie ein Franzose.«

Southwick fing Ramages Blick und nickte fröhlich. »Das ist sie, Sir. Jackson hat sich noch nie geirrt.«

Ramage nickte. »Heißen Sie das verabredete Signal für die *Créole*«, sagte er Wagstaffe, »und sobald sie klar achteraus aus unserem Kielwasser ist, holen Sie das Vormarssegel back und drehen Sie auf Backbordbug bei.«

»Alle Mann auf Station, Sir?« fragte Southwick.

»Nein, noch nicht. Wir haben noch viel Zeit und eine Menge zu tun.«

Er drehte sich um und sah Giannas Neffen den Niedergang zum Achterdeck hocheilen. Er war wachfrei, hatte aber offensichtlich die Meldung gehört.

»Orsini!« rief Ramage laut und gab ihm den kleinen Schlüssel. »In der Schublade rechts oben in meinem Schreibtisch liegt das französische Signalbuch. Holen Sie es. Und schließen Sie den Schreibtisch wieder ab.« Als der Junge davoneilen wollte, sagte Ramage: »Es liegt zusammen mit den anderen Papieren in der Segeltuchtasche mit den Bleigewichten. Achten Sie darauf, die Tasche ja wieder richtig zu sichern, ehe Sie den Schreibtisch abschließen.«

Die kleine Leinentasche enthielt den täglichen Erkennungscode für die nächsten drei Monate, die Signale für Frage und Antwort, ein zweites Exemplar des Britischen Signalbuchs, seine eigenen Befehle und ein Gewicht von sechs Pfund Blei. Die Tasche war der wertvollste Gegenstand an Bord der *Calypso*. Bestand die Gefahr, daß ein Gegner sie entern würde, mußte die Tasche ins Meer geworfen werden. Wenn sie in feindliche Hände fiel und Ramage überlebte, würde man ihn vor ein Kriegsgericht stellen, sobald man seiner habhaft wurde. Und man würde ihn zerbrechen. Für das Versäumnis gab es keine Entschuldigung. Und das wußte jeder Kommandant.

7

Kommandanten, dachte Paolo, als er den Niedergang hinuntereilte. Sie behandeln alle anderen wie Narren. Alles, was Onkel Nicholas ihm hätte sagen müssen, lautete: »Hol mir das französische Signalbuch aus der obersten Schublade.« Wenn es nicht obenauf lag, hätte er sich denken können, daß es in der Segeltuchtasche lag. Und die mußte man öffnen, das Buch herausnehmen und sie hinterher sorgfältig wieder schließen. Und das alles ohne Aufforderung.

Er nickte dem Posten zu und erklärte kurz: »Auftrag des Kommandanten!« Plötzliche Dunkelheit, der Schlüssel im Schloß, da ist die Tasche. Rauhe Leinwand, runde Messingkauschen für die Tampen. Grünspan von der feuchten Salzluft. Und da das Signalbuch. Komisch, daß er jetzt alles in Englisch überlegte. Das Französisch auf dem Buchdeckel schien ihm nun ganz fremd, ganz anders als in Italien, wo es immer seine zweite Sprache gewesen war.

Englisch war eine wunderbar exakte Sprache. Man konnte sich ganz präzise darin ausdrücken. Doch er dachte bedrückt an Mr. Southwicks beharrliche Fragen beim Unterricht in Navigation und Mathematik zurück. Die Präzision war auch ein Nachteil. In Italienisch oder Französisch konnte man ausweichender, ja phantasievoller antworten. Man konnte viel leichter die Tatsache verheimlichen, daß man etwas nicht verstanden hatte. Mit der Präzision der Engländer konnte man alles auseinandernehmen. Mr. Southwick lehrte Navigation und Mathematik natürlich in Englisch. Erdhaftes und unzweideutiges Englisch.

Schließ die Schublade wieder ab, verlier den Schlüssel nicht. Was plant Onkel Nicholas? Was soll diese Menge Ankertrosse im Vorschiff? Er hatte doch wohl nicht vor, dicht unter Land zu ankern. Von allen Ankertrossen ist es die schwächste, und es ist noch nicht mal ein Anker angeschlagen. Und er würde die Ankertrosse ja auch nicht auf dem Vordeck aufschießen, wenn er wirklich ankern wollte.

Wenn er bloß schneller an Deck gewesen wäre! Wahrscheinlich hätte man ihn dann zusammen mit Jackson in den Ausguck geschickt. Paolo liebte es, da oben zu sein. Klein und schmal war das Schiff unter ihm, die Männer winzig wie Eidechsen, die über einen Marmorflur huschen. Schade, daß er zu spät gekommen war für Jacko – also nicht mehr hadern.

Komischer Mann, dieser Jackson. Die Männer berichteten, er und Onkel Nicholas hätten Giannas Leben gerettet, hätten sie buchstäblich französischer Kavallerie unter den Hufen weggerissen. Und vor ein paar Wochen hatte Jackson ihm selber das Leben gerettet. Der Tante und dem Neffen. Aber weder der Amerikaner noch Onkel Nicholas hatten davon erzählt. Rossi hatte ihm das mitgeteilt und dabei klargemacht, wie wütend Onkel Nicholas gewesen war, weil er sich in das Kommando eingeschlichen hatte, das die *Jocasta* aus Santa Cruz entführt hatte.

Diese grelle Helligkeit an Deck. Weil sich eine französische Fregatte näherte, würde man natürlich keine Sonnensegel riggen. Und die Sonne würde wieder alles versengen. Wo war Onkel Nicholas?

Er sah ihn an der Heckreling stehen und zuschauen, wie die *La Créole* sich nach luv an der *Calypso*, die wie scheintot im Wasser lag, vorbeiarbeitete. Tot im Wasser. *Accidente!* Das Vortoppsegel steht back, und sie liegt beigedreht. Was machen die eigentlich?

»Das französische Signalbuch, Sir!«

»Danke, Orsini. Bleiben Sie in meiner Nähe, vielleicht habe ich gleich wieder einen Auftrag für Sie.«

So würde es sein, hatte Tante Gianna gesagt. Eine Stunde auf See mit Onkel Nicholas bestand aus vierzig Minuten Warten, neunzehn Minuten Staunen und einer Minute reinster Spannung. Jetzt, da er vierzehn Jahre alt war, konnte er Zugeständnisse machen an die Art und Weise, wie Frauen das Leben betrachteten, aber er verstand, was sie sagen wollte. Onkel Nicholas glich einer Katze, denn er war nicht sein Onkel, jedenfalls noch nicht, und die Ordnung an Bord verlangte, daß er nie auf die Verwandtschaft anspielte. Stundenlang wartete er vor dem Mauseloch, und wenn die Maus herauskam, war alles in einem Augenblick vorbei. Natürlich war die Beute selten eine Maus, sie glich eher einem Leoparden. Zwar hatte er noch nie einen Leoparden gesehen, außer auf Malereien auf etruskischen Gräbern. Fleckige Tiere. Und, *accidente*, was für Brüste doch die etruskischen Frauen hatten. Seit kurzem dachte er mehr und mehr an die Brüste von Frauen. Er wußte, daß Männer das taten.

Jedenfalls hatte Tante Gianna gesagt, der Kommandant würde ihm nichts schenken. Das war das englische System, und er würde wahrscheinlich härter mit Paolo umgehen als sonst jemand, aber das gehörte nun mal zur Ausbildung. Wenn das wirklich der Fall war, dann gehörte Fähnrich Orsini zu den am besten ausgebildeten Fähnrichen der Navy und würde gleich beim ersten Mal sein Leutnantsexamen bestehen. Na, die Prüfer der Navy würden staunen, außer natürlich über seine Kenntnisse in Mathematik und Navigation, schenkte man Mr. Southwick Glauben. Die sphärische Mathematik – *Mama mia!* Galileo, Archimedes, Pythagoras, Kopernikus, Leonardo – waren sie nicht alle Italiener? Oder waren einige Griechen? Leonardo jedenfalls war Italiener, denn er hatte das Dorf Vinci besucht, aus dem Leonardo stammte. Wie auch immer, wenn diese Italiener es geschafft hatten, dann würde er, Paolo Orsini, es auch schaffen. Aber hatte es Leonardo wirklich geschafft?

»Orsini!«

»Sir!«

»Das Signal von der *Créole*!«

»Ja, Sir, hm . . .« Wo zum Teufel war das gewöhnliche Signalbuch? Und wo war das Teleskop? *Accidente*, dieser *stronzo* Leonardo, Vinci lag jedenfalls nicht in der Toskana, sondern eben nördlich von Empoli, also nicht im Königreich Volterra – also zählte er nicht wirklich.

»Alles in Ordnung, Orsini, es ist ein besonderes Signal. Aber Sie waren fast eingeschlafen.«

»Nein, Sir, ich ...«

Plötzlich sah er Tante Giannas Gesicht und hörte sie sagen: »Paolo, man wird dir Dinge vorwerfen, die du nicht getan hast, und das wird dir ungerecht vorkommen. Aber entschuldige dich niemals dafür!«

Sie verstand die Navy wirklich, sie hatte ja auch zwei oder drei Reisen auf Schiffen Seiner Majestät gemacht. Oder, fiel ihm plötzlich ein, sie verstand vielleicht nur Onkel Nicholas, oder besser: den Kommandanten. Sie kannte seine Stimmungen, denn er konnte sehr von Stimmungen abhängen. Und sie kannte seine Einstellung dem Leben gegenüber, eine eher nüchterne. Sehr nüchtern, ja trocken, trocken wie diese Insel. Aber ob sie auch wußte, wie mitfühlend er sein konnte? Wie sehr er immer an seine Männer dachte, immer etwas für sie tat, das offenbar niemand sah, außer vielleicht Mr. Southwick, vielleicht Mr. Aitken oder Jackson. Immer wieder waren in Häfen wie English Harbour oder Port Royal Verpflegungsschiffe längsseits gekommen und hatten Säcke mit frischem Obst und Gemüse an Bord gehen lassen. Die meisten glaubten sicher, daß die Navy es ihnen als Ration zukommen ließ. Doch Jackson hatte ihm mitgeteilt, daß der Kommandant es aus der eigenen Tasche bezahlte und damit die Männer vor Skorbut schützte.

Was ging hier vor? Die *Calypso* lag beigedreht, und auf dem Vorschiff arbeiteten zwölf oder noch mehr Männer unter dem Kommando von Mr. Aitken und Mr. Southwick. Zwei Männer schoren eine Leine an allem vorbei zur Spitze des Klüverbaums. Und was tat der Mann, der da vorn balancierte? Hielt der eine Wurfleine, eine halbe Windung in jeder Hand? Ja, und jetzt wurde ein Ende der Wurfleine an die Leine geschlagen, die zurück an Deck führte. Wenn er nur den Kommandanten fragen könnte! Aber Onkel Nicholas sah *preoccupato* aus. Er rieb die obere von zwei Narben über seiner rechten Augenbraue. Und er erinnerte sich an die erste Lektion, die ihm Jacko oder vielleicht sogar Rossi erteilt hatte: Wenn du siehst, daß der Kommandant seine Narbe reibt, halt dich fern von ihm!

Accidente! Sieh dir die *La Créole* an! Sie haben die Schoten gelockert und ziehen sie quer vor unserem Bug her. Wir werden zusammenstoßen, sie wird unseren Klüverbaum rausreißen, den Bugspriet zerstören, die Vorstag abreißen und den Fockmast zu Fall bringen – und der Kommandant steht da und schaut nur zu. Reibt sich die Narbe, gibt aber keine Befehle. Paolo fiel auf, daß in der Tat keiner auch nur ein Wort sprach: Was gerade geschah, war offenbar genau geplant.

Während *La Créole* langsam den Bug der *Calypso* kreuzte, hielt der Mann auf dem tanzenden Klüverbaum sein Gleichgewicht, während der Bug in der Dünung auf und ab stieg. Jetzt nahm er von der Wurfleine eine Windung mehr in seine rechte Hand, und die Männer, die die schwere Leine vom Vordeck zur Spitze des Klüverbaums ausgaben, hielten sie klar, als wollten sie verhindern, daß sie gegen irgend etwas trieb. Aber warum sollte das geschehen?

Der Schoner. Da steht Mr. Lacey neben seinen Männern am Ruder. Er steht da wie ein Standbild. Ein Mann drückte das Rad eine Speiche tiefer. Die Bugwelle des Schoners zischte – er konnte jede Planke des Rumpfs erkennen, jede Naht, die die Sonnenhitze hatte schrumpfen lassen. Am liebsten wollte er seine Augen schließen, wenn der Schoner gleich den Klüverbaum wegriß – aber er hatte vor dem Schließen der Augen zuviel Angst.

Plötzlich zuckte der Mann auf dem Klüverbaum wie von einer Kugel getroffen zusammen – jetzt sauste das Ende der dünnen Wurfleine in die Wanten des Schoners. Männer fingen die Leine, während der Schoner den Bug kreuzte und die Männer auf dem Klüverbaum der *Calypso* zurücksprangen und die Leine ausrauschen ließen, als sei sie plötzlich glühend heiß. Die Leine zischte über den Bug. Sie war mit dem Ankertau verbunden, das hinter der Leine heranrauschte. Und sie holten die *La Créole* dicht wie Verrückte.

Die ersten Worte auf der *Calypso* kamen von Mr. Wagstaffe deutlich über das Wasser – die Fockmarsrah brassen, damit das Segel zog. Dann lehnte er sich zum Quartermaster vor, und die Männer am Rad warfen sich an die Speichen. Und Onkel Nicholas stand da und schwieg. Nur seine Augen gingen hin und her: von der *La Créole* zum Klüverbaum der *Calypso*, zum Fockmarssegel, zu den Verklickern über den Finknetzen, zum Vordeck, wo das auslaufende schwere Kabel die Reling beim Auslaufen verkohlt. Er hatte bisher kein Wort gesagt und sich nicht bewegt.

Alles lief genau so, fiel Paolo ein, wie der Kommandant gewünscht hatte. Das alles hatte vielleicht ganze drei Minuten gedauert. Drei, Tante Gianna, nicht eine. Doch zu welchem Zweck? Die Vorleine lief langsamer aus, als er erwartet hatte. Die *La Créole* verschenkte ganz offensichtlich Wind, um langsamer zu laufen. Die *Calypso* nahm Fahrt auf, denn ihr Fockmarssegel zog jetzt. Mr. Wagstaffe ließ sie in *La Créoles* Kielwasser steuern. Er konnte jetzt erkennen, daß die Wurfleine und die schwere Leine an Bord der *La Créole* gezogen waren und Männer sich eifrig mühten, auch das Ende der schweren Ankertrosse der *Calypso* an Bord zu hieven.

Mr. Wagstaffe brüllte jetzt, die Toppsegel und die Großsegel aufzugeien. Aufgeien, nicht festzurren. Aber die Männer da oben machten das schlecht. Die Segel sehen aus wie alte Wäsche. Und Onkel Nicholas nickt Mr. Wagstaffe zu, ist offenbar mit allem einverstanden. Und die Großsegel. Die Männer bündeln die Leinwand zusammen, zurren sie nicht fest, wie es sich eigentlich gehört. Die Vorsegel fallen und bleiben einfach im Vorschiff liegen am Fuß der Stagen. Als ob jemand einfach nur seine Kleider fallen läßt!

Was machen die denn jetzt mit der Nationalen? Nein, das ist ja gar nicht die Nationale. Diese Flagge hat viel zuviel Weiß. Ein breiter weißer Streifen, ein blauer, ein roter. Drei Streifen ohne ein einziges Zeichen. Und nun auch noch die blaue Flagge vom alten Foxe-Foote, und die schlagen sie unter der anderen an. Mr. Wagstaffe deutet nach oben, sie holen die eigene ein und heißen die neuen Flaggen.

Accidente! Diese Narren! Jetzt haben sie über die britische Flagge eine gewaltige französische Trikolore gesetzt. Und Onkel Nicholas beobachtet das alles und scherzt mit Mr. Wagstaffe, während die Flaggen auswehen.

Ein Ruf von Mr. Aitken aus dem Vorschiff, und Mr. Wagstaffe ruft die Männer am Ruder an. Sie wirbeln das Rad herum, ah ja, jetzt kommt Kraft auf das Ankerkabel. Jetzt liegt davon nichts mehr im Vorschiff. Es führt jetzt unmittelbar vom Bug der *Calypso* zum Heck der *La Créole*. Und auch die *La Créole* hat eine gewaltige französische Trikolore gesetzt. Doch unter ihr fehlt die britische Flagge.

Mit plötzlicher Klarheit erkannte Paolo, daß jemand, der sich näherte, glauben mußte, der französische Schoner *La Créole* schleppte eine britische Prise hinter sich her ...

Ramage blätterte rasch durch das französische Signalbuch. Schlechte Papierqualität, schlechter Druck und zu wenige Signale, höchstens ein Drittel derer, die das britische Gegenstück enthielt. Man mußte fast Mitleid haben mit den französischen Admiralen, die mit so wenigen Signalen ihren Kapitänen die Befehle übermitteln mußten. Doch für seinen Zweck reichten die vorhandenen. Der Segelmacher und seine Gehilfen hatten genügend Signalflaggen hergestellt. Einige waren ziemlich steif, weil sie mit verdünnter Farbe eingefärbt waren.

Es würde schiefgehen. Der französische Kommandant würde nicht in diese Falle tappen. Anstatt das Leben seiner Männer zu retten, würde die Sache für die eine Hälfte mit dem Tod und für die andere in Gefangenschaft enden. Er schaute zur französischen Fregatte, die noch eine Meile entfernt war, sich ihnen aber schnell näherte. Es war viel zu spät, die ganze Sache jetzt abzublasen, die Schleppleine zu kappen, Lacey zu warnen, die Topsegel der *Calypso* zu reffen und den Kampf zu beginnen.

Ein paar Worte an den wachhabenden Aitken würden ausreichen: »Schluß mit dem ganzen Unsinn, Mr. Aitken. Kappen Sie die Schleppleine, kürzen Sie die Toppsegel, und wir werden sie, wie es sich gehört, bekämpfen – von Schiff zu Schiff.« Mehr mußte nicht gesagt werden. Nur sein Stolz hinderte ihn, es zu tun. Und der wirkte wie ein Knebel.

Noch vor ein paar Tagen – auch gestern noch – war er sich absolut sicher gewesen, daß es klappen würde. Er hatte sich die Sache ausgedacht, hatte Stunden darüber gebrütet, um Fehler im Plan zu finden, und hatte seither viel Zeit verbracht, Schlupflöcher zu entdecken. Warum also glaubte er jetzt an ein Scheitern? Natürlich war die Antwort klar: Er war ein Feigling, und vor jedem Kampf fühlte er diese stille Verzweiflung, lautlose Panik, leise Angst. Der stumme Feigling. Es gab heimliche Spieler, heimliche Trinker. Manche schlugen ihre Frauen oder pflegten andere heimliche Laster. Und Ihr, Euer Lordschaft? Oh, ich bin ein stiller Feigling ...

Jetzt war es zu spät, seine Meinung zu ändern. Die französische Fregatte durchschnitt die Wellen, Gischt wehte von ihrem Bug, die Geschützpforten an Backbord waren geöffnet, die Kanonen ausgerannt. In der frischen Brise wehte die Trikolore. Ihre Segel waren geflickt, und die Nässe an Deck konnte die fehlende Farbe nicht verbergen. Sie wurde gut gesegelt, aber ihr Kommandant ließ sie nicht hoch genug am Wind laufen. Sie würde wenden müssen, um in Luv zu bleiben. Jetzt reffte sie die Großsegel. Sehr vernünftig und das übliche unmittelbar vor dem Kampf.

Sie sollte ihre Bramsegel auch aufgeien, ah ja, das tat sie gerade, und die Männer schwärmten dazu über die Rahen.

Die *Calypso* mußte für den französischen Kommandanten ein Rätsel darstellen: Segel unsauber auf den Rahen zusammengezurrt, Geschützpforten geschlossen, ein Dutzend Männer oder ein paar mehr lümmelten an den Finknetzen des Schanzkleids, sahen faul der Fregatte entgegen, so wie sie etwa im Hafen kleine Jollen beobachten würden, die vorbeigerudert wurden. Die große französische Trikolore über der britischen Flagge zeigte, daß das Schiff erobert worden war. Sie war von französischer Bauart, war also wahrscheinlich eine britische Prise gewesen. Wenig Zweifel gab es über den kleinen Schoner, der sie mutig nach Amsterdam schleppte: französische Bauart, französische Trikolore, das Deck voller Männer.

Viel wichtiger war Ramages andere Annahme: Der französische Kommandant der *La Créole* war auf seine Prise, die *Calypso*, übergesetzt. Für ihn war dort jetzt der richtige Platz, einmal abgesehen von den bequemen Unterkünften. Jetzt hing also alles vom Kommandanten der näher kommenden französischen Fregatte ab. War er ein glutäugiger Revolutionär oder einer der ewigen Besserwisser, die die Revolution vom Unterdeck auf ein Kommando gehoben hatten? Oder war er ein früherer Royalist, der sein Mäntelchen mit dem Wind gewechselt hatte, um seinen Hals zu retten und befördert zu werden? Frankreich kam jetzt langsam über den Mangel an ausgebildeten Kommandanten hinweg, eine Folge der ersten blutigen Revolutionsmonate: Jeder, der aussah wie ein Aristokrat, wurde kurzerhand geköpft. Dieser Ausbruch republikanischen Übermuts hatte Frankreichs beste Kapitäne und Admiräle getötet. An ihre Stelle waren oft Männer getreten, die mangelnde Seemannschaft und fehlendes Führungstalent durch politische Großmäuligkeit ersetzten.

Was für ein Typ also war der Kommandant der französischen Fregatte? Wer er auch immer sein mochte, Ramage war klar, daß Erfolg oder Mißerfolg dieser Aktion von ihm selber abhingen. Er mußte die Initiative ergreifen und behalten. Der Feind war jetzt so nahe, daß man Flaggensignale mit dem Teleskop ausmachen konnte.

»Heißt französischen Anruf!« sagte er Aitken, und Orsini warnte er vor: »Achten Sie genau auf die Antwort!«

Zwei Männer pullten eilends an der Flaggleine, an der die drei französischen Signalflaggen, die den Anrufcode für den Tag bildeten, schon angeschlagen waren. Ramage war dankbar dafür, daß das französische System von Anruf und Antwort weniger kompliziert war als das britische. Die Seite, in der es als Tabelle gedruckt war, war in das Signalbuch gelegt worden. Sie galt für ein ganzes Jahr.

Er richtete sein Glas auf das französische Schiff. Drüben würde der französische Kommandant vor einem Rätsel stehen. Der Franzose mußte annehmen, daß der Kommandant des Schoners allenfalls Leutnant war – und darum rangniedriger als er. Also durfte er glauben, jetzt den Befehl über alle Schiffe übernehmen zu können. Er würde die *La Créole* und ihre Prise nach Amsterdam begleiten und dort ohne Zweifel seinen Anteil am Prisengeld verlangen.

Drei Flaggen stiegen drüben auf, und noch ehe sie ganz ausgeweht waren, meldete Orsini mit einer Stimme, die sich vor Aufregung fast überschlug: »Sie gibt die korrekte Antwort, Sir. Und da steigen jetzt auch ihre Kennungsflaggen auf. Einen Augenblick bitte, dann habe ich ihren Namen.«

Der Junge sah kurz in das Buch: »Flaggen eins, drei, sieben, Sir.« Er blätterte weiter zu den hinteren Seiten des Buchs, in dem die Schiffe der französischen Flotte mit ihren Nummern aufgeführt waren: »Eins, drei, sieben, Sir, ist *La Perle*.«

Jetzt zählten Augenblicke. *La Perle*, die sich der *Calypso* von achtern näherte, würde deren Namen auf dem Heck lesen und ein bißchen Zeit damit verlieren, den Namen in der Schiffsliste zu suchen. Der stand dort natürlich nicht, weil er mit ihrer Übernahme in die Royal Navy geändert worden war. Der Kommandant der *La Perle* war also gleich zweimal unsicher geworden: Der Anruf war auf der *Calypso* geheißt worden und nicht auf dem erkennbaren Sieger, der *La Créole*. Und wer war also der Ranghöhere, der Kommandierende der *Calypso*?

»Schnell«, sagte Ramage kurz. »Setzen Sie eins, drei, sieben und das Signal, damit der Kommandant an Bord kommt – die Sechsundvierzig.«

So weit, so gut: Die Sechsundvierzig befahl dem Kommandanten des angerufenen Schiffes, an Bord des Schiffes zu kommen, auf dem das Signal gesetzt war. Ramage hoffte also, daß jeder, der das Signal sah, annehmen mußte, der Signalgeber war der ranghöhere Offizier. Der Kommandant der *La Perle* mußte annehmen, daß der Befehlshaber an Bord der *Calypso* seinen höheren Rang kannte – obwohl er selber nie etwas von der *Calypso* gehört hatte. Und er wußte auch, daß kein junger Leutnant, der einen Schoner wie die *La Créole* kommandierte, es wagen würde, ihn an Bord zu befehlen. Der Kommandant der *La Perle* würde also in der Tat vor einigen Rätseln stehen, aber wenn Ramages Annahme stimmte, würde er gehorchen. Jeder Offizier in der Position des Franzosen würde gehorchen, denn wenn er an Bord käme und entdecken würde, daß ein jüngerer den Befehl gegeben hätte, könnte er ihm die nächsten paar Tage zur Hölle auf Erden machen.

Das heftige Schlagen von Tuch ließ ihn nach oben blikken. Es klang wie ein Windstoß, der in eine Leine mit Wäsche fährt. Die Signalfarben wurden geheißt, wie es sich gehörte. Vor Ungeduld tanzte Paolo fast, als er die beiden Seeleute an der Flaggleine zu noch größerer Eile anspornte.

Ramage beobachtete die *La Perle* weiter. Sie tanzte im Kreis des Teleskops, und er bemerkte, wie ungepflegt sie aussah. Natürlich hatte sie ihre Kanonen ausgefahren. Siebzehn auf einer Seite, also hatte sie Pforten für insgesamt vierunddreißig. Doch als sie sich in einer Bö zur Seite legte, sah er einen Schmutzstreifen auf der ganzen Länge der Wasserlinie. So sah ein Schiff aus, das viel Zeit im Hafen verbracht hatte, ohne daß der Kommandant sich darum gekümmert hätte, eine Bootsladung Männer rund um das Schiff zu schicken, die den Schmutz von der Wasserlinie gescheuert hätten. Und dann die Rahen – Rostbahnen zeichneten das Holz und die Leinwand. Ganz offenbar kümmerte sich niemand darum, daß die Eisenbeschläge der Blinde saubergehalten, geglättet und gepönt wurden. Rostspuren schwächten Leinwand – und ließen ein Schiff schmutzig und ungepflegt aussehen. Die Vorsegel warfen Falten trotz der steifen Brise – ein sicherer Beweis dafür, daß die Vorstagen Lose hatten und niemand auf den Gedanken gekommen war, die Lose aus den Fallen zu nehmen, als das Tauwerk sich dehnte. Der Anblick der *La Perle* würde jeden britischen Admiral ...

»Sie hat bestätigt, Sir!« rief Orsini.

Aitken sah sich nicht einmal um. Southwick nahm immer noch Peilungen von ihr. Der einzige, der an Deck Ramages Blick auffing, war Jackson. War der Amerikaner der einzige, der wußte, daß alles von diesem einen Signal abhing? Nicht alles, verbesserte Ramage sich, doch zumindest der Erfolg des ersten Teils seines Plans.

Schon seltsam, das Deck der *Calypso* so leer zu sehen! Er konnte Männer an Deck des Gegners entdecken – also war sie weniger als siebenhundert Yards entfernt. Eine französische Fregatte nur drei Kabellängen entfernt, die sich vorbereitete, beizudrehen und ein Boot herüberzuschicken. Und das einzige Lebenszeichen an Bord des britischen Decks waren Männer an den Hängematten in den Finknetzen, zwei oder drei Neugierige im Vorschiff und ein paar Männer auf dem Achterdeck.

Er selber trug die weißen Segeltuchhosen eines einfachen Seemanns, ein offenes blaues Hemd und den Schulterriemen für ein Entermesser. Auch Aitken und Southwick hatten sich von den Männern Hemden und Hosen geliehen und trugen dieselben Schulterriemen – doch ohne Entermesser! Nirgendwo waren Kniehosen zu sehen – Hurra für Frankreich! Dies war das Zeitalter der *sans-culottes*: Kniehosen bedeuteten Unterjochung, lange Hosen standen für Demokratie. *Calypsos* Deck bot ein Bild egalitärer Lässigkeit – aus Sicht der näher kommenden *La Perle* jedenfalls. Der Franzose konnte die Männer natürlich nicht sehen, die unten warteten. Einhundertfünfzig, die nur loszurennen brauchten, um die Geschützpforten aufzureißen und die Kanonen auszurennen, die bereits geladen waren. Handspaken, Rammer und Schwämme lagen bereit. Die Abzugsleinen lagen sauber aufgeschossen auf den Planken, nicht wie üblich auf dem Verschlußstück, wo sie ein scharfäugiger Beobachter hoch oben auf dem französischen Schiff hätte entdecken können.

Der Kommandant der *La Perle* würde so gut es ging an Bord klettern müssen. Die *Calypso* lief höchstens ein paar Knoten, oder genauer gesagt, *La Créole* lief diese Geschwindigkeit. Und niemand durfte erwarten, daß sie wegen eines an Bord Kommenden stoppen würde. Das Hochklettern würde den französischen Kommandanten schon beschäftigt halten, nahm Ramage an. Er würde sich fragen, warum die *Calypso* keine Segel trug, um der *La Créole* zu helfen. Es könnte viele Gründe geben, warum die Fregatte geschleppt wurde; ein wichtiger könnte zum Beispiel ein havariertes Ruder sein. Doch ein paar Segel oben würden dem Schoner die Arbeit sehr erleichtern.

Jetzt drehte *La Perle* bei. Ihr Vormarssegel wurde backgeholt und ein Beiboot mit den Nocktakeln von Deck und zur Seite gehievt.

Orsini und seine Männer hatten die Signalflaggen eingeholt und ordneten sie wieder ein. Der Junge war helle, denn den französischen Signalcode hatte er in wenigen

Stunden auswendig gelernt. Schade, daß er mit Mathematik solche Schwierigkeiten hatte. Ramage fühlte sich immer schlecht dabei, wenn er, auf Geheiß von Southwick, den Jungen deshalb bestrafen mußte. Denn Ramages eigenes mathematisches Können war auch schwach. Es hatte gerade für das Leutnantsexamen gereicht. Ramage war dankbar, daß man ihn in seiner Laufbahn in der Royal Navy nie wieder in Mathematik prüfen würde. War man erst einmal Leutnant, dann hing der weitere Aufstieg nicht von den Geheimnissen mathematischer Formeln ab.

Das Boot hing jetzt in Deckshöhe der *La Perle*. Die Rudergasten nahmen ihre Plätze ein. Der letzte, der einstieg, mußte der Kommandant sein. Ein untersetzter, kräftig aussehender Mann, der einen Kampfdegen in einem Schultergürtel trug, keinen Zierdegen.

Sie warfen jetzt die Achterleine los, dann die Vorleine, und darauf legten sich die Männer kräftig, aber ungeübt, auf dem Weg zur *Calypso* in die Riemen.

»Sehen Sie sich das an, Sir!« bemerkte Jackson entsetzt. Als Bootssteuerer des Kommandanten war er für Mannschaft und Boot verantwortlich, die Ramage beförderten. Ihn ärgerte die Art, in der das französische Boot gerudert wurde. »Ich wette, die verlieren mindestens einen Riemen, ehe sie bei uns festmachen!«

Ramage lachte – lauter, als er vorhatte. Aber es war ihm jetzt doch leichter, da *La Perles* Kommandant auf dem Weg war – auch wenn die Mannschaft ruderte wie ein Haufen betrunkener Schmuggler, die Zöllner auf die falsche Fährte locken wollten.

»Mr. Aitken. Vier Leute, um die Heckleine und Vorleine zu sorgen. Aber machen Sie ihnen unzweideutig klar, daß sie dabei kein Sterbenswörtchen reden dürfen. Die Franzosen dürfen auf keinen Fall gewarnt werden.«

Fünf Minuten später wartete Ramage ein paar Schritte von der Relingspforte entfernt. Jackson, Stafford und Rossi standen ganz in der Nähe. Sie sahen aus wie undisziplinierte Seeleute. Jeder hatte eine Pistole in den Hosenbund geschoben und trug ein Entermesser an der Seite. Dem Kommandant der *La Perle* mußten sie wie Wachen erscheinen, die mal eben Luft schnappten und sich vom Wachdienst bei den gefangenen Engländer da unter Deck erholten.

Aitken stand mit einem Teleskop unter dem Arm dicht neben Ramage – ganz deutlich der zweite Mann an Bord. Während Ramage wartete, rieb er immer wieder die Narbe über der Augenbraue und verfluchte innerlich das Glitzern der Sonne, denn er durfte ja seinen Hut nicht tragen, doch er wußte, daß diese Täuschung nur zwei, drei Minuten dauern würde, vielleicht sogar weniger. Genau so lange, wie der Kommandant brauchte, um an Bord zu klettern und das Boot achteraus zu ziehen und festzumachen. Die Crew blieb im Boot – auch das war etwas ganz Normales.

Plötzlich erschien ein plumpes, vom Wein gerötetes Gesicht unter einem schmalrandigen Strohhut in der Relingspforte und kam mit jeder Stufe höher. Der Mann war genauso groß wie Ramage, hatte breitere Schultern und einen zu dicken Bauch. Seine langen Arme bewegte er beim Laufen nicht. Zerknitterte Hosen aus ungebleichtem Leinen, ein dunkelrotes Hemd, blaue Augen, seit wenigstens zwei Tagen nicht rasiert, fettglänzende Haut, seit Tagen nicht gewaschen... Doch Ramage fiel ebenfalls auf, daß der Kommandant der *La Perle* verläßlich aussah und wahrscheinlich ein guter Seemann war. Ein Bootsmann, den die Revolution nach oben gespült hatte?

»*Citoyen* Duroc«, sagte der Mann und streckte Ramage eine Hand entgegen, eine gewaltige Hand, deren Finger groß wie Bananen schienen: »Pierre Duroc.« Seine Blicke huschten über das Deck der *Calypso*, und er schien zufrieden mit dem, was er sah.

Ramage bewegte sich nicht. Duroc, seine Hand immer noch ausgestreckt, schien überrascht. Bis Ramage fragte: »Sprechen Sie englisch, Kapitän Duroc?«

Der Franzose trat einen Schritt zurück und suchte instinktiv die *La Créole* und dann die *La Perle* mit dem Blick, und es schien, als wolle er zur Relingspforte zurücklaufen.

Ein dreifaches Klicken ließ ihn innehalten. Er erkannte den Laut und sah sich langsam um, vermied dabei jede schnelle Bewegung. Jackson, Rossi und Stafford zielten mit gespannten Pistolen auf ihn. Ramage und Aitken waren einen Schritt zur Seite getreten, um nicht in der Feuerlinie zu stehen.

Duroc war immer noch verblüfft, doch Furcht zeigte er nicht. »Ich spreche nicht englisch«, sagte er auf französisch mit einem Akzent, der seine Herkunft aus der Gegend von Bordeaux verriet. Er deutete nach oben und achtern auf die Trikolore. »Was geschieht hier? Waren Sie Gefangene? Sind Sie geflohen?«

Ramage schüttelte den Kopf und sagte auf französisch, wobei er auf die Trikolore und die englische Flagge wies: »Eine *ruse de guerre*, Kapitän Duroc, eine Kriegslist, um Sie gefangenzunehmen!«

Das vom vielen Trinken rote Gesicht Durocs schien plötzlich geschwollen. Seine Augen wurden enge Schlitze, seine Hände ballten sich zu Fäusten. Er war drauf und dran, auf Ramage einzuhauen, als er sich an die drei Pistolen erinnerte und nur wütend knurrte: »Sie kämpfen also unter falscher Flagge, ja?«

»Kämpfen?« fragte Ramage ganz unschuldig. »Bisher haben wir nicht gekämpft. Und Sie kennen die Regeln so genau wie ich: Man setzt seine eigene Flagge, ehe der erste Schuß fällt.«

»Der Schoner da!« platzte Duroc heraus. »Ein Franzose. Ich kenne das Schiff. Sie kommt aus Fort de France!«

»Sie war ein französisches Schiff. Und Sie haben es wahrscheinlich mal in Fort Royal gesehen.« Ramage benutzte bewußt den alten Namen. »Aber wir haben sie gekapert, zusammen mit diesem Schiff hier!«

Duroc schüttelte seinen Kopf wie ein Ochse im Geschirr. »Was haben Sie jetzt vor?«

»Ich werde die *La Perle* übernehmen!«

Der Franzose hob die Schultern und deutete abwertend über Deck. »Ich habe dreihundert Mann an Bord – Sie vielleicht zwei Dutzend!«

Ramage verbeugte sich: »Danke. Ich nahm an, Sie hätten weniger.«

Duroc, dem nicht klar war, was er verraten hatte, hielt beide Hände ausgestreckt, Handflächen nach oben. »Sie werden sie nie nehmen. Lassen Sie mich an Bord zurück, und wir setzen beide unsere Reise fort.«

Ramage beobachtete die Augen des Mannes. Ein seltsames Angebot, überraschend und nicht zu dem Mann passend. Duroc war ein Kämpfer. Eigentlich hätte er auf Ramage fluchen müssen. Und ihm Verderben auf den Hals wünschen müssen beim Versuch, die *La Perle* zu erobern. Duroc hatte wahrscheinlich Grund, einen Kampf zu vermeiden. Ramage vermutete, mit der Fahrt nach Amsterdam verfolgte der Franzose einen speziellen Zweck. Hatte er einen wichtigen Passagier an Bord? Besondere Vorräte? Verstärkungen? Nein, das sicher nicht. Er hatte mit seinen dreihundert Mann angegeben. Soviel Besatzung hatten französische Fregatten dieser Größe. Was auch immer – Duroc hatte einen besonderen Grund, nach Amsterdam zu kommen. Während die *La Perle* da drüben beigedreht lag, würde Duroc den Grund nie verraten. Davon war Ramage überzeugt. Später würde er es vielleicht tun.

Wieder sah Ramage ihm in die Augen, die vor Wut blutunterlaufen waren. Seine Hände, zu Fäusten geballt, waren gewaltig. Er wandte sich an Aitken. »Informieren Sie Mr. Rennick. Er soll diesen Mann vorerst in Eisen legen!«

La Perle lag beigedreht bald eine Meile achteraus, während die *La Créole* die *Calypso* weiter nach Osten schleppte. Orsini sprach fließend französisch. Also hatte er den Befehl bekommen, achtern der französischen Besatzung des Bootes zu befehlen, die Strickleiter emporzuklettern, die von der Achterreling herabhing. Die neun Männer kletterten nach oben, stiegen über die Reling und starrten in die Mündungen von Pistolen. Sie waren froh, nur gefangengenommen und unter Deck geführt zu werden.

Ramage wünschte sich, die Royal Navy würde Kniehosen für ihre Offiziere abschaffen – in den Tropen jedenfalls. Leinwandhosen fielen locker, waren kühler und viel bequemer als Kniehosen und Kniestrümpfe. Und auch ein Hemd, das locker fiel, hatte einiges für sich. Die französische *egalité* hatte jedenfalls schneidermäßige Vorteile.

Also gut, sagte er sich. Der erste Teil des Plans war erfolgreich verlaufen. Die *La Perle* hat jetzt keinen Kommandanten mehr. Aber ob sie damit einer Schlange ohne Kopf glich, hing vom Ersten Offizier ab. Wenn er Aitken gleicht, wird es einen harten verlustreichen Kampf geben. Wenn er ein Narr ist – nun denn . . .

»Mr. Orsini, geben Sie mir bitte das französische Signalbuch.«

Er kannte den Wortlaut der Befehle fast auswendig, aber einen Fehler in den Zahlen wollte er dennoch nicht riskieren. So ein dünnes Bändchen, so wenige Signale, vor allem dann, wenn man welche braucht, mit denen man ein Schiff erobern kann. Als einzigen Verbündeten hatte er jetzt nur noch die Tatsache, daß die Offiziere auf der *La Perle* davon ausgingen, daß alle Signale, die die *Calypso* setzte, die Billigung von Kapitän Duroc hatten und daher sofort befolgt werden mußten.

Die *La Créole* und die *Calypso* standen jetzt ein paar Meilen vor der Küste von Curaçao und liefen schräg von ihr weg nach Südosten. Das war nicht gut. Er müßte *La Perle* dazu bringen, alle Segel zu setzen. Und zwar alle Segel in dem Augenblick zu setzen, in dem ihr Erster Offizier gerade in Panik verfallen würde.

»Mr. Aitken! Signal an die *Créole* zum Wenden. Aber setzen Sie es nicht. Hängen Sie die Flaggen über den Bug, damit die *Perle* sie nicht sehen kann. Sorgen Sie dafür, daß Lacey sie dennoch sieht, schießen Sie mit einer Muskete in die Luft. Wenn die Franzosen nämlich Flaggen sehen, die sie nicht verstehen ...«

»Aye, aye, Sir«, antwortete der Erste Offizier kurz.

»Und ich hoffe, er hat genug Fahrt, wenn er das Ruder des Schoners legt.«

»Das habe ich ihm nahegelegt«, antwortete Aitken trokken. »Ich würde es nicht gern sehen, wenn unser Gewicht sein Heck wieder zurückzieht und wir ihn deswegen in Eisen legen müßten.«

Ramage nickte und sah zum Land hinüber. Auf dem anderen Bug würden sie ziemlich genau auf den Strand zulaufen. In einer halben Stunde würden sie das Ufer erreicht haben. Das erschien lang, aber es wären natürlich nur Augenblicke, wenn etwas schiefgehen sollte. Besonders dann, dachte Ramage zufrieden, wenn die verantwortliche Person ein französischer Leutnant war, auf dessen Schultern plötzlich und unerwartet das Schicksal von zwei Fregatten und einem Schoner lastete.

8

Aitken stand am Kompaßhäuschen und beobachtete den Schoner. Lacey hatte den Befehl zu wenden bestätigt. Er war einen Strich nach Steuerbord abgefallen und gab den Schoten Lose, damit die *La Créole* schneller segeln konnte. Die Leine, die vom Heck des Schoners zum Bug der *Calypso* lief, hing jetzt weniger durch und war straffer durch mehr Fahrt. Weil der Zug die Leine plötzlich einige Fuß aus dem Wasser schnellen ließ, sprühte Wasser aus den Kardeelen wie aus einem Wäschestück, das von einer Wäschefrau ausgewrungen wurde.

Als die *Calypso* jetzt schneller lief, fing der Schoner an, sich langsam und deutlich nach Backbord zu drehen. Aitken gab dem Quartermaster den kurzen Befehl, der ihn den beiden Rudergängern weitergab, die in die Speichen griffen. Fast im gleichen Augenblick lief die *Calypso* auf Land zu, und Ramage beobachtete das alles sehr genau. Die Fregatte sollte herumgekommen sein und auf dem neuen Kurs liegen, wenn die *La Créole* ihre Wende beendet hatte. Und in dieser Zeit würde die Schleppleine Lose genug bekommen haben, wäre unter ihrem eigenen Gewicht tiefer gesunken, so daß sie wie eine Feder wirken würde, sobald das Gewicht der Fregatte wieder an ihr zerrte.

»Mr. Orsini«, sagte Ramage leise, »haben Sie die Ziffern der *Perle* klar zum Heißen?«

»Aye, aye, Sir.«

»Und Nummer sechsundfünfzig?«

»Ja, Sir: ›Das angesprochene Schiff nimmt das havarierte Schiff in Schlepp. Der zu steuernde Kurs wird im nächsten Signal bekanntgegeben.‹«

»Ist das Signal für den Kurs klar zum Heißen?«

»Ja, Sir.«

»Und welcher Kurs ist das?«

»Nordost, Sir!«

»Sehr gut. Verwechseln Sie die ja nicht.«

Paolo Orsini ärgerte sich. Seine dunkle Haut rötete sich, und seine braunen Augen funkelten. Er trug ein Seemannshemd und weiße Leinenhosen anstelle seiner Uniform und als Hut nur dieses Strohdings, das aus Palmfasern geflochten und bemalt war.

Er war auf seine Uniform so stolz wie sonst auf nichts – mit Ausnahme seines Namens. Bisher hatte noch niemand seine Verläßlichkeit auf die Probe gestellt, doch er lehnte die jetzige Verkleidung ab, obwohl alle anderen Offiziere ähnlich gekleidet waren.

Onkel Nicholas – er verbesserte sich sofort – der Kapitän hatte ihn veranlaßt, diese fürchterlichen Sachen zu tragen, so daß er aussah wie ein verdammter *sans culotte*. Und er fragte ihn Törichtes zu den Signalen. Es waren die richtigen. Sie waren an verschiedene Flaggleinen geschlagen und waren ein halbes Dutzend Mal überprüft worden. Fünfmal durch ihn selber sowie einmal pingelig genau von Jackson und Rossi, der zusammen mit Stafford und dem Segelmacher die Flaggen hergestellt und auf den Rand jeder einzelnen ihre Bedeutung geschrieben hatte. Orsini war wütend geworden, als er die Zahlen zum erstenmal entdeckte, hatte sich an Jackson gewandt, der nur zugehört und dann abgewinkt hatte.

Abgewinkt! Nicht einmal eine Erklärung hatte er dem Offizier gegeben, den der Kommandant für die Signale verantwortlich gemacht hatte: ihm, Orsini. Ihm hatte er abgewinkt. Niemand hatte das gesehen, zugegeben, aber so benahm man sich nicht einem Fähnrich gegenüber. Er hätte Jackson wegen mangelnder Ehrerbietung beim Kommandanten melden können. Er gab zu, daß das wenig genützt hätte, weil der Kommandant ihm klargemacht hätte, daß Jackson ihm nur helfen wollte. Sein Ärger schmolz jetzt schneller, als er sich aufgebaut hatte. So war das eben, Jackson half leise, ohne daß es jemand merkte. Und verlegen gestand Paolo sich ein, daß er dafür eigentlich dankbar war. Es war in diesen Breiten nur so heiß, zu heiß zum Denken und zu heiß, um einen kühlen Kopf zu behalten.

Wie auch immer! Die Signale ergaben keinen Sinn. Ging der Kommandant gerade *pazzo*? Was sollte es bedeuten, daß die französische Fregatte *La Perle* die *Calypso* jetzt anstelle der *La Créole* in Schlepp nehmen sollte? Hatte er für den Schoner eine andere Aufgabe? Warum wurde die *Calypso* überhaupt geschleppt? Warum warf die *Calypso* die Schleppleine nicht einfach los, lief längsseits, feuerte ein paar Breitseiten in die *La Perle* und enterte sie im Pulverdampf. Wäre er Kommandant, würde er genau das tun.

Kapitän Orsini! *Dunque*, drei Breitseiten, und *allora* – das wär's dann auch gewesen.

Und dann diese Wenden! Sieh dir das an. *La Créole* zieht uns genau auf das Ufer zu! *Mama mia*, wenn sie beim nächsten Mal Mist macht, werden wir auf den Strand laufen. Und bestimmt wird die *Calypso* sich auf dem einzigen Felsen auf einer Meile Sand den Rumpf aufreißen, und was wir dann hören werden, ist der Schlag der Pumpen und das Quietschen unserer eigenen Muskeln. Jeder muß ran – auch in dieser Hitze, wenn es zu heiß zum Denken ist, ganz zu schweigen vom Pumpen. Und die holländische Kavallerie wird herangaloppieren und uns unter Feuer nehmen. Dann werden sie Artillerie heranführen, und die *Calypso* wird nicht zurückfeuern können, weil sie nach See hin gekippt ist und alle Kanonen auf der Landseite in den Himmel weisen. *Accidente*, was für ein Mist, und all das nur, weil Onkel Nicholas nicht – doch da sah er zu seiner Überraschung, daß sie noch eine Meile vom Strand weg waren, daß die *La Créole* gleichmäßig zog und die französische Fregatte noch immer beigedreht lag. Also war seine Phantasie mit ihm durchgebrannt. Wenn Onkel Nicholas das ahnte, würde er ihn sofort zurück zu Tante Gianna schicken.

Ramage sah auf seine Uhr. Noch fünf Minuten. Fast zweihundert Mann warteten im Unterdeck der *Calypso*, in dem es heiß sein mußte wie in einem Backofen.

»Machen Sie weiter, Mr. Aitken!« sagte er. »Ich geh mal auf ein paar Minuten nach unten.«

Er kletterte den Niedergang hinunter und freute sich wieder, wie bequem doch diese Hosen waren. In Kniehosen einen Niedergang zu benutzen war unbequem. Es kniff immer an den Knien. Er bewegte sich nach vorn zu den Messedecks, wo die Männer warteten. Es war nicht nur abstoßend heiß, hier stank es auch noch. Es stank scharf nach Bilge. Die letzten Gallonen konnte keine Pumpe je nach außenbords schaffen. Den Gestank trug gewöhnlich der

Zug von den Segeln außenbords. Vor Anker bewegte sich das Wasser nicht. Aber jetzt, da das Schiff ohne Segel geschleppt wurde und rollte, war es besonders schlimm: Als ob man einen ruhigen Pfuhl an einem heißen, windlosen Tag aufwühlte.

Die Männer warteten mit ihren Offizieren um die Leitern geschart. Wagstaffe, ein heiterer Londoner, brachte seine Männer zum Schmunzeln. Er hatte viele Geschichten im Kopf und konnte Staffords Cockney-Akzent gut nachahmen. Baker, der mürrische Dritte Offizier aus Bungay in Suffolk, schwieg. Daß er je eine spaßige Geschichte zum besten geben würde, war unwahrscheinlich, doch seine Männer schienen ihn trotzdem zu mögen. Und dann der letzte Marineoffizier, der junge Vierte Offizier Peter Kenton. Er fiel auf, weil er klein war, rote Haare hatte und weil sich die sonnenverbrannte Haut in seinem stark sommersprossigen Gesicht ständig schälte. Er sah jünger aus als seine einundzwanzig. Seine Männer schienen mit ihm zufrieden, während Rennick und seine Seesoldaten ein Haufen wie Pech und Schwefel waren.

Alle schwiegen, sobald sie Ramage entdeckten – nicht aus Furcht, sondern weil sie offensichtlich ein paar Worte von ihm erwarteten.

Er hatte eigentlich nur vorgehabt, sich sehen zu lassen, doch die Menge erwartungsfroher Gesichter ließ ihn ein paar Sprossen einer Leiter zur Hauptluke erklimmen, so daß alle Männer ihn sehen konnten.

»Während ihr euch hier unten erholt«, sagte er, und sie alle protestierten mit gespieltem Ernst, »haben wir an Deck uns beschäftigt. Wir haben den Kommandanten der französischen Fregatte als Gast an Bord – als Gast der Seesoldaten, hoffentlich in Eisen auf dem Kanonendeck. Die *Calypso* wird gerade von der *Créole* geschleppt, wie Sie wissen, damit Sie an einem so heißen Tag nicht durch Segelmanöver erschöpft werden.«

Das allgemeine Gelächter zeigte ihm, daß man diese

Verulkung mochte, so simpel sie auch war. Doch die Zeit verrann, er mußte zurück an Deck. »Im Augenblick liegt die französische Fregatte beigedreht achteraus. In einer Stunde, denke ich, werden wir sie genommen haben. Sie kriegen dann Ihre Befehle. Es kommt auf Geschwindigkeit an. Schnelligkeit bedeutet Erfolg. Und ist ihr bester Schutz. Die *La Perle*, so heißt die französische Fregatte, glaubt immer noch, wir seien eine Prise der *Créole*. Nun, wir werden sehen. Wir wissen, wie hoch die Herren Lords der Admiralität französische Fregatten als Prise einschätzen, und wir wissen auch, daß sie für Schäden viel abziehen – also werden wir sanft mit der *Perle* umgehen.«

Jetzt spendeten die Männer laut Beifall, und er stieg die Leiter empor in die schmerzende Helligkeit. In den letzten paar Monaten hatte jedes Besatzungsmitglied reichlich Prisengeld bekommen – einschließlich dem für die *Calypso* und die *La Créole*. Sie liebten also die Idee. Jedem einzelnen stand schon heute mehr an Prisengeld zu, als er in zwanzig Jahren auf See an Sold erhalten würde. Doch seltsamerweise änderte das ihre Einstellung zum Leben nicht – oder besser zum Tode – nicht. Ein Mann, der mit ein paar Dutzend Guineen an Land ein eigenes Geschäft eröffnen konnte, das ihn ernährte und ihm ein angenehmes Alter garantieren würde, sollte eigentlich am Leben hängen. Er müßte eigentlich zögern, in Gefechte zu ziehen. War es Friedrich der Große, der seine preußischen Garden anfeuerte: »Hunde, wollt ihr ewig leben?« Ein vernünftiger Mann würde das natürlich bejahen, überlegte Ramage, aber glücklicherweise gab es weder in der Royal Navy noch im Heer Männer mit dem ausgeprägten Wunsch, sich selber zu schonen.

Wieder an Deck, schmerzte das Flimmern der Sonne, und er brauchte ein, zwei Augenblicke, um seine Augen wieder daran zu gewöhnen. Curaçao schien beunruhigend nahe. Automatisch prüfte er die Entfernung: Er konnte den Strand klar erkennen, also lag er weniger als drei Meilen vor ihnen. Er konnte einen mannshohen Busch am Uferrand erkennen – aber nicht die Farbe seiner Blüten. Also lag die Entfernung zwischen zwei Meilen (Farben nicht zu unterscheiden) und einer Meile (Farben zu unterscheiden). Sagen wir, anderthalb Meilen. Auf diesem Kurs schräg auf die Küste zu, hatte die *La Créole* noch zwei Meilen, ehe sie auf Strand lief. Die *Calypso* folgte ihr fast einhundert Faden oder zweihundert Yards achteraus. *La Perle* lag noch immer beigedreht – und er konnte ihr Rigg im wesentlichen erkennen – also war sie etwa eine Meile entfernt. Durch ihre Wenden liefen die *Calypso* und die *La Créole* auf der Tangente eines Kreises, in dessen Zentrum *La Perle* lag.

Auf dem Weg aufs Achterdeck begann Ramage wieder die Narbe über seinem Auge zu reiben. Er wußte, warum er unter Deck gegangen war. Die Spannung an Deck wuchs zu sehr. Er haßte den Zeitplan, der auf Bruchteilen von Sekunden beruhte, die nicht etwa seine Uhr, sondern er selber vorgab. Und durch die Rede da unten – mutmachendes Geschwätz – hatte er wahrscheinlich schon alles verdorben, weil der zweite Teil seines Plans jetzt zwei oder drei Minuten zu spät anlief. Ruhe, Ruhe, befahl er sich: Wenn du Männer hetzt, machen sie dumme Fehler.

»Orsini, heißen Sie die Kennung von *La Perle*.«

Seine Stimme klang so ruhig, daß er selbst überrascht war. Doch diese Ruhe konnte er sich leisten, denn er hatte den Jungen die Flaggen noch einmal prüfen lassen. Jetzt heißten der junge Fähnrich und die beiden Matrosen die Flaggen, wie es sich gehörte.

»Jetzt Nummer fünfundsechzig des französischen Codes!«

»Aye, aye, Sir.« Während der Junge und die beiden Männer die Signalflaggen heißten, wiederholte Paolo: »Das angesprochene Schiff nimmt das havarierte Schiff in Schlepp. Der zu steuernde Kurs wird im nächsten Signal bekanntgegeben.«

»Sehr gut«, sagte Ramage. »Geben Sie mir Bescheid, wenn sie bestätigt.«

Doch noch ehe er den Satz beendet hatte, richteten sich drei Teleskope auf *La Perle*. Aitken stand mit dem Rücken zur Reling des Achterdecks und balancierte mit den Füßen das sanfte Rollen der *Calypso* aus. Southwick beobachtete das Ganze mit dem Ausdruck eines wohlhabenden Bauern, der den Ertrag eines reifen Kornfelds abschätzt, von dem bei bleibendem Schönwetter die Hälfte bereits geschnitten war. Paolo hatte so flink nach einem Teleskop gegriffen, als ob er unbeobachtet einen Apfel aus dem Hut eines Geizhalses stehlen würde.

Auch Ramage erkannte ganz ohne Glas, daß die *La Perle* bestätigte: »Die hatten die Flaggen schon vorgeheißt«, kommentierte Southwick.

»Orsini, setzen Sie jetzt das Signal für Nordost und achten Sie darauf, daß es bestätigt wird.«

Aitken und Southwick traten wieder zu Ramage ans Kompaßhäuschen, auf das im Augenblick gerade der Schatten des aufgegeiten Kreuzmarssegels fiel.

»Ich bin froh, daß ich nicht der französische Erste Offizier da drüben bin«, meinte Aitken.

»Und warum?« wollte Ramage wissen – überrascht vom Tonfall des Schotten.

»Nun ja, Sir. Er hat Befehl, uns zu schleppen. Aber wie soll der die Schleppleine von der *Créole* übernehmen? Ehe er hier ist, wird der Schoner fast auf das Riff gelaufen sein, das parallel zur Küste läuft. Er hat also kaum Platz zum Manövrieren. Bleibt er zu weit draußen, könnte er auf das Riff laufen. Kommt er der *Calypso* zu nahe, geht er das Risiko ein, die *Créole* zu rammen. Und doch muß er die Schleppleine an Bord nehmen!«

»Zwei Sachen haben Sie noch vergessen!«

»Und was, bitte, Sir?« Aitken schien überrascht.

»Erstens glaubt er, daß sein Kommandant vom Achterdeck dieses Schiffes und in der Gesellschaft eines höheren

Offiziers jedes seiner Manöver genau beobachtet. Und zweitens ist er sicher, daß seine gesamte Zukunft von dem abhängt, was er jetzt macht.«

»Aye«, sagte Southwick nur und sog Luft durch die Nase. »Er weiß genau, wie schnell er alle drei Schiffe in solch eine Wooling von Tampen und Rahen zusammenbringen kann, daß wir alle auf dem Riff enden wie drei zerbeulte Krüge nach einer zünftigen Gasthausschlägerei.«

»Zwei und ein halber Krug«, meinte Ramage trocken. »Ja, ich bin auch froh, nicht in der Haut des Franzosen zu stecken. Ich kann mir auch nicht vorstellen, wie er die Aufgabe lösen will.«

Aitken und Southwick drehten sich gleichzeitig erstaunt zu ihm um. Aitkens Gesichtshaut schien plötzlich straff gespannt, und Southwick fuhr sich mit der Hand durch sein wehendes weißes Haar und leckte sich unsicher die Lippen. »Aber Sie haben ihm doch gerade den Befehl gegeben, Sir«, sagte Southwick beunruhigt.

»Natürlich. Ich gebe auch lieber so einen Befehl als ihn ausführen zu müssen.«

»Ja, hm, also. Soll ich nicht einen Anker klarmachen zum Fallen, Sir?«

»Das würde nicht sehr viel helfen, Mr. Southwick. Bis zum Riff ist es sehr tief. Ehe der Anker hält, sind wir auf den Korallen. Das reinste Dilemma, nicht wahr? Fürchterlich ...«

»Sollen wir die Boote klarmachen, Sir, die uns im Notfall schleppen könnten?« versuchte Aitken einen Vorschlag und beobachtete Ramage gespannt.

»Nein«, sagte Ramage eher heiter, »wir sollten den armen französischen Offizier nicht bedauern.« Er wandte sich an Jackson, der ein Entermesser hochhielt. »Ach ja, geben Sie's mir.« Er ließ es in den Schultergürtel rutschen, den er bequem über seine Schulter hängte. »Bitte, geben Sie mir auch die Pistolen.« Er nahm sie dem Amerikaner ab und schob sie sich in den Hosengurt.

Aufgeregt meldete jetzt Orsini: »*Perle* hat das Signal bestätigt, das den neuen Kurs angab. Sie hat sich damit viel Zeit gelassen.«

»In der Hoffnung, daß wir einen Fehler machen und den Befehl zurücknehmen würden«, bemerkte Aitken und beobachtete wieder die Fregatte. »Sie schleicht einfach weiter. Der Mann ist sich noch nicht klar, ob er sich uns von Luv oder Lee nähern soll.« Er sah kurz zu Ramage, doch der nickte, als ob ihn das Thema *La Perle* überhaupt nicht mehr interessieren würde.

»Ich würde ja gern wissen, was all der Rauch und was die Musketenschüsse gestern bedeutet haben«, sagte Ramage. »Und der Kommandant der *La Perle* hatte es so eilig, nach Amsterdam zu kommen.«

»Wirklich?« fragte Aitken überrascht.

»O ja. Kein Bräutigam hätte es eiliger haben können, in die Kirche zu kommen, als Duroc in den Hafen.«

Ramage fühlte sich ausgetrocknet und wie ein Hochstapler. Unter dieser glühenden Sonne, die genau über einem stand, mußte man sich leicht nach vorne lehnen, um seinen eigenen Schatten zu sehen. Das Deck war heiß wie ein Ofen und schien die Schuhsohlen zu verschmoren. Der Wind trug nichts zur Kühlung bei. Die *Calypso* machte zwei ganze Knoten, und der Wind hatte kaum genug Kraft, um über die Reling und die Finknetze zu kommen und sich über Deck zu bewegen. Das Glitzern der See, der Segel und des blendendweißen Strandes verstärkte den Eindruck der Hitze noch. Es blieb einem nichts anderes übrig, als seine Augen zu Schlitzen zu verengen und in diesen Glutofen zu blinzeln wie ein kurzsichtiger Orientale.

Und irgend etwas war faul an der Sache. Aitken und Southwick hatten sich plötzlich angeschaut und laut gelacht. Ihr Kapitän machte sich über sie lustig, nahmen sie an. Er tat, als ob er nicht wüßte, was geschehen würde, wenn *La Perle* hier ankam, um die Befehle auszuführen.

Sie waren ganz sicher, daß Ramage irgendwo eine Trumpfkarte hielt. Ein Trumpf, der alles stach und ihnen die *La Perle* als Prise bringen würde.

Doch Tatsache war, daß er keinen Trumpf hatte. Und hätte Aitken und Southwick die Lage ein bißchen genauer bedacht, wäre ihnen aufgefallen, daß man in dieser Situation keinen fertigen Trumpf haben konnte. Gestern hatte er erklärt, sein Ziel sei es, den Kommandanten an Bord zu bekommen und die *La Perle* in den Händen von – hoffentlich – weniger erfahrenen Offizieren zurückzulassen. Dieser Plan war geglückt. Kapitän Duroc saß jetzt um einiges trauriger und weiser unter Deck in Eisen und wurde von Seesoldaten bewacht.

Was als nächstes geschah, hing ganz und gar vom Verhalten des Ersten Offiziers der *La Perle* ab. Angenommen, er würde versuchen, den Befehl, die *Calypso* in Schlepp zu nehmen, auszuführen – wie würde er sich nähern? Wie wollte er die schwere Trosse der *La Créole* übernehmen, wie sie auf dem eigenen Deck sichern und den Schlepp beginnen? Würde er sich in Luv, also an Steuerbord, oder in Lee nähern? Letzteres hätte den Nachteil der größeren Nähe zum Land. Der zum Manövrieren verfügbare Raum war nur ein schmales Stück Wasser zwischen dem Riff und der *Calypso*.

Ironischerweise hatte der unbekannte französische Leutnant jetzt den Vorteil des Handelns – das mußte Ramage ihm zugestehen. Der Franzose wußte, was er wollte – Ramage wußte es nicht. Es war wie ein Schachspiel – ohne daß Southwick oder Aitken es bemerkten. An dieser Stelle in diesem Spiel hing der eigene nächste Zug vom Zug des Gegners ab. Man mußte antworten. Man hoffte, daß der Gegner eine Figur so bewegte, daß man ihn in einem Zug schachmatt setzen konnte. Aber natürlich bestand dabei auch immer die Gefahr, selber schachmatt gesetzt zu werden.

Die *La Perle* holte jetzt im Kielwasser der *Calypso* schnell auf. Ramage verfolgte sie mit den Augen. Alle drei

Masten standen in Linie. Im letzten Augenblick konnte sie auf dieser oder jener Seite vorbeilaufen. Und plötzlich wurde ihm klar, warum sie so verändert aussah. Alle Kanonen waren eingerannt, die Geschützpforten geschlossen. Der französische Leutnant hatte klug aus seiner Sicht und zum Vorteil von Ramage gehandelt: Er wollte seine gesamte Mannschaft zur Verfügung haben, um die Segel zu bedienen und die Schleppleine aufzunehmen. Er hatte nichts vor, was mit Kampf zu tun hatte. Es ging ihm nur um eins – das Abschleppen.

9

Lieutenant de Vaisseau Jean-Pierre Bazin bereute bitter den Tag, da er auf See gegangen war. Er war als Junge in Lyon aufgewachsen, wo die friedliche Saône in die wilde Rhône mündet, die dort durch die Berge herabgestürzt kommt. Oft hatte er sich die Saône angeschaut. Sie floß nur hundert Meter von seinem Elternhaus, das in einer Gasse im Schatten der Kathedrale lag, vorbei. Er war oft auch in die andere Richtung gegangen – zum Fort de Lovasse. Dutzende, ach, hunderte Male war er dort gewesen, hatte die Soldaten exerzieren sehen, hatte die Militärkapellen gehört und gesehen, wie man zum Schlag der Trommel marschierte. Doch selber Soldat zu werden, hatte ihn nie interessiert. Die gebügelten Uniformen, die glänzend polierten Knöpfe, die Gürtel, in den Jahren vor der Revolution mit Pfeifenton geweißt, schienen ihm Beweis genug für unnötige tägliche Arbeit. Besonders für einen Jungen, der jeden Tag mit neuen Löchern in Hosen und Schuhen nach Hause kam.

Im Gegensatz zu den Soldaten hatten die beiden Flüsse seine Phantasie beflügelt. Am Ufer der Saône saßen Männer oder standen in den Wirbeln und angelten von morgens bis abends. In der Mitte des Tages, wenn die Sonne hoch stand – natürlich nie so hoch und so heiß wie hier –, machten sie ein Schläfchen am Ufer. Pferde trotteten die Treidelpfade entlang, schleppten Barken und störten den Schlaf der *pêcheurs*. Diese Barken trugen meistens strahlende Farben und Fracht aus Orten, die dem Jungen so weit entfernt schienen wie China: aus Tournus und Chalon und Städten an den Nebenflüssen der Saône wie Dijon und Dole.

Ganz anders als die friedliche Saône war die Rhône. Er mußte dazu die Brücke überqueren und an Lagerhallen vorbeigehen. Im Frühjahr, wenn in den Schweizer Bergen Eis und Schnee schmolzen, war die Rhône ein reißender Strom. Das Wasser raste bergab, rutschte laut um die Felsen am Ufer, war eiskalt, und der Junge dachte an Fortgehen und Reisen. Der Fluß entsprang weit hinter dem Genfer See, floß an Genf vorbei und wandt und drehte sich auf seinem Weg nach Lyon. Danach floß er mit großer Kraft und ohne Umwege ins Mittelmeer. Das Mittelmeer – die Wiege der Zivilisation, der Weg ins alte Griechenland, nach Tyros und Niniveh und sogar nach Corsica, wo Columbus in Calvi geboren war – auch wenn die Fälscher in Genua etwas ganz anderes behaupteten. Er war innerhalb der Mauern der Zitadelle geboren, und sein Ruhm strahlte über die ganze Insel, ja über ganz Frankreich.

Im Sommer trocknete die Rhône gelegentlich aus, gewöhnlich nach einem Winter, der der Schweiz wenig Schnee gebracht hatte. Dann kam der Verkehr mit den Barken zum Erliegen. Die beiden Flüsse, die stille Saône und die geschäftige Rhône, ließen in ihm Gedanken an das Meer wach werden – mit seinen beiden Extremen, der Stille und dem Sturm. Als er fünfzehn war, packte er einen Wandersack, verabschiedete sich von seiner verwitweten Mutter, ließ sich an Bord einer Barke nach Avignon mitnehmen und fuhr dann mit einem Wagen nach Toulon. Das kostete nichts, weil er dem Kutscher mit den vier Pferden half. In Toulon trat er in die französische Marine ein.

Es war wie der Eintritt in die Sklaverei: Selbst im Hafen mußten sie vierzehn Stunden am Tag schuften, während die Herren Offiziere ihre Zeit auf das angenehmste an Land verbrachten ...

Als die Revolution Toulon erreichte, war er Vollmatrose, ein gewandter Toppgast und dank der Geduld seiner Mutter einer der wenigen Seeleute, die lesen und schreiben konnten. Glücklicherweise konnte er gut genug lesen, um all die revolutionären Pamphlete zu verstehen. Er las den anderen Matrosen die Flugblätter vor und konnte sie auch überzeugen, einige königstreue Offiziere, an denen die Männer absurderweise sehr hingen, zum Teufel zu schicken. Für diese Arbeit machte ihn das Revolutionskomitee zum Leutnant. Und seitdem hatte er längst erkannt, daß die Rhône in ihren wildesten Zeiten mit dem Meer so viel Ähnlichkeit hatte wie die Bucht vor Toulon mit einer Pfütze.

Er erinnerte sich, wie kürzlich die *La Perle* in Martinique ankerte, im Fort de France, wie Fort Royal jetzt hieß. Endlich war auch Kapitän Duroc die royalistische Gesinnung des Ersten Offiziers, eines Mannes aus der Gascogne, aufgefallen. Anklage, Gerichtsverhandlung und Exekution hatten nur ein paar Tage in Anspruch genommen, und Bürger Jean-Pierre Bazin, Zweiter Offizier, fand sich plötzlich befördert. Mit dreißig Jahren war er Zweiter Befehlshaber an Bord.

Der Weg vom Haus im Schatten der Kathedrale in Lyon bis zum Achterdeck der Fregatte *La Perle*, und dort auf seinen Platz direkt unter dem Kommandanten, hatte ganze fünfzehn Jahre gedauert. Das zeigte, welche Chance die Revolution Männern mit Charakter und Führungseigenschaften bot. Kapitän Duroc zum Beispiel war zu Beginn der Revolution Bootsmann auf einer Schebecke gewesen, die zwischen Sète und Marseille im Küstenhandel fuhr.

Doch jetzt war Kapitän Duroc an Bord der verdammten

Prise, die da in aller Ruhe nach Amsterdam geschleppt wurde. Und zum ersten Mal war er, Jean-Pierre Bazin, als Befehlshaber allein an Bord. Anfangs hatte ihn das keineswegs beunruhigt, denn mit den Vormarssegeln back stehend lag die *La Perle* auf dem Wasser wie eine Möwe, die ausruht. Das Boot des Kommandanten wurde zügig zur Fregatte hinübergerudert, und Kapitän Duroc kletterte an Bord der Prise; das Boot wurde achteraus gezogen und festgemacht. Das war alles zu erwarten gewesen, denn wer immer die Prise befehligte, mußte offensichtlich ranghöher sein als Kapitän Duroc. Eigentlich hätte der Kommandant in fünfzehn Minuten zurück sein müssen, spätestens in einer halben Stunde, damit die *La Perle* ihre Reise nach Amsterdam fortsetzen konnte. Hatte der Kapitän es doch allen nachdrücklich klargemacht, wie eilig er es mit der Ankunft hatte.

Aber war er zurückgekehrt? Keinesfalls. Er saß wahrscheinlich irgendwo unter Deck, trank Wein und hing Erinnerungen nach. Und dann waren Signale gehißt worden. Ohne Vorwarnung oder Erklärung war ihm befohlen worden, die Fregatte in Schlepp zu nehmen. Nicht nur das – er sollte die Schleppleine auch noch von dem verdammten Schoner übernehmen, nicht selber eine übergeben. Aber wie – verdammt noch mal? Und dann hatten diese Idioten auf dem Schoner auch noch gewendet. Statt von Land weg zu laufen und der *La Perle* genügend Raum zum Manövrieren zu lassen, hatten die Idioten völlig unnötig gewendet und waren wieder auf Land zu gelaufen. Wenn *La Perle* den Schoner erreichte, hätte sie an Backbord, der Leeseite, keinen Raum mehr. Und wenn er *La Perle* nicht auf den Strand setzen wollte, mußte er sich von Luv nähern.

Merde! Sich von Luv nähern mit einem Schiff wie *La Perle*, das sich bewegen ließ wie ein Heuhaufen und das mit schwachsinnigen Krüppeln bemannt war, die Befehlen so eifrig gehorchten wie störrische royalistische Maulesel.

Und wenn er einen Fehler machte, weil er keine klaren Befehle erhalten hatte, die *La Perle* neben die andere Fregatte trieb, sich Rahen und Rigg verhakten, oder der eigene Klüverbaum die Wanten der Fregatte brach, so daß die Masten wie Zuckerrohr unter einer Machete knickten – wem würde man da die Schuld geben? Man würde ihn vor ein Tribunal zerren und ins Gefängnis werfen oder Schlimmeres mit ihm machen, weil er Staatseigentum beschädigt hatte. Nicht etwa Duroc war dran, der sein Schiff verlassen hatte, sondern *Citoyen* Bazin.

Und dazu noch das zweifelhafte Glück, daß der größte Teil der Mannschaft Gascogner waren, Anhänger des verurteilten Ersten Offiziers. Kein Wunder also, daß es an Bord nach Art der Gascogner zuging. Sie gaben an, redeten laut aufeinander ein, argumentierten. Immerhin hatten sie die *La Perle* wieder in Fahrt bekommen, ohne darüber eine Sitzung eines Komitees abzuhalten. Da war ihm Kapitän Duroc überlegen: Er war so groß, daß er jeden, der lange redete, mit der Faust niederstrecken konnte. Anders *Lieutenant de Vaisseau* Bazin, der seinen Säbel ziehen müßte, um die Männer einzuschüchtern. Was – wie schon einmal geschehen – dazu führen könnte, daß ihm jemand frech ins Gesicht lachte.

Jetzt jedenfalls hielt die *La Perle* endlich auf die Prisenfregatte zu. Der Vierte meldete, sie hieße *Calypso*. Das stand zwar auf ihrem Heck, aber in der Schiffsliste der französischen Marine gab es kein Schiff solchen Namens. Also hatten die Engländer sie umgetauft. Was bedeutete der Name? Hieß so eine Stadt, gab es dort einmal eine Schlacht? Vielleicht hieß sie nach einem dieser barbarischen griechischen oder römischen Götter.

Es war so fürchterlich heiß. Diese Sonne versengte dich, machte dich blind, ließ dich in Schweiß gebadet stehen. Und diese Insel – auch so ein gottverdammter Ort. Sie ähnelte einer Ansammlung von Sand und Steinen, die gerade eine Armee auf dem Marsch verlassen hat. Nur Kakteen und Büsche. Und wenn man Aruba als Maßstab nahm, dann gab es hier nur holländische Frauen mit Gesichtern wie Pudding und Brüsten wie Säcke. Und rotgesichtige Männer mit Bäuchen wie Fässer, die Gin dem besten Wein vorzogen.

All dieses Nachdenken war Zeitverschwendung. Was sollte er tun? Wenn bloß der Schoner wieder wenden und auf See zulaufen würde mit der *Calypso* im Schlepp. Er sollte dann einfach die Schleppleine loswerfen, die eine Boje über Wasser halten würde. Das wäre am einfachsten. Dann würde *La Perle* beidrehen, ein Boot aussetzen, um die Boje aufzunehmen, und eine Sorgleine an die Schleppleine schlagen, alles an Bord nehmen – und dabei nichts riskieren, weder eine Kollision noch ein Stranden auf dem Korallenriff. Dieses verdammte Korallenriff am Ufer war ja endlos, es war wie eine Mauer um einen Blumengarten, ein täuschendes braungoldenes Band, hinter dem hellblaues Wasser anzeigte, wie flach es war.

Nein, er wollte diese Verantwortung nicht auf sich nehmen. Duroc war der Kommandant. Er sollte hier an Bord sein. Er selber würde ... Und plötzlich fiel Bazin ein, und er ärgerte sich, nicht früher daran gedacht zu haben, was Duroc offensichtlich von ihm erwartete. Er sollte in Rufweite an der *Calypso* vorbeisegeln. Dann würde Duroc ihm seine Befehle zurufen. Schließlich würde Duroc ja nicht wollen, daß seinem eigenen Schiff etwas passierte.

Inzwischen wollte er die verdammten Kanonen nicht mehr ausgerannt haben. Alle Geschützpforten offen und nach oben gelascht ... Selbst die kleinste Berührung von Schiff mit Schiff würde dazu führen, daß Geschützpforten abgerissen und Kanonen aus ihren Lafetten geworfen würden. Die *Calypso*, bemerkte er, hatte ihre Kanonen auch nicht ausgerannt.

Er rief dem Zweiten Offizier Befehle zu. Der lehnte an der Achterdeckreling, als erwartete er, daß die Damen der Stadt an ihm auf dem Deck vorbeipromenieren würden.

Bald hörte er am Rummeln, wie die Kanonen eingerannt wurden, dann knallte es laut, als Geschützpforte nach Geschützpforte geschlossen wurde. Die Seite des Rumpfs war jetzt so glatt wie die Wand eines Hauses, dessen Fenster alle geschlossen waren. So fühlte er sich viel wohler. Duroc hätte ihn doch nicht im Stich gelassen. Er sah sich nach dem Sprachrohr um. Er müßte es vielleicht umdrehen, um es als Hörrohr zu benutzen. Duroc sprach nicht sehr deutlich, nicht einmal, wenn er nüchtern war, und jetzt war er immerhin schon eine halbe Stunde oder länger an Bord der *Calypso* ...

Ramage sah achteraus und beobachtete die näher kommende Fregatte. Noch immer standen die Masten in einer Linie, und der Bugspriet hielt steil auf ihn zu wie die Lanze eines Husaren. Wüßte man es nicht, könnte man annehmen, daß die *Calypso* gerammt werden sollte.

Vielleicht war das auch die Absicht? Plötzlich durchfuhr ihn der Gedanke, daß man entdeckt haben könnte, daß die *Calypso* eine britische Fregatte war. Weil man den eigenen Kanonen nicht traute, wollte man sie durch Rammen kampfunfähig machen. Hatte er bei den Signalen Fehler gemacht, die ihn verraten hatten, vielleicht schon beim Anruf?

Dann kam Southwick hochgestiegen und stellte sich neben ihn, rieb sich seinen dicken Bauch, als habe er gerade gut gegessen. »Er hat sich also immer noch nicht entschieden!« kommentierte der Master nur. »Der Froschfresser wird längsseits kommen und um Befehle bitten, wie er die Schleppleine aufnehmen soll!«

Ramage nickte und mußte sich zusammennehmen, um Southwick nicht vor spürbarer Erleichterung auf die Schulter zu klopfen. »Das wird's sein. Er hat gerade die Kanonen eingerannt und die Geschützpforten geschlossen. Wahrscheinlich macht er sich Sorgen, daß er sie abreißt, wenn er uns zu nahe kommt.«

Southwick schaute ihn an, nicht ganz sicher, ob die Bemerkung über das Abreißen von Geschützpforten ernst oder spaßig gemeint war. »Wir machen selber genug Fahrt, um ein bißchen auszuscheren, hierhin oder dahin, nur um ihn ein bißchen zu ärgern.«

»Ein bißchen ausscheren!« Ramage wiederholte Southwicks Worte und sah den schmalen Streifen Wasser zwischen der *Calypso* und dem Riff.

Eine halbe Meile? Schon jetzt war das Wasser nicht mehr tief dunkelblau; es war heller, ihm fehlte der purpurähnliche Ton, der die große Tiefe anzeigte. Und ganz plötzlich wurde das Wasser jetzt hellgrün und dann braun – Zeichen für die Nähe des Riffs. Beim genaueren Hinsehen entdeckte man, daß die braunen Spitzen der Hirschhornkorallen unter der Oberfläche sichtbar wurden. Und hinter dem Riff bedeutete ein Streifen sehr helles Grün flaches Wasser von etwa ein oder zwei Faden Tiefe, das bis zum Strand reichte. Nur gelegentlich waren dort weiße Flecken zu erkennen, wo Seen noch genügend Kraft hatten, sich zu brechen.

Ein bißchen ausscheren, ein bißchen Panik und ein bißchen auch sein Glück auf die Probe stellen. Er rief Orsini und nahm ihm das Signalbuch ab. Fieberhaft blätterte er die Seiten durch. Da fand er sie. Es war die Flagge Nummer Acht. »Heißen Sie Flagge Nummer Acht!« befahl Ramage kurz. Vielleicht war es dafür zu spät, aber die Verspätung könnte in diesem Fall vielleicht doch helfen.

»Nummer Acht, Sir. Laufen Sie nach Steuerbord!«

Ramage fand Southwicks Blick und lächelte. Der junge Paolo schien das ganze französische Signalbuch auswendig gelernt zu haben, aber selbst die einfachste mathematische Formel konnte er nicht länger als einen Tag behalten.

Ein Quietschen über ihnen, das immer mal aufhörte, zeigte, daß jetzt eine Flaggleine durch den Block lief. Ramage sah ganz bewußt nur achteraus, und verkniff es sich, nach oben zu schauen. Das Quietschen endete. Jetzt wehte die Flagge aus. Die *La Perle* war vielleicht hundert Yards achteraus, vielleicht ganze drei Längen. Wenn es klappte, würde es eng werden.

Zu Southwick sagte er: »Lassen Sie sie einen Strich nach Backbord laufen!«

Der Master drehte sich um und gab den Befehl an den Quartermaster weiter.

Aitken, der am Kompaßhäuschen stand, rief Ramage zu: »Alarmieren Sie die Männer unter Deck. Sie sollen sich bereit machen!«

Er konnte einen Franzosen auf dem Klüverbaum der *La Perle* hocken sehen. Der gestikulierte nach achtern und wies dabei immer wieder auch auf die *Calypso*, so als wolle er die Aufmerksamkeit des Achterdecks auf das Signal der *Calypso* lenken.

Jetzt schien die *La Perle* auf Ramages linke Seite zu gleiten, und unter sich hörte er das Ruder knarren, als Zapfen in die Ösen griffen. Die *Calypso* begann jetzt ein wenig nach Backbord auszuscheren, und der Bug des Schiffes drehte sich etwas auf das Riff zu. Der Zwischenraum wurde enger. Man wurde an einen Betrunkenen erinnert, der schräg auf eine Mauer zu torkelte.

Ramage wandte sich wieder Aitken zu, der vor ihm stand. »Alles klar bei den Männern mit den Äxten im Vorschiff?«

»Ja, Sir!«

Zwei Minuten würde man mindestens brauchen, um die Schlepptrosse zu zerhauen. Beim Blick über den Bug der *Calypso* konnte er erkennen, daß das Ausscheren sie weit nach Backbord, weg vom Heck der *La Créole* gebracht hatte. Hoffentlich ist Lacey klug genug, sich davonzumachen, da sonst das Gewicht der *Calypso* das Heck der *La Créole* zurückziehen, und dem Schoner Probleme bringen würde.

Als Ramage sich wieder umdrehte, sah er, wie die Toppsegel der *La Perle* ganz leicht flatterten. Die plötzliche

Veränderung im Kurs der *Calypso* hatte den französischen Ersten Offizier unvorbereitet erwischt, und jetzt versuchte er, Höhe zu kneifen, um dem Befehl, nach Backbord zu laufen, nachzukommen.

Leutnant Bazin hatte den Heckspiegel der *Calypso* größer werden sehen, als sie sich dem Schiff näherten. Wenn sich Sonnenlicht, das die See zurückwarf, gelegentlich im Glas spiegelte, schien es, als ob die Hecklaternen brannten. Im Teleskop erkannte er, daß der alte Name durch einen neuen ersetzt war. Die Farbe und das Gold des Schriftzugs *Calypso* glänzten viel frischer als der Rest des Heckschmucks.

Es gab nur wenige Menschen an Bord der *Calypso*. Zwei oder drei Offiziere auf dem Achterdeck, Duroc wahrscheinlich bei ihnen, und ein paar Seeleute in den Gängen. Na ja, und dann ein paar, die im Vorschiff hockten. Also konnte er auf Hilfe von der *Calypso* rechnen bei dieser verdammten Schlepptrosse.

Er wollte ganz sichergehen, daß Kapitän Duroc verstand, was er vorhatte, während er sich im Kielwasser der *Calypso* näherte. Er war fest überzeugt, daß sein Kommandant das gleiche tun würde. Duroc mischte sich ständig in alles ein, glaubte einfach nicht, daß jemand irgend etwas richtig machen würde ohne ständige Instruktionen und dauernde Aufsicht. Wenn er also genau auf das Heck der *Calypso* zuhielt und erst im letzten Augenblick nach Steuerbord auswich, also in Luv an Steuerbord lief, würde er Duroc gut verstehen. Vermutlich irgendein betrunkenes Gebabbel. Er konnte sich nicht vorstellen, daß Duroc noch nüchtern war. Die Gelegenheit, seinem Vorgesetzten zeigen zu können, wie klug er und wie dumm jeder andere war, wollte er nicht verstreichen lassen. Er gestand sich ein, Duroc zu hassen.

Die *Calypso* war ein schönes Schiff. Man konnte an den eleganten Linien ihre französische Herkunft erkennen, denn so etwas konnten Briten niemals zeichnen und bauen. Was fehlte ihr nur, daß sie geschleppt werden mußte? Wahrscheinlich eine Havarie am Ruder, denn ihre Masten und Rahen sowie der Bugspriet und der Klüverbaum sahen unbeschädigt aus. Sie hatte kein Leck, da sonst Wasser stoßweise aus der Seite kommen müßte, ein Zeichen für eingesetzte Pumpen. Seltsamerweise auch keine Kampfspuren, jedenfalls keine, die man von achtern erkennen könnte. Keine Löcher im Rumpf, keine notdürftig versorgten Rahen. In den Hecklaternen fehlte nicht die kleinste Glasscheibe. Sollte sie etwa der Schoner, der sie jetzt schleppte, erobert haben? Das schien unwahrscheinlich. Es mußte eine andere Erklärung geben. Wahrscheinlich hatte ein anderes Schiff sie erobert und dem Schoner befohlen, sie in den Hafen zu schleppen. Ja, das wird es gewesen sein.

Er fluchte auf die beiden Rudergänger, als die *La Perle* einer kurzen Drehung des Windes folgte. Sie lagen jetzt gut in Linie. Er konnte das sanfte Kielwasser sehen, ein Pfad über die See, die Spur der *Calypso*. Noch etwa ein halbes Dutzend Schiffslängen, und dann könnte er beginnen, nach Steuerbord abzufallen und an ihr vorbeizulaufen. Schon jetzt verdeckte der Bug der *La Perle* die *Calypso*: Er würde sich hinter eine Kanone hocken müssen und über den Lauf und die Reling peilen oder aber sich auf das Insichthalten der Masten verlassen.

So schwer war es doch nicht, eine Fregatte zu kommandieren. Duroc machte großes Aufheben damit, fluchte auf jeden, zog wütend die Brauen zusammen, stampfte mit den Füßen auf, schüttelte die Fäuste, spuckte vor Verachtung über die Seite – doch man mußte eigentlich nur die Ruhe bewahren. Die Ruhe bewahren und sicherstellen, daß Befehle sofort befolgt wurden. Natürlich brauchte man dafür ein Dutzend Augen, aber Duroc machte mit seinen Auftritten alles nur dramatischer.

Was flatterte jetzt oben am Besan der *Calypso* fast in

Deckung mit dem Segel? *Merde!* Wieder ein Signal. Und das jetzt! Nummer Acht. Im Geiste eilte er über die erste Seite des Signalbuchs.

»An Deck!«

Endlich meldete sich der verdammte Ausguck.

»An Deck!«

»Von Ausguck Fockmast. Sie hat ein Signal gesetzt!«

»Ich weiß. Behalten Sie sie genau im Auge!« Er drehte sich um und entdeckte den Zweiten Offizier. »Wo ist das Signalbuch, Sie *crétin*?«

Als der Leutnant es ihm reichte, riß er es ihm aus den Händen und blätterte es wie wild durch.

»Nummer Acht!« sagte der Zweite Offizier.

»Das weiß ich auch!« knurrte Bazin böse zurück.

»Es bedeutet, nach Backbord zu laufen!«

»Warum haben Sie mir das zum Teufel nicht gleich gesagt, anstatt mir das Buch zu geben?«

»Sie haben mich darum gebeten. Um das Buch!«

Jetzt kam aus dem Bug ein Ruf.

»Was ist los?« rief Bazin zurück.

»Die Fregatte hat ein Signal gesetzt!«

»Ich weiß. Weiter genau beobachten!«

»Wir werden sie in einer Minute rammen«, sagte der Zweite unmißverständlich. »Kapitän Duroc wird Sie vor ein Kriegsgericht bringen!«

»Und ich werde ihm sagen, wie töricht Sie sich mit dem Signalbuch angestellt haben!« antwortete Bazin erregt und schaute wieder nach vorn.

Die *Calypso* lief nicht mehr genau voraus. Plötzlich lag sie deutlich an Backbord.

»*Crétins!*« Bazin brüllte den Mann am Ruder an. »Was machen Sie, verdammt noch mal? Wer hat Ihnen befohlen, nach Steuerbord zu laufen?«

»Wir laufen nicht nach Steuerbord. Die *Calypso* hat plötzlich nach Backbord abgedreht.«

Das erkannte jetzt auch Bazin. Zwar lief der Schoner

immer noch etwas nach Steuerbord, aber die *Calypso* war jetzt so weit nach Backbord ausgeschert, daß er zweifelte, ob er mit der *La Perle* so hoch laufen könnte, um die *Calypso* an Backbord zu passieren.

Er griff nach dem Sprachrohr, das er eigentlich als Hörhilfe verwenden wollte. Und nun brüllte er seine Befehle, die Rahen kräftig zu brassen, und kurz darauf kamen seine Befehle für die Männer am Ruder.

Die *Calypso* schien an *La Perles* Backbordbug zu kleben. Langsam, fast zögernd, begann sie dann, sich wieder leicht nach Steuerbord zu bewegen. Bazin korrigierte sich selbst: Das schien nur so, denn endlich schaffte es die *La Perle*, nach Backbord zu laufen. Jetzt frischte der Wind auch noch auf. Das half natürlich beim Anluven, aber damit wurde sie auch schneller, und sie näherte sich dem Backbordheck der *Calypso*.

Dann schaute er nach oben und sah, wie die Lieken der Segel zu flattern begannen. Auf diesem Kurs reichte der Wind nicht mehr.

»Abfallen, Ihr Narren!« brüllte er die Rudergänger an. Doch noch ehe sie sich in die Sprossen des Rads werfen konnten, wurde ihm klar, was das bedeutete. Nach Steuerbord abzudrehen hieße unvermeidlich, daß der Steuerbordbug der *La Perle* in das Backbordheck der *Calypso* krachen würde.

»Nein, nein. Anluven, anluven!«

»*Merde!*« schrie einer der Männer und ließ das Ruder los. »Entscheiden Sie sich, Sir!«

Bazin sah, daß der Name *Calypso* blau mit roten Rändern auf einen goldenen Hintergrund gemalt war. Die Farben glänzten. Die Eisen auf den Raznocken der Fregatte waren erst kürzlich schwarz gepönt worden, anders als die der *La Perle*, die vor sich hin rosteten. Was für ein verrückter Augenblick für die *Calypso*, ausgerechnet jetzt die Trikolore einzuholen. Sie hatten die Trikolore an einer Flaggleine, die britische Flagge an einer zweiten angeschlagen.

Also konnten sie sie unabhängig voneinander bewegen. Vielleicht war eine Fall gerissen. Jetzt wehte nur noch die britische Flagge aus – und gleich würde es eine fürchterliche Ramming geben.

Southwick schnaubte wieder einmal ungeheuerlich, um eine Lunge Luft und die Verachtung eines ganzen Lebens aus sich herauszulassen. »Diesem Franzosen-Leutnant könnte man nicht mal ein Hafenboot voller Huren anvertrauen«, sagte er verächtlich. »Sehen Sie mal, wie die Luvkanten flattern. Und jetzt braßt er auch noch die Rahen an – das wird ihm auch nicht mehr helfen. O dieser Narr, jetzt gibt er so viel Lose, daß er mehr nach Lee läuft als nach vorn.«

Die *La Perle* näherte sich dem Heck der *Calypso* wie eine Krabbe. Zwei Schiffslängen, rechnete Ramage.

»Alle Mann auf Gefechtsstation. Kanonen ausrennen. Entermannschaft klar!«

Das Knattern der Flaggen über seinem Kopf erinnerte ihn an etwas Wichtiges. »Orsini. Holen Sie die Trikolore ein. Setzen Sie unsere eigene Flagge durch!«

»Sie wird unser Backbordheck einrennen, ein Dutzend Planken knicken und den Besan mit sich nehmen.« Southwick sprach kühl und zog den großen Säbel aus dem Gürtel. »Aber wenn sie uns zu sehr zerstört, setzen wir eben alle zu ihr über ...«

Matrosen strömten jetzt von unten an Deck. Einige rissen die Geschützpforten auf und sicherten sie, andere rannten die Kanonen aus. Männer griffen nach den Pieken, die in Gestellen an den Masten standen, andere holten sich Pistolen, von wo immer sie gestaut worden waren. Seesoldaten eilten zu den Finknetzen auf dem Achterdeck, luden die Musketen und warteten auf Befehle von Leutnant Rennick, der plötzlich von irgendwoher erschienen war und sich neben Ramage postierte und Befehle erwartete.

Aitken, der alle seine Befehle gegeben hatte, fluchte jetzt laut und ununterbrochen auf den Ersten Offizier der *La Perle*. Sein schottischer Akzent wurde noch schärfer, als er sich die Schäden vorstellte, die gleich am Heck der *Calypso* zu erwarten waren. Keiner dachte daran, Ramage zu beobachten – außer dem Quartermaster Thomas Jackson. Der Amerikaner beobachtete ihn aus Gewohnheit. Er war sich nicht ganz sicher, was der Kommandant vorhatte, aber es durfte beim Ausführen der Ruderkommandos nicht die kleinste Verzögerung geben. Jackson wußte, daß auf die Männer am Ruder Verlaß war. Sie beobachteten die Verklicker und die Luvkanten der Toppsegel. Doch auch er konnte im Augenblick nicht erkennen, wie der Kommandant sie aus dieser Klemme freisegeln könnte. Er hörte das Fluchen des Ersten Offiziers, das Schnauben von Mr. Southwick, und er stellte überrascht fest, daß der einzige, der sich über Schäden am Schiff überhaupt keine Sorgen zu machen schien, ausgerechnet der war, der für alles die Verantwortung trug: der Kommandant. Und wenn der sich nicht aus der Ruhe bringen ließ, dann gab es auch keinen Grund dafür. Das wußte Jackson aus langer Erfahrung.

Er persönlich, das gestand er sich ein, würde anstelle des Kapitäns überaus besorgt sein. Die französische Fregatte fiel nicht nur auf sie ab, sie bewegte sich auch schneller als die *Calypso*. Jetzt sah es aus, als ob ihr Bug die *Calypso* mittschiffs rammen würde. Sie würde ihren Klüverbaum und Bugspriet durch die Großwanten schieben, und die Wooling würde den Großmast kosten.

Ramage rieb sich die Narbe über der Stirn, doch als er das bemerkte, nahm er ärgerlich seine Hand weg. Er sah noch einmal zur *La Perle* und befahl Aitken knapp: »Schleppleine kappen.«

Er trat an eine offene Geschützpforte und schaute nach draußen. Die *Calypso* lief immer noch mehr als ein paar Knoten, und sie gehorchte dem Ruder. Der Franzose lief vier Knoten, wurde aber schnell langsamer. Er würde das Heck der *Calypso* nicht treffen – und zwar aus zwei Gründen: Der verrückte französische Offizier versuchte immer noch anzuluven und verlor zunehmend Geschwindigkeit und die Kontrolle über das Schiff. Und dann würde das Ausscheren, das die *Calypso* auf sie zu bewegte, sie mit beigedrehtem Ruder wegdrücken. Und zwar gerade so viel, daß nicht ihr Bug die *Calypso* mittschiffs rammen würde, sondern sie sich mit der Seite neben die *Calypso* legen würde, als sei ein Entermanöver geplant. Und wenn das geschah... Er gab Jackson ein Zeichen und den Befehl, die *Calypso* nach Steuerbord ausscheren zu lassen. Doch ihr Heck bewegte sich unendlich langsam von der *La Perle* weg.

Er sah auf die *La Perle* zurück. Ihr steil aufragender Klüverbaum stand jetzt vor dem Achterdeck der *Calypso*, doch er zog vorbei. Jetzt kam auch der Bug vorbei, und er konnte abblätternde schwarze Farbe erkennen, Rosttränen aus den Eisenfittings, Flecken, wo Abfall sorglos über Bord gekippt worden war. Jetzt der Fockmast. Französische Matrosen standen nur da oder glotzten über die Finknetze, zeigten Angst oder Überraschung, aber keiner hielt ein Entermesser in der Hand oder zielte mit einer Muskete.

Jetzt flappten die Segel der *La Perle* laut über ihnen, zogen nicht mehr, und zwischen den Bordwänden klatschte das Wasser. Aber auf dem französischen Schiff war nicht ein einziges Kommando zu hören.

Jetzt ging der Großmast der *La Perle* vorbei. Ohne Kraft in den Segeln wurde sie noch langsamer und kam noch näher. Man hätte jetzt schon mit der Hand eine Kugel hinüberwerfen können. Das Ausscheren nach Steuerbord klappte sehr gut. Die beiden Schiffe lagen jetzt auf fast gleichem, doch leicht konvergierendem Kurs – und beide wurden langsamer. Die *La Perle*, weil ihr ratloser Erster Offizier die Rahen viel zu sehr angebraßt und damit den Segeln den Wind genommen hatte. Und die *Calypso*, weil die Schlepptrosse gekappt war und die *La Créole* den Rest losgeworfen hatte und gerade halste, um ja nichts von den nächsten Minuten zu versäumen.

Dann der Zusammenstoß. Ramage wurde fast umgeworfen und dachte einen Augenblick, auf einen Fels gerannt zu sein. Aber das quietschende Splittern von Holz, als die *La Perle* am Rumpf der *Calypso* entlangschrammte, machte klar, was geschah.

Kurze Rufe an Deck der *Calypso* zeigten, daß die jüngeren Offiziere ihre Mannschaften unter Kontrolle hatten. Wurfanker schwirrten durch die Luft, hakten sich im Rigg der *La Perle* fest und hielten die beiden Schiffe zusammen. Und dann bewegten sie sich nicht mehr. *La Perle* stoppte längsseits, ihr Heck war auf der Höhe der Achterdecksreling der *Calypso*. Ramage konnte drei Offiziere drüben sehen, von denen einer ganz sicher der Erste war. Sie standen steif und sahen fast aus wie Statuen. Sie starrten auf das Achterdeck der *Calypso*, als erwarteten sie dort den Teufel höchstpersönlich.

Ramage hielt das Sprachrohr an den Mund und rief nach vorne: »Klar zum Entern!«

»Sir«, hörte er Southwick bitten und nickte. Der Master rannte den Niedergang vom Achterdeck nach unten, um sich den Entermannschaften anzuschließen, die schon über die Schanzkleider kletterten.

Inzwischen begannen die Schiffe nach Steuerbord abzudrehen. Die *La Perle* hatte beim Zusammenstoß mehr Fahrt gehabt als die *Calypso*, also schob sie die britische Fregatte langsam nach Steuerbord, weg vom Strand. Und genau das, stellte Ramage fest, war es, was er wollte. Die *Calypso* würde in Lee des Franzosen zu liegen kommen und, indem sie die Segel wieder setzte und die Leinen der Wurfanker kappte, Fahrt aufnehmen und sich absetzen können.

Das Gebrüll an Bord der *La Perle* war unglaublich laut,

aber es hatte, wie Ramage dankbar bemerkte, bisher keine Pistolenschüsse gegeben. Das metallische Klirren, wenn Entermesser auf Entermesser traf, wurde leiser, und er hatte nur ein paar Schläge, weniger als ein Dutzend, gehört. Und auf der Backbordseite der *Calypso* warteten die Mannschaften an ihren Kanonen, versuchten zu erkennen, was da drüben geschah, und waren ohne Zweifel enttäuscht, nicht eine einzige Breitseite gefeuert zu haben, ehe die Entermannschaft nach drüben stieg.

Ramage hielt das Sprachrohr jetzt in Richtung Achterdeck der *La Perle* und rief auf französisch: »Ergeben Sie sich?«

Der französische Erste Offizier mußte der große dünne Mann sein, der so verdattert dreinschaute. Er hatte Ramage gehört und wandte sich ihm zu, um ihn anzustarren, sprachlos und mit hängenden Schultern. Aber er gab keine Befehle. Vielleicht war dem armen Hund noch nicht einmal aufgefallen, daß die Trikolore auf der *Calypso* – ein paar Minuten vor dem Zusammenstoß – eingeholt worden war. Wahrscheinlich hatte er einen Strom von Flüchen aus Durocs Mund erwartet, als die Entermannschaften der *Calypso* bei ihm an Bord kletterten.

Jackson sprach ihn an, deutete nach oben. Ramage schaute hoch und sah, wie die Trikolore auf der *La Perle* eingeholt wurde. An der Flaggleine stand einer der Offiziere. Der, den er für den Ersten Offizier hielt, sah nur zu – nicht mit Interesse, sondern mit der Art von Furcht, wie sie ein Kaninchen vor einem Frettchen empfinden mußte.

»Was machen wir mit dreihundert französischen Gefangenen, Sir?« brummte Southwick.

Noch immer lagen die beiden Fregatten nebeneinander und trieben langsam nach Westen, wobei sie sich von der Küste Curaçaos entfernten. Die *La Créole* umkreiste sie wie ein Huhn, das seine heranwachsenden Küken bewacht.

»Erst mal erledigen wir die Formalitäten«, sagte Ramage. Er nickte in Richtung Rennick, der mit einem Sergeanten und sechs Seesoldaten an Bord der *Calypso* zurückkletterte und dabei die drei französischen Offiziere mitbrachte. Die Offiziere trugen noch ihre Säbel. Als sie an Bord der *Calypso* waren, gab Rennick seine Befehle, worauf die Seesoldaten im Gleichschritt marschierten. Die Gefangenen in ihrer Mitte versuchten es ihnen gleichzutun.

Rennick und seinen Soldaten machte das offensichtlich Spaß. Und Ramage wartete, bis die drei französischen Offiziere in Habtacht-Stellung vor ihm auf dem Achterdeck standen, und Rennick mit Stenorstimme drei französische Offiziere meldete, die ganz formell ihr Schiff übergeben wollten. Schließlich gab er zu, daß er nur davon ausging, denn er sprach leider kein Französisch.

Die Seesoldaten hatten selten Gelegenheit, ihren Drill unter Beweis zu stellen. Darum schnitt Ramage die Zeremonie nicht ab, sondern ließ sie gewähren. *La Perle* war erobert worden, ohne daß ein Schuß aus einer Pistole oder Kanone abgefeuert worden war. Und sie war wie ein Hafenboot behandelt worden, das längsseits kam, um Gemüse zu verkaufen. Die französischen Offiziere hätten es verdient, ohne viel Federlesens wie Kleiderbündel irgendwo unter Deck gebracht zu werden.

»Bitte, stellen Sie sich vor«, sagte Ramage auf französisch. »Ich bin Nicholas Ramage, *Capitaine de Vaisseau*, Kommandant seiner Britischen Majestät Schiff *Calypso*.«

Beim Nennen seines Namens sahen zwei der Offiziere nervös den Dritten an, den großen schmalen, den Ramage zuvor auf dem Achterdeck der *La Perle* gesehen hatte und der immer noch vor sich hin starrte.

»Jean-Pierre Bazin, *Lieutenant de Vaisseau*, bisher Zweiter Kommandant des französischen Schiffs *La Perle*.« Er zog seinen Säbel langsam, um sicherzugehen, daß die Seesoldaten ihn nicht falsch verstanden. Er hielt Ramage den Säbel mit dem Griff entgegen. »Ich übergebe Ihnen meinen Säbel.«

»Und Ihr Schiff!« erinnerte ihn Ramage.

»Ja, und das Schiff, Mylord«, fügte Bazin eilig hinzu.

Ramage war über die Anrede verblüfft, doch er wandte sich dem Zweiten zu, nachdem er Aitken den Säbel gegeben hatte. Auch der nannte seinen Namen, übergab seinen Säbel, und der Dritte Offizier machte es genauso. Der Vierte Offizier, erklärte Bazin eilfertig, war vor zwei Wochen an Gelbfieber gestorben.

»Sprechen Sie Englisch?« fragte Ramage wie nebenher. Als die Franzosen die Köpfe schüttelten, ließ Ramage sie durch Rennick unter Deck führen.

Kaum waren sie verschwunden, wandte er sich an Aitken, der immer noch die drei Säbel in der Hand hielt.

»Verteilen Sie sie«, sagte er. »Behalten Sie selber einen. Wollen Sie auch einen, Southwick?«

Der Master schüttelte den Kopf. »Ich brauch keine Erinnerungsstücke«, sagte er. »Ich werde es nie vergessen: Eine französische Fregatte erobert ohne einen einzigen Schuß und ohne einen einzigen Toten oder Verwundeten. Auf unserer Seite, meine ich damit. Man wird darüber in der *Gazette* schreiben. Vielleicht nur zehn Zeilen, aber was für eine Meldung. Dreihundert Mann und eine Fregatte mit vierunddreißig Kanonen durch eine Trosse von hundert Fuß Länge erobert!«

»Aye, aye, Sir, sehen Sie sich die an, Sir.« Aitken deutete mit der freien Hand auf den Franzosen. »Kein Segel zu reparieren, nichts am Rigg zu spleißen oder zu knoten. Kein Loch zum Reparieren für den Schiffszimmermann. Niemand von uns, der der See übergeben werden muß ... Nur ein oder zwei Franzosen, die Bowen einnähen muß.«

Er legte die Säbel auf das Deck neben sich. Als er sich wieder zu Ramage umdrehte, sah er verlegen aus. Sein sonst so bleiches Gesicht war gerötet, und jetzt, da er die

Säbel weggelegt hatte, wußte er nicht, was er mit seinen Händen anfangen sollte.

»Ich denke, wir alle ... Ich bin sicher, Sir, die Mannschaft möchte sicher, daß ich in ihrer aller Namen – und natürlich auch in meinem eigenen, also, Sir ...«

Aitkens Stimme war tiefer geworden, und er hielt verlegen inne. Ramage war ebenfalls verblüfft und ließ dem Ersten Offizier zwei oder drei Minuten Zeit, sich zu fangen. Und dann sagte er: »Also, Mr. Aitken, holen Sie tief Luft und sagen Sie dann, was Sie eben sagen wollten.«

»Wir alle sind Ihnen dankbar, wie Sie es verstanden haben, das Leben von uns allen zu schonen, Sir«, strömte es wie ein einziges langes Wort aus seinem Mund. Und Southwick nickte dazu, während Ramage, Jackson, die Männer am Ruder und die Mannschaften an den nächsten Kanonen zustimmend murmeln hörte.

»Sie sind ein verdammt großes Risiko eingegangen, Sir, wenn Sie mir das zu sagen erlauben.« Wie üblich nahm Southwick kein Blatt vor den Mund. »Wäre es schiefgegangen, hätte Ihnen kein Kriegsgericht auf Erden abgenommen, was Sie vorhatten.«

Ramage nickte zustimmend. »Wenn es schiefgegangen wäre, hätte keiner von uns überlebt, um vor ein Kriegsgericht gestellt zu werden.«

»Das glauben Sie doch sicher selber nicht, Sir. Ihre Lordschaften haben einen stellvertretenden Ankläger mit permanentem Dienstsitz in der Hölle. Er hat ein Lager voll Papier, eine Gallone Tinte, ein Bündel Federn und ein Exemplar der Kriegsartikel bei sich.«

»Aber wenn ich in den Himmel komme?«

Southwick schüttelte den Kopf. »Das hilft Ihnen auch nicht, Sir. Neben Sankt Petrus sitzt auch einer ...«

»Aber!« Ramage grinste breit.

»Was aber, Sir?« Southwick kniff angestrengt die Augen zusammen. Er wußte, daß Ramage ihn hänseln wollte, und bemühte sich, nicht in diese Falle zu laufen.

»Aber wir hatten ja Erfolg. Also müssen sich Ihre Lordschaften keine Sorgen machen.«

Southwick schniefte, mehr vor Sorge als vor Ärger. Und Ramage sagte: »Ich werde mal nach unten gehen, um mit dem Ersten Offizier zu reden. Lassen Sie ihn bitte in meine Kajüte kommen, Mr. Aitken. Seien Sie nicht zu hart mit den Franzosen. Ich weiß nicht, ob wir nicht auch neugierig geworden wären, wenn wir einen kleinen Schoner gesehen hätten, der eine Fregatte in Schlepp hat...«

10

Bazin mochte seinen Augen kaum glauben, als wenige Augenblicke vor dem Zusammenstoß von *La Perles* Bug und *Calypsos* Heck die Prise plötzlich begann, sich nach Steuerbord zu bewegen – ganz bewußt? Sollte die *La Perle* etwa ohne eine Kollision längsseits kommen?

Im gleichen Augenblick begann ein Matrose in der Nähe des Großmasts etwas aufs Achterdeck zu rufen. Die Geschützpforten der *Calypso* sollten... aber da sah Bazin schon selbst, daß sie geöffnet und ihre Kanonen ausgerannt wurden. Und vor ihm stand Roget, der Zweite Offizier, kreidebleich und völlig aus der Fassung. Er packte Bazin an der Schulter und schrie ihn an. Doch Angst machte seine Worte unverständlich. Warum eigentlich? Es würde doch keine Kollision geben!« Reißen Sie sich zusammen, Roget. Reden Sie langsam!«

Roget schluckte und holte tief Luft. Bazin bewunderte, wie schnell er sich wieder unter Kontrolle hatte, und dann sagte Roget langsam und deutlich: »Dies ist eine Falle. Das da ist ein englisches Schiff!«

»Sie sind verrückt. Sie hat uns korrekt angerufen. Und alle anderen Signale stimmten auch!«

»Sie ist ein britisches Schiff – sie hat die Trikolore eingeholt. Jetzt weht nur noch die englische Flagge. Sehen

Sie doch selber, Sie Narr. Es ist eine List, eine *ruse de guerre*.«

In diesem Augenblick berührten sich die beiden Schiffe Rumpf an Rumpf wie ein beleibtes Ehepaar, das einen schmalen Weg entlangwandert. Der Zweite Offizier rannte zur Reling des Achterdecks und brüllte die Matrosen an, sie sollten die enternden Engländer abwehren. Da sah auch Bazin, daß Wurfanker durch die Luft flogen. Und als das Knirschen und Krachen endete und die *La Perle* neben der *Calypso* zur Ruhe kam, sah er, wie Männer über die Schanzkleider kletterten: Männer von der *Calypso*, die Entermesser und Pistolen schwangen, lange Pieken vor sich her führten und wild brüllten.

Es ist wirklich eine Falle, wurde Bazin klar. Sein Gehirn schien umnebelt. Vom Achterdeck der *Calypso* rief eine Stimme etwas auf französisch. Sich ergeben? Natürlich ergab er sich! Warum sollte er kämpfen? Er drehte sich zu der Klampe, an der die Flaggleine belegt war, und wollte sie lösen. Aber Roger tat das schon, und einen Augenblick später rauschte die Flagge nach unten. Was wird wohl Kapitän Duroc dazu sagen, fragte er sich? Wo ist er überhaupt? Warum hatte er sie nicht wenigstens mit einem Schrei gewarnt?

Und dann sah Bazin plötzlich die Spitze eines gewaltigen Säbels vor sich, die ihm ein Engländer mit rotem Gesicht, weißem Haar und einem kräftigen Bauch entgegenstreckte. Kein Offizier, denn er trug nur Hemd und Hose. Dann fiel ihm ein, daß jeder auf dem Achterdeck der *Calypso* nur Hemd und Hose trug, und auch aus diesem Grund war er in die Falle gelaufen.

Der Engländer brüllte ihm irgend etwas auf englisch entgegen: ergeben! Aber das verstand er nicht. Scheinbar angewidert schob der Mann seinen Säbel in die Scheide zurück und winkte Männer in blauen Uniformen heran. Das waren sicherlich die berühmten englischen Seesoldaten.

Bazin meinte zu träumen, als er auf die *Calypso* hinübergeführt wurde und auf dem Achterdeck mit den beiden anderen Offizieren Aufstellung nehmen mußte. Da stand wieder der dicke Mann mit dem weißen Haar und schien sehr zufrieden zu sein. Und neben ihm ein weißes Offiziersgesicht, das sicher niemals Farbe bekommen würde. Und noch ein dritter – offensichtlich der Kommandant.

Und ein Aristokrat, soviel war sicher. Man mußte ihn nur anschauen: eine leicht gebogene Nase, hohe Wangenknochen, gebräunte Haut und dunkles Haar, das durch die Sonne etwas ausgebleicht war. Sehr arrogant stand er da und betrachtete seine Gefangenen von oben herab. Auch er trug nur Hemd und Hose – aber das gehörte offenbar zu der Falle. Dann blickte Bazin sich das Gesicht genauer an und traf auf tiefliegende braune Augen, die ihn zu durchbohren schienen. Er mußte zur Seite blicken, denn er fürchtete, unter dem Blick zu erzittern. Zum ersten Mal sah er sich einem Aristokraten gegenüber, der ihn, Bazin, töten konnte. Jahrelang hatte er in einer Welt gelebt, in der Aristokraten – oder Männer, die man für Royalisten ausgab – wie Schafe gejagt und getötet wurden. Jetzt sah ihn ein lebender Aristokrat an, sprach ihn auf französisch an und nannte seinen Namen: Ramage. Das Wort bedeutete Gesang der Vögel oder noch besser Musik der Vögel. Ein angenehmes Wort. Er sprach das Wort englisch aus mit einem nicht so weichen »g«, und plötzlich wurde Bazin schwindlig. Dies also war der Mann, der berühmte englische Lord Ramage, obwohl er nur seinen Namen, nicht seinen Titel genannt hatte. Lord Ramage, der völlig verrückte englische Aristokrat, der erst kürzlich zwei Fregatten vor Diamond Rock erobert hatte, zwei weitere versenkt und schließlich den ganzen Geleitzug gekapert hatte, der die Insel Martinique versorgen sollte.

Und plötzlich wußte Bazin auch, warum die *Calypso* ihm so bekannt schien, aussah wie ein französisches Schiff. Sie war eine der Fregatten, die Mylord Ramage vor Marti-

nique erobert hatte. Und der Schoner, der sie schleppte ...
Bazin erinnerte sich an zwei Schoner aus Fort de France, die von diesem Schurken genommen worden waren, ehe der Geleitzug ankam.

Der Lord sah ihn neugierig an. Oh ja, er mußte ihm seinen Säbel übergeben. Er gab ihn ihm mit dem Griff zuerst, damit bloß keiner der Seesoldaten meinen könnte, er wolle den Kommandanten angreifen.

»*Et le vaisseau*«, sagte der Lord.

Durfte er eigentlich das Schiff übergeben? Ja, natürlich. Wer sonst sollte es tun, wenn Kapitän Duroc nicht an Bord war?

»*Oui, et le vaisseau*, Mylord.«

Jetzt wandte sich Lord Ramage Roget zu. Bazin fiel auf, daß er öfter Mylord gesagt hatte, und dabei das englische Wort benutzte. Zum erstenmal in seinem Leben hatte er jemanden als Mylord angeredet – und ausgerechnet einen Ausländer! Doch er wußte, er würde alles tun, um dem Mann zu gefallen – nur warum, darüber war er sich nicht im klaren. Es war eben nicht nur der Wunsch zu gefallen. In Frankreich köpfte man die Aristokraten. Aber hier unter der heißen Tropensonne geiten die englischen Matrosen auf der *La Perle* die Toppsegel auf. Hier war nicht Frankreich. Hier konnten die Aristokraten ihn köpfen und sich mit dem Schnipsen von Daumen und Zeigefinger den Kopf vor die Füße legen lassen.

Sie wurden von den Seesoldaten aufs Hauptdeck geführt und mußten sich am Großmast aufstellen. Alles, was Roget, der Narr, dazu sagen konnte, war:

»Ich hab's Ihnen ja gesagt!«

»Was haben Sie mir gesagt, Sie Crétin?«

»Daß es eine Falle war!«

»Ja, in dem Moment, als wir längsseits lagen, da haben Sie geschrien wie eine Göre, die ihre Jungfräulichkeit verteidigt. Geholfen hätte das nur, wenn Sie Ihre Entdeckung fünf Minuten früher gemacht hätten.«

»Sie hatten das Kommando!« gab Roget zurück.
»Ich kann nicht auf alles achten!« knurrte Bazin.
»Das müssen Sie aber als Kommandant!«
»Sie wissen, wer der Mann eben war?«
»Der mit den Augen?«
»Ja, der Kapitän«, sagte Bazin.
»Woher soll ich wissen, wer er ist?«
»Sie haben von Mylord Ramage gehört?«
Roget wurde blaß. »Ist der das? Ich habe den Namen nicht verstanden, als er ihn nannte.«
»Das ist er. Er spricht den Namen nur anders aus!«
»Er wird uns erschießen lassen...«
»Möglich«, sagte Bazin. »Duroc ist schon tot.«
»Woher wissen Sie das?«
»Ich weiß das. Diese Aristokraten. Wenn die einen wahren Republikaner in den Händen haben, dann machen sie so!« Mit seiner Hand machte er eine Bewegung, als schlage er jemandem den Kopf ab.

In Rogets Gesicht war die Farbe zurückgekehrt. Er zuckte mit den Schultern. »Das ist ja wohl nur fair!«

»Was ist fair?« fragte Bazin mißtrauisch.

»Daß Aristokraten Republikaner töten. Denn alle Aristokraten, die ich bisher gesehen habe, wurden entweder auf die Guillotine gezerrt oder erschossen.«

»Das ist etwas anderes.« Roget verwirrte ihn, wie Bazet zugeben mußte. Nur ein Narr wie Roget konnte solch dumme Argumente verwenden.

»Manchmal denke ich, Sie sind im Herzen ein Royalist, *Citoyen* Roget!«

»Nur weil ich sage, daß wir alle Aristokraten töten, die wir fangen können, und deshalb die Aristokraten alle Republikaner töten, die sie fangen können?«

»Ja. Alle Aristokraten sind Verbrecher. Sie sind wie Mörder. Man muß dafür sorgen, daß Gerechtigkeit herrscht. Wir Republikaner müssen dafür Sorge tragen.«

»Der Mylord sieht aber in meinen Augen nicht wie ein

Mörder aus. Ich bin froh, daß meine Frau ihn nicht sieht. Die würde sich sofort in ihn verlieben.«

»Da haben Sie's«, triumphierte Bazin. »Die schnappen uns unsere Frauen weg, und wenn sie genug von ihnen haben, lassen sie sie einfach fallen. Wie maurische Paschas. Der da hat sicher auch einen Harem.«

»Ich beneide ihn«, sagte Roget ganz unerwartet. »Wenn ich ein Mylord wäre, würde ich ein Dutzend Frauen haben. Eine wäre sicher Chinesin. Ich habe mal eine Chinesin gesehen. Was für Augen! Kein Busen, der der Rede wert wäre, gebe ich zu, aber die Augen ... Eine Chinesin, eine Italienerin, vielleicht eine Creolin – und, lassen Sie mich mal nachdenken ...«

Staunend hörte Bazin ihm zu. Dieser Roget war in der Tat Royalist. Mit all dem Gerede über einen Harem hatte er sich verraten. Aber was meinte er mit der Chinesin? Hatten Chinesinnen nie Busen oder nur diese eine nicht, die Roget mal gesehen hatte? Italienerinnen waren fast so schön wie französische Frauen, jedenfalls solange sie jung waren. Aber schwarze Frauen – nein, ganz bestimmt nicht. Obwohl es auf Martinique viele gab, groß und schlank, Haut wie Ebenholz. Aber leider gab es nur wenige weiße Frauen da draußen, die man anschauen konnte. Die meisten hatten vertrocknete Haut, kreischten viel und meckerten an ihren Männern herum. Dennoch war Roget Royalist, obwohl das bisher niemand vermuten konnte.

Jetzt kam der Leutnant der Seesoldaten den Niedergang vom Achterdeck herab und musterte sie. Er zeigte mit dem Finger und nickte mit dem Kopf. Einer der Posten zog ihn am Uniformärmel. Jetzt war Bazin ganz sicher, daß man ihn erschießen würde. Er wandte sich an Roget. »Ich vergebe Ihnen«, sagte er, »aber hören Sie um Ihrer eigenen Sicherheit willen mit diesem royalistischen Geschwätz auf.« Er blickte zum Dritten Offizier neben sich. »*Courage*«, flüsterte er. Es klang wie ein Segen. Er nahm die Schultern zurück und stieg die Treppe empor. Nach der zweiten Stufe spürte er, wie seine Knie nachgaben. Sie wollten einknicken wie ein Taschenmesser, aber es gelang ihm, weiter nach oben zu steigen. So also mußten sich Aristokraten auf dem Weg zur Guillotine fühlen.

Auf dem Achterdeck glänzte die Sonne, und er folgte dem Leutnant der Seesoldaten. Er sah sich um, doch kein zweiter Mann folgte ihm, und nirgendwo entdeckte er ein Erschießungspeloton. Vom Achterdeck aus sah er, wie sauber die Toppsegel der *La Perle* jetzt aufgegeit waren. Beide Schiffe lagen immer noch nebeneinander. Jetzt wurde er den Niedergang nach unten geführt. Hier lag die Kajüte des Kapitäns, wußte Bazin.

Am Fuß des Niedergangs stand ein Seesoldat auf Posten. Er nahm Haltung an und grüßte zackig, als der Offizier vorbeiging, und rief irgend etwas in die Kajüte. Dann stand Bazin dort. Er mußte den Kopf zur Seite neigen, um sich nicht an den niedrigen Balken zu stoßen. Ihm gegenüber saß an seinem Schreibtisch dieser Mylord Ramage, der auf eine Bank wies und ihn zum Sitzen einlud. Die Tür fiel zu, und Bazin sah, daß der Leutnant der Seesoldaten die Kajüte verlassen hatte. Er war mit dem Lord allein. Seine Uniform klebte an ihm, kalter Schweiß brach aus. Auch die Schweißperlen auf seiner Stirn und seiner Oberlippe waren kalt, und sie mußten aussehen wie Regentropfen auf einer Glasscheibe. Sein Atem ging flach, und er meinte, ohnmächtig zu werden.

»Leutnant Bazin, ich muß mich für die Kriegslist entschuldigen.«

Seine Aussprache war perfekt. Er mußte vor dem Krieg in Frankreich gelebt haben – kein Ausländer konnte Französisch wie ein Franzose sprechen, ohne in Frankreich gelebt zu haben. Ein Pariser Akzent. In Lyon würde man ihn für einen Mann aus Paris halten. Bazin war sich dessen sicher. Was bedeutete Kriegslist?

»Welche List, Mylord?« Wieder dieses verdammte

Wort. Wenn man mit dem Mann redete, kam es einem ganz natürlich von den Lippen. Also mußte man besser auf seine Worte achten.

»Die Flaggen, M. Bazin. Ich nehme an, Sie wissen ganz genau, daß es eine erlaubte Kriegslist ist, eine andere Flagge zu führen. Sie muß allerdings eingeholt werden, und die eigene muß gesetzt werden, ehe man das Feuer eröffnet.«

Bazin war verblüfft. »Natürlich, ja. Wir machen das auch immer, wenn wir ein englisches Handelsschiff sichten oder ein Kaperschiff!«

»Sie tun das also auch. Dann sind Sie uns deswegen nicht böse?«

Böse sein? Worüber redete er? Bazin war längst klar, daß es sein eigener Fehler gewesen war, beim Anlaufen nicht begriffen zu haben, warum die Trikolore auf der *Calypso* niedergeholt wurde. Er zuckte mit den Schultern. Und dieser Mylord lächelte ihn an, als sei er ganz und gar zufrieden. Bazin fühlte sich nicht mehr so unwohl. Er fragte sich, ob dieses höfliche Gespräch nicht eine neue Falle war, ein freundliches Streicheln mit der Pfote, ehe die Krallen zuschlugen.

»*La Perle* ist mit ein paar Stunden Verspätung aus Aruba ausgelaufen, M. Bazin?«

Was für eine ungewöhnliche Frage! »Mit ein paar Stunden? Wir wären fast gar nicht ausgelaufen.«

»Ach. Und warum nicht?«

»Wegen des Lecks. Die Berührung mit dem Riff machte dann alles noch schlimmer. Der Kommandant wartete einige Zeit, bis er sicher war, daß die Pumpen es schaffen würden.«

»Sie haben es natürlich geschafft!«

»Nur knapp. Aber wir konnten nicht länger vor Aruba bleiben, weil wir sie da nirgends auf den Strand setzen und reparieren konnten. Curaçao war der nächste sichere Platz. Er mußte nach Luv liegen. Darum wollte Kapitän

Duroc nicht stoppen, aber dann wurde er neugierig, als er Ihr Signal sah!«

Der Mylord sah ihn jetzt eigenartig an. Er hatte seinen Stuhl gedreht, um den Mann auf der Bank im Blick zu haben, und lehnte sich nun leicht vor.

»Alle Ihre Pumpen arbeiteten?«

»Natürlich. Die Kettenpumpen, die Pumpen zum Deckwaschen und dann die Männer mit Eimern. Jeder war mal dran.«

»Und Sie haben es gerade so geschafft?«

»Ja, gerade. Es wurde nicht schlimmer, wir hatten Glück. Hätten wir Curaçao erreicht, hätten wir das Schiff retten können.«

Der Mylord erhob sich langsam und trat aus der Kajüte. Der Posten stand jetzt innen, um ihn zu bewachen. Bazin hörte den Lord den Niedergang hinaufklappen, der jetzt sicher das Erschießungskommando zusammenstellte. Roget und den Dritten Offizier würde er bestimmt nicht mehr verhören. Es reichte ihm sicher, den Mann zu verhören, der – wenn auch nur für kurze Zeit – die *La Perle* befehligt hatte.

Bazin war stolz auf sich. In wenigen Minuten würde er erschossen werden, doch er hatte diesem Aristokraten nichts verraten. Nichts außer der Tatsache, daß sie auf dem Weg nach Curaçao waren, was jeder, der das Schiff gesehen hatte, erkennen konnte.

In wenigen Minuten war der Mylord wieder da, und der Posten verließ die Kajüte. Noch immer lächelte der Mylord freundlich. Das Lächeln einer Katze, die mit der Maus spielt. Dennoch würde ihn, Jean-Pierre Bazin, kein Aristokrat mit einem Lächeln hinters Licht führen.

»Die Kaperer erwarten Sie in Curaçao, M. Bazin?«

Das war offenbar eine Falle. »Meinen Sie, Mylord?«

»Vor ein paar Tagen habe ich zehn von ihnen gesehen. Vielleicht sind inzwischen noch einige dazugekommen!«

»Sehr interessant, Mylord. Vielleicht sind es jetzt fünfzig.« Das würde ihn unruhig machen, dachte sich Bazin. »Aber sie kommen ganz gut ohne *La Perle* aus, denn wir hatten ja nicht vor, den Hafen anzulaufen, jedenfalls nicht, ehe wir das Leck hatten.«

»Ich bitte, mein Nichtwissen zu entschuldigen, M. Bazin. Ich hatte leider keine Zeit, mich mit Kapitän Duroc zu unterhalten.«

Sieh dir die Augen an. Bazin wußte, wie ein Meuchelmörder aussah. Er hatte große braune Augen, von der Art, die eine Frau wie die von Roget betören würden. Sie saßen tief unter buschigen Brauen, und er setzte ein so freundliches, aber gänzlich falsches Lächeln auf. Nein, dieser Mylord hatte sich nicht die Mühe gemacht, mit Duroc zu reden, ehe er ihn ermordete. Also wußte er auch nicht, daß Duroc es so fürchterlich eilig hatte, nach Curaçao zu kommen, weil er das Schiff auf Strand setzen und kippen wollte in der Hoffnung, das Leck zu finden. Keiner war sonderlich optimistisch. Alle Nähte der Kielplanken an Steuerbord waren undicht. Und es schien auch, als löse sich der ganze Heckspiegel, denn Wasser drang durch die Verbindung von Planken und Heck, obwohl das Kalfaterwerg noch in den Nähten war. Der Zimmermann wußte nicht weiter, und Duroc hatte Furcht und er, Bazin ... In diesem Augenblick begann irgendwo eine Kettenpumpe zu arbeiten, denn er hörte das ferne Kling-Klong. Und er hörte auch Wasser rauschen wie einen fernen Bach. Jetzt das Geräusch einer beweglichen Pumpe, einer zweiten, einer dritten und nun auch noch das einer vierten. Das war seltsam, denn an Bord der *La Perle* gab es nur zwei.

Wieder sprach der Mylord. Er redete von der *La Perle*, die mit den Kaperern zusammenarbeitete. Es war schwer, sich zu konzentrieren, wenn man an das Leck denken mußte, und die Frage wurde wiederholt.

»Arbeitet die *La Perle* wirklich nicht mit den Kaperern in Curaçao zusammen?«

Glaubte dieser Roastbeef-Aristokrat wirklich, daß der

Lieutenant de Vaisseau Bazin ihm Geheimnisse verraten würde? »Nein, das tut sie nicht.« Sie tat es wirklich nicht, aber warum sollte er dem Feind Informationen geben?

»Haben Sie auf Ihren Patrouillenfahrten mit den Spaniern oder Holländern zusammengearbeitet, M. Bazin?«

»Mit niemandem.« Das würde ihn verwirren. Dieser Schurke da drüben konnte sich sicher nicht vorstellen, daß die *La Perle* auf einer ganz normalen Patrouillenfahrt gewesen war, nachdem sie mit Nachrichten aus Frankreich nach Martinique gesegelt war. Auf ihrer Reise zurück nach Frankreich sollte sie im östlichen Teil des *mer des Antilles* patrouillieren. Doch die *La Perle* hatte schon ein paar Tage, nachdem sie Brest verlassen hatte, Wasser im Schiff. Sie hatten die ganze lange Reise über den *Atlantique* die Pumpen bedienen müssen – bis nach Fort de France. Sie hatten sie dort auf Strand gesetzt und auf die Seite gelegt. Die Kalfaterer hatten die Baumwolle in die Nähte getrieben, und Pech war flüssig gemacht und gegossen worden. Die Lecks waren dicht. Aber Duroc, der immer um das Wohlwollen von oben buhlte und ungeduldig war, hatte die Patrouille und die Rückreise nach Frankreich ohne Probefahrten angetreten. Kaum hatte die Fregatte den Schutz der Inseln verlassen und die ganze Kraft des Passats gespürt, war sie wieder leck gesprungen. Warum Duroc Aruba angelaufen hatte, wußte keiner. Das Riff, auf das sie dabei rannten, war in keiner Karte verzeichnet. Oder genauer gesagt, die Karten zeigten mehr Wasser über ihm an. Also waren die Korallen gewachsen. Jetzt war das Leck doppelt so schlimm wie vorher. Und der nächste Kielholplatz war Curaçao. Doch Sie wissen von all dem gar nichts, Mylord.

Nach fünf Minuten mit Bazin fühlte Ramage sich unwohl. Das Gesicht des Mannes erinnerte ihn an ein Wiesel. Sein Benehmen, seine Art zu reden und wahrscheinlich auch seine Art zu denken, paßten zu dem Gesicht. Er war sicherlich schnell dabei, andere Leute herumzuscheuchen oder schwächere zu töten. In Gegenwart von Stärkeren wußte er sich dagegen einzuschmeicheln. Außerdem war er ein Narr. Er hatte gesehen, wie die Trikolore eingeholt wurde und nur die britische Flagge wehen blieb – und hatte sich nichts dabei gedacht.

Aus purer Neugier würde es sich vielleicht lohnen, auch mit den anderen beiden Leutnants zu reden, um ihre Meinung über den Bürger Bazin zu erfahren. Doch Ramage gab sich zufrieden, es zu erraten. Jetzt war der Mann wieder unten, wurde von den Seesoldaten bewacht und war sicher ganz stolz darauf, dem Roastbeef-Aristokraten nichts verraten zu haben.

Als Ramage an Deck zurückkam, warteten Aitken und Southwick schon auf ihn. Sie sahen etwas bedrückt aus und erinnerten ihn an Schuljungen, die man gerade erwischt hatte.

»Es tut mir leid, Sir«, sagte Aitken. »Southwick und der Zimmermann wollten gerade drüben an Bord gehen, als Sie hochkamen und uns von dem Leck berichteten, aber – «

»Aber Sie hätten Ihre Prüfung längst beendet haben können . . .«

»Ja, Sir!«

»Und Sie haben für dieses Versäumnis keine Erklärung?«

»Nein, Sir«, sagte Aitken ehrlich und bedrückt, »keine Erklärung.«

»Ich werde Ihnen eine geben«, sagte Ramage, »und es ist eine Lektion, die wir alle gerade gelernt haben. Glauben Sie niemals daß Ihre Prise nicht beschädigt ist, bloß weil kein Schuß gefallen ist.«

»Aye«, stimmte Southwick zu, »und es ist noch schlimmer als das, Sir. Sie hätten den Boden durchlöchern und das Schiff zum Sinken bringen können. Das hätten sie sogar tun müssen! Und ich lehnte die ganze Zeit an der Achterreling und sah zu. Mir fiel auf, daß sie stärker rollte als wir und weniger Freibord hatte – aber ich dachte nie daran, daß der Grund dafür ein paar Fuß Wasser im Schiff sind.«

»Also gut. Was macht das Pumpen?«

Jetzt grinste Southwick vergnügt. »Mit dreihundert Gefangenen und unseren eigenen Pumpen drüben ist das kein Problem. Niemand braucht länger als fünfzehn Minuten zu pumpen, aber er muß ran wie ein Verrückter. Nur so werden wir den Wasserstand verringern können.«

»Sie zieht etwa sieben Fuß in der Stunde«, sagte Ramage.

»Ja, aber wenn wir sie leerpumpen können, während sie hier neben uns liegt, dann schaffen es die Franzosen mit ihren eigenen Pumpen wieder ohne größere Probleme. Natürlich müssen alle Franzosen ran – der Zahlmeister, der Bootsmann, der Segelmacher, der Steward des Kommandanten, alle sind mal dran.«

Aitken fühlte sich immer noch gescholten. Er meinte zu Ramage: »Wenn wir sie leergepumpt haben und die Franzosen mit den sieben Fuß Wasser in der Stunde allein fertig werden – was machen wir dann mit ihr?«

Ramage hob die Schultern. »Nachdem wir sie für den Preis von ein paar Stofflappen für die Flaggen erobert haben, wäre es schade, sie sinken zu lassen. Aber unser Befehl lautet, uns um die Kaperer zu kümmern. Ich kann nicht auf fünfzig Mann verzichten, um die *La Perle* nach Jamaica zu schicken. Mehr als fünfzig, denn der Prisenkommandant braucht ausreichend Leute, um sie zu segeln und die dreihundert Franzosen zu bewachen und sie am Pumpen zu halten.«

»Aber eine Prise wie diese aufgeben, Sir?« protestierte Southwick.

»Ihre Chancen, Jamaica zu erreichen, selbst wenn ich noch hundert Mann von uns übersetzen lasse, sind äußerst gering.«

»Warum Sir?«

»Die Lecks werden schlimmer. Ich glaube nicht, daß sich nur das Kalfaterwerg löst. Ich glaube, sie ist verrottet, und die Planken lösen sich. Sie lockern sich, wenn der Rumpf in der See arbeitet, und brechen einfach auf. Dann werden sich plötzlich am Heck die Planken lösen, und sie wird innerhalb von zehn Minuten sinken.«

Southwick kratzte sich am Kopf. »Aber wir können ganz sicher keine dreihundert Gefangenen an Bord nehmen. Wir könnten sie natürlich an Land setzen, gleich hier in Curaçao. Da drüben auf dem Strand.«

»Und damit jedem Kaperschiff in Amsterdam zusätzlich dreißig Mann Besatzung geben.«

»Daran hatte ich nicht gedacht!« gab Southwick zu. »Aber wenn wir sie nicht an Bord nehmen und sie nicht auf den Strand setzen ...?«

Ramage begann, auf dem Achterdeck auf und ab zu wandern, die Hände auf dem Rücken. Wenn alle Revolutionen unbequeme Kniehosen und weiße Strümpfe, auf denen man jeden Fleck sieht, durch locker sitzende Hosen ersetzen, dachte er spitz, sind Offiziere gut beraten, ihre politische Einstellung zu ändern. Nachdem die *La Perle* erobert war, gab es keinen Grund mehr, nicht in die Kajüte zurückzukehren und die Uniform wieder anzulegen. Das galt auch für die anderen Offiziere der *Calypso*. Vielleicht warteten sie nur auf sein Beispiel, wollten ihn nicht ärgern, indem sie wieder Uniform trugen, während er noch in Seemannshemd und Hosen herumlief. Aber wahrscheinlich war es ihnen bequemer so, und es gab keinen Anlaß, wieder in die engen, heißen und unbequemen Kniehosen zu schlüpfen.

Doch dieses Nachdenken über Kniehosen und Hosen kostete nur Zeit. Er mußte sich so schnell als möglich entscheiden. Was sollte mit der *La Perle* und ihren dreihundert Mann geschehen? Also, was war das Problem? Es sind drei Probleme. Ich kann es mir nicht leisten, eine Prisenbesatzung abzugeben, die *La Perle* nach Jamaica segelt und sie unterwegs ständig leerpumpen muß. Beim ersten Sturm wird sie vermutlich sinken. Problem zwei, ich kann sie nicht einfach treiben lassen. Sie muß versenkt oder in Brand gesetzt werden. Bleibt das dritte Problem: Wohin mit den dreihundert Gefangenen? Die kann man nicht in Aruba oder Curaçao landen lassen. Sie würden sofort Kaperer.

Vorausgesetzt, die *La Perle* würde nach Frankreich zurücksegeln und unterwegs untergehen. Ihr Treffen war dann kein unbedingter Glücksfall für die Briten und bestimmt nicht für die *Calypso* gewesen. Sie würde Kopfgeld verlieren und Prisengeld. Ihr Kommandant würde den geballten Zorn von Admiral Foxe-Foote auf sich ziehen, weil der seinen Teil des Prisengeldes auch nicht bekommen würde.

Also, Mylord, wie dieser Republikaner sich unterwürfig auszudrücken beliebte, reduzieren wir das Problem auf seine einfachste Form. Puh, ist es heiß! Ganze Hitzewellen strömen aus dem Deck. Keine Segel oben, die einen kühlenden Zug nach unten schicken könnten. Keine Sonnensegel gesetzt, die Schatten spenden könnten. Und jetzt gibt mir Jackson einen Strohhut. Ein vernünftiger Gedanke. Ihm schien, als brate sein Gehirn und als habe die Sonne seine Augen ausgedörrt.

Er schob den Hut weiter in die Stirn, damit seine Augen noch besser beschattet wurden. Das Problem war wirklich ganz einfach: Wie wird man eine französische Fregatte los, ohne ihre Besatzung ertrinken zu lassen oder sie in Curaçao den französischen Kaperern zu übergeben?

Ganz einfach, Mylord. Übergib Schiff und Besatzung den Spaniern!

Er blieb stehen. Das war die Antwort. Er war sich nicht sicher, woher sie kam. Vielleicht aus dem Inneren des Strohhuts. Die Franzosen sollten von der *La Perle* aus auf dem südamerikanischen Festland landen, doch nicht in der

Lage sein, ihr Schiff zu reparieren. Sein Kopf war voll mit Ideen, doch keine war sinnvoll, solange er nicht auf eine Karte sah.

Er sah zur *La Perle* hinüber. Wasser strömte durch die Speigatten und aus den Schläuchen von Pumpen, die an die Seiten gerigt waren. Luvwärts kreuzte die *La Créole* in Wartehaltung. Die beiden Fregatten trieben im Wind westwärts die Küste von Curaçao entlang. Das Wetter schien beständig gut. Die einzigen an Bord, denen es wirklich schlechtging, dürften Duroc, Bazin und die beiden jüngeren Offiziere gewesen sein.

In seiner Kajüte warf Ramage den Strohhut auf die Sitzbank und zog eine Karte aus der Stell, rollte sie auf seinem Schreibtisch aus und hielt sie mit Gewichten flach.

Das nächstliegende Festland war in der Tat ein langgezogener Halbkreis, der sich von der Spitze der Halbinsel Paraguana, der axtförmigen Halbinsel an der Ostseite des Golfs von Venezuela, bis nach San Juan de los Cayos, einhundertfünfzig Meilen ostwärts, erstreckte. Anmerkungen auf seiner Karte zeigten, daß es an der ganzen Küste keinen einzigen Hafen gab, in dem man die *La Perle* auf die Seite legen und reparieren konnte. Auf der Halbinsel gab es nichts außer einer Gebirgskette mit dem höchsten Gipfel Pan de Santa Ana, der fast dreitausend Fuß hoch und an guten Tagen auf sechzig Meilen Entfernung sichtbar war. Ein Schiff, das von Curaçao nach Südwesten lief, würde ihn in wenigen Stunden ausmachen. Wo der Stiel der Axt das Festland berührte, lag La Vela de Coro, ein großes Dorf an der Bucht. Weicher, modriger Grund, häufige Brecher, eine See, die schon die kleinste Brise unruhig machte ... Dort konnte man nicht einmal ein Fischerboot auf die Seite legen, geschweige denn eine Fregatte.

Als nächste Cumarebo. Die Spanier bezeichneten es zwar als Hafen, aber es war nichts weiter als eine offene Reede vor der Stadt. Dann kam wieder ein kleines Dorf, und danach gab es ein paar Dutzend Meilen nichts bis

Punta Zamuro. Eine Küste mit Sandstränden, Tonklippen, flachem Wasser. Punta Aquida hatte Klippen aus rotem Ton und seichtes Gewässer mit weniger als drei Faden Tiefe bis eine Meile vor der Küste. Dann, nach einem langen leeren Küstenstrich, die Bucht von San Juan. Ein flaches Kap schützte die Bucht vor dem Passat aus dem Osten und Nordosten. Aber eine Meile vor dem Ufer gab es hier nur zwanzig Fuß Wasser. Solange also *La Perle* nicht halb voll Wasser war, konnte sie zwar nahe genug ans Land kommen, doch nirgendwo auf die Seite gelegt werden.

Jetzt zu den Entfernungen. Er nahm den Zirkel. Nach fünfzig Meilen hätte die *La Perle* jeden Punkt der Halbinsel erreicht, nach einhundert Meilen San Juan de los Cayos. Sie hätte halben Wind, würde also schnell segeln können. Doch einmal angenommen, sie würde nur ganze drei Knoten schaffen und würde in San Juan de los Cayos anlegen wollen! Dreiunddreißig Stunden würde das dauern, also gut anderthalb Tage.

Er bat den Seesoldatenposten, ihm den Ersten Offizier und seinen eigenen Leutnant zu schicken, dazu den Master und den Zahlmeister. Der erschien als letzter und sah sehr beunruhigt aus, weil er plötzlich in die Kapitänskajüte beordert wurde.

Ramage entschied sich, zuerst mit ihm zu reden, um ihn von seinen Ängsten zu erlösen. »Bitte nennen Sie Mr. Southwick die Menge Wasser, die dreihundert Leute brauchen, die in unserem Klima hier zwei Tage äußerst angestrengt arbeiten müssen.«

»Wasser, Sir? Sie meinen doch sicher Bier?«

»Nein, und auch nicht Käse oder Butter. Nur Wasser.«

Rowland bewegte seine Lippen, während er still vor sich hin rechnete. Schließlich nannte er die Zahl. Ramage dankte ihm, und der Mann verließ die Kajüte.

»Behalten Sie die Zahl im Kopf, Mr. Southwick. Also, meine Herren, um Mitternacht wird uns die *La Perle* verlassen. In Begleitung der *Créole* wird sie Kurs nehmen auf das südamerikanische Festland, irgendwo zwischen dem Eingang zum Golf von Venezuela und San Juan de los Cayos. Treten Sie näher und schauen Sie sich diese Karte an. Sie wird Ihre Erinnerung auffrischen.«

Die drei Männer beugten sich über sie. »Wollen Sie alle Seesoldaten als Wachen an Bord mitschicken, Sir?« fragte Rennick.

Er schien enttäuscht, als Ramage den Kopf schüttelte. »Wir werden überhaupt keine Wachen mitschicken. Die Franzosen werden ganz allein an Bord sein. Einzig die *Créole* wird sie begleiten.«

Aitken verstand als erster, was Ramage gemeint hatte. »Aber Sir, was wird sie davon abhalten, nach Martinique zu segeln?«

»Oder uns anzugreifen?« fügte Southwick hinzu. »Es hat keinen Zweck, sie auf Ehrenwort freizulassen. Sie werden es nicht halten.«

»Setzen Sie sich«, sagte Ramage, »Sie werden alle zu tun bekommen. Also hören Sie gut zu. *La Perle* segelt um Mitternacht unter dem Kommando von Duroc und kann zwischen den Zielen wählen, die ich gerade genannt habe und . . .«

»Aber was wird ihn daran hindern, irgendwo anders hinzusegeln?« unterbrach ihn Southwick sofort.

»Er wird keine Karten haben«, antwortete Ramage geduldig. »Sie werden sie von Bord nehmen. Und Ihre Gehilfen werden die Kabinen der Offiziere durchkämmen nach allem, was auch nur an eine Karte erinnert. Und wenn er auf die *La Perle* umsteigt, geben sie ihm eine genaue, aber nicht zu detailreiche Kopie von diesem Kartenausschnitt.« Ramage deutete auf die Karte. »Nur von diesem Teil. Das heißt, er hat keine Auswahl. Er könnte nach Aruba zurücklaufen, aber er hat es ja verlassen, gerade weil man ihm dort nicht helfen konnte. Es ist nicht anzunehmen, daß er die Küste des Festlands kennt, jedenfalls diesen Teil nicht. Er weiß also auch noch nicht, daß er nirgendwo einen Platz findet, wo er das Schiff kielholen kann.«

»Er braucht keine Karte, um nach Martinique zu segeln«, warf Southwick ein. »Er kennt die Breite von Fort Royal...«

»Das nützt ihm nichts. Er hat nur für zwei Tage Wasser an Bord, denn Sie, Southwick, werden alle anderen Fässer leeren und das Frischwasser mit dem Salzwasser über die Seite pumpen. Dreihundert Mann an Bord, Wasser für ganze zwei Tage – das reicht nie für Martinique. Um dahin zu kommen, braucht er einige Tage mehr. Sie werden auch alle Wein- und Alkoholvorräte entfernen – bitte, über die Seite.«

»Sir«, sagte Rennick vorsichtig, »die Kanonen...«

»Aitken wird ihnen eine Gruppe Männer zur Verfügung stellen. Und sie werden die Pulvermagazine unter Wasser setzen. Ich möchte nicht eine einzige Unze brauchbaren Pulvers mehr auf dem Schiff finden. Alle großen Kanonen werden vernagelt, und Sie werden die Lafetten zersägen. Alle Zündschlösser werden auf die *Calypso* gebracht, ebenso alle Feuersteine, Musketen, Entermesser, Enterbeile und Pieken.

Die Kugeln können Sie in den Magazinen lassen. Wir haben nicht genügend Zeit, sie rauszuschaffen. Außerdem haben wir kein Interesse, ihren Tiefgang zu verringern. Aber alle Kugeln an Deck gehen über Bord.«

Southwick schniefte zweifelnd und kratzte sich heftig den Kopf. Ramage mußte über den Master lächeln.

»Was bedrückt Sie, Mr. Southwick?«

»Nun, Sir, ich verstehe immer noch nicht, warum dieser Duroc unbedingt das Festland erreichen muß und was wir davon haben, wenn er ankommt?«

Geduldig wiederholte Ramage: »Er hat nur Wasser für zwei Tage. Was viel wichtiger ist, sein Schiff zieht sieben Fuß Wasser in der Stunde. Das heißt, jeder einzelne seiner Männer muß abwechselnd an die Pumpen oder in die Eimerkette. Nur so kann er *La Perle* gerade schwimmend halten. Aber wie lange kann er pumpen und schöpfen? Die Männer brauchen ab und an mal Ruhe und müssen auch noch das Schiff manövrieren – und bei dieser Hitze müssen sie viel trinken.«

»Aber wenn er am Festland ankommt, sagen wir in La Vela de Coro, und dort ankert, kann er Frischwasser von den Spaniern bekommen und das Schiff auf die Seite legen.«

Ramage schüttelte den Kopf. »Selbst wenn Duroc Wasser bekommen würde, hat er ja nur Fässer für zwei Tage. Und neue Fässer gibt's da bestimmt nicht. Also kann er wieder nur zwei Tage segeln von La Vela aus. Vergessen Sie nicht, um nach Martinique zu kommen, muß er gegenanbolzen. Das wird seine Lecks noch größer machen. Also ist er gezwungen, dort zu warten und zu pumpen, wo er zum ersten Mal ankert. Und ich wette, die Leute werden so erschöpft sein, daß sie das Schiff aufs Ufer setzen oder es absaufen lassen und mit den Booten an Land rudern. Er hat gar keine andere Wahl. Was auch immer passiert, wir sind die *La Perle* los und die dreihundert Mann.«

»Und die *Créole*, Sir?« gab Aitken das Stichwort.

»Sie ist unsere Versicherung. Sie begleitet die *La Perle* so lange, bis Duroc irgendwo vor Anker geht. Lacey hat von den Spaniern nichts zu befürchten, und an Bord der französischen Fregatte wird es nicht mal eine Pistole geben. Die Vernagelungen aus den großen Kanonen werden sie nicht rausbekommen. Sagen Sie dem Zimmermann, alles von Bord zu holen, was an Bohrer erinnert oder an Ahle, Mr. Aitken. Außerdem könnte Lacey sie in ein oder zwei Stunden zusammenschießen, sollte Duroc irgendeinen faulen Trick versuchen.«

Eine Stunde vor Mitternacht wurden die beiden Pumpen und die Schläuche der *Calypso* von der *La Perle* an Bord gehievt. Southwick meldete, daß die eigenen Pumpen der französischen Fregatte den Wasserstand gerade hielten. Im letzten Tageslicht war auch Ramage noch einmal durch das feindliche Schiff gegangen. Er hatte die Nägel inspiziert, die seine Männer in die Zündlöcher aller großen Kanonen geschlagen hatten. Die Köpfe der Nägel waren abgeschlagen, die Spitzen umgenietet – es war unmöglich, sie herauszuziehen. Dazu brauchte man Stunden – und das richtige Werkzeug, das nur ein Geschützmeister besaß. Der der *La Perle* besaß solche Werkzeuge, doch sein wunderbar eingelegter Werkzeugkasten mit den Messingbeschlägen war jetzt an Bord der *Calypso*. Deren Geschützmeister lief mit dem Lächeln eines kleinen Jungen herum, der ein Weihnachtsgeschenk erhalten hatte, von dem er zwar geträumt, es aber nie erwartet hatte.

Wasserfässer waren zusammengeschlagen worden, die Reifen gingen über Bord, die Dauben lagen an Deck wie Dutzende ausgetrockneter Scheiben von Melonenrinden. Ein paar Fässer waren heil geblieben. In ihnen schwappte das Wasser für zwei Tage und dreihundert Mann. Das Pulvermagazin, ein Raum aus Gipslatten und Leisten, dessen Deck drei Fuß unter dem üblichen Decksniveau lag, damit er im Notfall schnell unter Wasser gesetzt werden konnte, war jetzt ein kleiner rechtwinkliger Teich, in dem das Wasser beim Rollen des Schiffs gegen die Wände klatschte. Und was aussah wie Dutzende toter Katzen, das waren Hülsen für die Kanonen. Die Pulverfässer waren geöffnet worden, das graue Schießpulver war durchnäßt, und es war so viel herausgerieselt, daß das Wasser an eine dünne graue Suppe erinnerte.

Southwick und Aitken hatten gründlich dafür gesorgt, den Aktionsradius der *La Perle* einzuschränken. Ganze Säcke mit Brot waren aufgeschnitten und ihr Inhalt mit Salzwasser getränkt worden. Dabei sorgten sie dafür, daß nichts von dem Matsch aus Salzwasser und Brot in die Bilge gelangen konnte, wo er die Ansaugstutzen und die Pumpen verstopfen könnte. Kisten mit Käse, Krüge mit

Öl, Fässer mit Sauerkraut, die das ihre zum Gestank beigetragen hatten, Säcke und Kisten mit Hafermehl – all das war zerstört, zerschnitten oder mit Salzwasser ungenießbar gemacht worden.

Alle Bücher aus der Kajüte des Kapitäns und der Kajüte des Masters standen jetzt in Ramages Kajüte. Die Karten hatte Southwick in seine Kajüte genommen. Sie hatten ein zweites Signalbuch gefunden und ein Buch, das sämtliche Befehle enthielt, die Duroc schon vor dem Verlassen Frankreichs bekommen hatte. Auf Vorschlag des Zahlmeisters waren nur ein paar Dutzend Kerzen an Bord zurückgelassen worden. Es war eine gute Idee, doch Ramage amüsierte sich vor allem über die Logik dahinter. In der Royal Navy mußte der Zahlmeister alle Kerzen, die an Bord benötigt wurden, aus eigener Tasche kaufen, bezahlen und sie kostenlos abgeben. Jetzt gab es einige hundert zusätzlich an Bord, zugegebenermaßen dünne und von schlechter Qualität. Ohne Zweifel hoffte Rowlands, obwohl er es nicht zu sagen wagte, daß der Kommandant diese Tatsache nicht im Logbuch vermerkte. Und so, stellte Ramage amüsiert fest, war der Zahlmeister der einzige an Bord, der aus der Eroberung der *La Perle* Profit geschlagen hatte.

Die französischen Gefangenen gaben sich trotz des Pumpens ganz munter. Ramage hatte sich auf seinem Weg mit einigen unterhalten. Ein paar murrten über Blasen an den Händen und Schmerzen im Rücken vom stundenlangen Pumpen – doch die einzig wirkliche Beschwerde galt der Hitze. Die Hitze erschöpfte sie. Interessanterweise hatte keiner gefragt, was mit ihnen geschehen würde. Ramage hatte sich auch mit dem Master, dem Zimmermann und dem Bootsmann unterhalten, ohne daß einer der drei auf den Gedanken gekommen wäre, mit dem Kommandanten der *Calypso* zu sprechen.

Eine Stunde vor Mitternacht – und da erschien *La Créoles* Laterne. Lacey war an Bord der *Calypso* übergesetzt, um seine Befehle abzuholen, und war sichtbar erfreut über sie. Ramage kannte diesen Gesichtsausdruck des Jüngeren, dem natürlich klar war, daß er auf eigene Faust handeln konnte – oder besser, seinen Vorgesetzten für ein paar Tage los war. In der Vergangenheit hatte Ramage selber um solche Gelegenheiten gebetet. Und bisher war Lacey seinen Befehlen glücklicherweise immer nachgekommen. Sollte es auch nur das geringste Anzeichen dafür geben, daß die *La Perle* woandershin als auf den angegebenen Teil der Nordostküste des südamerikanischen Festlands segelte, hatte Lacey sie mit einem Schuß vor den Bug zu warnen. Wenn das nicht reichte, hätte er sie sofort mit Breitseiten zu bestreichen, bis sie gehorchte oder ein Wrack war.

Sollte sie andererseits sinken, ehe sie das Festland erreichte, hätte Lacey ihr zwei seiner eigenen Boote zu übergeben. Denn die Fregatte hatte mehr Besatzung, als ihre eigenen vier Boote aufnehmen konnte. Aitken hatte sichergestellt, daß zwei der Boote der *La Perle* mit Kompassen ausgerüstet waren. Doch in keinem Boot gab es Wasser. Die Fäßchen lagen zwar in den Booten, doch der französische Master war belehrt worden, daß diese Fäßchen erst im Notfall zu füllen waren.

Wieder sah Ramage auf seine Uhr. Jetzt waren beide Fregatten in den Westen Curaçaos gedriftet. Erst in einer halben Stunde würden die Leinen der *La Perle* losgeworfen werden. Jetzt mußte Kapitän Duroc seine Instruktionen bekommen und – wie er sich maliziös grinsend vorstellte – Bürger Bazin seine letzte Überraschung.

Er befahl, ihm Duroc zu bringen, ohne daß es die anderen Gefangenen merkten, und ging in seine Kajüte. Im Augenblick ahnte der Franzose nichts, denn Ramage hatte unten nicht mit ihm geredet. Der Seesoldat, der ihn in Aitkens Kabine bewachte, war vergattert worden, kein Wort zu sprechen, für den Fall, daß Duroc Englisch verstand. Bazin und die beiden anderen Offiziere wußten überhaupt nicht, daß er da war. Sie wußten gar nichts über ihn.

Der Mann, der von den zwei Seesoldaten in Ramages Kajüte gebracht wurde, war nur noch ein Schatten des klotzig auftretenden Krafthanses, der vor der Eroberung der *La Perle* nach unten gebracht worden war. Das schwache Licht verstärkte noch seine gewaltigen Sorgenfalten. Sein Gesicht sah so zerfurcht aus wie höhlenreiche Klippen. Er leckte sich nervös die Lippen und hatte die Schultern hochgezogen, als wolle er unbewußt seinen Hals vor dem Stahl der Guillotine schützen.

Ramage ließ ihn stehen, so daß er seinen Kopf zur Seite neigen mußte.

»Kapitän Duroc, Sie wissen, was mit ihrem Schiff geschehen ist?«

»Sie haben sie erobert. Ich hörte sie längsseits kommen. Und die Pumpen hörte ich arbeiten.«

Ramage nickte. »Ihre Männer sind wieder an Bord. Auch die fünf Verwundeten haben wir versorgt und sie wieder auf *La Perle* zurückgeschickt. Ihre Wunden waren leicht.«

»Fünf? Wie viele sind gefallen?«

»Keiner!«

»Und jetzt, Sir?« Durocs Augen zeigten die Furcht, die er vor dem französischen Marineminister angesichts dieser Zahlen hatte. Der Kommandant nicht an Bord, niemand gefallen, das Schiff an den Feind verloren – das konnte nur Verrat in den Augen derer bedeuten, die gewöhnt waren, danach zu suchen.

Ramage gab ihm die Karte, die Southwick kopiert hatte. »Setzen Sie sich auf die Bank. Können Sie die Karte lesen? Haben Sie genug Licht? Gut. Wissen Sie, daß Ihr Schiff sinkt?«

Duroc nickte zerknirscht.

»Aber Sie sind zuversichtlich, daß Ihre Pumpen das Wasser zurückhalten werden?«

»Ja«, nickte Duroc wieder, »es sei denn, es wird schlimmer...«

»Ja, in der Tat. Sie riskieren in der Tat, daß die Lecks größer werden und ihre Männer immer müder. Darum waren Sie ja wohl nach Curaçao unterwegs. Sie wollten sie kielholen?«

Duroc nickte zum dritten Mal und studierte dabei die Karte.

»Ihr Ziel ist jetzt ein anderes. In wenigen Minuten werden Sie an Bord der *La Perle* zurückkehren. Sie werden diese Karte haben und Wasser für alle ihre Leute – für exakt zwei Tage. Sie haben kein Pulver, die Kanonen sind vernagelt, und mein Schoner wird sie in spanische Gewässer begleiten.«

Duroc schaute zu ihm hoch, akzeptierte die Lage und suchte nach einer versteckten Falle. »Wir sind also keine Gefangenen mehr?«

»Nur Gefangene Ihres Schiffes. Zwei Tage lang werden die Lecks und die Pumpen Ihre Wachen sein.«

Der Franzose benutzte seine Finger, um Distanzen zu messen. »Einen Tag, vielleicht zwei...«, murmelte er mehr zu sich selbst. »Ja, das ist gut, aber...«

»Noch Fragen?«

»Ja, *M'sieur*. Warum setzen Sie uns auf freien Fuß?«

»Ich möchte keine dreihundert Gefangenen haben«, gab Ramage offen zu. »Ich habe Befehle von meinem Admiral, und ich brauche dafür alle meine Männer.«

Duroc verhehlte seine Erleichterung nicht. Er glaubte ihm, weil es vernünftig klang, und sagte: »Ich kenne Ihren Namen nicht, *M'sieur*, aber Sie behandeln uns sehr anständig. Ich möchte gern wissen, wem ich mich verpflichtet fühlen kann.«

Der Franzose hatte sehr formell gesprochen, und es war ihm offensichtlich ernst. Ramage erinnerte sich an Bazin und sprach seinen Namen englisch aus: »Nicholas Ramage, *Capitaine de Vaisseau*.«

Duroc nickte und wiederholte den Namen. Plötzlich sah er ihn mit weit aufgerissenen Augen an: »Lord Ramage?«
Ramage nickte.
»*Merde*. Dann ist das eine Falle.«
Der Wechsel geschah so plötzlich, daß Ramage unsicher war. Sollte er sich verletzt oder geschmeichelt fühlen? »Was meinen Sie mit einer Falle?«
Ganz offensichtlich war Duroc kein furchtsamer Mann. Er rollte die Karte zusammen und entrollte sie wieder – so eifrig, wie eine Nonne mit ihrem Rosenkranz umgeht.
»Nun, Sie wissen, es ist allgemein bekannt...«
»Was ist allgemein bekannt?«
»Ich weiß nicht«, gestand Duroc lahm ein. »Sie haben den Konvoi vor Martinique aufgebracht und die Fregatten...«
»Ich könnte natürlich die Pumpen der *La Perle* zerstören, Löcher in die Boote schlagen lassen, die Leinen kappen und Sie treiben lassen. Das Schiff würde sinken. In einer halben Stunde wären Sie alle ertrunken.«
»In weniger. Und ich kann nicht schwimmen.«
»Statt dessen habe ich Ihnen Wasser und Boote gelassen, habe Ihnen eine Karte zeichnen lassen, damit Sie sicher Land erreichen, und Ihnen Begleitung mitgegeben. Für eine Falle ist das ein seltsamer Köder, Kapitän Duroc. Ich würde gern wissen, ob Sie im umgekehrten Fall genauso großherzig handeln würden!«
»Nein, verzeihen Sie«, antwortete Duroc. »Ich war voreilig. Es war der Schrecken, als ich erfuhr, wer Sie sind. Sie haben, nun ja, Sie haben einen bestimmten Ruf.«
»Keinen grausamen, hoffe ich!‹
»Nein, nein. Nichts, was Ihre Ehre verletzen würde, Mylord.«
Ramage winkte einem der Posten zu. »Holen Sie den französischen Offizier Bazin!«
Er setzte sich an seinen Tisch und drehte den Stuhl so, daß er die Tür sehen konnte. Dem Seesoldaten sagte er:

»Bringen Sie diesen Gefangenen in meinen Schlafraum nach nebenan. Bleiben Sie mit ihm so lange dort, bis ich Sie rufe. Sie brauchen keine Laterne. Drücken Sie ihm nur das Entermesser zwischen die Schultern.« Dann erklärte er Duroc, daß er im Nebenraum zu warten habe.

Im Gegensatz zu Duroc hatte Bazin seinen Mut wiedergefunden. Oder er war nur durch die beiden anderen Offiziere in zähe Wut versetzt worden, spekulierte Ramage.

»Setzen Sie sich«, sagte Ramage. »Die Zeit ist gekommen, uns zu verabschieden.«

»Mehr erwarte ich auch nicht«, sagte Bazin verächtlich.

»Nicht mehr als was?«

»Da Sie uns nicht erschossen haben, werden Sie uns jetzt über Bord werfen.«

»Ja«, konnte sich Ramage nicht verkneifen. »In ein paar Minuten werden Sie alle über die Seite gehen!«

»Ha. Ich ahnte es vom ersten Augenblick an. Sie sind ein Meuchelmörder.«

»Sagen Sie mir bitte, wie sie das herausgefunden haben?«

»In der Art, wie Sie Kapitän Duroc ermordeten!«

»Ach, das meinen Sie!« sagte Ramage so dahin. Er nahm an, daß sich der Franzose im Nebenraum amüsierte. »Was haben Sie eigentlich erwartet? Verdient ein Mann wie er am Leben zu bleiben?«

»Vielleicht nicht. Aber wer sind Sie, daß Sie ihn töten dürften?«

Ramage hob die Schultern. »Er ist kein wahrer Republikaner.«

»Das weiß ich selber sehr gut«, sagte Bazin. Er wollte sich erheben, sank aber zurück, als er das Entermesser des Postens sah. »Aber das ist für sie als Aristokrat kein Grund, uns zu ermorden.«

»Warum sollte ich ihn umbringen und Sie am Leben lassen?« fragte Ramage freundlich.

»Weil, nun ja, weil . . . Also, was ich meine, ist, Sie sollten mich nicht töten, weil ich ein echter Republikaner bin. Ich glaube an die Freiheit und Gleichheit der Menschen. Aber Duroc – der war ein *opportuniste*. Vor der Revolution war er nur Bootsmann. Er hat nur mitgemacht, um befördert zu werden.«

Ramage nahm seine Uhr und sah auf die Zeiger. »Zehn Minuten vor Mitternacht, *citoyen*. Für uns« – und er machte sich ein Vergnügen, dieses »uns« zu betonen – »beginnt gleich der neue Tag.«

Er rief den Posten aus der benachbarten Kajüte, und eine Minute später stampfte Duroc durch die Tür. Bazin sprang mit weißem Gesicht auf, krachte mit dem Kopf gegen den Balken und fiel Duroc flach vor die Füße. Der französische Kapitän grinste zu Ramage hinüber. »Über Revolutionen weiß er alles. Bis zum Morgengrauen wird er auch alles über das Pumpen wissen. Sie haben einen seltsamen Sinn für Humor, Mylord. Aber manchmal bringt der die Wahrheit ans Licht.«

11

Amsterdams Häuser waren in freundlichen Farben gehalten, die die strahlende Sonne noch betonte, ohne sie grell zu machen. Die Einwohner auf Punda mochten Rosa- und leichte Blautöne, während man auf Otrabanda Rot, Grün und Weiß den Vorzug gab. Doch alle Dächer, steil und mit Giebeln wie in Holland selber, waren mit roten Ziegeln gedeckt – ganz anders als in den britischen Besitzungen, wo man hölzerne Schindeln bevorzugte. Die unterschiedlichen Farben in den beiden Stadtteilen waren in der Tat wohl nur so zu erklären, überlegte Ramage, daß der eine Laden diese, und sein Konkurrent auf der anderen Seite jene Farben auf Lager hatte.

Der Kanal, der die beiden Stadthälften teilte, war dort, wo er an die Sint Anna Baai stieß, fleckig braun. Das hatte wahrscheinlich mit einem leichten Tidenhub zu tun, der mit der Ebbe Wasser aus dem Schottegatt, dem Inland-See, mit ins Meer nahm.

Waterfort, die Befestigungsanlage auf Punda, schien ganz ruhig. Auch in Riffort auf Otrabanda, der »anderen Seite«, gab es keine Anzeichen von Bewegung. Auf beiden Forts wehten die holländischen Flaggen. Ramage sah auch eine über dem Gebäude wehen, das er für die Residenz hielt.

Amsterdam, so fand Ramage, war eine seltsam anziehende und typisch holländische Stadt. Sie lag auf dieser trockenen und verlassenen Insel aus einem einzigen Grund: In der Karibik lief der ganze holländische Handel über diese Stadt. Die Holländer hatten ihr Bestes getan, die Stadt freundlich zu gestalten – mit Erfolg. Wenn man die Hitze und das strahlende Licht vergaß, konnte man glauben, Amsterdam sei eine Stadt, die an einem Kanal in den Niederlanden errichtet worden sei. Wenn man den westlichen Teil der Insel vergaß, wo die Hügel zu Bergen wurden und im Sint Christoffelberg gipfelten, war die Insel flach. Man konnte also meinen, Holländer waren nur auf flachem Land glücklich. Gelegentlich waren kleine Hügel von See aus zu entdecken, die den Eindruck von kurzen Meereswellen machten.

Die Kaperer ankerten am Eingang zum Schottegatt, und immer noch sahen die Schiffe aus wie außer Dienst gestellt. Er schaute mit dem Teleskop nur kurz zu ihnen hinüber, als die *Calypso* wieder auf die Küste zu wendete. Doch der kurze Blick reichte und bestätigte ihm: Nichts hatte sich hier verändert, seit sie auf dem Weg zum westlichen Teil der Insel am Hafen von Amsterdam vorbeigesegelt waren.

Aitken schob sein Teleskop mit einem Klacken zusammen. »Der neue Rauch bei Willebrordus gibt mir zu denken, Sir. Ich bin sicher, er stammt von brennenden Häusern. Schwarzer Rauch gemischt mit weißem. Wenn nur Busch und Gras brennen würden, wäre der Rauch weiß.«

»Und ich bin sicher, daß ich Schüsse gehört habe«, sagte Wagstaffe. Kein anderer hatte sie wahrgenommen, aber sie standen da auch gerade fast in Lee des Rauchs. Ramage glaubte Wagstaffe. Rennick hatte auf seine impulsive Art verlangt, mit einem Trupp Seesoldaten in Bully Bay an Land zu gehen, um herauszufinden, was dort geschah. Ramage hatte ihm erklärt, daß Rauch und Gewehrschüsse auf der Insel den Gouverneur von Curaçao zu beschäftigen hatten – und die Holländer waren Feinde wie die Franzosen und die Spanier. Feuer konnte nur die Zerstörung von Büschen und Kakteen bedeuten, von einigen kahlen Divi-Divi-Bäumen, von Aloe und Agaven und vielleicht auch von ein paar Gebäuden auf Plantagen. Wenigen nur, denn Plantagen waren dort selten. Die Leguane und die Ziegen würden sich rechtzeitig davonmachen, die wilden Tauben würden friedlichere Teile der Insel aufsuchen, und das Feuer würde schließlich von allein verlöschen.

Die *Calypso* lief unter Toppsegeln in einer Brise mit etwa fünfzehn Knoten, gelegentliche Windstöße zauberten weiße Kämme auf die Wogen. Sie lief Nordwest auf die Piscadera Baai zu, als Ramage in den Kanal zum Schottegatt hineinschaute. Aber die einzige Reaktion auf das Erscheinen einer britischen Fregatte in diesem Teil der Karibik waren springende Fische vor dem Bug. Schwärme von fliegenden Fischen durchbrachen die Seen wie kleine Silberpfeile, ohne Spuren zu hinterlassen. Sie huschten viele Yards über das Wasser und verschwanden wieder, ohne daß es spritzte. Schwarz-weiße Fregattvögel, breite Flügel und dünne Körper, elegante Flieger, stürzten sich gekonnt auf die fliegenden Fische und wurden dabei von den kleinen Lachmöwen angegriffen. Die dickeren Tölpel flogen tief über das Wasser und suchten mit wachen Knopfaugen Fische, zu denen sie tauchten. Gelegentlich ließen sie sich auf den Wellen nieder und erinnerten dabei an alte Marktfrauen, die ihre Waren anboten. Ganz selten einmal spielten ein paar Delphine um den Bug der *Calypso*. Sie schwammen ungeheuer schnell und kreuzten so dicht vor dem Schiff, daß man glauben mochte, sie würden gleich vom Stampfstock getroffen. Wenn jemand Delphine entdeckte und sie laut ausrief, hasteten gewöhnlich Freiwächter in Bugspriet und Klüverbaum, um die Tiere zu bestaunen.

Ramage entschied, noch einen Schlag über die Sint Anna Baai zu machen, zwei Meilen vor Waterfort und Riffort entlangzulaufen, um die Mannschaften an den Kanonen zu wecken und sie vielleicht zu ein paar Schüssen zu provozieren. Solch eine Provokation war immer ganz nützlich. Auf diese Entfernung hatte die *Calypso* von einer Batterie an Land nichts zu befürchten. Doch die ahnten das meistens nicht und feuerten. Wenn man alles sehr genau im Blick behielt und die Rauchwölkchen über den Mündungen zählte, wußte man, wie viele Kanonen das Fort hatte. Manchmal waren die Kanonen lange nicht mehr benutzt worden. Dann konnten sie die Mannschaften gehörig verletzen. Eine hölzerne Lafette, nicht sichtbar verrottet, konnte ein Kanonenrohr von einigen Tonnen Gewicht wie ein Holzstückchen in einer Wolke aus Flammen und Rauch durch die Luft wirbeln lassen. Kugeln, die zu oft angemalt oder verrostet waren, nahmen an Umfang zu und konnten im Lauf steckenbleiben wie zu dicke Grapefruits. Die Kanoniere mußten dann entscheiden, ob sie feuern oder die Kugel entfernen sollten, damit das Rohr nicht zerbarst. Vor Befestigungsanlagen gerade außerhalb der effektiven Reichweite ihrer Kanonen zu kreuzen, ärgerte den Feind immer und machte der Mannschaft meistens Freude.

Wenn man das Schiff näher als üblich an die Batterien heranführte, konnte man sehr schnelle Segelmanöver erzielen, wußte Ramage. Glückstreffer, die einen Mast oder eine Rahe kosteten, nachdem fünfzig Schuß vorbeigegangen waren, kamen auf weite Entfernungen häufiger vor als auf kurze Distanzen. Und schon manches Schiff, das in einer kräftigen Brise herangerauscht war, um die Batterie an Land zu reizen, ging verloren, weil der Wind plötzlich einschlief, es in einer Flaute liegenblieb, ein unbewegliches Ziel, der Traum eines jeden Artilleristen.

Er hob das Teleskop, um die Stadt noch einmal zu beobachten. Von hier aus konnte er die dritte Seite von Riffort auf Otrabanda erkennen. Auf Punda entdeckte er ungewöhnliche Bewegungen um den Flaggenmast vor dem Regierungssitz. Die holländische Flagge wurde eingeholt. Er sah auf die Flaggen auf den beiden Forts. Die wehten noch. Doch auch dort standen Gruppen von Männern um die Flaggenmasten.

Jetzt stieg ein Stoffbündel vor der Residenz den Mast empor, brach auf und wehte im Wind aus – eine glatte weiße Flagge. Auch auf Punda ersetzte jetzt eine weiße Flagge die holländische. Und eine dritte stieg über Riffort auf.

Eine weiße Flagge, ergab man sich? Über ihre Bedeutung gab es keinen Zweifel. Jeder behandelte sie als Zeichen für einen Waffenstillstand, eine Einladung zum Miteinanderreden. Aber hier in Amsterdam ankerten doch zehn französische Kaperschiffe sicher hinter den Forts, die den Eingang schützten. Was sollte das also bedeuten?

Aitken stieß einen überraschten Ruf aus, als er die Flaggen entdeckte. dann meldete sich auch der Ausguck aus dem Fockmast. Wenige Augenblicke später flogen Kommentare und Spekulationen durch das Schiff. Southwick zog die Luft ein, blies sie wieder durch die Nase aus und verkündete, daß es sich nur um einen Trick handeln könne. Und die *Calypso*, die gerade eben die *La Perle* weggeschickt hatte, sollte ja nicht in eine ähnliche Falle segeln.

»Die sehen, daß wir hier draußen eine gute Brise haben. Irgendwo weiter an Land gibt es vor den Kanonen sicher einen windstillen Flecken, den wir nicht kennen. Da liegen wir dann ohne Wind«, erklärte er. »Einem Mijnheer soll man nie trauen. Er ist immer ein Schlitzohr. Verhandelt immer hart – und so kämpft er auch!«

Ramage trat ans Kompaßhäuschen und schaute auf die Rose. Der Wind stand genau aus Ost. Mit kräftig angebraßten Rahen könnte die *Calypso* Nordnordost anliegen, fast genau auf Amsterdam zu. Das hieß, sie würden, wenn sie den Bug genau auf die Stadt richteten, das denkbar kleinste Ziel abgeben. Außerdem war es dabei besonders schwer, die Entfernung zum Schiff zu schätzen oder seine Geschwindigkeit. Der Wind, der ihm einen geraden Anlauf auf die Stadt erlaubte, würde ihm bei einer Flucht auch die Wahl lassen. Er konnte die Schoten loswerfen und nach Westen abfallen oder, wenn er das lieber wollte, wenden und hoch am Wind ablaufen.

Ein kurzer Befehl an Baker, den wachhabenden Offizier. Der Trommler der Seesoldaten schlug seinen Wirbel, und jeder Mann rannte auf Station. Ein zweiter Befehl ließ den Bootssteuerer des Kommandanten den Kompaß im Auge behalten, während die beiden Rudergänger das Schiff drei Strich nach Steuerbord abfallen ließen.

Als das Rollen der Lafetten zu hören war und die Kanonen ausgerannt wurden, lief die *Calypso* genau auf den Eingang des Kanals zu, der die beiden Stadthälften teilte. Würde jetzt Frieden herrschen, fiel Ramage ein, müßte die *Calypso* sich jetzt auf das Schießen von Salut vorbereiten, so wie es die Regeln und Instruktionen verlangten.

Er prüfte selber den Kompaß und stellte fest, daß der Bug ein wenig mehr nach Nord als Nordnordost wies, obwohl die beiden Rudergänger genau auf Kurs lagen.

»Achten Sie auf die Strömung, Mr. Baker, Sie scheint stark und läuft nach Westen – vielleicht mit zwei Knoten.«

Es war eigentlich ohne Bedeutung, weil die *Calypso* ganz sicher nicht in den Kanal einlaufen wollte. Aber junge Offiziere sollten gefälligst Strömungen sofort erkennen und darauf reagieren. In vielen karibischen Häfen bedeuteten ein paar Strich diesseits oder jenseits des befohlenen Kurses Auflaufen auf Felsen, die einzeln lagen und nicht in Karten verzeichnet waren. Viele trugen dann später auf den Seekarten Namen von Schiffen ein, die auf sie gerannt und dort gesunken waren. Das war auch eine Art von ewigem Ruhm, auf den er aber gerne verzichten konnte, dachte Ramage.

Southwick hatte seinen Quadranten zur Seite gelegt, ein Buch mit Tabellen konsultiert und schaute jetzt auf: »Wir sind genau einunddreiviertel Meilen von den Forts entfernt, Sir.«

»Sehr gut, Mr. Southwick!«

Ramage zog sein Teleskop wieder auseinander und achtete darauf, es genau auf der Marke zu halten, die er für seine Sehschärfe in das Messing eingeritzt hatte. Auf den Wällen standen ein paar Leute. Obwohl er es auf diese Distanz nicht genau erkennen konnte, schienen sie eher auf See zu schauen, als sich kampfbereit zu machen. Aus ihrer Sicht näherte sich die *Calypso* schnell, denn sie sahen die Bugwelle, die einem gewaltigen weißen Schnauzbart glich, sehr genau. Man könnte erwarten, daß selbst ein unfreundlicher Kommandant, der sich sehr unter Kontrolle hatte, das Feuer seiner Batterien auf eine Meile Entfernung eröffnen würde. Mit ihrer jetzigen Geschwindigkeit würde die *Calypso* diesen Punkt in genau sieben Minuten erreichen.

Jetzt war Aitken der Offizier an Deck. Wagstaffe, Baker und Kenton waren bei ihren Batterien unter Deck. Paolo Orsini stand neben ihm, das Teleskop in der einen, das Signalbuch in der anderen Hand. Ramage war erfreut zu entdecken, daß der Junge nicht nur ein Entermesser, sondern auch diesen fürchterlichen kleinen Dolch trug. Southwick stand wie immer ruhig an der Steuerbordseite der Achterdeckreling, hielt seinen Quadranten immer wieder ans Auge und war sicher, daß die Holländer ihnen eine teuflische Falle gestellt hatten. Doch offenkundig beunruhigte ihn das nicht sonderlich.

Der Master meldete ziemlich unbewegt: »Wir stehen jetzt genau eine Meile von Otrabanda entfernt, Sir!«

»Sehr gut, Mr. Southwick!«

Eine Meile ... Warum zum Teufel ging er so dicht unter Land? Ramage fühlte plötzlich eine Gänsehaut. Die *Calypso* war jetzt fast schon im Hafen – und nur, weil die Holländer weiße Flaggen gesetzt hatten. Sie könnten sie wieder streichen, an ihrer Stelle wieder die holländischen setzen und das Feuer eröffnen – und das alles ganz fair als Kriegslist deklarieren. Er hatte genau das gleiche ja gerade mit der *La Perle* getan ...

Aber wieder sah er im Teleskop Menschen auf den Wällen von Otrabanda und von Punda. Doch was geschah dort auf der Seite von Punda?

»Mr. Orsini, schnell. Ab nach oben. Melden Sie mir sofort, was das Boot da im Kanal vorhat!«

Während Paolo in die Wanten sprang, richteten Aitken und Southwick ihre Gläser nach vorn, bewegten sich dabei über das Achterdeck, um eine Stelle zu finden, wo Bugspriet, Klüverbaum oder das Rigg sie in ihrer Sicht nicht behinderten.

»Das Boot hat, schätze ich, die Größe unserer Gig, Sir!« meldete Aitken. »Sechs Riemen auf jeder Seite. Sie haben es verdammt eilig.«

Ramage ließ Aitken das Boot im Auge behalten. Die *Calypso* näherte sich dem Hafen jetzt so schnell, daß eine Falle in den nächsten Sekunden zuschnappen mußte. Erstes Zeichen wären die Leute, die plötzlich von den Wällen verschwinden würden. Ihre Trommelfelle würden platzen, wenn sie dort blieben und die holländischen Kanonen feuerten. Verschwänden sie, würden wir sofort ablaufen, da dann Gefahr drohte.

»Das Boot setzt einen Mast oder so etwas Ähnliches,

Sir«, meldete Aitken mit unsicherer Stimme. »Es ist länger als ein Riemen, aber kürzer als ein Mast. Warum sollten sie gerade jetzt einen Mast setzen? Das wäre doch besser an der Pier geschehen?«

Die *Calypso* schien jetzt, so dicht unter Land, fast zu gleiten. Das Land war niedrig, hielt den Wind nicht auf, fing aber die Dünung ab. Die See war also flach. Aitken meldete gerade, er könne nicht ausmachen, was auf dem Boot geschehe, weil sein Blick behindert würde. Da klang Paolos aufgeregte Stimme aus dem Großmast: »Ein Boot läuft auf uns zu, Sir . . . Zwölf Riemen . . . nur ein oder zwei Leute auf der Heckbank . . . Sie halten jetzt ein weißes Tuch an einem Riemen hoch . . . Jetzt winken sie damit, Sir.«

Ramage bemerkte, daß die Figuren auf den Wällen nicht verschwunden waren, und befahl dem Ersten Offizier: »Focktoppsegel back, Mr. Aitken. Wir drehen bei und lassen das Boot längsseits kommen.«

»Wir stehen eine Dreiviertelmeile vor den Forts, Sir!« meldete Southwick. Aitken gab gerade seine Befehle, die die Männer an die Brassen laufen ließ. Sie holten die Vormarsrahen so dicht, daß der Wind auf die Vorderseite der Segel blies und sie gegen den Mast drückte.

Die *Calypso* stoppte langsam. Mit den Vormarssegeln back versuchte der Wind, den Bug nach Lee zu drücken. Alle anderen Segel drückten die *Calypso* nach Luv. Sie hielt sich jetzt in einer Art Gleichgewicht, wie eine ermüdete Möwe auf den Wellen, die unter ihr durchliefen.

Waffenstillstandsflaggen an den Flaggenmasten, ein offenes Boot, das von Punda herüberrudert und eine weiße Flagge schwenkt . . . so sah eigentlich keine Falle aus: Ramage war sich darüber ziemlich sicher. Noch immer standen Männer auf den Befestigungsanlagen. Das Boot brauchte nur noch ein paar hundert Yards zurückzulegen, und dann könnte die *Calypso* es mit Kartätschen oder Kugeln aus dem Wasser blasen. Könnte es nicht doch noch eine Falle sein? Dutzend Männer zu opfern hieß nichts, wenn man eine feindliche Fregatte erobern wollte. Aber verhielten Holländer sich so? Nein, dachte Ramage, das taten sie nicht. Außerdem war das Boot nicht Teil eines Täuschungsmanövers. Ehe das Boot vom Kai ablegte, war die *Calypso* schon auf dem Weg gewesen, alles zu erkunden.

»Es sieht so aus, als bekämen wir Besuch, Sir!« meinte Aitken. Er blickte durch sein Teleskop, offensichtlich zufrieden, daß die Vormarsschoten, die Schothörner und Brassen richtig dichtgeholt waren. »Wie ich sehe, tragen die Herren im Heck des Boots ganz schön viel Lametta.«

Ramage prüfte seine eigene Uniform. Sie war ausgeblichen, aber nicht mehr als üblich. Die Kniehosen waren so sauber wie die Strümpfe. Das Schuhleder hatte in der Salzluft seinen Glanz verloren, doch das Gold der Spangen glänzte. Er trug seinen drittbesten Hut. Das alles reichte zum Empfang feindlicher Offiziere, die unerwartet an Bord kamen. Nur das Entermesser schien nicht dazu zu passen. Er zog ein Entermesser seinem eigenen Säbel vor, obwohl der ein besonders kunstfertiges Exemplar war. Mr. Prater, Schwertschmiedemeister am Charing Cross, wäre entsetzt, wenn er wüßte, daß Lord Ramage sich wie jeder gewöhnliche Seemann mit einem Entermesser in den Kampf warf und den feinen Säbel im Gestell in der Kajüte zurückließ.

Doch jetzt war der Augenblick gekommen, da die Höflichkeit von ihm verlangte, in die Kajüte zu gehen und seinen Säbel umzuschnallen. Im Umgang mit den eigenen Leuten spielte die Kleidung kaum eine Rolle. Ausnahme war wie üblich Admiral Foxe-Foote, der zwar nie eine Schneiderrechnung selbst zu bezahlen pflegte, doch allergrößten Wert darauf legte, was seine Offiziere trugen. Ausländische Würdenträger legten dagegen großen Wert auf Goldlitzen, Knöpfe und Schnallen. Wenn irgendwo ein paar Zoll Goldborte fehlten, wurde der Träger der Uniform häufig genug völlig falsch eingeschätzt.

Als er den Gruß des Postens vor der Kajüte erwiderte, schlug die Tür auf, und sein Steward sah ihn fröhlich lächelnd an.

»Ich habe Ihnen eine frische Halsbinde, frische Strümpfe und die Uniform zurechtgelegt, Sir!«

»Warum, um alles in der Welt, denn das, Silkin?«

»Um die Abgesandten richtig zu empfangen, Sir?«

»Abgesandte? Wahrscheinlich ist's nur der Bruder vom Bürgermeister, der einen kleinen Schiffshandel unterhält. Der will uns Limetten anbieten oder ein paar uralte Ziegen. Oder er will, wenn ich die Insel so betrachte, wissen, ob wir ihnen nicht ein bißchen Wasser verkaufen können!«

Ramage war jetzt in seiner Schlafkajüte angekommen, und Silkin hielt ihm saubere Kniehosen hin und deutete auf Strümpfe, Hemd und Halsbinde. Sie sahen kühl aus. Das Tuch, das er trug, war zu eng geschlungen und schweißnaß. Es reizte die Haut und kratzte besonders eine Stelle am Adamsapfel, die er nicht besonders gut rasiert hatte. Er sah auf die Strümpfe. Innen am linken Knöchel waren schwarze Flecken von seinem streifenden rechten Schuh.

Das Boot hatte noch einen langen Weg zurückzulegen, obwohl Wind und See von achtern schoben. Ramage wußte, daß sie den Kurs nicht ändern mußten, da die Fregatte beigedreht lag. Sie rollte kaum und stampfte nicht. Eine ausgesprochen angenehme Aussicht: In der Kajüte war es kühl, denn während der Fahrt hatte eine Brise durchs Schiff geweht. Wenn er jetzt in Ruhe die Kleider wechselte, brauchte er nicht sofort in die Hitze und das Glitzern auf Deck zurückzukehren.

Er setzte sich auf einen Stuhl und streifte die Schuhe ab. Er fühlte sich sofort besser, denn seine Füße waren geschwollen. Die Schuhe, die am frühen Morgen und am späten Abend paßten, waren viel zu klein, wenn in der Hitze des Mittags die Füße anschwollen. Füße und Kopf: Im mörderischen Strahlen der Sonne schienen die Augen aus den Höhlen springen zu wollen. Die Hitze schien das Gehirn zu rösten, selbst wenn ein Hut etwas davor schützte.

Er schlüpfte aus seinen Kleidern und zog frische Sachen an. Ein paar kurze Augenblicke lang waren die Strümpfe kühl. Dann waren die Kniehosen dran. Der Schneider hatte geschworen, sie seien aus leichtestem Stoff geschnitten – aber welcher Schneider in London konnte sich die Ofenglut der Tropen vorstellen: ständige Klage aller Offiziere von Armee und Marine, die in Übersee eingesetzt waren.

Das Hemd, die Halsbinde, der Gürtel für den Säbel, die Uniformjacke – selbst Säbel und Scheide schienen kühl. Silkin hatte auch ein anderes Paar Schuhe bereitgestellt. Ramage schlüpfte hinein. Wäre der sich nähernde Besucher britischer Admiral, hätte er Stiefel anziehen müssen. Jetzt hielt Silkin ihm den Hut hin, nachdem er mit dem Ärmel über den Filz gewischt hatte, um die feinen Härchen in eine Richtung zu legen. Ramage nickte und verließ die Kajüte, einerseits unzufrieden mit der Tatsache, daß Silkin ihn zu einem Wechsel der Kleider gedrängt hatte, andererseits froh darüber, sich jetzt doch etwas frischer zu fühlen.

An Deck stand Aitken am Kompaßhäuschen und sah ihn unruhig an. Ramage blinzelte.

»Im Heck des Boots sitzen drei Männer, Sir. Zwei tragen Uniformen, die ich nicht kenne. Vielleicht Uniformen holländischer Landtruppen. Der ohne Uniform ist sehr viel älter, soweit ich das im Teleskop erkennen kann. Die beiden neben ihm tragen Achselschnüre wie Adjutanten.«

Ramage brummelte etwas. Er dachte immer noch mehr an Silkin als an die drei Offiziellen, die zu seinem Schiff gerudert wurden. »Vielleicht hat Großbritannien ja mit den Holländern Frieden geschlossen«, sagte Ramage. »Die haben vielleicht gerade die Nachricht bekommen, und dabei wurde ihnen klar, daß wir davon ja noch nichts wissen können...«

Dies war eine der gefährlichsten Situationen, die dem

Kommandanten eines Schiffes im Einsatz in Gewässern weit entfernt vom Oberkommando oder einem Admiral passieren konnte. Es konnte Krieg ausgebrochen sein, oder es war ein Friede geschlossen worden, von dem die Kolonien zuerst erfahren hatten. So hätte Großbritannien zum Beispiel mit den Niederlanden noch im Frieden liegen können, als ein britisches Schiff zu einer Routine-Patrouille aus Jamaica auslief, bei der auch ein Besuch von Curaçao eingeplant war. Eine holländische Fregatte hätte inzwischen in Curaçao einlaufen können – ebenso wie eine britische in Jamaica – mit der Nachricht, zwischen beiden Ländern herrsche jetzt Krieg. Der einzige, der von der Tatsache, daß die früheren Freunde jetzt erbitterte Feinde waren, nicht wußte, war der Kommandant des Schiffs auf der langen Patrouille. Wenn er Glück hatte, stieß er auf ein Handelsschiff, das ihn informierte, doch Handelsschiffe erfuhren derlei Neuigkeiten meist als allerletzte – und wurden deswegen oft gekapert. Er könnte davon auch erst erfahren, wenn er ahnungslos in Amsterdam festgemacht und dabei sein Schiff verloren hätte. Ebenso könnte ein Krieg, der beim Ankeraufgehen noch tobte, jetzt beendet sein.

All das könnte das Boot erklären, das jetzt nur noch dreihundert oder vierhundert Yards entfernt war. Es war in der Tat die einzig sinnvolle Erklärung für den Besuch. Die Holländer hatten keine Dutzende von britischen Gefangenen, deren Austausch zu arrangieren war. Friede würde übrigens auch die zehn Kaperschiffe erklären, die im Schottegatt ankerten und gänzlich verlassen aussahen. Keine schlechte Erklärung, fand er. Wenn die Niederlande mit Großbritannien gerade Frieden geschlossen hatten, waren sie jetzt entweder neutral oder verbündet. Die Kaperer würden dann so oder so Amsterdam nicht mehr als Basis nutzen können. Man hätte sie interniert oder gefangengenommen. Es lag so nahe, daß er sich fast ärgerte, darauf nicht schon beim ersten Passieren von Amsterdam gekommen zu sein. Doch beim erstenmal hatte keine weiße Flagge geweht. Es lag auch kein anderes Schiff im Hafen, jedenfalls hatte er keins gesehen. Wer hätte also die Nachrichten bringen können, während die *Calypso* sich im Westen der Insel mit der *La Perle* befaßte?

Er wandte sich an Aitken: »Halteleinen sind gerigt? Die Jungen auf dem Posten?«

»Ja, Sir!« antwortete Aitken geduldig. Wie Hunderte von Ersten Offizieren vor ihm, schwor er sich in diesem Augenblick, sich niemals in reine Routineangelegenheiten zu mischen, sollte er jemals Kommandant eines Schiffes sein. Die Besucher würden am Rumpf an Latten emporklettern, die eine Leiter bildeten, und sich dabei mit beiden Händen sicher an Tampen festhalten können. Schiffsjungen waren in unterschiedlicher Höhe so positioniert, daß sie die Tampen vom Rumpf wegdrücken konnten, um es den Kletternden leichter zu machen.

Ramage beobachtete das Boot und überlegte noch einmal seine Lage. Angenommen, es herrschte wirklich Friede mit den Niederlanden – der Batavischen Republik, wie sie ja jetzt hieß. Die *Calypso* wäre dann das erste Schiff, das nach dem Friedensschluß hier festmachte. Ohne Zweifel würde der Gouverneur ihn und seine Offiziere zu einem Fest an Land einladen. Im Gegenzug würde die *Calypso* – genauer, er selber, ihr Kommandant – zu einem Abendessen bitten. Oder sogar zu einem kleinen Ball an Bord. Damen liebten Tanz auf dem Achterdeck unter Sonnensegeln und Laternen im Rigg. Das sei wahre Seeromantik, hatte eine Dame ihm einmal auf einem Ball an Bord eines Flaggschiffs gesagt: Sanftes Licht aus Laternen (die, bei ganz genauem Hinsehen, rußige und übelriechende Kerzen enthielten), die Atmosphäre eines Kriegsschiffes (die vor allem aus dem unangenehmen Gestank der Bilge bestand, gegen den gewitzte Kommandanten angingen, indem sie kurz vor Beginn des Balls das Rigg auf dem Achterdeck satt mit Stockholm-Teer pönen ließen.

Diesen Teergeruch hielten die meisten Landratten für schiffstypisch.) Sowie der Anblick glänzender schwarzer Kanonen und ordentlich gestauter Kugeln löste mädchenhafte Überraschungsschreie aus. Kein Besucher war sich bewußt, daß dieselben Kugeln Tod und Verderben bedeuteten. Dennoch wirkte all dies viel verführerischer als ein raffiniert eingerichtetes Boudoir.

Es war schwer zu verstehen, doch Tatsache. Ein Offizier, der es auf eine Dame abgesehen hatte, konnte in ein paar Stunden an Bord eines Schiffes viel mehr ausrichten als in der gleichen Zeit in irgendeinem eleganten Zimmer an Land. Stockholm-Teer war offensichtlich viel romantischer als der Duft von Rosen. Diese Gedanken, die ihn jetzt von dem sich nähernden Boot mit fremden Offizieren zu verführerischen Situationen auf dem Achterdeck trieben, machten ihm deutlich, daß er schon wieder einmal viel zu lange auf See gewesen war ...

Jetzt stand Aitken an der Relingspforte, lehnte sich nach außen und gab Befehle. Matrosen im Vorschiff fingen die Festmacherleine des Bootes. Andere ließen von Deck eine Leine herab als Festmacher achtern. Während er langsam nach vorne ging, hoffte Ramage, daß seine Besucher – wer auch immer sie sein mochten – Englisch sprachen oder wenigstens einen Dolmetscher mitgebracht hatten. Er selber sprach kein einziges Wort Holländisch. Vielleicht beherrschte einer Französisch – oder gar Spanisch nach der langen Besatzungszeit. Über die Niederlande, gestand er sich ein, wußte er sehr wenig. Seine Kenntnisse beschränkten sich, wie die der meisten Seeoffiziere, auf Respekt vor den Holländern als Seeleute und Kämpfer.

Ein schwarzes Tschako erschien über der Reling, rotweiß-blaue Kokarde, ein schmaler Schirm – viel zu klein, um die Augen vor der Sonne zu schützen. Ein blauer Uniformrock, dessen Schoß an beiden Seiten zurückgeknöpft war, um das weiße Futter zu zeigen, ein hoher Kragen mit weißen Paspeln an den Kanten, weiße Epauletten mit zwei längslaufenden Streifen, Schulterschnüre, blaue Kniehosen, hohe braune Stiefel – kein Säbel. Ramage sah, wie der junge Offizier die letzten Rungen emporstieg und die Gangway betrat. Er hielt inne, kannte sich offensichtlich auf einem Schiff nicht aus. Dann entdeckte er Aitken, erkannte ihn als Offizier, wollte ihn ansprechen, doch der wies auf Ramage.

Während der Offizier auf ihn zutrat, sah Ramage den zweiten Kopf in der Relingspforte erscheinen. Der dicke Mann schickte seine Adjutanten voraus.

»Sind Sie der Kommandant, Sir?«

Gutes Englisch, das etwas kehlig klang.

Als Ramage nickte, nahm der junge holländische Offizier zackig Haltung an, grüßte und nannte seinen Namen, den Ramage nicht verstand; doch er grüßte zurück. Der zweite erschien jetzt und nahm den Platz des ersten ein, der zwei Schritte nach links trat und irgend etwas auf holländisch sagte, das zu einem zweiten zackigen Gruß führte. Ramage nannte seinen eigenen Namen, ärgerte sich aber, daß er auch den zweiten Namen nicht verstanden hatte. Oder doch? Er klang wie Lausser.

Der zweite, etwas älter und offenbar der Vorgesetzte des ersten, sprach sehr deutlich, als er sagte: »Kapitän Ramage, wir kommen unter einer Waffenstillstandsflagge. Seine Exzellenz Gouverneur van Someren wünscht, Ihnen einen Besuch abzustatten.«

»Wo ist Gouverneur van Someren?« fragte Ramage und dachte an den schweren Mann, der offenbar immer noch unten im Boot saß.

»Er wartet«, antwortete der holländische Offizier vorsichtig. »Er möchte sichergehen, daß Sie den Waffenstillstand unter der Flagge auch akzeptieren.«

»Sie haben mein Wort«, sagte Ramage sehr formell. »Der Waffenstillstand gilt jedoch nur bis zu dem Augenblick, da Sie mit Ihrem Boot wieder sicher nach Amsterdam zurückgekehrt sind.«

»Das kann man akzeptieren, Sir. Bitte, entschuldigen Sie mich einen Augenblick.«

Er bewegte sich nicht, bis Ramage ihm zunickte. Da trat der Offizier an die Relingspforte, rief etwas auf holländisch nach unten und wartete.

Die beiden Schiffsjungen, die die Manntaue ganz oben hielten, mußten sich offenbar sehr anstrengen. Dann stieg ein plumper Mann mit hohen Wangenknochen und weit auseinanderstehenden blauen Augen unter dünnen weißen Brauen an Bord. Ein Strohhut gab seinem Gesicht Schatten. Er trug einen senffarbenen Mantel, passende Kniehosen und glänzende braune Stiefel, die ihm bis an die Knie reichten. Sein gebräuntes Gesicht bewies, daß er die Tropen gewöhnt war. Er schien nicht nervös, aber auch nicht ganz entspannt. Er war offenbar gekommen, um sie um etwas zu bitten.

Soviel konnte Ramage ahnen, ehe der Offizier ihn vor den Kommandanten geleitete und sagte: »Gouverneur, darf ich vorstellen: Kapitän Ramage von der Königlichen Marine. Kapitän Ramage, ich habe die Ehre, Ihnen Seine Exzellenz, den Gouverneur von Curaçao und hiesigen Vertreter der Batavischen Republik vorzustellen, den Bürger Gottlieb van Someren.«

Das Protokoll verlangte jetzt einen Gruß, und Ramage grüßte. Gouverneur van Someren nahm den Hut ab und verbeugte sich tief. Ramage hatte den Schatten von Ärger wohl bemerkt, der um die Augen des Holländers gehuscht war, als er als »Bürger« vorgestellt wurde. Ohne Zweifel hatte van Someren zum holländischen Adel gehört, als noch das Haus Nassau die Niederlande regierte – bis zum Februar 1793. Es war ihm gelungen, seinen Kopf auf den Schultern zu behalten, als die Franzosen die vereinten Niederlande nach der Eroberung zur Republik erklärt und kürzlich in Batavische Republik umgetauft hatten. Öffentlich und Fremden gegenüber hatte er nun jedenfalls als »Bürger« aufzutreten.

Und nun? Der Gouverneur setzte seinen Hut wieder auf, während seine beiden Adjutanten immer noch in Habtachtstellung verharrten. Sprach der Gouverneur Englisch? Er würde wahrscheinlich viel offener reden, wenn er keine Landsleute als Zeugen hatte.

»Sollten wir nicht nach unten gehen, Exzellenz? Meine Kajüte ist kühl!«

»Sehr gut, sehr gut!« antwortete van Someren dankbar.

Ramage winkte Aitken heran und sagte fast nebenbei, aber doch so, daß der Schotte die Bedeutung sofort verstand: »Vielleicht sind Sie so freundlich und zeigen diesen beiden Herren unser Schiff und bieten Ihnen danach eine Erfrischung an.« Und noch ehe einer der beiden ablehnen konnte, wandte er sich an den Gouverneur: »Wenn Exzellenz mir bitte folgen wollen...«

Unten in der Kajüte sank van Someren mit einem Seufzer der Erleichterung in den einzigen Sessel. Ramage fragte sich, ob er erleichtert war, weil er seine geschwollenen Füße von der Last seines schweren Körpers befreien konnte, oder weil er ohne Zwischenfall an Bord gekommen war.

Als Ramage ihm gegenüber auf der Sitzbank Platz genommen hatte, eröffnete van Someren das Gespräch mit der Frage: »Was geschah mit der französischen Fregatte?«

»Sie möchten sicher eine Erfrischung, Exzellenz. Vielleicht einen Rum-Punsch?«

Van Someren schüttelte ungeduldig den Kopf: »Danke, nichts. Was ist los mit der französichen Fregatte?«

Ramage inspizierte seine Fingernägel. »Ich habe Ihren Adjutanten so verstanden – wie war doch sein Name?...«

»Lausser, Major Lausser.«

»... daß sie dieses Schiff unter einer Waffenstillstandsflagge besuchen...«

»Was ich ja tue, was ich ja tue!«

»Doch man könnte den Eindruck gewinnen«, sagte Ramage wie abwesend und sich ganz seinen Fingernägeln widmend, »daß Sie in Wirklichkeit eine unbewaffnete Erkundung unternehmen.

»Mein lieber Lord Ramage, Sie sehen, ich weiß, wer Sie sind. Ich stelle nur eine höfliche Frage. Doch wenn Sie nicht antworten wollen . . .«

»Meines Wissens sind die Holländer – ist die Batavische Republik, wenn Sie das vorziehen, im Krieg mit Großbritannien und verbündet mit Frankreich, das auch mit Großbritannien im Krieg ist. Sie sind mein Gegner, Sir, also werden Sie Verständnis dafür haben, daß ich Ihnen keine Nachrichten über Ihre Verbündeten zukommen lassen werde.«

»Sie haben sie gekapert«, sagte van Someren, und Ramage war verblüfft, wie zufrieden der Gouverneur klang. »Sie haben sie erobert und mit dem zweiten Schiff nach Jamaica geschickt, mit dem kleinen Schoner als Begleitung.«

Holländische Posten an der Küste hätten das natürlich alles beobachten können. Ganz offensichtlich hatten sie dem Gouverneur Bericht erstattet, und der war jetzt neugierig, wie es dazu gekommen war, denn Rauch war nicht beobachtet worden und Schüsse waren nicht gefallen.

»Wenn ich Ihnen jedoch zu Diensten sein kann, Exzellenz, solange Sie unter dem vereinbarten Waffenstillstand hier an Bord sind«, sagte Ramage sehr langsam und deutlich, »dann äußern Sie bitte Ihre Wünsche.«

Van Someren blinzelte ihn an und schlug sich aufs Knie. »Lord Ramage, ich sehe, wir kommen ins Geschäft. Oder werden ins Geschäft kommen, wenn Sie die französische Fregatte bestimmt losgeworden sind. Wir hatten sie hier nicht erwartet und sie erst entdeckt, als auch Sie sie entdeckt hatten. Doch ich muß sicher sein, daß Sie sie erobert haben. Solange ich das nicht weiß, kann ich weder etwas sagen noch etwas tun.«

Mit Absicht sprach van Someren sicherlich nicht in Rätseln, soviel war Ramage klar. Aber was würde er vorschlagen, wenn er wüßte, daß die *La Perle* nicht nach Amsterdam zurückkehren würde, nicht zurückkehren konnte? Die weiße Flagge könnte auch nur ein simples Mittel sein, Neues zu erfahren. Vielleicht wurde die *La Perle* ja dringend erwartet, und die Flagge und das Gerede über Geschäfte war nichts weiter als ein kluger Trick, um an Informationen zu kommen.

Van Someren schwieg absichtlich, um ihm Zeit zum Nachdenken zu lassen. Also – was? Angenommen, der Gouverneur sagte die Wahrheit, wenn er behauptete, die französische Fregatte sei hier nicht erwartet worden. Die Holländer hätten sie völlig unerwartet im Westen der Insel entdeckt – zweifelsohne von einem Ausguck auf den Hängen des Sint Christoffelbergs. Eine französische Fregatte draußen auf See und zehn französische Kaperschiffe vor Anker im Hafen. Van Someren wußte nicht, daß Duroc Amsterdam anlaufen wollte, um das Schiff auf die Seite zu legen und die Lecks abzudichten. Sein Besuch hatte mit den Kaperern nichts zu tun. Indes – hatte Duroc die Wahrheit gesagt?

Angenommen, van Someren erwartete die Fregatte, weil sie Franzosen zur Verstärkung der Besatzungen der Kaperschiffe an Bord hatte? Duroc hatte geprahlt, dreihundert Mann an Bord zu haben – nicht viel für eine französische Fregatte, doch hundert Mann mehr als auf der entsprechenden britischen Fregatte. Duroc hätte leicht hundert Mann an Land zurücklassen können und immer noch genügend Männer für die Rückreise nach Frankreich an Bord gehabt. Einhundert Männer, zehn Kaperschiffe. Also zehn Mann pro Schiff. Das war Unsinn, es sei denn, die Kaperschiffe hätten eine Kernbesatzung an Bord. Denn jedes einzelne Schiff benötigte mindestens fünfzig oder mehr Leute.

Noch mal von vorn: Van Someren war beunruhigt, als er eine britische Fregatte und einen Schoner vor Amsterdam entdeckte. Nach Meinung der Holländer würden die beiden die nächsten paar Monate lang den Hafen blockieren –

und vielleicht auch Bonaire und Aruba. Also war er dankbar, daß die französische Fregatte erschien und die Blockade verhinderte. Das schien vernünftig – bis auf zwei Punkte.

Erstens hatte Duroc sicher nicht gelogen, als er sagte, er wolle Curaçao anlaufen, um die Lecks abzudichten – und zwar aus dem einfachen Grunde, weil Aruba westlich von Curaçao lag. Jede Fregatte, die Verstärkung brachte wie Männer, Pulver, Kugeln und Verpflegung, würde von Martinique direkt nach Curaçao segeln, besonders dann, wenn sie leckgeschlagen war. Zweitens schien van Someren erleichtert und zufrieden bei der Annahme, Ramage habe die *La Perle* erledigt.

»Sie sprachen von Geschäften. Was haben Sie anzubieten?« fragte Ramage jetzt ganz direkt.

»Haben Sie die französische Fregatte gekapert oder versenkt?«

»Ehe ich darüber spreche, möchte ich wissen, was Sie wollen!«

»Patt«, sagte van Someren dumpf. »Jetzt haben wir ein Patt erreicht.«

Ramage hob die Schultern. »Es tut mir leid, aber denken Sie daran, unsere Länder befinden sich im Krieg.«

»Haben Sie auf der Insel Feuer lodern sehen?«

Ramage sah auf und versuchte, die Überraschung in seiner Stimme zu unterdrücken. »Ja. Ziemlich große Feuer. Und wir hörten auch Schüsse.«

Jetzt verengten sich van Somerens Augen. Das Blinzeln, das seine Bemerkung über Geschäfte begleitet hatte, war verschwunden. Ramage konnte sich kaum noch vorstellen, daß dieses holländische Gesicht, das er da vor sich sah, überhaupt je gelächelt hatte.

»Sie sind ein Mann von Ehre«, sagte van Someren plötzlich. »»Und Sie sind ein tapferer Mann. Das habe ich schon von vielen Kapitänen gehört, die sich alle gut auskennen. Dieses Schiff zum Beispiel . . .«

Wieder hob Ramage seine Schultern. Es war natürlich angenehm, daß der Gouverneur von Curaçao von ihm gehört hatte. Aber derselbe Mann hatte eben auch von einer Pattsituation gesprochen.

»Lord Ramage, ich sagte, wir könnten ins Geschäft kommen, vorausgesetzt, Sie versichern mir, daß Sie die französische Fregatte versenkt haben. Sie vermuten eine Falle, und ich kann Ihnen das auch kaum verübeln. Sie erinnern mich daran, daß wir Gegner sind. Doch ein Patt hilft uns beiden nicht.

Darum, junger Mann – Verzeihung, aber ich bin zweimal, ja fast dreimal so alt wie Sie – werde ich Ihnen sagen, warum ich wissen muß, ob Sie die französische Fregatte versenkt haben. Doch ehe ich das tue, möchte ich Ihnen sagen, daß mein Leben nichts mehr wert ist, wenn Sie weitersagen, was ich Ihnen mitteilen werde. Ich werde Ihnen meine Karten aufdecken, ohne sicher zu sein, daß Sie dasselbe tun. Doch ich appelliere an Ihre Ehre.«

Ramage schwieg. Der Gouverneur klang ehrlich. Er hatte den Oberbefehl über eine Insel, achtunddreißig Meilen lang, sieben Meilen breit, und sicher genügend Truppen zur Verfügung. Die Hauptstadt besaß einen großartigen Hafen, in den niemand eindringen konnte. Er war der mächtigste Vertreter der Batavischen Republik in der Karibik – nein, in der ganzen Neuen Welt. Warum also war er hier unter einer Waffenstillstandsflagge! Um Geschäfte mit einem britischen Kommandanten zu machen?

Der Mann war ehrlich. Ramage war sich dessen plötzlich ganz sicher, und während er schweigend abwartete, kroch Spannung wie eine Gänsehaut über seinen Rücken. Vor ihm lag eine Herausforderung. Er hob eine Augenbraue und gab nur eitle Neugier vor: »Nun, Exzellenz?«

»Ich möchte Ihnen die Insel Curaçao übergeben«, sagte van Someren leise und fügte hinzu, »Ihnen als Vertreter Seiner Britannischen Majestät.«

Völlig überrascht starrte Ramage ihn an: »Warum?«

12

Amsterdam war ein wunderbarer Hafen für jedes Schiff, das an den Kais zu beiden Seiten des Kanals löschen oder laden wollte. Es war auch ein idealer Hafen für jedes andere Schiff, einschließlich der Kaperschiffe, die durch den Kanal segeln und an seinem Ende oder im Schottegatt ankern wollten. Schwierigkeiten hätte nur eine Fregatte, die vor dem Kanal ankerte, um ihn außerhalb des Bereichs der Kanonen von Riffort und Waterfort zu blockieren, und die Platz benötigte, um weit genug zu schwoien, damit sie im Notfall nach Punda hineinfeuern könnte. Es gab nämlich für sie nur ein paar hundert Yards an Ankergrund.

Gouverneur van Someren, soviel war Ramage klar, betrachtete die Übergabe der Insel als abgeschlossenes Faktum. Lediglich das Dokument, die Kapitulationsurkunde, müßte noch entworfen, unterzeichnet und gesiegelt werden. Ihm war nicht klar, daß Ramage immer noch eine Garantie fehlte für die Aufrichtigkeit van Somerens, daß er keine Geiseln hatte als Unterpfand für das Versprechen des Holländers und daß er sich vor allem die plötzliche Kapitulation nicht erklären konnte. Van Someren seinerseits hatte eine britische Fregatte im Hafen und würde in ein oder zwei Stunden ihren britischen Kommandanten an seinem Dienstsitz willkommen heißen – als Gast oder Geisel.

Beim Einlaufen nach Waterfort und Riffort standen der Gouverneur und seine beiden Adjutanten neben Ramage auf dem Achterdeck und erklärten und erläuterten, was sie von See aus an diesem glänzenden sonnigen Tag von Amsterdam sehen konnten. Ihr Boot schleppte die Fregatte achteraus. Die Holländer saßen auf der Fregatte in der Kuhl, wohl darauf bedacht, den britischen Matrosen aus dem Weg zu sein bei deren ständigen Arbeiten an Deck, beim Trimmen von Segeln und Rahen. Southwick beaufsichtigte die Gruppe, die den Anker klar machte, Aitken hatte die Toppgasten aufentern lassen, um sofort die Segel einzuholen, und Ramage spielte den Gastgeber. Er war froh, daß keiner der drei Holländer ihn fragte, warum die drei Offiziere Wagstaffe, Baker und Kenton sich mit ihren Männern so placiert hatten, daß geübte Augen sie sofort als Mannschaften für die Kanonen erkannt hätten. Hätten die Holländer gefragt, warum die Kanonen ausgerannt blieben und warum Männer immer wieder mal Wasser über die Decks gossen und Sand streuten, hätte Ramage ihnen unbewegt erklärt, daß britische Schiffe in Kriegszeiten immer so in fremde Häfen einliefen.

Das Donnern der Zwölfpfünder, die in fünf Sekunden Abständen Salut schießen würden, wäre meilenweit über die Insel zu hören und würde so die Ankunft der *Calypso* verraten. Der Frage, ob Salut zu schießen sei oder nicht, war Ramage ausgewichen mit dem Hinweis auf die Befehle der Admiralität. Sie verboten, jemanden mit Salutschüssen zu begrüßen, der sich an Bord befand. Seine Exzellenz hielt das für einen guten Scherz, erinnerte sich lebhaft an das, was in Friedenszeiten üblich war, und meinte, Ramage würde sicher nicht Salut schießen, ohne vorher einen Offizier an Land geschickt zu haben, der sich überzeugt hätte, daß der eigene Salut in gehöriger Form erwidert würde. Niemand indes wies darauf hin, daß ein Salut auch dem Ort galt. Paragraph fünfzehn der Sektion »Salute« legte dies in den Regeln und Instruktionen der Admiralität fest.

Ramage hatte über den Scherz höflich gelacht, aber es war schwer, freundliche Gespräche zu führen und zur selben Zeit Entfernungen abzuschätzen, zu kalkulieren, wie weit das Schiff im Kanal mit einem backgeholten Vormarssegel driften würde und wo der Anker fallen müßte, damit die *Calypso* mit ihrem Heck möglichst nahe an der Otrabanda zu liegen käme. Wichtiger noch – er mußte die Feuerbereiche von Riffort und Waterfort einschätzen können. Jetzt, da die *Calypso* nur ein oder zwei Kabellängen entfernt war, erkannte er, daß die Forts eigentlich nur Batterien hinter Wällen waren und nach Osten wiesen.

Er gab vor, sich das Haus im Glas anzuschauen, das Major Lausser als das seine identifiziert hatte. Dabei konnte er feststellen, daß die Kanonen von Riffort auf Otrabanda die Einfahrt nur seewärts verteidigen konnten. Sie hatten keine Möglichkeit, landeinwärts den Kanal entlang zu feuern. War das Schiff erst einmal dort, war es sicher vor den Kanonen. Dasselbe galt für die Kanonen auf Punda. Waterfort war ein spiegelverkehrt angelegtes Riffort.

Er sah jetzt genau, wo die *Calypso* ankern würde, genau auf halber Länge des Kanals. Ein einzelner Anker östlich würde sie mit dem Bug im Wind halten, und mit Springs würde er die *Calypso* jederzeit so weit rumholen können, daß er notfalls jede Seite der Stadt unter Feuer nehmen könnte.

Die Versuchung, jetzt selber das Kommando zu übernehmen, alle Befehle selber durch das Sprachrohr zu geben, war sehr groß. Aber er wußte auch, daß nur schwache und unfaire Kommandanten so etwas taten. Er würde damit Schwäche zeigen, weil er sich auf die Mannschaft (und damit wohl auch auf sich selbst) nicht verlassen konnte. Und er würde unfair seinem Ersten Offizier gegenüber handeln, besonders unfair einem Mann mit Aitkens Fähigkeiten, da er ihm die Verantwortung in einer Situation abnehmen würden, wenn es darauf ankam: denn dem Offizier durfte jetzt kein Fehler unterlaufen. Ramage schätzte, daß nur wenige Kommandanten in einer Situation wie dieser sich so kaltblütig verhielten. Denn sollte Aitken die *Calypso* auf Felsen vor einem der Forts setzen oder sie binnen auf eine der Sandbänke treiben lassen, würde man den Kommandanten zur Verantwortung ziehen. Kriegsgerichte waren meist der Ansicht, daß Kommandanten zwar gewöhnlich wenig Arbeit haben, sie aber für alles verantwortlich sind. Also sollte Aitken sich hier ruhig erproben.

»Mr. Aitken«, fragte er, »sehen Sie an Steuerbord das lange Haus mit den rosa Wänden und dem roten Dach? Und das graue Lagerhaus an Backbord?«

»Ja, Sir!«

»Ankern Sie zwischen beiden, ungefähr ein Drittel der Distanz von Osten gerechnet.«

»Aye, aye, Sir!«

»Ich dachte an Springs«, sagte Ramage ganz nebenhin. So ließ er, ohne daß die Holländer es ahnten, Aitken verstehen, daß er der *Calypso* genug Raum zum Schwoien lassen sollte, um im Notfall auf die Stadt feuern zu können.

»Ja, Sir.« Aitken antwortete jetzt mit so deutlichem schottischem Akzent, daß Ramage ihn nur schwer verstehen konnte: »Es ist ein schöner Platz, um eine Spring auf die Ankertrosse zu setzen.«

Ramage beobachtete, wie die Batteriewälle an der *Calypso* vorbeizogen. Der Kanal wurde hier so eng, daß ein paar gute Männer sicherlich Sorgleinen an jeder Seite an Land werfen konnten. Van Someren drehte sich um und meinte besorgt: »Sie segeln hoffentlich nicht zu weit nach innen. Es wird da flach, Richtung Schottegatt, wo die Kaperschiffe liegen.«

Wurde es dort wirklich flach, oder machte Exzellenz sich Sorgen wegen der Kaperer? Man konnte nicht sicher sein. Ramage hatte für den Kanal in Amsterdam und das Schottegatt keine Karte, doch es schien wahrscheinlich, daß das schmale Wasser weiter innen auch flacher würde. Ehe die Unterschriften nicht auf der Kapitulationsurkunde standen, dachte er, ist es klüger, mißtrauisch und auf der Hut zu bleiben.

Plötzlich verstand er, was Southwick gemeint hatte. Wenige Augenblicke nachdem er mit dem Gouverneur an Deck zurückgekehrt war, hatte Southwick sich auf dem Achterdeck überaus beschäftigt gezeigt, hatte Kompaßpeilungen von allen möglichen Punkten in Amsterdam genommen und sehr laut gemurmelt, als Ramage vorbeiging. »Das waren drei, fünf und sechs.«

Ramage hätte das fast überhört. Es waren offenbar keine Peilungen, und die Zahlen bedeuteten nichts – bis jetzt jedenfalls. Southwick wußte nicht, was die Holländer vorhatten, weil es bisher keine Gelegenheit gegeben hatte, ihn einzuweihen. Doch auf seine eigene kluge Weise erinnerte Southwick seinen Kommandanten an etwas.

Die Kriegsartikel waren unzweideutig, wenn es um die Behandlung von Feinden ging. Ramage erinnerte sich an den genauen Wortlaut von Artikel drei: »Jeder Offizier, Matrose, Soldat oder andere Angehörige der Flotte, der Feinden oder Rebellen Informationen gibt oder Informationen von ihnen erfährt ohne Erlaubnis des Königs, des Ersten Lords der Admiralität, des Oberkommandierenden oder seines Kommandanten, soll, wenn ein Kriegsgericht ihn für schuldig findet, mit dem Tode bestraft werden.« Mit dem Tode, in großen Buchstaben stand es so in den Kriegsartikeln. Nun, zu Gesprächen hatte Ramage keinerlei Erlaubnis von Admiral Foxe-Foote.

In den Artikeln fünf und sechs war Tod nicht in Großbuchstaben geschrieben, was sonst bedeutete, daß ein Schuldspruch immer mit dem Tod geahndet werden mußte. Die anderen legten lediglich fest, daß je nach Art des Vergehens auf Tod oder eine andere Strafe erkannt werden konnte.

Fünf befaßte sich mit »allen Spionen und anderen Personen, die sich als Spione einschlichen, um Briefe und Botschaften von Feinden oder Rebellen einzubringen«, oder die versuchten, Kapitäne oder andere Angehörige der Flotte zum Verrat zu verführen. Dies könnte Seine Exzellenz und seine beiden Begleiter betreffen.

Nummer Sechs würde schon auf Ramage zutreffen, wenn er seiner Exzellenz auch nur einen Drink angeboten hätte. Was er schon getan hatte, fiel ihm grimmig ein. Hätte er den Rum-Punsch angenommen, wäre Kapitän Ramage schuldig gewesen, denn »kein Angehöriger der Flotte darf einem Feind oder Rebellen Geld, Lebensmittel, Kugeln, Waffen, Munition oder irgend etwas anderes direkt oder indirekt zukommen lassen ...«

Direkt oder indirekt hatte jetzt eine neue Bedeutung angenommen: Gerade ging die *Calypso* mit dem Bug in den Wind, die Vormarssegel standen back, der Anker würde gleich fallen. Wenn sie jetzt auf Grund lief, wenn sich das hier als eine gigantische Falle entpuppen würde – hätte Kapitän Ramage dem Gouverneur von Curaçao all jenes aus dem Kriegsartikel übergeben und dazu noch ein paar Tonnen von »irgend etwas anderem«.

Wie die meisten Gesetze, die das Parlament in seiner ungeheuren Weisheit verabschiedete, waren auch die Kriegsartikel ein sehr feinmaschiges Fischnetz, in dem sich unterschiedslos alles fing, Haie wie kleine Fische und manchmal auch wassergetränkte Baumstämme. Klatschend fiel der Buganker genau dort, wo er es erwartet hatte. Es roch versengt, denn beim Ausrauschen erhitzte sich der Hanf beim Gleiten durch die Ankerklüse. Jetzt driftete die *Calypso* achteraus, gedrückt von den backstehenden Vormarssegeln. Zug kam auf die Ankerleine, und der Anker grub sich ein. Wenn der Gouverneur und seine Adjutanten wieder an Land waren, würden die Springs an die Ankerleine gesetzt, damit die *Calypso* notfalls beide Hälften der Stadt unter Feuer nehmen konnte.

Die Holländer redeten munter miteinander, und Ramage schalt sich, weil er die Sprache nicht verstand. Van Someren wandte sich ihm zu: »Wenn ich eine englische Redensart zitieren darf und Ehre dem gebe, dem sie gebührt, gratuliere ich Ihnen und Ihrer Besatzung. Ich habe noch nie erlebt, daß ein Schiff dieser Größe so elegant vor Anker ging – nicht mal von Kapitänen, die schon ein paar hundertmal hier waren. Waren Sie früher schon einmal hier?«

Ramage grinste und schüttelte den Kopf. »Keiner von uns war hier. Aber Sie sollten Ihr Kompliment meinem Ersten Offizier machen: Er war verantwortlich für das Schiff.«

Van Someren nickte, und Ramage rief Aitken heran. Es

war kein Fehler, den Holländern zu zeigen, daß auf der *Calypso* der Kommandant nicht der einzige war, der ein Schiff auf so beengtem Raum manövrieren konnte. Aitken zeigte sich vom Lob des Gouverneurs sehr überrascht. Wahrscheinlich, so schätzte Ramage, glaubte Seine Exzellenz, der jüngere Offizier würde das Schiff nur beim Auslaufen kommandieren ...

Der Gouverneur sagte zu Ramage: »»Ich würde jetzt gern an Land gehen, um unser formelles Treffen vorzubereiten. Dann würde ich mich freuen, wenn Sie und ihre Offiziere heute zum Abendessen Gäste in der Residenz sein könnten!«

Er sah, wie Ramage zögerte, und fügte hinzu: »Ich bin sicher, wir werden bis dahin unsere Verhandlungen abgeschlossen haben. Meine Frau und meine Tochter werden erfreut sein, endlich mal andere Tanzpartner zu haben.«

Ramage dachte an die Tochter und stimmte sofort zu. Der junge Kenton, jüngster Offizier, würde an Bord bleiben müssen. Es sei denn, Southwick verzichtete auf einen Abend an Land zugunsten einiger ruhiger Stunden an Bord.

Eine Stunde später saßen Ramage und Aitken in voller Uniform, offenbar in einer Privatkanzlei, dem Gouverneur und Major Lausser gegenüber. Das dunkle Rotbraun des großen rechteckigen Tisches kontrastierte mit dem kühlen Weiß der Wände und dem schwarzen Marmor des Fußbodens. Paolo hatte Ramage an Land begleitet, und als sie der Frau des Gouverneurs und der Tochter vorgestellt worden waren, hatten die beiden Frauen den Jungen auf einen Rundgang in die Stadt entführt.

Die Tochter war eine Schönheit; sie war so überraschend schön wie eine Jasminblüte auf einer öden Insel. Ihr kornfarbenes Haar glänzte wie Gold. Blaue Augen verrieten ihren Humor. Volle Lippen deuteten an ... – nun ja, sie deuteten nicht nur an. Körperlich war sie das genaue Gegenteil von Gianna; sie war nur ein paar Zoll kleiner als Ramage, Gianna dagegen war deutlich unter fünf Fuß groß. Sie hatte volle Brüste, Gianna kleine und feste. Gianna war die gebieterische kleine Italienerin, Maria van Someren die typische blonde Amazone, keineswegs grobknochig oder mit harten Zügen, sondern eine junge Frau, die einem Mann ohne zu erröten und ohne Scheu in die Augen sehen konnte. Er hatte sie zum erstenmal im Wohnzimmer getroffen. Sie trug ein langes, weißes Kleid nach französischer Mode, tief ausgeschnitten und eng anliegend. Ramage war sich ganz sicher, daß sie wußte, was er sich bei ihrem Anblick vorstellte: sie dort nackt zu sehen, elegant und stolz. Sie hatte sich ganz leicht verbeugt, als sie vorgestellt wurde, und Ramage dachte bei dieser Verbeugung an ihre Brüste, die sich etwas bewegten, und die Brustwarzen, die über die Seide ihres Kleides glitten.

»Stimmen Sie zu, Mylord?«

Ramage küßte gerade diese Brustwarzen, als er sich plötzlich in der Kanzlei wiederfand, wo drei Männer auf seine Antwort warteten. Die Antwort worauf?

»Es tut mir leid«, sagte er gedehnt. »Ich dachte gerade an etwas anderes.« Es hatte den Eindruck, als ob er bedeutsamen Gedanken nachgegangen hatte, wie zum Beispiel die Bedeutung Curaçaos im Vergleich zu Antigua oder die Amsterdams verglichen mit English Harbour. Doch diese Frau war unvergleichlich.

»Würden Sie bitte die Frage wiederholen?«

Der Gouverneur zeigte mit einem Lächeln Verständnis. Wichtige Fragen mußten gründlich durchdacht werden. »Ich fragte, ob wir beginnen können?«

»Wir sind soweit!« antwortete Ramage und sah Aitken an, der bereit war, Notizen zu machen, falls nötig.

Der Gouverneur fragte: »Sie wollen sicher wissen, warum ich Ihnen die Insel übergebe – besser gesagt, warum ich sie Großbritannien übergebe.«

»Das frage ich mich seit dem Augenblick, da Sie zum erstenmal davon sprachen, Exzellenz!« antwortete Ramage trocken. »Um diese Frage werden sich auch alle anderen drehen!«

»In der Tat, in der Tat. Doch ich gebe zu, die Übergabe geschieht nicht so ganz simpel.«

Es gibt also doch einen Haken, dachte Ramage ärgerlich. Jetzt stellt er seine Bedingungen. Sie können meine Insel, eingewickelt in Brüsseler Spitzen, haben unter der Bedingung, daß ...

»Aber sehr kompliziert ist die ganze Sache auch nicht. Wenn ich sie Ihnen erklärt habe, werden Sie den Rauch im Westen der Insel und die gelegentlichen Schüsse verstehen können.

Sie werden sich sicher erinnern, wie sich die Franzosen die Vereinten Niederlande angliederten. Unser Prinz mußte fliehen und lebt jetzt als Flüchtling in England. Jeder, der etwas gegen Frankreich oder die Revolution hatte, wurde ...« Er machte mit der Hand eine Bewegung, die an ein Fallbeil erinnerte.

»Wir hier in den fernen Kolonien mußten uns damals entscheiden, wie wir unserem Land am besten dienen könnten. Wir hatten drei Möglichkeiten: Wir hätten nach England oder in eine britische Kolonie fliehen können. Wir hätten uns aus dem öffentlichen Leben zurückziehen können, allerdings mit einem großen Risiko. Man hätte uns jederzeit verhaften und als Verräter an der republikanischen Sache anklagen und dann enthaupten können. Oder wir konnten – jedenfalls nach außen hin – der republikanischen Sache dienen in der Hoffnung, unsere eigenen Landsleute zu schützen. Hätten wir diese Aufgaben nicht übernommen, hätten die Franzosen ihre eigenen Leute geschickt.

War's richtig, war's falsch? Ich entschied mich für diese dritte Möglichkeit und blieb Gouverneur. Bis vor kurzem konnte ich die Menschen hier vor den schlimmsten Exzessen bewahren, für die die französische Regierung in Europa bekannt wurde – oder sagen wir besser, berüchtigt wurde.«

Er unterbrach sich, um Wasser aus einer Karaffe in sein Glas zu gießen. Er trank einen Schluck und fuhr dann fort: »Doch kürzlich – in den letzten paar Monaten – haben einige unserer wilden jungen Männer sehr heftig die französische Revolution unterstützt – oder sagen wir ihre revolutionäre Prinzipien. Sie haben sich im Westen der Insel getroffen, haben Sklaven befreit, drohten, meine Verwaltung umzustürzen. Die ist ihrer Meinung nach nicht revolutionär genug – obwohl alles, was ich tue, den Segen von Paris hat!«

»Haben die Leute einen Anführer?«

»Anfangs hatten sie ein Komitee. Das Befreiungskomitee nannten sie es. Jetzt ist der neue Führer einer der französischen Kaperkapitäne, der alle Mann von Bord gehen ließ, um die Revolutionäre zu verstärken. Es klingt vielleicht etwas ungewöhnlich für den Gouverneur einer Insel, die zur Batavischen Republik gehört: Aber die Burschen wollen all das zerstören, was die meisten hier Lebenden als Grundlage ihrer Existenz sehen.«

»Der Rauch . . .«, warf Ramage ein.

»Stammt aus Dörfern und von Plantagen, die die Rebellen niederbrennen!«

»Warum?« Ramage wollte die Gründe für ein Handeln wissen, mit dem man auch sich selbst Schaden zufügte.

»In einigen Fällen, weil die Bewohner sich nicht den Rebellen anschließen wollten. Manche haben meine eigenen Truppen zur Verteidigung benutzt. Doch vor allem, weil ihr Führer, der Kaperkapitän, ein Mörder ist. Er hat Freude am Töten und Zerstören, an Raub und Vergewaltigung. Man sagt, er sei verrückt.«

»Wo stehen Ihre Truppen jetzt?«

»Ich habe sie hierher zurückgenommen, damit sie den Hafen verteidigen!«

»Sind sie loyal?«

»Mir gegenüber, ja. Es sind nur hundert Männer, dazu kommen die Kanoniere von den Forts und etwa zwei Dutzend Infanteristen.«

»Wo liegen die Sympathien all der anderen Leute in Amsterdam und auf Curaçao?«

»Sie stehen alle gegen die Rebellen. Die meisten sind Händler, die in Frieden gelassen werden wollen, um ihren Geschäften nachzugehen. Mit dem jetzigen Krieg haben sie überhaupt nichts im Sinn. Sie wissen ja, daß Amsterdam eins der wichtigsten Handelszentren auf dieser Seite des Atlantiks war. Jetzt hat der Krieg so gut wie allen Handel einschlafen lassen. Der Handel mit England ist abgeschnitten, Frankreich hat kein Geld und Spanien auch nicht. Wir existieren von dem bißchen kümmerlichen Handel mit dem südamerikanischen Festland. Unsere Läger sind voll bis unters Dach – aber alle Waren lagern schon jahrelang hier.«

»Exzellenz.« Ramage benutzte ausdrücklich dieses Wort, um deutlich zu machen, daß er jetzt als offizieller britischer Vertreter sprechen würde. »Sie wissen, daß Sie und Ihre – ja, sagen wir – gesetzgebende Körperschaft für meine Regierung Rebellen sind. Sie sind gegen das Haus Nassau, das meine Regierung als die legitimen Herrscher der Vereinigten Niederlande immer noch anerkennt. Jetzt werden Sie von Leuten angegriffen, die Sie Ihrerseits Rebellen nennen. Ihr Problem ist, präzise gesagt, eine Revolution innerhalb einer Revolution.«

Van Someren schwieg einige Augenblicke. Seine Augen hatten sich verengt. Er erinnerte an einen Ostasiaten. Er drückte seine Hände vor sich auf dem Tisch zusammen, bis seine Knöchel weiß wurden. »Sie sprechen wie ein Diplomat, Mylord«, sagte er ohne Feindschaft. Die nächsten Worte wählte er sehr sorgfältig. »Und wie ein Diplomat wollen Sie für Ihr Land das Beste aus einer Sache herausholen. Mir geht es nur darum, Leben zu retten. Hier in

Amsterdam leben ein paar hundert unschuldige Menschen, Männer, Frauen und Kinder. Wir haben Grund zur Annahme, daß die Rebellen die Stadt zuerst plündern und in Flammen aufgehen lassen werden.«

»Warum sollten sie das tun?«

Van Someren ließ sich von Major Lausser, der ein paar Papiere vor sich auf dem Tisch ordnete, einen Brief geben.

»Verstehen Sie Französisch, Mylord?«

»Ja, Exzellenz.«

Ramage nahm den Brief entgegen. Er gab sich Mühe, nicht über die Art und Weise zu lächeln, wie jeder die Titel des anderen benutzte. Und er fand, daß eine Marineuniform nicht an einen Verhandlungstisch paßte. Der Brief hatte nur wenige Zeilen. Er kam von einer Gruppe, die sich selbst als »Revolutionäres Komitee der Batavischen Republik in den Antillen« bezeichnete. Der Brief sprach den Gouverneur namentlich an. Ohne Vorrede hieß es darin, daß, sollte der Gouverneur nicht am Mittag eines bestimmten Tages – den Ramage nicht ausmachen konnte, weil er den Kalender der Revolution nicht verstand – die Stadt Amsterdam übergeben, sie niedergebrannt würde. Das Komitee übernahm keine Verantwortung für die Sicherheit von Frauen und Kindern. Die Männer würden als Verräter behandelt.

Ramage faltete den Brief wieder zusammen, um ihn dem Gouverneur zurückzugeben. Doch dann öffnete er ihn noch einmal, las die Unterschrift und sagte zu Aitken: »Notieren Sie bitte mal den Namen, Adolphe Brune, Führer der Kaperer.« Er buchstabierte den Namen und gab dann dem Gouverneur den Brief zurück.

»Ich nehme an, das macht Ihnen die Entscheidung leicht!« sagte der Gouverneur.

»Sie haben etwa hundert Männer, ausgebildete Soldaten?«

»Ja. Die meisten sind Artilleristen!«

»Auf der anderen Seite stehen eintausend Republikaner?« Ramage hatte die Zahl erfunden, um van Somerens Reaktion zu beobachten.

»So viele sind es nicht. Wir schätzen, es sind höchstens fünfhundert. Die Kaperer hatten alle zuwenig Besatzung. Wahrscheinlich sind sie nur dreihundertfünfzig Mann stark. Als es losging, sammelten sich hier etwa hundert Republikaner. Denen haben sich sicher noch ein paar Leute angeschlossen – die üblichen, wie soll ich sagen, Mitläufer. Wir denken, es sind etwa fünfzig.«

»Und die haben zuwenig Waffen und zuwenig Pulver?«

Van Someren schüttelte den Kopf. »Leider haben sie von allem ausreichend. Jeder Kaperer hatte ja Waffen, Musketen, Pistolen, Entermesser für mindestens fünfzig Mann. Also können sie fünfhundert Rebellen bewaffnen. Ehe ich meine Truppen zurücknahm, haben mir Patrouillen von Männern berichtet, die sie auf Posten überraschten. Neben jedem lagen drei geladene Musketen.«

»Wie viele Männer wurden auf den Kaperschiffen zurückgelassen?«

Gerade als er die Frage stellte, fiel Ramage auf, daß er einen schlimmen Fehler gemacht hatte. Er hatte nicht verhindert, daß sich jemand von den Kaperschiffen an Land stehlen konnte, um in die Berge zu reiten und Brune zu berichten, daß eine britische Fregatte im Hafen lag und ihr Kommandant in der Residenz mit dem Gouverneur verhandelte.

»Vielleicht pro Schiff einen oder zwei Mann.« Er schien Ramages Gedanken zu erraten. »Ich habe versteckte Posten bei den Schiffen, die jeden festnehmen, der mit einer Nachricht an Land und in die Berge will.«

Ramage wünschte sich, er hätte eine Feder oder einen Bleistift zum Spielen. Es saß sich hier am Tisch mit aufgestützten Ellenbogen und übereinandergelegten Händen sehr bequem – doch es förderte nicht gerade klare Gedanken. Ideen entstanden, wenn Hände sich bewegten. Gefaltete oder übereinanderliegende Hände erinnerten ihn an

Landpfarrer oder Priester, die mit lauter Stimme erschrekkende Allgemeinplätze von sich gaben. Und Bischöfe, dachte er bitter, sind die wahren Vertreter solcher Kunst. Aber diese Herren saßen auch nicht in Gouverneurspalästen auf feindlichen Inseln und mußten sich nicht den Kopf zerbrechen über ihre nächsten Maßnahmen.

»Zufrieden?« fragte van Someren. Seine Stimme verriet Ungeduld. Dieser englische Offizier war keineswegs begeistert von der Tatsache, daß sich ihm gerade die reichste holländische Insel in der Karibik ergeben hatte.

Der Holländer beobachtete genau. Dieser Lord Ramage saß völlig unbewegt da, wie eine Katze, die auf eine Maus lauert. Er bewegte seine Hände nicht und ließ auch nicht – wie Lausser – seine Fingergelenke knacken. Es war unmöglich, seine Gedanken zu erraten. Seine Augen, tief unter buschigen Brauen verborgen, waren ausdruckslos. Er hatte lediglich ab und zu mit seiner linken Hand auf die Tischplatte geklopft, wenn sein Leutnant sich etwas notieren sollte. Doch van Someren bemerkte wohl, daß es immer Namen oder Zahlen waren, niemals ein Satz aus der Verhandlung. Ganz sicher war dieser Lord kein Diplomat. Ihn interessierten nur Fakten, nicht Phrasen.

Im Augenblick war sich van Someren gar nicht mehr sicher, ob Lord Ramage die Kapitulation der Insel überhaupt entgegennehmen würde. Doch es war für Curaçao sicherlich ein Glücksfall, daß er als Kommandant einer britischen Fregatte plötzlich vor dem Hafen aufgekreuzt war. Wäre die französische Fregatte eingelaufen, wären genügend Männer an Land zu den Rebellen gestoßen, um das Gleichgewicht zu stören. Das französische Schiff hätte dafür gesorgt, daß die Rebellen die Stadt unter Kontrolle bekämen. Man hätte ihn gefangengesetzt und ohne Zweifel exekutiert. Wie durch ein Wunder hatte Ramage die Fregatte erobert. Daß die *Calypso* jetzt im Hafen lag, war fast so gut wie die Ankunft der längst überfälligen *Delft*. Gott sei Dank belästigte ihn Maria nicht jeden Tag mit Fragen nach dem Schiff. Die Fregatte hätte vor sechs Wochen ankommen müssen – mehr war ihm nicht bekannt. Entweder war sie in den Niederlanden aufgehalten, oder aber durch Stürme oder Flauten behindert worden. Vielleicht hatte man sie aber auch gekapert und versenkt.

Jetzt beobachtet mich dieser Ramage. Den braunen Augen entgeht kaum etwas. Und dann reibt er eine der beiden Narben auf seiner Stirn, als jucke ihn dort ein Mückenstich. Nur der Leutnant beobachtet ihn plötzlich ganz genau. Also hat das Reiben der Narbe etwas zu bedeuten.

»Würden Sie bitte kurz wiederholen, Exzellenz, was Sie ganz genau vorschlagen? Bitte langsam, damit Mr. Aitken mitschreiben kann, so daß ich einen Bericht für meinen Admiral habe.«

Van Someren war Ramage fast dankbar, daß der Kapitän etwas Schriftliches für seinen Vorgesetzten haben wollte. Klüger wäre es gewesen, wenn er von den Holländern ein Dokument verlangt hätte. Doch van Someren war natürlich klar, daß kein solches Dokument nötig war, wenn man sich geeinigt, den Vertrag unterschrieben und besiegelt hätte und die Insel übergeben worden wäre. Wie gut, daß ihm sein Englisch langsam wieder einfiel. Wie gut, daß er mit seiner kleinen Tochter Englisch und Französisch gesprochen hatte. Sie beherrschte jetzt beide Sprachen, und auch ihm hatte diese Übung gutgetan. Jetzt kam es darauf an, die richtigen Worte zu finden. Die richtigen Worte für Marineoffiziere, nicht für Diplomaten.

»Als Gouverneur von Curaçao möchte ich die Insel mit allen Menschen, Truppen, Vorräten, Fahrzeugen und Waffen Seiner Britannischen Majestät übergeben...« Er machte eine Pause, weil Aitken ihm bedeutete, langsamer zu sprechen. »...für die Garantie Seiner Majestät, die Insel und ihre Bewohner zu schützen.«

»Ein klarer Tausch,« sagte Ramage. »Wir bekommen die Insel, Sie werden gegen die Republikaner verteidigt – oder genauer, gegen die Rebellen.«

Über solche Direktheiten sollte man eigentlich lächeln. Ein Diplomat hätte fünf Minuten herumgeredet, um dasselbe zu sagen. »Auf die einfachste Formel gebracht, haben Sie recht.«

»Und, Exzellenz, Sie geben mir Ihr Ehrenwort, daß die Lage auf der Insel so ist, wie Sie sie beschrieben haben?«

»Sie verlangen sehr viel. Ich kann in der Sache unmöglich mein Ehrenwort geben. Ich mußte mich auf die Berichte von Patrouillen verlassen. Die haben wir jetzt eingestellt. Bei meiner Ehre kann ich Ihnen im Augenblick nicht sagen, was sich gerade auf der Insel tut. Ich kann Ihnen mein Wort geben – und tue es auch, daß alles, was ich Ihnen berichtet habe, der Lage entspricht, die ich kenne.«

Mit dem jungen Mann mußte man ehrlich sein. Er war nicht arglos, ganz bestimmt nicht. Aber er hatte ganz offensichtlich keine Zeit für all den Takt, die Andeutungen und Täuschungen, derer Diplomaten sich normalerweise bedienten. Er wollte genau wissen, was auf ihn zukam, wenn er die Kapitulation der Insel entgegennahm.

»Sie wollen eine Garantie, daß die Briten die Insel und ihre Bewohner verteidigen?«

»Ja.«

Bei einer so einfachen Frage konnte es nur eine einfache Antwort geben – doch genau darin lag die Gefahr: Diesem Lord Ramage fehlte sicher – oder er verachtete sie – die Gewandtheit eines Diplomaten. Doch er begriff schnell genug, um was es wirklich ging.

Und jetzt schüttelte er den Kopf. Sein Leutnant hatte die Feder niedergelegt, und Lausser seufzte unterdrückt – was absolut unnötig und taktlos war. Es gab keine Veranlassung, diesem jungen Mann seine Enttäuschung zu erkennen zu geben. Enttäuschung! Wohl kaum das richtige Wort, wenn das Kopfschütteln eines Mannes die eigene

Exekution bedeutete. Gott allein weiß, was Weib und Tochter widerfahren wird ... Aber man muß lächeln. Man muß bei Laune bleiben. Und man muß natürlich auch bluffen.

»Die Aussicht, Ihrem Oberkommandierenden zu melden, daß Sie die Insel Curaçao erobert haben, reizt Sie nicht, Mylord? Ich dachte, sie würde es. Ich dachte, es würde weiteren Ruhm auf Ihre Schultern häufen.«

»Die *Idee* gefällt mir gut, Exzellenz, aber Sie bitten um eine Garantie, daß die Briten Ihre Insel verteidigen. Im Augenblick, und darauf kommt es jetzt nur an, bin ich die einzige Person, die die Garantie abgeben muß.«

»Aber ich sehe darin keine Schwierigkeit ...«

»Exzellenz!« Plötzlich war seine Stimme hart, fiel van Someren auf. »Ich habe etwa zweihundert Matrosen und vierzig Seesoldaten. Ich kann Ihnen doch nicht garantieren, Sie mit so wenigen Männern zu verteidigen!«

»Und unsere eigenen Truppen? Zusammen sind wir eine beachtliche Streitmacht!«

Wieder schüttelte er den Kopf. »Sie nehmen an, ich kann meine Männer an Land übersetzen lassen wie ein paar Kompanien Infanterie. Aber nur die Seesoldaten sind ausgebildet wie Fußsoldaten. Meine Matrosen sind monatelang barfuß gelaufen. Wenn sie Schuhe oder Stiefel anziehen, haben sie in einer Stunde Blasen an den Füßen. Fünfzig Mann müßte ich sowieso an Bord behalten.«

»Nun gut, wenn Sie nicht kämpfen wollen ...«

Wieder dieser Blick. Es klang ja fast wie eine Beleidigung, obwohl es so nicht gemeint war. Die Worte zeigten nur, wie enttäuscht er darüber war, daß binnen Stunden die *Calypso* Amsterdam wieder verlassen würde.

»Exzellenz, Sie sollten nicht annehmen, daß wir nicht kämpfen wollen, bloß weil wir eine französische Fregatte ohne einen Schuß erobert haben.«

»Bitte, nehmen Sie meine Entschuldigung an!« Anders ging es nicht, und er wollte die Achtung des jungen Mannes nicht verlieren.« Gibt es keine andere Möglichkeit, uns zu helfen? Habe ich Ihnen nicht bewiesen, daß die Franzosen jetzt nicht nur Ihre, sondern auch unsere Feinde sind?«

»Ich könnte Ihnen vielleicht helfen, Exzellenz, aber nicht zu Ihren Bedingungen.«

Was bietet er an? Ist er schließlich doch ein Schlitzohr? Habe ich ihn falsch eingeschätzt? Nein, das ist unmöglich. Nun, Worte kosten nichts außer Zeit. Man kann sie hinterher immer noch drehen oder umdeuten.

»Aber ich habe keinerlei Bedingungen gestellt!«

»Sie haben angeboten, sich unter einer Bedingung zu ergeben, Exzellenz. Vielleicht sollte ich nicht Bedingung sagen, sondern Voraussetzung.«

»Bitte, werden Sie deutlicher.« Vielleicht gab es doch noch Hoffnung.

»Ich kann Ihnen nicht *garantieren*, diese Insel zu verteidigen. Ich kann die Kapitulation dieser Insel entgegennehmen und hoffen, daß mein Oberkommandierender Schiff und Truppen zu Ihrer Verteidigung schickt. Aber es würden mindestens vier Wochen vergehen, ehe sie ankommen, falls der Admiral das überhaupt akzeptiert. Und das wäre viel zu spät. Die nächsten vier Tage sind entscheidend für Sie. Wenn Sie die nächsten vier Tage überstehen, sind Sie vier Wochen lang sicher.«

»Aber wie können wir das?«

»Sie können es in der Tat nicht, Exzellenz.«

»Und Sie weigern sich, uns zu helfen?«

»Wie es aussieht, ja. Im Augenblick sind Sie mein Feind – vergessen Sie nicht, wir verhandeln hier unter der weißen Flagge des Waffenstillstands. Wenn ich Ihnen helfe, mache ich mich des Hochverrats schuldig, da ich dem Feind helfe.«

Natürlich hatte er absolut recht. Dieser Ramage ließ sich durch die Idee einer Kapitulation der Insel nicht verführen. »Also, Mylord, haben wir wieder eine Pattsituation?«

Wieder schüttelte er den Kopf. Eine ziemlich typische Bewegung. Hatte er noch einen weiteren Vorschlag? Sein Leutnant schaute ihn einigermaßen überrascht an. Lausser saß nur stocksteif da. »Was schlagen Sie vor?« Die Worte kamen schwer, aber Ramage fiel das offenbar nicht auf.

»Ergeben Sie sich ohne jede Bedingung, Exzellenz!«

»Aber, Mylord, wie können Sie das erwarten? Sie unterschreiben und siegeln die Urkunde und segeln auf und davon, und wir werden hier von den Rebellen umgebracht!«

»Das könnte ich.« Jetzt sah er ihm genau in die Augen. »Aber alles, was ich dann besäße, wäre ein wertloses Stück Papier – keine Insel. Glauben Sie, ich würde das tun?«

»Nein, das glaube ich in der Tat nicht.« Das mußte man wirklich ehrlich zugeben. »Aber warum weisen Sie dann meine Bedingung zurück?«

»Exzellenz, das habe ich Ihnen schon gesagt. Ich kann keine Urkunde unterzeichnen, die etwas garantiert, was nicht garantiert werden kann. Es gibt sicher Leute, die eine Urkunde unterzeichnen, die Sonnenaufgang im Westen garantiert. Ich gehöre nicht zu denen.«

»Was schlagen Sie also vor?« Ich, Gottlieb van Someren, Gouverneur von Curaçao, dreiundsechzig Jahre alt, einst Träger hoher Ämter und Titel wie meine Vorfahren, jetzt nur noch »Bürger«, frage einen jungen Briten, den Kommandanten einer Fregatte, was ich mit der Insel anfangen soll, die ich verwalte! Das ist die Ironie von Krieg und Revolution. Auch die Natur läßt uns im Stich. Warum kommt die *Delft* nicht?

»Sie haben nur eine Wahl, Exzellenz – und Sie kennen die einzige Möglichkeit bereits.«

»Ich ziehe es vor, sie von Ihnen zu erfahren.«

»Übergeben Sie diese Insel ohne jede Bedingung und stellen Sie sich unter den Schutz Seiner Britannischen Majestät. Ich wiederhole den letzten Teil – stellen Sie sich unter den Schutz Seiner Britannischen Majestät. Garantiert wird Ihnen nichts.«

»Und werden Sie mir und den Menschen hier helfen?«
Jetzt grinste er wie ein Junge. Nicht listig oder verschlagen, sondern ganz zufrieden.

»Die bedingungslose Kapitulation hilft mir, Ihnen zu helfen. In diesem Augenblick kann ich Ihnen in keiner Weise helfen. Ja, es ist sogar fraglich, ob ich überhaupt hier mit Ihnen reden dürfte. Denn Sie sind ja immer noch der Feind. Wenn Sie sich ergeben und sich unter britischen Schutz stellen, sind Sie mein Verbündeter. Und mit dem ruhigsten Gewissen kann ich dann alles unternehmen, um Ihnen zu helfen. Aber mit gutem Gewissen kann ich keinerlei Garantie unterzeichnen. Wollen wir also jetzt eine kurze Kapitulationsurkunde aufsetzen und sie alle vier unterzeichnen?«

Jetzt leuchteten die Augen des englischen Leutnants. Wenn sein Name auf einer Urkunde stand, in der die Briten die Kapitulation der Insel Curaçao entgegennahmen, würde sein Name in die Geschichte eingehen. Und seiner auch – aber aus gegenteiligen Gründen. »Ja, lassen Sie uns mit einem Rohentwurf beginnen . . .«

Aitken sah auf den Bogen Papier, den Major Lausser ihm über den Tisch geschoben hatte. Es war ein großes Blatt, zweimal gefaltet, um so vier Seiten zu ergeben. Drei waren mit der sauberen, gestochen klaren Schrift des Amtsschreibers bedeckt, der Wort für Wort den Entwurf abgeschrieben hatte, auf den der Gouverneur und der Kapitän sich geeinigt hatten.

Aitken wischte die Federspitze mit einem Stückchen Stoff ab und tauchte sie in die Tinte. Dies war ein wichtiger Augenblick. Sein Name stand auf einem Dokument, einer Urkunde der bedingungslosen Kapitulation, mit der sein Kommandant die Übergabe einer ganzen Insel entgegennahm. Bei gutem Wind bräuchte die *Calypso* vier oder fünf Stunden, um vom einen zum anderen Ende zu segeln. Vierhundert Quadratmeilen, vielleicht auch mehr. Der

Kapitän bestand darauf, daß er sie laut und ganz durchlas, so daß alle hören konnten, daß er sie verstand. Erst dann, nicht früher, durfte er sie als einer der Vertreter Seiner Britannischen Majestät unterzeichnen.

Davon würde die *London Gazette* berichten, ganz sicher. Sie würde die Kapitulation melden, den Wortlaut der Urkunde abdrucken und dabei auch seinen Namen nennen. Eine offizielle staatliche Urkunde, auf der sein Name stand! Er genoß es, langsamer zu lesen, obwohl die beiden fremden Herren Zeichen von Ungeduld von sich gaben. Er wußte, daß seine Hand noch zittern würde. Doch so unterschreiben wollte er nicht.

Es war ein langer Weg von Dunkeld nach Amsterdam – vom Schottischen Hochland zu dieser verdorrten tropischen Insel vor der südamerikanischen Festlandsküste. Trotz aller Unruhe und aller Kämpfe der letzten paar Monate erschienen ihm diese letzten vierundzwanzig Stunden fast unglaubhaft. In diesem Augenblick lag die Fregatte, deren Erster Offizier er war und damit Zweiter Mann an Bord, quer vor der Einfahrt in den Hafen von Curaçao, dem wichtigsten Stützpunkt der Niederlande in Westindien. Ohne Ramages Einverständnis kam kein Mann und kein Schiff aus dem Hafen. Jetzt wurde auch der Kommandant ungeduldig. Doch noch immer zitterte seine Hand.

»Unterzeichnen Sie unter Major Lausser. Ihren vollen Namen bitte. Und dann ›Leutnant der Royal Navy und stellvertretender Kommandant Seiner Majestät Fregatte *Calypso*‹. Das bitte darunter. Und keine Wischer oder Flecken.«

Der Kapitän sprach leise – so wie in den letzten paar Stunden immer. Was für Stunden! Es hatte Augenblicke gegeben, in denen Ramage holländische Wünsche einfach abgelehnt hatte – unverständlicherweise. Er, James Aitken, hätte den Holländern zugestimmt. Doch ein paar Minuten später zeigte sich, wie klug der Kommandant die Situation beurteilt hatte. Er hatte weit genug vorausgeschaut, Schwierigkeiten erkannt, und der holländische Gouverneur hatte schließlich zugestimmt.

Hier lag nun das Ergebnis. Ein gefalteter Bogen Papier im Tausch für eine Insel, die fast vierzig Meilen lang war und deren Hafen nach Port Royal auf Jamaica und Cartagena auf dem Festland an dritter Stelle lag. Und da standen die Unterschriften – Gottlieb van Someren, Gouverneur. Lausser, Major. Ramage, Kapitän. Und jetzt auch Aitken, Leutnant.

Er hatte es geschafft, ohne Zittern und ohne Klecks zu unterschreiben. Seine Unterschrift war ein bißchen unsicher, aber auch Lausser war nervös gewesen. Denn ehe er unterschrieb, hatte er sich die Hand abgewischt, sicher weil sie feucht war. Schweiß deutete auf Nervosität hin. Und in diesem Raum war es angenehm kühl. Das Haus war so gebaut, daß der Passat durch die ganze Länge strich. Jalousien hielten die Hitze fern.

Jetzt wurde ein zweites Exemplar über den Tisch gereicht. Die französische Version. Der Gouverneur hätte das zweite Exemplar gern auf Holländisch gehabt, doch Ramage hatte das abgelehnt, weil er die Sprache nicht verstand. So hatten sie sich schließlich auf Französisch geeinigt. Er vermutete, der Kommandant sprach es besser als der Gouverneur.

Jetzt schüttelten sie sich alle die Hand. Der Gouverneur lobte ihn freundlich für seine Manöver im Hafen und seine Hilfe bei den Verhandlungen. Und plötzlich sagte van Someren, während er auf die Papiere wies: »Eben waren wir noch Gegner. Jetzt sind wir Freunde.«

»Aber was liegt alles noch vor uns!« sagte Ramage und gab damit den Holländern zu verstehen, daß Unterschriften auf Papieren zwar Kriege beenden konnten, aber niemals Schlachten gewannen.

13

Ramage erwiderte Wagstaffes Gruß, als er an Bord zurückkehrte, und machte eine Bemerkung über die Springs, die jetzt an die Ankerleine geschlagen waren. Es gab in den restlichen drei Stunden Tageslicht noch viel zu tun. Auch die anderen drei Boote der *Calypso* waren zu Wasser gelassen worden und zogen an ihren Festmachern – Küken hinter der Entenmutter.

Die Offiziere standen in der Nähe der Gangway. Ganz offensichtlich erwarteten sie, daß es nach der Rückkehr des Kommandanten und des Ersten Offiziers von der Residenz des Gouverneurs viel zu tun gab. Ramage entschied, daß es viel zu heiß war, um sich in seiner Kajüte zu treffen, und wies auf das Kompaßhäuschen.

Schnell und kurz gab er jedem seine Befehle. Rennick sollte seine Seesoldaten auf die vier Boote der *Calypso* verteilen. Wagstaffe kommandierte das erste, Baker das zweite, Kenton das dritte und Ramage selber das vierte. Natürlich protestierten Southwick und Aitken, aber Ramage hatte sie mit der Frage nach ihren Französischkenntnissen zum Schweigen gebracht.

Ramage hatte sich entschieden, diese Expedition selber zu führen, weil er sich schlicht langweilte. Es sah aus, als würde sich hier in Amsterdam überhaupt nichts tun. Der Weg zur Residenz des Gouverneurs und zurück war seit Wochen die erste Gelegenheit gewesen, das Achterdeck zu verlassen. Auch seine Kajüte schien ihm mehr und mehr wie eine Zelle. Auch keiner der anderen Offiziere hatte das Schiff verlassen. Doch sie hatten immerhin Gesellschaft in der Messe, während der Kommandant fast mönchisch abgeschieden lebte.

Ramage zog seine Uhr hervor: »Wir legen in fünfzehn Minuten ab. Mr. Kenton, würden Sie bitte meinen Bootssteuerer informieren?«

Er ging nach unten in die Kajüte, und Silkin half ihm,

eine alte Uniform anzuziehen. Jackson kam, ehe er damit fertig war. Als er erfuhr, um was es ging, begann er sorgfältig die beiden Pistolen zu laden, die in einer Schatulle in der untersten Schublade im Schreibtisch des Kapitäns gestaut waren. Sie lagen als Paar wunderbar in der Hand. Gianna hatte sie ihm an dem Tag geschenkt, als man ihn zum Kapitän mit vollem Rang befördert hatte. Der Besuch des Büchsenmachers in der Bond Street war in der Öffentlichkeit sein erster Gang in seiner neuen Uniform gewesen. Die einzige Epaulette, die zeigte, daß er Kapitän mit vollem Rang war, allerdings noch keine drei Jahre, schien eine Tonne schwer und zog seine Schulter nach unten.

Jackson spannte zuerst den Hahn und ließ ihn zuschnappen, so daß vom Feuerstein ein kräftiger Funken flog. Dann öffnete er den Beutel aus Ziegenleder, der die Kugeln enthielt. Sie sahen aus wie graue Murmeln. Er wählte zwei, die keinerlei Makel oder Druckspuren zeigten. Dann öffnete er den Kasten mit den Ladepfropfen: runde Fellstücke mit dem Durchmesser des Laufs. Er suchte vier aus und griff dann zu den Pulverhörnern. Aus dem größeren schüttete er die richtige Menge, die mit einem Hebel am Horn genau zu bemessen war, in den Lauf der ersten Pistole. Mit dem Wischer schob er den ersten Ladepfropf nach unten, dann die Kugel und den zweiten Pfropf. Aus dem kleineren Horn goß er etwas von dem feinen Pulver in die Zündpfanne und schloß sie. Das gleiche geschah mit der zweiten Pistole.

Er musterte die beiden Pistolen sehr genau. Sie waren schön und mit großem Können hergestellt und schossen sicherlich sehr genau. Aber wie würden sie sich im Kampf an Bord bewähren, wenn Pistolen nicht geschont wurden? Sie wurden abgefeuert und danach oft genug dem Feind an den Kopf geschleudert. Sie fielen an Deck und wurden als Keule benutzt. Die Pistole, die zur Standardausrüstung an Bord gehört, hatte im Vergleich zu diesen beiden den Charme eines Schmiedehammers. Man konnte sie aber tatsächlich zum Öffnen eines Spundlochs oder zum Treiben eines Keils wie ein Hammer benutzen. Zielgenauigkeit war nicht so wichtig. Selten feuerte ein Mann eine Pistole auf ein Ziel ab, das mehr als zwanzig Fuß entfernt war. Ja, Jackson konnte sich in der Tat nicht daran erinnern, je auf diese Entfernung geschossen zu haben. Kämpfe an Bord waren Nahkämpfe. Und oft genug rammte man dem Gegner die Pistolenmündung in die Rippen und drückte einfach ab.

Nach dem Umziehen kehrte Ramage in die Kajüte zurück. Jackson gab ihm die Pistolen, die er in den Hosenbund schob. Jackson bemerkte, daß er jetzt den Schulterriemen für ein Entermesser trug. Der übliche Säbel, den man bei Paraden oder Besuchen zeigte, hing sicher wieder in seinem Gestell im Bug. Gut, daß die Marchesa, die den Säbel gekauft hatte, davon nichts wußte ...

»Glauben Sie, wir kriegen Probleme, Sir?«

Ramage hob die Schultern. »Ich denke, nein.«

»Die Männer hoffen drauf.« Als Ramage fragend die Augenbraue hob, fuhr er fort: »Nach dem was der spanische Kaperer mit den Leuten gemacht hat, werden die Burschen kein Pardon mit Kaperern kennen ...«

»Hier haben wir's aber mit Franzosen zu tun«, entgegnete Ramage. Er wollte Jacksons Reaktion auf die Antwort prüfen und nicht die Franzosen in Schutz nehmen.

»Die sind genauso schlimm. Jeder, der Kaperer wird, ist nicht besser als ein Dieb oder Mörder, Sir. Und es heißt doch, die meisten Kaperer sind an Land, greifen die Holländer an und verbrennen ihre Dörfer. Die werden auch diese Stadt hier ausplündern, anstatt sie sich nur anzusehen ...«

Ramage wußte genau, daß Jackson, kraft seines Amts als Bootssteuerer des Kapitäns und dazu von der Mannschaft besonders geachtet, der richtige Mann war, um offizielle Informationen an die Männer weiterzuleiten, die vom Kommandanten nicht auf dem Achterdeck bekanntgegeben worden waren.

»Der Führer dieser Kaperer, ein Mann namens Brune, hat den Gouverneur schon gewarnt. Sie werden die Stadt niederbrennen und die Leute ermorden, wenn der Gouverneur ihnen Amsterdam nicht übergibt.«

»Brune, hm?« wiederholte Jackson. »Das heißt doch braun, nicht wahr, Sir? Das muß ja eine ganz besonders schlimme Sorte von Mensch sein, der die Hauptstadt seines Verbündeten niederbrennen will.«

Ramage ging voraus nach oben. Er wußte, daß diese Information in Windeseile durch das Schiff wehen würde. An der Relingspforte warteten Aitken und Southwick.

»Ihr Boot ist klar, Sir!« meldete Aitken. »Die anderen Boote warten hinter Ihrem mit den Matrosen und Seesoldaten, so wie Sie befohlen hatten.«

Das klang so höflich, wie es sich für eine Meldung eines Ersten Offiziers an seinen Kommandanten gehörte. Doch es war deutlich herauszuhören, daß es dem Schotten gar nicht gefiel, an Bord zurückzubleiben, während der Kapitän eine Erkundung unternahm, die kaum mehr als reine Routine war.

Southwick, ein Teleskop unter dem Arm, sagte kummervoll: »Ich habe die Kaperer jetzt ein paar Stunden lang beobachtet. Irgendwas stimmt mit ihnen nicht, aber ich weiß verdammt noch mal nicht, was.«

»Vielleicht geht's denen wie uns. Die werden Brandy in ihren Wasserfässern haben.«

Southwick verzog das Gesicht. Er dachte immer noch an die Kümmernisse des Zahlmeisters, doch der richtige Weg, den Brandy loszuwerden, war ihm noch nicht eingefallen.

Ramage nahm im Heck des Bootes Platz, achtete darauf, daß die Pistolengriffe ihn nicht drückten, und das Boot legte ab. Jackson steuerte das erste Boot der kleinen Flotille. Gleich dahinter kam unter Wagstaffes Kommando das Boot mit vierundzwanzig Männern, dann unter Baker die Pinasse mit sechzehn und schließlich, wieder mit sechzehn Männern, der Kutter, den Kenton führte, sein erstes Kommando in einem hoffentlich wichtigen Unternehmen.

In der Gig des Kommandanten saßen Rennick und seine Soldaten stocksteif auf den Bänken. Rennick bewegte den Kopf nicht, doch seinen wachen Blicken entging nichts: Bewegte sich jemand an Bord der Kaperschiffe? Glänzte da ein Fettfleck auf dem Waffenrock eines seiner Soldaten? Fehlte an einer Uniform ein Knopf? Gab es am Gewehrkolben eine Schramme, die nicht geglättet und dann gewachst worden war?

Die Gig bewegte sich schnell, und über die Gesichter der Rudergasten rann bald Schweiß. Ramage beobachtete die Ufer des Kanals und die Kaperschiffe so aufmerksam wie ein Wilddieb, der nicht daran glaubte, daß der Wildhüter krank im Bett lag. Kleine Ruderboote, von denen aus immer zwei oder drei Männer im Kanal angelten, huschten eilig ans Ufer, als die Boote von der *Calypso* ablegten. Wer am Ufer arbeitete oder die Uferwege benutzte, hielt inne und sah ihnen entgegen. Wer klug war, verschwand. Eine Frau riß sich ein kleines Kind auf den Arm und lief nach Punda. Ein Soldat auf Otrabanda blieb nur einfach stehen, war sich offensichtlich nicht klar, was er tun sollte. Viele Fensterläden am Kanal schlugen zu, und mit lautem Geschrei erhoben sich ganze Möwenschwärme.

Ramage beobachtete die Kaperschiffe sehr genau, als die Gig sich ihnen näherte. Die zehn Schiffe ankerten jeweils in Paaren, und der Passat drückte sie quer über den Kanal. Wahrscheinlich lagen die Schiffe immer in Paaren, damit die wenigen Leute an Bord es leichter hatten. Denn auf diese Weise konnte sich ein halbes Dutzend Männer gleich um zwei Schiffe kümmern. Das erste Paar nahm ihm schnell die Sicht auf die anderen. Doch es waren alles große Schiffe. Das schönste und eleganteste ankerte ihm am nächsten – ein Schoner, nur etwas kleiner als die *La Créole*. Er zählte die Geschützpforten. Das Schiff war für zehn Kanonen gebaut und für ein paar Karronaden im Bug. Waren sie für Kartätschen gedacht, die bei einer Annäherung über das Deck des Opfers fegten? Schwarzer Rumpf, braungelbe Masten, weiße Toppmasten. Schwarze Spieren – das war ungewöhnlich. Die Farbe sah ungepflegt und matt aus. Doch reflektierte Sonnenstrahlen ließen darauf schließen, daß das Rigg erst kürzlich geteert worden war.

Das zweite Kaperschiff war ketschgetakelt. Grüner Rumpf, dunkelgrün wie der von Sklavenschiffen. Mangrovenblätter hatten dasselbe Grün. Ein solches Schiff, das sich in schmalen Buchten versteckte, war vor den Büschen am Ufer nur schwer auszumachen. Die Masten ware wieder braungelb, die Toppmasten glänzten weiß. Sie würde man beim Absuchen der See vor weißen Wolken kaum erkennen können. Ramage erinnerte sich, das alles einmal einem Heeresoffizier erklärt zu haben, weil der meinte, die Toppmasten müßten blau gepönt sein, um vor einem blauen Himmel nicht aufzufallen. Wer wußte schon, daß in den Tropen und ganz besonders vor der Küste Guineas immer gebrochene Wolkenbänder über den Himmel zogen. Ja, mit dem Decksprung und dem niedrigen Freibord war die Ketsch sicherlich ein ehemaliges Sklavenschiff, das die Kaperfahrt im Kriege als einträglichere Quelle entdeckt hatte.

Ramage war sich sicher, daß der Schoner, also das erste Kaperschiff, Brune gehörte. Der Führer der Kaperer würde immer den besten Liegeplatz beanspruchen. Im Notfall wäre er der erste, der aus dem Hafen auslaufen könnte. Und wenn Brune an Bord war und ihm der Sinn nach einem Abend in einem Café oder einem Bordell in Amsterdam stand, hatte sein Boot den kürzesten Weg zu rudern.

Da! Jemand bewegte sich hinter der Karronade im Bug. Etwas blitzte blau hinter der ersten Kanone – ausgewaschen blau, die Lieblingsfarbe französischer Seeleute. Ramage stand auf, zog sein Entermesser und winkte damit, um die Aufmerksamkeit der anderen Boote auf sich zu lenken. Er deutete dann nach links und rechts. Ohne sich umzudrehen wußte er, daß Wagstaffe nach Backbord abdrehen würde, während Kenton ein paar Yards nach Steuerbord abdrehte, um mit dem Kutter zwischen Wagstaffe und Ramage zu gelangen. Die vier Boote, die jetzt in Dwarslinie liefen, luden als Ziele ein, und die Männer warfen sich noch kräftiger in die Riemen.

Plötzlich wurden die Karronade des Schoners und die beiden Kanonen ausgerannt, ihre Mündungen stachen aus den Pforten wie schwarze drohende Finger. Ramage wußte, daß seine Gig genau auf die Mündung der Karronade zuhielt. Er stand abrupt auf, griff zum Sprachrohr, das er mitgenommen hatte, und rief auf französisch: »Wenn Ihr feuert, geben wir kein Pardon!«

Mehr als eine Minute lang geschah gar nichts. Ramage rechnete damit, daß die Drohung, die von den vier Booten ausging, die randvoll mit bewaffneten Enterern besetzt waren, sowie von der britischen Fregatte, die die Hafeneinfahrt blockierte, die Kaperer zur Aufgabe bewegen würde. Aber die Karronade blitzte obszön rot. Gelber, öliger Rauch blies aus der Mündung, und mit einem Geräusch wie reißendes Tuch brach die See fünfzehn Yards an Steuerbord auf. Es schien, als durchbrächen Hunderte großer Fische springend die Oberfläche des Wassers auf der Flucht vor einem hungrigen Hai.

Der Knall der Kanone war betäubend, aber schon einen Augenblick später hörte Ramage Stafford in einer Mischung aus Angst und Verachtung sagen: »Der Kapitän würde uns auspeitschen lassen, wenn wir so schlecht zielen würden.«

»Das wird er bestimmt auch tun, wenn du dich nicht wieder in die Riemen wirfst«, fuhr Jackson ihn an. »Beim nächsten Mal treffen die bestimmt!«

»Die Franzmänner werden sich die Kugeln erst mal auf die Füße fallen lassen.«

Ramage beobachtete, wie die zweite und die dritte Kanone, Sechspfünder, mehr nach Backbord gerichtet wurden. Sie zielten genau auf die Barkasse und die Gig.

»Los«, rief Ramage Rennick zu, »lassen Sie Ihre Männer in die Geschützpforten schießen.«

Er verfluchte sich, nicht früher daran gedacht zu haben. Zwar waren die Chancen, daß eine Musketenkugel einen Franzosen traf, gering. Denn ein Seesoldat, der aus einem schnell geruderten Boot in eine Geschützpforte schießen könnte, wäre selbst unter Scharfschützen noch ein König. Doch der Einschlag von Musketenkugeln ins Holz des Rumpfs würde den Richtkanonier ablenken. Die Ohren der Männer an den Riemen der Gig würden vom Lärm der Schüsse schnell schmerzen, aber es war die einzige Möglichkeit, die Männer in den anderen Booten zu retten.

Rennick brüllte einen Befehl, der in allen Booten verstanden wurde, und im Handumdrehen standen die Seesoldaten, ein Knie auf der Ruderbank. Ramage hörte das Klicken der Hähne, als die Männer spannten, und in Sekundenschnelle hatten alle gefeuert. Einige husteten, als der Pulverrauch zurückdriftete und sie ihn einatmeten.

Noch vierzig Yards. Ramage erkannte eine graue Linie zwei oder drei Fuß über der Wasserlinie des Kaperschiffs – angetrocknetes Salz. Und das Schwarz des Rumpfes war wegen zuviel Sonne und Salz braun geworden. Er sah auch, daß die Nähte zwischen den Planken aufgesprungen waren: Die Sonne hatte sie zu lange von einer Seite beschienen.

»Bug!« rief er Jackson zu. »Achtung, wir werden über den Bug entern. Den Wasserstag hoch, über die Ankerleine, Ankerstock – die kräftigen Kerle helfen den Schwächeren beim Aufentern.«

Die Seesoldaten rammten beim schnellen Nachladen neue Kugeln in die Läufe und schütteten Pulver auf die Pfannen. »Noch eine Salve, Sir?« fragte Rennick. »Sie haben auch alle Pistolen.«

Warum nicht, fragte sich Ramage. Sie waren nahe genug, um wenigstens ein paar Kugeln durch die Geschützpforten zu jagen. Musketen, die erst wieder geladen werden mußten, konnten in den Booten bleiben, denn wie Rennick gesagt hatte, besaß jeder Seesoldat eine Pistole.

»Sehr gut. Aber zielen Sie sehr genau!«

Es klang dann wie eine verzögerte Salve und bewies ihm, wie sorgfältig die Soldaten auf den schmalen Schlitz zwischen Kanone und Rumpf gezielt hatten. Doch jetzt waren sie so nahe, daß die Läufe der Kanonen die französischen Mannschaften schützten.

Plötzlich krachte es ohrenbetäubend, eine unsichtbare Druckwelle traf ihn, Rauch füllte das Boot. In der Ferne schrien Männer, und verwirrende Rufe waren zu hören. Die Sonne verdunkelte sich, wurde aber schnell wieder klar, und Ramage fühlte seine Lungen wegen des Pulverrauchs brennen. Doch seine Männer ruderten noch. Die Riemen quietschten in den Dollen, und dann waren sie wieder in Sonnenlicht gebadet.

Er blickte nach Backbord und ahnte es schon: Die zweite Kanone hatte gefeuert, und der Kutter war nur noch ein Strudel im Wasser, in dem sich zersplitterte Planken und Riemen drehten. Köpfe tauchten zwischen den Wrackteilen auf – mehrere Köpfe. Die Barkasse unter Wagstaffe wurde immer noch schnell gerudert, war aber jetzt weiter weg. Denn offenbar, bemerkte Ramage erfreut, hielt der Zweite Offizier auf das Heck des Schoners zu und lief damit aus dem Feuerbereich der ersten Kanone. Wenn Ramage und seine Männer über den Bug entern würden und Wagstaffe und seine Leute über das Heck kämen, könnte Baker mit Glück mitschiffs entern – vorausgesetzt, die Männer unter Ramage brächten die Karronade zum Schweigen.

Ramage drehte seinen Gurt so, daß das Entermesser jetzt auf seinem Rücken hing und er nicht darüberstolpern konnte. Er schob die Pistolen tiefer in den Gürtel und drückte sich den Hut fester auf den Kopf.

Zwanzig Yards, zehn, fünf – und dann war die Gig unter dem Bug des Kaperschiffes, die Riemen strichen, um das Boot anzuhalten, und es gab ein wildes Gedrängel, als die Männer zu klettern begannen. Ramage griff nach der dikken, rostigen Flunke des Ersatzankers und drückte sich hoch. Die oberen Planken, die ein paar Fuß lang unter der Deckskante verdoppelt waren, gaben seinen Füßen knappen Halt. Er hielt sich waagerecht und erkannte, daß er mit einer einzigen Bewegung seiner Beine schnell die untere Kante der Geschützpforte erreichen konnte, hinter der die Karronade, die eben die Gig verfehlt hatte, sicher schon wieder geladen und feuerbereit stand.

Er spannte seine Muskeln an, zog sich hoch, stand einen Augenblick später breitbeinig über der Luke und lehnte sich, ohne im Gleichgewicht zu sein, mit dem Bauch über die weite Mündung der Karronade nach innen. Am Zündloch, vier Fuß entfernt, sah er, wie ein Mann den Hahn spannte und ein zweiter begann eine Leine dichtzuholen – die Abzugsleine. Im nächsten Augenblick würde die Karronade feuern und ihn in zwei Teile zerreißen. Offensichtlich zielten die Männer gerade auf Baker und die Pinasse, als Ramage in der Pforte erschien. Er griff nach einer Pistole, zog sie glatt heraus und spannte den Hahn. Einer der Franzosen rief eine Warnung und schlug nach Ramage mit einer Spake, einem sechs Fuß langen Holz mit einem Stahlhaken, der zum Bewegen der Kanonen gebraucht wurde. Hätte der Franzose nicht das Gesicht des Mannes an der Kanone getroffen, wäre Ramages Kopf zerschmettert worden.

Ramage zielte an der Leine entlang auf den Mann am Ende und feuerte. Dann fand er sein Gleichgewicht wieder, drückte sich seitlich am Lauf vorbei und durch die Pforte nach innen. Der Mann an der Abzugsleine – der Geschützführer – war einen Fußbreit neben dem Mann zusammengebrochen, den die Spitze der Spake erwischt hatte.

Als er seine zweite Pistole zog, merkte er, daß Männer an ihm vorbeirannten. Seine eigenen Leute aus der Gig, die über den Bug geentert waren, hatten keinen so schnellen Weg gefunden. Die restliche Mannschaft von der Karronade war verschwunden – war vermutlich nach achtern geflohen, als sie die Männer der *Calypso* über den Bug entern sah. Als Ramage durch die Kanonenpforte zurückblickte und die anderen Boote suchte, wurde ihm klar, daß die Kämpfe beendet waren: Die Mannschaften des Kaperschiffs waren gefallen oder hatten sich ergeben.

Dann entdeckte er auf dem Wasser ein paar Yards entfernt den größer werdenden Kreis mit Holzteilen, die Überreste des Kutters, an die sich noch Männer klammerten. Wagstaffe hatte seinen Befehl befolgt und war mit der Barkasse dort nicht zurückgeblieben. Doch jetzt konnte ein Boot die Überlebenden aufnehmen. Jackson stand vor ihm und grinste fröhlich. »Alle haben sich ergeben, drei sind verwundet und«, er deutete auf den Mann, den die Spake erwischt hatte, »und der hier und der, den Sie erschossen haben, sind tot, Sir.«

»Ausfälle bei uns?«

»An Bord hier niemand, Sir, aber der Kutter ...«

»Ja, fahren Sie zurück und kümmern Sie sich um die Überlebenden. Ich sehe immer noch Männer, die sich an das Holz klammern.«

Dann machte Wagstaffe Meldung, danach Baker, und als die Gefangenen alle unter Bewachung standen, führte Ramage sie in einem schnellen Angriff auf das zweite Schiff, das längsseits lag. Doch da war niemand an Bord. Nun mußten noch weitere acht Schiffe gesichert werden. Also kehrte er auf den Schoner zurück, gab Befehle zur Bewachung und Sicherung der Gefangenen und befahl seine Männer zurück in die Boote. Im nachhinein fiel ihm ein, daß die französische Flagge eingeholt werden mußte. Als er den Posten an Bord damit beauftragte, hielt der einen Augenblick inne. »Komisch, Sir. Die französische

Flagge, aber ein spanischer Name am Heck. Das fiel mir schon beim Aufentern auf.«

»Was für ein Name?«

»Ich kann den nicht richtig aussprechen, Sir. Aber es klang so wie *Nostra Lady von Antigua*. Antigua stimmt, denn ich dachte an English Harbour, als ich es las.«

»War es *Nuestra Señora de Antigua*?«

Ramages Stimme und die korrekte Aussprache ließen den Mann erstarren. »Natürlich, Sir – dann ist das der Kaperer, der alle auf der *Tranquil* umgebracht hat!«

Ramage nickte. Ein französisches Kaperschiff mit einem spanischen Namen, wahrscheinlich unter dem Kommando von Adolphe Brune, der sich in dem Brief an van Someren selber als »Führer der Kaperer« bezeichnet hatte. Sollte Brune diese Affäre in Curaçao überleben, würde er mit einer Schlinge um den Hals an einem Galgen auf den Wallanlagen von Port Royal hängen.

Um fünf Uhr am Spätnachmittag lagen die Gig, die Barkasse und die Pinasse wieder neben der *Calypso* am Bootsausleger. Mehr als sechzig Gefangene aus den Kaperschiffen – zehnmal mehr als Ramage angenommen hatte – waren an Land gebracht und im Stadtgefängnis einquartiert worden. Amsterdam war ja ein großer Hafen, wo man bei ganzen Horden betrunkener und randalierender Seeleute häufig kräftig durchgriff. Das Gefängnis war ein imposanter Bau. Der Gouverneur versicherte Ramage, daß die Gefängniswärter leicht bis zu hundert Gefangene kontrollieren konnten, ohne daß das Gefängnis überfüllt schien.

Die gewaltlose Gefangennahme der anderen französischen Kaperer war reines Glück gewesen. Ramage war klar, daß keiner der Franzosen in den acht anderen Schiffen den Schuß bemerkt hatte, der den Kutter in Stücke zerrissen hatte. Der ganze Vorgang wurde durch den großen Rumpf von Brunes Schoner und durch die Ketsch verdeckt. Sie hatten nur die Karronade und den Sechspfünder je einen Schuß abgeben hören, die aber keine Wirkung bei den Briten gezeigt hatten. Auf dem nächsten hörte man dann noch einen einzigen Pistolenschuß, und danach war auf der *Nuestra Señora de Antigua* die französische Flagge eingeholt worden. Das reichte. Wenn nun ein Boot der *Calypso* längsseits kam, ergab sich die Besatzung an Bord sofort.

Nun lagen die zehn Kaperschiffe immer noch in Amsterdam vor Anker. Doch an Bord waren je zwei holländische Soldaten mit einem sehr einfachen Befehl: Sollten Franzosen auf den Kais in Sicht kommen, die aussahen, als ob sie entern wollten, hatten sie die langsam brennenden Zündschnüre anzuzünden, die in die Magazine führten. Sie selber sollten dann in den kleinen Ruderbooten, die von Fischern requiriert worden waren, an Land rudern. Die Fischer hatten gegen dieses Verleihen ihrer Boote keinen Protest erhoben. Ihnen war der Appetit auf Fischen vergangen.

Bowen hatte immer noch damit zu tun, die Verwundeten zu versorgen. Drei aus der Mannschaft des Kutters hatten durch die Splitter klaffende Wunden, doch sie waren außer Lebensgefahr. Zwei wurden vermißt, waren offenbar getötet worden, und einer lag ohne sichtbare Verletzung kalt und zitternd da, konnte weder gehen noch reden. Kenton hatte seine frühere Unbekümmertheit wiedergefunden und schwor, er würde beim nächsten Einsatz der Boote nur Schuhe, aber nie wieder kniehohe Stiefel tragen. Beim Schwimmen hätte er die Schuhe leicht abstreifen können, doch die Stiefel waren wie Ballast gewesen. Ein mitfühlender Aitken hatte Verständnis für die Probleme Kentons gezeigt, ihn aber davor gewarnt, die Schuhe so einfach abzustreifen: »Man weiß nie, aber es könnte ja sein, daß Sie einen langen Weg an Bord des Schiffes zurückmarschieren müssen!« Mit seinem schottischen Akzent hatte er »Schiff« wie »Schaf« ausgesprochen, und Kenton hatte sich entfernt und dabei gemurmelt, er sei Seemann und nicht Schäfer.

Southwick und Aitken hatten die Aktion durch ihre Teleskope verfolgt und gesehen, wie Ramage einen Augenblick lang vor der Mündung der Karronade gelegen hatte, die fertig zum Feuern gewesen war. Seine wahren Gefühle dem Kommandanten gegenüber verbarg der Master in dem Satz: »Dann fiel mir ein, daß Sie ja Ihre älteste Uniform trugen und den Säbel der Marchesa an Bord zurückgelassen hatten. Also wären nur die Pistolen verlorengegangen.« Einen Moment schien Aitken geschockt, doch dann sah er Ramage grinsen und meinte: »Ich dachte einen oder zwei Augenblicke lang, ich könnte ein Deck nach oben ziehen. Meine Kabine ist ziemlich klein und heiß in diesem Klima . . .«

Southwick versicherte ihnen, er habe keine Lust, den Abend an Land zu verbringen. Auch Bowen wollte seine Patienten nicht allein lassen. Ramage und seine Offiziere zogen sich also nach unten zurück, um sich auf das Festessen beim Gouverneur vorzubereiten. Ramage fühlte sich erschöpft, aber ihm fiel keine glaubhafte Entschuldigung ein. Also würde er wenigstens ein oder zwei Stunden im Haus des Gouverneurs verbringen müssen. Er ging nach unten und sprach zuerst mit den Verwundeten. Er fand sie fröhlich und zornig zugleich vor. Sie beklagten sich bitter, daß sie schon vor dem ersten Hieb auf die Franzosen im Wasser schwammen. Danach ging er in seine Kajüte. Silkin half ihm beim Ausziehen der Stiefel, und dann lehnte er sich zehn Minuten zurück, um sich zu entspannen. Kenton hatte recht mit seinem Spruch über die Schuhe: die heißen Decks, das Laufen und Klettern hatten seine Füße so anschwellen lassen, daß das Ausziehen der Stiefel fast wie ein Abreißen der Füße war.

Entspannung, sagte ihm jeder, war sehr gut. Entspanne dich zehn Minuten lang. Verbanne alle Sorgen aus dem Kopf, und danach fühlst du dich frisch wie eine Gartenblume nach einem Sommerschauer. Bei einigen Leuten mochte das zutreffen. Aber wie entspannen? Wenn man sich nicht entspannen konnte, fühlte man sich eher wie eine Gartenblume nach einer langen Dürre – und sah wahrscheinlich auch so aus.

Es pochte in seinen Füßen, als ob jemand mit Knüppeln auf sie einschlug. Seine Augen schmerzten von der brennenden Helligkeit des Tages. Seine Hände zitterten zwar nicht, aber er hatte immerhin das Gefühl, es sei so. Wenn er versuchte, seine Gedanken einen Augenblick zur Ruhe zu bringen, um sich dann richtig zu entspannen, fühlte er wieder die Mündung der Karronade vor seinem Bauch. In der Sonnenhitze war der Lauf warm gewesen unter seinen Händen. Und wie er da hockte, ohne Gleichgewicht und furchtsam, roch er Knoblauch, den Stockholm-Teer, die Bilge und die Ausdünstungen ungewaschener französischer Seeleute.

Dann hörte er, ja fühlte fast, das scharfe metallische Klikken, als der zweite Geschützführer den Hahn wieder spannte. Und er sah wieder die Augen des Geschützführers. Er starrte verblüfft und schien bewegungslos vor Überraschung über den Menschen da in der Geschützpforte. Die blutunterlaufenen Augen standen eng und schienen irgendwie unklar. Später bemerkte Ramage, daß die Leiche nach Wein roch. Wein also hatte die Reaktionen des Mannes verzögert – vielleicht nur für zwei Sekunden. Aber das hatte Ramage gereicht. Er konnte die Pistole spannen und feuern, eine der beiden, die Gianna ihm geschenkt hatte. Es waren schlichte Pistolen, und sie selber hatte ein viel raffinierter ausgeschmücktes vorgezogen.

Die feindliche Karronade hatte ihn also nicht in zwei Hälften zerschossen. Und Kenton hatte seinen Kopf nicht durch die Kugel des Sechspfünders verloren, die den Kutter zerschmettert hatte. Darum lohnte es sich also nicht mehr, darüber nachzudenken. Woran also denken? Die Kaperschiffe waren erobert. Das würde dem alten Foxe-

Foote gefallen. Die Befehle des Admirals sagten zwar nicht ausdrücklich, daß die Kaperer in Curaçao aufzubringen waren. Beim Nachdenken schienen die Befehle sogar ziemlich vage. Wie auch immer, alle zehn waren erobert und könnten in Minuten versenkt, verbrannt oder in die Luft gesprengt werden.

Die französischen Gefangenen hatten geschworen, die zehn Schiffe seien die einzigen, die die holländischen Inseln Curaçao, Aruba und Bonaire zeitweise als Basis benutzten. Was jetzt einlaufen würde, käme rein zufällig. Interessant war für Ramage, daß sie die *La Perle* nicht erwartet hatten. Also stimmte, was deren Kommandant gesagt hatte.

Plötzlich saß er kerzengerade auf seinem Stuhl. Dann stand er auf und ging zum Schreibtisch hinüber, schloß eine Schublade auf und nahm sich die Befehle von Admiral Foxe-Foote vor. Ja, es stimmte. Sie waren ungenau, was seine Aktionen gegen die Kaperer betrafen, die auf Curaçao ihre Basis hatten. Doch in einem Punkt waren sie unmißverständlich, was ihm plötzlich mit der Schärfe eines Säbelhiebs eingefallen war. Sobald er mit ihnen fertig war, hatte er nach Port Royal zurückzukehren. Wenn Foxe-Foote also bei der Rückkehr der *Calypso* miese Laune hatte, könnte er ihn anfahren, weil Ramage eine Pause eingelegt hatte, um die Kapitulation einer Insel entgegenzunehmen. Für Inseln gab es kein Prisengeld. Da gab es nichts, von dem ein Oberkommandierender seinen Anteil von einem Achtel einstreichen konnte. Auf der anderen Seite standen zehn Kaperschiffe, die unbeschädigt erobert worden waren, und auf denen nur die Segel wieder angeschlagen und gesetzt zu werden brauchten . . .

Maria van Someren. Er legte die Befehle in die Schublade zurück, schloß sie ab und setzte sich wieder in seinen Sessel. Maria van Someren konnte einen schon beschäftigen. Sie war kein junges Mädchen, das rot wurde, wenn ein Marineoffizier sie anschaute. Sie gehörte auch nicht zu jenen Dummerchen, die ihre flachen Gedanken durch tiefe Ausschnitte tarnten und so von der eigenen Tristheit ablenkten.

Wie Gianna zog sie die Gesellschaft von Männern vor. Frauen, die über einen neuen Schneider schwätzten, über eine abwesende Ehefrau oder ihren Mann klatschten oder die mit wedelnden Fächern die unerträgliche Hitze dieser Jahreszeit beklagten, ödeten sie an. Oder war sie doch so? Ramage war ihr nur ein paar Minuten lang begegnet und glaubte schon, sie zu kennen. Er wurde sich klar, daß er jetzt gerade ein Bild von einer Frau erträumte, die er mochte. Einmal war er ihr begegnet, heute abend würde er sie zum zweiten Mal treffen – und dann wahrscheinlich nie wieder. Die Enttäuschung war eher physisch als geistig, wie er in seinen Lenden spürte. Er konnte sich die nackte Gianna vorstellen, ihren Körper an sich pressen, ihr Bett teilen – oder jedenfalls reale Hoffnung darauf haben. Bei Maria van Someren würde er sich zeitlebens fragen, ob sie eine von den Frauen war, die die Hände über die Brüste legten, die Augen schlossen, flach atmeten und steif wurden wie eine Leiche nach einem Tag? Oder war sie eher ... jetzt waren seine Gedanken angefeuert, und er ließ sie laufen.

Schon mancher Mann hatte tatsächlich seinen Kopf wegen der Kurve eines Busens verloren. Aber, fragte er sich, haben wir heute etwas zu verlieren, wenn wir beim Gouverneur dinieren? Die *Calypso* lag sicher. Southwick war durchaus allein in der Lage, sie an den Springs zu verholen und in die Stadt zu feuern oder ein in der Dunkelheit überraschend einlaufendes Schiff zu bestreichen. Die Kaperer wurden von den Wärtern im Gefängnis sicher bewacht und konnten keinem Feind in die Hände fallen. Und da Ramage die militärische Lage mit dem Gouverneur besprechen mußte, ehe er etwas gegen die Rebellen unternahm, sollten die Offiziere der *Calypso* ruhig dabeisein und anschließend ein Festessen genießen.

Als er sich endgültig aus dem Sessel erhob, klopfte Silkin an die Tür und trat in die Kajüte ein. Über seinem Arm trug er ein frisch gebügeltes Hemd, die Halsbinde, die Strümpfe, in der Hand glänzend gewichste Schuhe. Ramage wunderte sich immer wieder, wie Silkin es verstand, so lange unsichtbar zu bleiben, bis er gebraucht wurde. Er zog seine Kleider aus und ging in seine Schlafkabine. Dort stand das Handbassin exakt drei Viertel voll mit Wasser und Seife; Rasierpinsel und das frisch abgezogene Rasiermesser lagen neben dem Handtuch – alles sauber ausgerichtet.

Wie sich wirklich entspannen? Die Kommandanten, die vor einem Kriegsgericht standen, weil sie nicht ihr Letztes vor dem Feind gegeben hatten, Admiräle, die kritisiert wurden, weil sie nach einer Schlacht den angeschlagenen Feind nicht verfolgten, jüngere Offiziere, die wegen mangelnder Initiative nicht befördert wurden – sie waren die Männer, die sich entspannen konnten und es taten.

Er seifte seinen Körper ein und wusch ihn ab. Im Seifennapf drehte er den Pinsel und rieb sich das Gesicht mit dichtem Schaum ein. Er hielt inne, und massierte sich den Schaum mit den Fingerspitzen tiefer in die Haut, ehe er mit dem Pinsel fortfuhr. Dann nahm er das Rasiermesser. Die Klinge brauchte er nicht zu prüfen. Silkin war nicht raffiniert genug, einen Fehler zu machen, der den Kapitän vor Beginn des Dienstes ärgern könnte. Anstatt sich also über irgend etwas zu ärgern, ärgerte er sich manchmal über sich selber – und solch miese Laune hielt oft Stunden vor. Würde die Mannschaft das ahnen oder gar verstehen, würde sie Silkin die Kehle durchschneiden und ihn in kleinen Brocken den Möwen zum Fraß vorwerfen.

Ein Spiegel hing am Balken, obwohl Silkin ganz genau wußte, daß Ramage sich immer ohne Spiegel rasierte – ein Überbleibsel aus seiner Leutnantszeit, wenn es in der winzigen Kabine nicht genügend Licht gegeben hatte. Ramage wusch die Klinge ab, trocknete sie und klappte das

Messer zu. Rasieren entspannte ihn. Ein Blick in den Spiegel zeigte ihm, daß Schaumreste weder im Ohr noch in den Nasenlöchern zurückgeblieben waren. Das störte ihn immer bei anderen Männern. Er wandte sich jetzt seinen Kleidern zu, die säuberlich auf seiner Koje ausgebreitet lagen, und begann sich anzuziehen.

Seide nach dem Waschen und Rasieren . . . er war dankbar dafür, sich das leisten zu können. Dabei waren Offiziere, die in den Tropen Seidenhemden trugen, in seinen Augen Dummköpfe. Er bestand für sich selber auf Leinen. An einem heißen Abend klebte die Seide wie Leim auf der Haut.

Schließlich knotete er sein Halstuch. Dann wartete Silkin auf ihn mit dem Galarock, den Schuhen, dem Säbel, dem Hut und der Mitteilung, er habe bereits dem Ersten Offizier melden lassen, in fünf Minuten sei der Kapitän an Deck. Einer der Vorteile, Kommandant zu sein, war, daß man niemals auf andere warten mußte. Nach Brauch und Sitte war der befehlshabende Offizier der letzte, der in das Boot stieg, und der erste, der es verließ.

Gouverneur van Someren hatte gute Laune und war neugierig, von Ramage Einzelheiten über die Eroberung der Schiffe zu hören. Sein Mitgefühl galt Aitken, der als Erster Offizier bei der Operation an Bord zurückbleiben mußte, und er hörte sehr genau zu, als Wagstaffe auf Ramages Wunsch erklärte, wie sie über das Heck die *Nuestra Señora de Antigua* geentert hatten, und war leicht entsetzt, als Kenton ihm lebhaft beschrieb, wie der Kutter sich nach dem Treffer aufgelöst hatte.

Van Someren bat seine Frau und seine Tochter herbei und forderte Kenton auf, die Geschichte zu wiederholen. Alle lachten, bis Maria herausfand, daß Männer getötet und verwundet worden waren. Sie wandte sich an Ramage und wollte wissen, wie man über so eine tragische Episode lachen könne.

Die Frage kam völlig überraschend. Es dauerte ein paar Augenblicke, bis Ramage klar wurde, daß sie Kenton und die Haltung der britischen Gäste falsch verstanden hatte.

»Wir lachen nicht über die Tragödie. Wir lachen darüber, daß Mr. Kenton in diesem Augenblick noch auf einer Ducht – einem Brett quer übers Boot – saß und im nächsten schon im Wasser.«

»Ja. Aber einige Männer sind in Stücke gerissen worden. Warum lachen Sie darüber?«

»Wir lachen nicht darüber. Wir kannten sie alle sehr gut.«

»Dann ist es ja noch schlimmer«, beharrte Maria, und er sah Tränen in ihren Augen. »Sie sind so herzlos. Tote können nicht mehr kämpfen und nützen Ihnen nichts mehr, also lachen Sie über sie. Aber sie haben Mütter oder Frauen oder Freundinnen – die über sie weinen werden.«

»Wir lachen nicht über sie, Madam«, antwortete Kenton, der von ihrer Anschuldigung sichtlich betroffen war. »Es ist so, wie der Kommandant sagte, wir lachen über mich.«

»Aber im Wasser um Sie herum schwamm Blut der Toten und Verwundeten ...«

Ramage wollte diese Diskussion beenden. Solche Gespräche führten immer wieder zu Gedanken, die er – seit Jahren erfolglos – verbannen wollte: an Freunde, an Männer, die er mochte, auch an Männer, die er nicht mochte, die um ihn herum im Kampf gestorben waren – langsam oder sofort, im Blut schwimmend oder scheinbar unverletzt, still oder vor Schmerzen brüllend.

»Madam«, sagte er und bemühte sich nicht, die Kälte aus seiner Stimme zu nehmen, »wir lachen, um nicht zu weinen. Heute wurden ein paar unserer Kameraden getötet. Wir kannten sie und wir trauern, aber nach innen. Wir schluchzen nicht und reißen uns das Haar nicht aus. Morgen fallen vielleicht fünfzig, hundert übermorgen. Sollen wir über jeden weinen? Ich könnte morgen schon tot sein,

Kenton und Baker übermorgen. Aitken kurz darauf. Wenn wir zuviel darüber nachdenken, würden wir nicht schlafen können. Und wir könnten uns nicht ansehen, ohne zu weinen. Aber weil wir einen Krieg zu führen haben, hofft jeder von uns, unsterblich zu sein. Er lacht, wenn er kann, und trauert auf seine Weise, wenn er trauern muß.«

Maria war jetzt wütend, die Tränen waren verschwunden. Ihr Gesicht schien gespannt und sehr viel schöner als sonst. »Für Sie ist das ja ganz in Ordnung«, fuhr sie ihn an, »Sie sind der Kapitän. Diese jungen Männer hier riskieren aber ihr Leben, während Sie nur Befehle geben und schön sicher an Bord zurückbleiben.«

Ramage lächelte zustimmend und verbeugte sich leicht. Er hoffte, damit das Gespräch zu beenden. Aber da meldete sich Aitken mit seinem schottischen Akzent: »Ich diene noch nicht allzulange unter Seiner Lordschaft, Madam. Aber meines Wissens ist er bisher zweimal verwundet worden. Sehen Sie die beiden Narben an der Stirn? Und er macht Sachen, bei denen ich das Zittern kriege. Und heute«, er sprach langsam und ließ seine Worte wirken, »war er dem Tod näher als jeder von uns.«

Maria starrte Aitken an, glaubte ihm offensichtlich nicht. »Sie verteidigen Ihren Kommandanten – wie Sie es sollten.«

»Natürlich, Madam. Er würde sich gegen so etwas, was er, verzeihen Sie, für eine ungerechtfertigte Attacke hält, doch nicht selber verteidigen. Als einfacher Marineoffizier kenne ich mich in Gouverneursresidenzen nicht aus, und vielleicht sollte ich so nicht reden. Aber das kann ich mir nicht von Ihnen bieten lassen, daß Sie vom Kapitän sagen, er bliebe in Sicherheit und gäbe nur Befehle.«

»Aber das tut er doch«, sagte sie kurz. »Mr. Wagstaffe hat uns doch gerade erzählt, wie er den Schoner über das Heck enterte.«

Rennick protestierte brummelnd. Wagstaffe war nicht

so zurückhaltend wie Aitken. »Madam«, sagte er hart, »der erste Mann an Bord des Schoners war der Kapitän. Er kletterte durch eine Kanonenpforte im Bug. Sie wissen wahrscheinlich nicht, was das ist. Sie kennen die Befestigungsanlagen hier vor der Stadt. Stellen Sie sich also vor, er klettert den Wall hoch und steigt durch eine der Zinnen, und zwar exakt vor die Mündung einer Kanone, die gerade feuern will.«

»Aber sie feuert nicht«, antwortete sie bitter. »Er lebt, und die anderen sind tot.«

»Die Kanone feuerte nicht, weil Mr. Ramage den Kanonier erschoß, ehe der abziehen konnte.«

»Also sind heute vier Männer gestorben, nicht nur drei!« rief sie aus.

Ehe irgend jemand darauf reagieren konnte, trat Kenton mit vor Wut geröteten Wangen vor sie hin und sagte: »Ja, und fast wären es fünf gewesen – mit Mr. Ramage. Würde Sie das zufriedenstellen, Madam? Die Franzosen sind vielleicht Ihre Verbündeten, aber sie sind sicher unsere Feinde. Sie töteten heute drei unserer Leute, nicht Mr. Ramage.«

Er brach ab, und Ramage wollte gerade seinen Offizieren befehlen, das Thema zu wechseln, als Wagstaffe sagte: »Madam, der Schoner hat einen spanischen Namen – *Nuestra Señora de Antigua*. Es tut Ihnen leid, daß Mr. Ramage einen ihrer Seeleute tötete. Aber ich kann Ihnen versichern, daß jeder einzelne an Bord der *Calypso* sich freiwillig melden würde – und sogar stolz darauf wäre – jeden einzelnen Franzosen aufzuhängen, der zu ihrer üblichen Mannschaft gehört. Hängen oder die Kehle durchschneiden. Einige – und ich gehöre auch dazu – würden sie lieber sehr viel langsamer töten, vor allem ihren Kommandanten. Ich würde mir dafür eine ganze Woche Zeit nehmen.«

Verächtlich starrte Maria Wagstaffe an: »Das also sind Sie – ein gedungener Mörder. Das haben Sie doch gerade selber zugegeben!«

Wagstaffe wandte sich fragend an Ramage. »Darf ich ihr sagen, was ich sah, Sir?«

Ramage zögerte und sah zu van Someren hinüber, der sich bewußt aus dieser Diskussion heraushielt. Doch ehe er antworten konnte, hatte sich der wütende Wagstaffe mit weißem Gesicht dem Mädchen zugewandt und beschrieb ihr, wie die *Calypso* die *Tranquil* fand. Dann berichtete er ihr, wie sie jeden an Bord ermordet aufgefunden hatten, Frauen eingeschlossen.

»Was hat das mit der *Nuestra Señora de Antigua* zu tun und Kapitän Brune?« fragte sie, durch die Geschichte offensichtlich entsetzt.

»Sie war das Kaperschiff, er der Kommandant«, antwortete Wagstaffe ruhig. »Kapitän Brune ließ all die Menschen umbringen, absolut unnötig und kaltblütig. Jetzt droht er, Amsterdam niederzubrennen, Ihre Stadt.« Und sarkastisch und mit leichter Verbeugung fügte er hinzu: »Er war in den letzten zehn Jahren Ihr Verbündeter.«

Maria drehte sich halb zu Ramage um und brach vor seinen Füßen zusammen. Eh' sie fiel, sah er in ihren Augen so viel Qual, daß er sich schalt, die Unterhaltung nicht schon längst gestoppt zu haben. Er kniete sofort nieder neben ihr und drehte sie so, daß ihr Gesicht nach oben zeigte. Ihr Vater bewegte sich nicht, und als Ramage aufblickte und auf mögliche Anweisungen wartete, sah er nur das unbewegte Gesicht des Gouverneurs und eine erhobene Hand, die seine Frau hinderte, der Tochter zu Hilfe zu eilen.

»Sie ist ohnmächtig geworden«, sagte er, »das passende Finale, nachdem sie alle meine Gäste beleidigt hat. Ich kann mich nur entschuldigen und Ihnen versuchen zu erklären, daß ich keinem einzigen ihrer Worte zustimme. Ich hoffe, Sie verzeihen ihr, sie ist ein junges Mädchen und hat ein sehr behütetes Leben geführt.«

Seine Frau stimmte ihm nickend zu. Sie schauten zu ihrer Tochter herab, neben der Ramage kniete, offensichtlich überzeugt, daß mehr Aufmerksamkeit nicht nötig sei.

In ihren Blicken mischte sich Zorn mit Verblüffung, Verachtung und Betroffenheit. Doch keine Regung gewann die Oberhand. Von den anderen Offizieren bewegte sich keiner.

Maria erholte sich langsam, öffnete ihre Augen, entdeckte Ramage und versuchte sich offenbar zu erinnern. Haß, Verachtung, Ablehnung, Erschrecken? Ihre blauen Augen schlossen sich wieder, ehe er sich darüber klar wurde, was sie jetzt bewegte.

Jemand tippte ihm auf die Schulter. Es war ihr Vater, der jetzt neben ihm stand. »Wir legen sie auf das Sofa. Sie wird bald wieder zu sich kommen.«

Als sie endlich wieder aufrecht saß und Ramages Anweisungen, tief einzuatmen, befolgte, kehrte auch die Farbe wieder in ihr Gesicht zurück. Sie strich sich mit den Händen übers Haar, um zu prüfen, ob sich eine Strähne gelöst hatte. Aitken hatte die drei Offiziere vor ein großes Bild an der Wand geführt. Es zeigte Schlittschuhläufer auf einem zugefrorenen See. Die vier Offiziere, die die Hitze und die Situation schwitzen ließ, konzentrierten sich auf das Eis und den Schnee.

Van Someren deutete auf eine Tür, die Ramage bisher nicht entdeckt hatte. »Zum Balkon«, sagte er. »Vielleicht sind Sie so nett und führen Maria nach draußen an die frische Luft.«

Draußen war es kühl. In der Dunkelheit wehte aus Südost eine angenehme Brise. Ein paar hundert Yards entfernt schlappte die See auf den Strand, und über Waterfort warteten die Sterne im Gürtel des Orion auf das Erscheinen des Kreuzes des Südens.

Als Ramage die Tür schloß, ging sie hinüber zu dem fein ausgearbeiteten Balkongitter, lehnte sich mit dem Rücken dagegen und sah Ramage an, der auf sie zutrat. Sie stand vor einem tropischen Himmel mit Millionen Sternen, und als Ramage vor ihr stand, streckte sie ihre Hände nach ihm aus. Als er sie an sich drückte, entdeckte er, daß sie der französischen Mode folgte: Der dünne Kleiderstoff verbarg alles vor den Blicken, vor dem Fühlen jedoch nichts.

»Es tut mir leid«, flüsterte sie. »Ich verstehe nichts. Ihre Offiziere sind so jung...«

»Das sind sie«, sagte Ramage trocken, »Aitken ist fast so alt wie ich...«

»Aber mir scheint...« Sie nahm seine rechte Hand. »Heute nachmittag, vor nur ein paar Stunden, hat diese Hand einen Mann getötet.«

»Wenn sie es nicht getan hätte, hätte der Mann mich in zwei Hälften zerschossen – hier«, sagte er rauh und legte ihre Hand gegen seinen Magen. »Da war die Mündung der Kanone.«

Sie zitterte und fuhr mit den Fingerspitzen über seine Hand.« Dieses Töten – es endet nie!«

»Hier draußen gab es bisher wenig davon«, sagte Ramage. Er sprach leise, aber mit rauher Stimme. Dabei erinnerte er sich noch sehr genau an die Guillotinen, die er bei einem kurzen Ausflug nach Frankreich auf dem Marktplatz jeder Stadt gesehen hatte. Er wußte sehr genau, was »Der Schrecken« jedem angetan hatte, der nicht auf seiten der Revolution stand. »Bisher sind die Inseln gut davongekommen. Ihr wißt nicht, welche Schlachten in Europa geschlagen werden.«

»Pieter berichtete davon.«

»Pieter?«

»Mein... Vor einem Jahr gab mein Vater meine Verlobung mit dem Ersten Offizier der Fregatte *Delft* bekannt. Er müßte längst hier sein. Mein Vater hoffte, er würde uns von den Rebellen befreien.«

»Und warum ist er verspätet?«

»Ich weiß nicht. Aus den Niederlanden kam bisher keine Erklärung.«

Ramage konnte ihre Gesichtszüge in der Dunkelheit deutlich erkennen. Sie klang nicht wie eine verliebte junge Frau, die sich über die Abwesenheit ihres künftigen Mannes Sorgen machte. »Mein Vater gab die Verlobung bekannt« war schon ein verblüffender Satz.

Sie küßte ihn und tastete mit ihrer Hand sein Gesicht ab, als wolle sie seine Züge durch die Berührung auswendig lernen. »Lord Ramage«, murmelte sie. »Und Sie sind nicht verheiratet? So attraktiv, so tapfer – und so reich, wenn Sie wirklich ein Lord sind.« Fragen und Andeutungen, auf die Ramage nicht eingehen wollte.

»Die Royal Navy läßt mir für nichts anderes Zeit als für die See.«

»Ja – aber jetzt sind Sie im Hafen!«

»Und Sie sehen, was passiert.«

Sie trennten sich, als der Türgriff quietschte. Der Gouverneur trat zu ihnen auf den Balkon, die Offiziere folgten ihm. »Wie geht es dir, meine Liebe?« fragte er. Und als sie antwortete, es ginge ihr wieder gut, sagte er: »Ich glaube, deine Mutter möchte dich sprechen. Es gibt wohl Probleme mit der Küche!«

Sobald sie verschwunden war, schlug er Ramage vor: »Wir sollten unsere Pläne vor dem Dinner besprechen. Dann können wir uns ohne Ablenkung dem Essen widmen.«

Als Ramage zustimmte, fragte der Gouverneur: »Wollen wir hier reden? Hier wird uns kein Diener belauschen. Ich kann mir denken, Sie möchten Ihre Offiziere bei dem Gespräch dabeihaben.«

In den nächsten fünfzehn Minuten unterrichtete van Someren sie über alles, was er von den Rebellen wußte: wie weit sie schon vorangekommen waren und wann sie – wenn nicht schnell irgend etwas getan wurde – Amsterdam erreicht haben würden. Am Ende seines Monologs fragte er Ramage: »Und was schlagen Sie jetzt vor?«

»Beim Essen darüber nachzudenken, Exzellenz.«

»Aber Sie haben doch sicher ein paar Ideen!«

Ramage hob die Schultern. Dann fiel ihm ein, daß van Someren ihn in der Dunkelheit gar nicht sehen konnte.

»Es gibt viel, was wir versuchen könnten. Aber es ist leider Tatsache, daß ich nur ungefähr einhundertfünfzig Seeleute und vierzig Seesoldaten habe, die sich mit fünfhundert Leuten einlassen sollen, die die Insel in- und auswendig kennen.«

»Das weiß ich. Aber sicherlich . . .«

»Es tut mir leid, Exzellenz.«

»Aber, ich bitte Sie. Ich bestehe darauf. Ich bin Gouverneur der Insel und habe sie Ihnen übergeben. Ich bestehe darauf, daß Sie Amsterdam verteidigen. Und ich bestehe darauf zu erfahren, jetzt zu erfahren, was genau Sie vorhaben.«

Ramage war nicht besonders wütend. Er verstand die Sorgen des Gouverneurs nur zu gut. Aber genau wie vor ihm seine Tochter, sprach auch er jetzt, ohne die Tatsachen im Blick zu haben.

»Ich denke, Exzellenz, daß wir zu Tisch gehen sollten.«

»Kapitän Ramage«, sagte van Someren scharf. »Ich bestehe darauf, es zu erfahren.« Er würde sicher den Balkon nicht verlassen wollen. Schon begannen die Mücken, Ramage zu ärgern.

»Exzellenz«, antwortete Ramage leise, »gestern haben Sie mir die Insel übergeben. Wir haben alle Urkunden unterzeichnet. Ich rede Sie immer noch mit Exzellenz an. Sie werden immer noch wie der Gouverneur behandelt . . .«

Was sollte er noch sagen? Van Someren antwortete sehr schnell: »Aber ich bin Gouverneur.«

»Verzeihen Sie«, sagte Ramage wie abwesend, »wie können Sie, holländischer Untertan und Bürger der Batavischen Republik, Gouverneur einer Insel sein, die seit gestern nachmittag zu Großbritannien gehört?«

Einige Augenblicke schwieg van Someren und ein paar seiner Offiziere scharrten mit den Füßen. Sie waren sich klar über die Bedeutung der Worte ihres Kommandanten. Doch was würde van Someren tun?

»Ich muß mich wieder entschuldigen«, sagte der Holländer. »Natürlich haben Sie völlig recht. Ich vermute, Sie sind der neue Gouverneur – und Befehlshaber über Heer und Marine.«

»Im Augenblick ist es viel wichtiger«, entgegnete Ramage trocken, »daß ich Ihr Gast zum Abendessen bin. Ich bin ganz sicher, daß wir alle einen guten Appetit haben werden.«

14

Noch einmal blickte Leutnant Rennick auf die Karte. Für das geübte Auge eines Offiziers der Seesoldaten sah die Insel Curaçao aus wie ein Schenkel oder Schenkelknochen – lang und schmal, dünner in der Mitte. Wichtiger als die Form der Insel war jedoch, daß der Gouverneur nachts auf Ramages Wunsch hin eine berittene Patrouille ausgesandt hatte, die herausfinden sollte, wo genau die Rebellen standen.

Der Gouverneur war sich sicher, daß sie sich in drei Haufen geteilt hatten. Einer marschierte an der Südküste entlang nach Amsterdam, der zweite benutzte sicher die Straße, die wie ein Rückgrat über die ganze Länge der Insel lief, während der dritte die Nordküste verunsicherte. Dort, wo Amsterdam lag, war die Insel keine sieben Meilen breit. Die Patrouille hatte sich um zwei Uhr morgens zurückgemeldet, gerade als die Offiziere das Haus des Gouverneurs verlassen wollten, und berichtete, daß die Rebellen überhaupt keine Formationen bildeten. Sie hatten nachts ein Lager benutzt, das sie schon die vorige Nacht aufgeschlagen hatten. Die Stelle lag zwischen Willebrordus, dem Ort an der Südküste in der Nähe von Bullen Bay, und dem Dorf Daniel an der Hauptstraße, die über die ganze Mitte der Insel lief.

Sie waren also zehn Meilen von Amsterdam entfernt. Wären die Rebellen ausgebildete Soldaten gewesen, hätte diese Nähe schon Gefahr bedeutet. Doch sie waren ein Haufen undisziplinierter Kaperer, arbeitsscheues Gesindel und Unruhestifter. Darum hatte der Kommandant vorgeschlagen, daß ein Dutzend holländische Soldaten mit ein paar Reitern als Boten fünf Meilen von Amsterdam entfernt an der Südküste Posten beziehen sollten, eine ebenso starke Gruppe an der Hauptstraße in gleicher Entfernung und eine dritte Gruppe entsprechend an der Nordküste. Das machte jeden Überraschungsangriff in dieser Nacht unmöglich. Ein Reiter, der nächtens über das flache Land galoppierte, könnte in kürzester Zeit Otrabanda erreichen.

Für all das waren die Seesoldaten in ihrer kurzen Zeit in Chatham nicht ausgebildet worden, doch Mr. Ramage hatte offenbar ganz bestimmte Vorstellungen. Rennick wußte, daß sein eigener Vater, Oberstleutnant der Ersten Dragoner, über Ramages Vorgehensweise bestürzt gewesen wäre. Rennick grinste in sich hinein. Die väterlichen Prinzipien über die Kriegsführung unterschieden sich in nichts von den Prinzipien, die ihm von dessen Vater eingehämmert worden waren, der seinerzeit auch bei den Ersten Dragonern diente. Seit Gründung des Regiments im Jahre 1683 hatten drei Generationen Rennicks in ihm gedient. Sein Vater hatte erwartet, er würde der vierte. Doch der Sohn hatte deutlich gemacht, daß er zur See gehen wolle. Daraufhin hatte der Alte sein Brandyglas so hart auf den Tisch geknallt, daß es zersplitterte. Die Mutter hatte einen hysterischen Anfall bekommen, denn das Glas gehörte zu dem Dutzend, das sie von ihrem Großvater geerbt hatte.

Der junge Mann hatte als Achtzehnjähriger nicht geahnt, daß er schon viel zu alt war, um eine Karriere auf See zu beginnen. Ein Gleichaltriger, den er traf und der den gleichen Fehler gemacht hatte, brachte ihn zu den Seesoldaten. Endlich sah auch sein Vater ein, daß er für die Ersten Dragoner verloren war. Damit sparte er viel Geld, weil er kein teures Leutnantspatent zu kaufen brauchte und auch keine weiteren Unsummen für weitere Beförderungen investieren mußte. Denn Beförderung hing ab von Geld, nicht von Glanz und Ruhm. Der Vater erwähnte George Villiers, Parlamentsmitglied für Warwick, wo die Rennicks große Ländereien besaßen. Dieser Villiers war ein Freund der Familie.

Vater und Sohn hatten also den Abgeordneten George Villiers in seinem Stadthaus am Portman Square in London aufgesucht. Villiers, jüngster Bruder des Earl of Clarendon, war Oberster Zahlmeister der Seesoldaten. Es gefiel ihm, daß der alte Oberst den Wunsch seines Sohnes unterstützte, Soldat auf See zu werden. Eine Woche später brachte ein Bote Oberst Rennick einen offiziellen Brief des Abgeordneten George. Und einen Monat später fiel der junge Leutnant Rennick nachts wie tot ins Bett. Seine Füße schmerzten, die Schultern waren zerschlagen vom Drill mit der Muskete, große Blasen schmückten seine Hacken, der Kopf schwirrte von taktischen Anweisungen – wie oberflächlich sie auch immer sein mochten. Sein Rücken schien zerbrochen nach dem gnadenlosen Drill an den schweren Kanonen. Wenn er überhaupt erschöpft träumte, dann von seiner eigenen Abteilung Seesoldaten auf einem Kriegsschiff.

Vier Jahre später hatte er den Traum verwirklicht. Er befehligte seine eigene Kompanie Seesoldaten: ein Sergeant, zwei Korporale, vierzig Soldaten. Viel wichtiger, sie waren eingesetzt auf einer Fregatte, die der brillanteste junge Kapitän der Royal Navy führte. Andere würden dem wahrscheinlich widersprechen – vermutlich aus Eifersucht. Kapitän Ramage besaß zwei seltene Eigenschaften. Man mußte mit ihm zusammenarbeiten und an seinen Plänen beteiligt sein, um sie voll zu würdigen.

In mancherlei Hinsicht widersprachen sich diese Eigenschaften. Rennick hatte schnell erkannt, daß der Kommandant nichts von Spielern hielt. Er verachtete sowohl die Verrückten, die an Spieltischen in London kleine Vermögen verloren, als auch die Kommandanten, die ihre Schiffe blind ins Feuer führten und hofften, es würde gut ausgehen. Doch Rennick hatte schon öfter bemerkt, daß keiner ein besserer Spieler war als Ramage selber. Er tat, wozu die Notwendigkeit bestand, und rechnete sich vorher die Chancen aus – ganz kaltblütig.

Er sprach natürlich kaum darüber, aber als es zum Beispiel vor Diamond Head um den Konvoi ging, oder als er die *Jocasta* in Santa Cruz eroberte, da standen die Chancen – auf dem Papier jedenfalls – so gegen ihn, daß kein Offizier mit gesundem Menschenverstand sie akzeptiert hätte. Doch Kapitän Ramage ließ sich darauf ein. Rennick erkannte später, daß Ramage Zahlen auf Papier anders interpretierte als andere Leute. Es gab Zeiten, da ging er kühn davon aus, daß einer seiner Männer es mit zwei Franzosen oder drei Spaniern aufnehmen könnte. Ein andermal verdoppelte er die Zahlen einfach. Als es um die *Jocasta* ging, hatte er sie wohl gar vervierfacht. Er kannte seine Männer natürlich. Er verlangte nie mehr, als sie erfüllen konnten. Rennick hatte einige Zeit gebraucht, um das zu erkennen. Und Ramage konnte seine Leute so führen, daß sie es auch gaben. Rennick lief immer noch ein Schauer über den Rücken, wenn er an seine eigenen Seesoldaten während der Aktion in Santa Cruz dachte. Sie hatten die Festung in die Luft gejagt. Der Plan schien unmöglich, doch im Rückblick war es dann einfach gewesen. Das bewies, daß Mr. Ramage die seltene Gabe besaß, ein Problem von vorn und von hinten gleichzeitig zu sehen.

Seine zweite Fähigkeit war, Entscheidungen ohne ein Zögern zu fällen. Dabei lehnte er durchaus Operationen ab, die zum Scheitern verurteilt waren, und schlug andere vor. Es war ihm auch herzlich egal, was andere von ihm hielten: Und darauf lief es schließlich hinaus. Er empfing seine Befehle, tat, was er für richtig hielt, und die Folgen waren ihm egal. Bisher waren die Admiralität und die verschiedenen Admirale gezwungen gewesen, ihm zu gratulieren – wie Rennick andeutungsweise von Southwick erfahren hatte. Doch wenn Kapitän Lord Ramage jemals einen Fehler machte, würde man ihn gnadenlos kreuzigen. Man würde ihn mit Halbsold an Land setzen. Die Sandkrabben könnten dann Stiefel und Uniform auffressen. Die Admirale hätten dann endlich Gelegenheit, all die Berichte, die sie über ihn in der *Gazette* zu veröffentlichen gezwungen waren, zu vergessen.

Aus diesem Grund hatte Rennicks Vater ihm kürzlich einen langen Brief geschrieben – nach der Angelegenheit mit dem Konvoi am Diamond Rock, doch vor der Sache in Santa Cruz. Er riet dem Leutnant dringend, nachdem er soviel Ruhm gesammelt habe, sich sofort auf ein anderes Schiff versetzen zu lassen, eines mit einem konservativ handelnden Kommandanten. Der alte Oberst schrieb, daß man in London der Ansicht war, daß Kapitän Ramages Glück zwar einige Jahre gehalten habe, doch jetzt umschlagen müsse. Fairerweise hatte er aber auch über ein anderes Vorkommnis berichtet, das er von Villiers erfahren hatte. Der König hatte dem Ersten Lord der Admiralität mitgeteilt, daß man Kapitän Ramage für die Sache vom Diamond Rock eigentlich hätte zum Ritter schlagen müssen. Und nach Santa Cruz hätte man ihn zum Baron machen müssen – wäre er nicht schon Lord gewesen. Doch die Haltung des Ersten Lords der Admiralität sei zwiespältig gewesen. Der Oberst schrieb: »Ihr Sohn wird vom König überaus geschätzt. Aber vergessen Sie nicht, daß Ihre Lordschaften die Befehle geben, die Berichte lesen und festlegen, was an Meldungen in der *London Gazette* erscheinen soll.«

Wie auch immer – Curaçao sah aus wie ein Schenkelknochen – und mehr als bisher konnte er aus der Landkarte nicht entnehmen. Das holländische Wort für Heiliger war Sint, eine Bucht war eine Baai, und ein Punkt oder Vorsprung hieß Punda. Soviel hatte er aus der Karte gelernt, die ihm lediglich Orte und Straßen angab. Er faltete sie zusammen und verließ die Messe, um mit dem Kommandanten zu sprechen.

Silkin, der Steward mit der seltenen Begabung, sich lautlos und mühelos zu bewegen, hatte gerade den Frühstückstisch abgedeckt. Der Kommandant schien guter Laune zu sein. Das war nicht jeden Morgen so, wußte Rennick nur zu gut. Oft genug wanderte der Kommandant noch lange nach dem Frühstück mißgelaunt über das Achterdeck.

»Ah, Rennick. Sie kommen mit Plänen für die Schlacht von Amsterdam?«

Der Leutnant der Seesoldaten grinste und legte die Karte auf den Tisch. »Mein einziger Plan, Sir, sagen wir, meine einzige Anregung ist, daß wir uns hüten, diese Hälfte der Stadt zu verteidigen.«

Zu seiner Überraschung nickte Ramage zustimmend. »Das ist auch mein Eindruck, aber ich bin kein Soldat. Gibt es ein Risiko in unseren Flanken?«

Rennick nickte. »Wir könnten natürlich zuerst die Punda-Seite des Kanals verteidigen. Er bildet da ja auch einen Graben und geht dann ins Schottegatt über in den See. Wir haben bei weitem nicht genug Leute, um eine Front auf der Seite des Sees aufzubauen, von hier aus bis an die Nordküste. Die Rebellen könnten dort leicht durchsickern und sich sammeln, um die östliche Hälfte von Amsterdam anzugreifen – Punda. Das hieße, sie fallen uns in den Rücken.«

»Soldaten entwerfen Verteidigungsanlagen von Häfen immer so, als würden sie nur von See aus angegriffen«, kommentierte Ramage spöttelnd. »English Harbour, Cartagena, Havanna, San Juan in Puerto Rico, Fort Royal auf Martinique . . .«

»Solche Aufgaben sollten die besser den Seesoldaten überlassen, Sir!«

»Richtig. Was schlagen Sie also vor?«

»Es gibt nur eine Chance, damit man uns nicht seitlich

umgeht oder von rückwärts angreift, Sir. Vergessen wir Punda, geben wir diese Hälfte auf. Wir bilden eine Front im Westen auf der Otrabanda-Seite, mit der See linker Hand, dem Kanal hinter uns und dem Schottegatt, oder wie immer das heißt, rechts von uns. Sollten wir uns zurückziehen müssen, können wir leicht an Bord der *Calypso* gelangen.«

»Sie meinen, wir könnten Boote an den Kais von Otrabanda bereithalten? Und auch die Kaperschiffe dorthin verholen?«

Rennick nickte. »Wir könnten den Gouverneur und seine Familie evakuieren und auch ein paar Hundert andere Leute.« Als er das sagte, schüttelte der Kommandant den Kopf, was Rennick nicht überraschte. Der Ort war kaum zu verteidigen. Da sie zahlenmäßig weit unterlegen waren, wäre es das beste, auf der *Calypso* zu bleiben. Seeleute hatten immer Probleme, wenn sie an Land übersetzten...

»Ich dachte nicht daran, Amsterdam zu verteidigen, Mr. Rennick.« Der Kommandant sprach leise, und Rennick tat die Nachricht gut. Sie bestätigte ihm, daß es mit den wenigen Leuten nicht ging – hundert Holländer, vierzig Marinesoldaten und allerhöchstens einhundertfünfzig Seeleute. Dann merkte er, daß der Kapitän ein Wort seines Satzes so betont hatte, daß der Satz eine andere Bedeutung bekam.

»Wie Sie ganz richtig sagen, Mr. Rennick, können wir Amsterdam nicht verteidigen. Selbst wenn wir genügend Truppen hätten, wäre ich mir nicht sicher, ob es richtig wäre. Ich denke, wir nehmen Ihre Seesoldaten und so viel Seeleute wie möglich und greifen die Rebellen an. Wir überraschen sie. Die Holländer lassen wir hier in Amsterdam, außer den Offizieren, wenn sie Englisch sprechen.«

»Aber Sir, auf der anderen Seite stehen fünfhundert Rebellen und Kaperer...«

»Dagegen einhundertfünfzig von uns – oder so ähnlich.«

»Genau, Sir!«

»Sie nehmen doch sicher nicht an, daß Rebellen und Kaperer besser ausgebildet sind als unsere Seeleute und Seesoldaten?«

»Nein, natürlich nicht.« Rennick dachte nach. Allzuoft endeten diese Fragen und Antworten mit Schlußfolgerungen des Kommandanten, denen er nichts entgegensetzen konnte. Doch im Augenblick war nicht erkennbar, worauf der Kapitän hinauswollte. »Jedenfalls sind sie nicht disziplinierter.«

»Und wie berechnen Sie die Chancen unserer Männer gegen Franzosen?«

»Nun, Sir, drei zu eins ...«

»Mr. Rennick«, fuhr der Kapitän auf dieselbe ruhige Art fort, »meine mathematischen Fähigkeiten sind nicht besonders ausgeprägt. Aber wenn wir einhundertfünfzig Leute haben gegen fünfhundert Rebellen, stehen dann die Chancen nicht fast eins zu drei?«

Rennick griff zum letzten Argument: »Es sind nicht alle Franzosen, Sir!«

Ramage lachte. »Übertreiben Sie's nicht. Die Franzosen sind die Kaperer. Sie sind besser ausgebildet. Sie können mit Musketen und Pistolen umgehen. Ihre Holländer, die Rebellen, sind nicht ausgebildet und ohne jede Disziplin. Sie sind so was wie Philosophen. Die wedeln mit den Waffen in der Luft herum und fordern Freiheit und Gleichheit. Und in der Zeit feuert jeder Kaperer ein Dutzend Schüsse ab.«

Plötzlich merkte Rennick, welchen Fehler er gemacht hatte. Aus irgendeinem nicht mehr nachvollziehbaren Grund war er davon ausgegangen, Amsterdam zu verteidigen, obwohl der Kapitän ihm das nicht nahegelegt hatte. Er, Kommandierender der Seesoldaten, hätte die Aufgabe der *Calypso* definieren müssen: draußen kämpfen, wo sie angreifen und sich zurückziehen konnten, um wieder aus einer anderen Richtung anzugreifen und zu verschwinden, über den Feind herfallen, wenn er in der Nacht biwakkierte, um dann in die Dunkelheit zu verschwinden. Wenn man so viel weniger Leute hatte als der Gegner, war es tödlich, sich in die Verteidigung drängen zu lassen.

Er sah auf und spürte, daß der Kapitän ihn beobachtet und seine Gedanken gelesen hatte. Seine braunen Augen blickten freundlich: »Suchen Sie immer erst den ganzen Horizont ab, Rennick. Es ist leicht, schnell in die falsche Richtung zu marschieren.«

»Das sehe ich jetzt auch, Sir!«

»Gut, dann sagen Sie mir, was Sie von den Vorschlägen halten. Sagen Sie laut, wenn Sie anderer Meinung sind. Wir setzen einhundertfünfzig Seeleute ein und Ihre vierzig Seesoldaten. Es wäre ein Fehler, sie zu vermischen. Die Seesoldaten sind ausgebildete Soldaten. Ich sehe sie als Säbel, meine Seeleute als Keule. Aber wenn das so ist, sind dann nicht vierzig Mann schwer in den Griff zu bekommen?«

Rennick verfluchte wieder einmal die Tatsache, daß die *Calypso* keinen Zweiten Leutnant für die Seesoldaten an Bord hatte – trotz eines Anspruchs darauf. Der Sergeant war ein verläßlicher Mann. »Ja, Sir. Sie erinnern sich, daß wir in Santa Cruz die eine Hälfte der Leute dem Sergeanten unterstellten und ich die andere Hälfte führte. Das ging sehr gut.«

»Aber was machen wir mit den Seeleuten?« fragte Ramage. »Eine Gruppe von zwanzig Seeleuten erreicht niemals soviel wie zwanzig Seesoldaten!«

»Wenn Sie meine Meinung haben wollen, nehmen wir dreißig Seeleute in eine Gruppe oder mehr, wenn Sie weniger Offiziere einsetzen wollen.«

»Wir sind zu fünft, dazu kommen Sie und der Sergeant. Sieben Kompanien also oder Züge oder wie immer Sie's nennen wollen. Bei den Seeleuten sind es fünf Kompanien zu je dreißig Mann.«

Die Seeleute waren leichtfüßig – gut für Einsätze in der Nacht, machte sich Rennick klar. Vorausgesetzt, sie rannten nicht in Bauernhöfe und brachten Hunde zum Bellen. Aber keiner der Seeoffiziere hatte auch nur die geringste Ahnung von Flankenoperationen. Doch ihm fiel gerade noch ein, daß ja Kapitän Ramage als erster erkannt hatte, Amsterdam sei nicht zu verteidigen, weil man ihm vom Norden her in die Flanke fallen konnte. Und der Erste Offizier, Aitken, kam ja aus dem schottischen Hochland. Wer weiß, was er da für Tricks gelernt hatte bei der Wilddieberei – oder bei der Jagd, wenn man sich still gegen den Wind anschleichen mußte. Rehe und Hirsche hatten zu gute Nasen und Ohren. Man konnte sich ihnen nicht von Lee nähern. Wagstaffe kam aus London, also konnte er sicherlich nicht einmal ein linkes Rad von einem rosa Flamingo unterscheiden, von denen es auf der Insel Hunderte geben sollte. Der Dritte stammte aus Suffolk, er könnte sich also in der Landschaft bewegen. Es war ja erstaunlich, was man als Kind alles lernte, wenn man verbotenerweise auf den Feldern des Nachbarn Rebhühner fangen wollte. Kenton war Sohn eines Kapitäns auf Halbsold. Ihm konnte man also kaum zutrauen, nachts über eine Wiese zu laufen. Er würde bestimmt auf den einzigen Bullen weit und breit treffen. Blieb noch Kapitän Ramage – und hier hörte Rennick mit seinen Überlegungen auf. Man konnte nie sicher sein, was der Kapitän wußte. Über die Unternehmungen in Italien zusammen mit seinem Bootssteuerer, diesem Amerikaner Jackson, erzählt man sich Unglaubliches.

»Sieben Gruppen also«, sagte Ramage. »Sie können zusammen operieren oder getrennt. Wir werden heute die Seeleute auswählen, und Sie versuchen, ihnen das Einfachste über Landkämpfe beizubringen.«

Rennick versuchte seine Enttäuschung zu verbergen. »Also brechen wir heute noch nicht auf, Sir?«

»Nein«, sagte Ramage bestimmt und schüttelte den Kopf. »Wenn wir tagsüber losmarschieren, können sich die Rebellen in aller Ruhe rüsten. Nachts kampieren sie. Das tun sie früh am Abend, und jeder hat seine Flasche Wein dabei. Vielleicht gibt es nur ein Dutzend Posten ... Wir müssen die Überraschung auf unserer Seite haben, weil wir so wenig sind.«

Rennick kannte den Kommandanten gut genug, um seine Kritik jetzt anzubringen, nicht später: »Nachtgefechte an Land sind eine sehr unsichere Sache, Sir!«

»Ich weiß«, antwortete Ramage sachlich. »Jackson und ich haben da unsere Erfahrung aus Italien gegen Kavallerie. Mir fiel damals auf, daß die französische Kavallerie genausowenig wie wir sehen konnte. Und weil sie so viele waren, stolperten sie immer wieder übereinander. In der Dunkelheit haben alle die gleichen Chancen.«

»Die Seesoldaten, Sir!« Rennick wies schnell auf etwas anderes hin: »Nachts verlieren wir den Vorteil ihrer guten Ausbildung.«

»Aber nicht den Vorteil ihrer Disziplin. Sie stellen nur ein Viertel von uns. Die Dunkelheit, Rennick, können Sie mit der Erfindung der Kanone vergleichen. Vor der Erfindung des Gewehres konnte ein gut ausgebildeter Schwertkämpfer einen weniger gut ausgebildeten töten. Doch dann gaben Kugel und Blei beiden die gleiche Chance. Mit einer Pistole kann der kleinste Mann kämpfen und einen Giganten töten. Wir haben die Dunkelheit nicht erfunden, aber wir können sie für uns nützen. Ihre Seesoldaten sollten in der Lage sein, drei Schüsse abzugeben, wenn jeder andere nur einen schafft.«

Rennick grinste, als er daran dachte. »Wir werden hellwach sein, die Rebellen werden schon halb schlafen – bis auf die Posten.«

»Die werden im Halbschlaf liegen und mit einigem Glück auch halb betrunken sein – vorausgesetzt allerdings, wir überraschen sie. Jetzt müssen wir mit dem Gouverneur besprechen, daß er seine Patrouillen noch ein paar Stunden draußen läßt, damit wir genau wissen, wohin sich die Rebellen tagsüber bewegen und wo sie nachts biwackieren. Also lassen Sie uns mit der Ausgabe und Überprüfung von Pistolen und Musketen beginnen. Der Schleifstein muß an Deck gebracht werden zum Schärfen von Entermessern und Pieken. Die nützen in der Dunkelheit mehr als Pistolen. Sagen Sie das bitte den Männern. Eine Pieke ist siebeneinhalb Fuß lang – und näher darf ihnen kein Feind kommen.«

Lacey brachte die *La Créole* genau um zwölf Uhr in den Hafen. Ramages Vereinbarungen mit dem Gouverneur waren eingehalten worden, was den seewärtigen Ausguck auf Waterfort und Riffort anging. Er hatte lediglich vergessen, davon auf der *Calypso* zu berichten. Als Aitken also in der Kanaleinfahrt zehn Musketenschüsse hörte, exakt fünf Sekunden voneinander getrennt, ließ der den Trommler der Seesoldaten alle Mann auf Gefechtsstation trommeln und dem Kapitän in seiner Kajüte Meldung machen.

Als Ramage den Niedergang emporstieg, ahnte er, was geschehen war. Doch mit Musketenschüssen könnte man auch vor einem feindlichen Schiff warnen. Jetzt erklärte er Aitken endlich die Vereinbarung, die er mit dem Gouverneur getroffen hatte. Die beiden Männer sahen jetzt die britische Flagge auf den beiden Forts und auf dem Gouverneurspalast wehen. Dann hatten sie die *La Créole* draußen vor der Einfahrt vorsichtig kreuzen sehen, mehr als eine Meile entfernt. Lacey näherte sich erst, als er feststellen konnte, daß keine Kanone an Land das Feuer eröffnete.

Ramage beneidete Lacey nicht. Die Lage war eine gute Prüfung für den jungen Offizier. Er hatte die *Calypso* zum letzten Mal vor der Nordwestküste der Insel gesehen, die damals ohne jeden Zweifel und ganz und gar holländischer Besitz war. Jetzt, nachdem er von seiner Mission mit der *La Perle* zurückkehrte, lag die *Calypso* in Amsterdam vor Anker, offensichtlich unbeschädigt und unter britischer Flagge. Und auf den Forts wehten ebenfalls britische Flaggen. Aber Lacey wußte, wie man mit Flaggen Fallen stellen konnte.

Es würde Lacey helfen, wenn die *Calypso* ihm signalisierte. Doch natürlich wußte der Leutnant auch, daß die *La Perle* mit Hilfe von Signalen aus einem erbeuteten Signalbuch erobert worden war. Er könnte also annehmen, daß die Holländer den gleichen Trick anwenden würden. Paolo Orsini wartete, und Ramage befahl: »Setzen Sie das Anrufsignal für die *La Créole* und dann 243, 63, und 371.«

Ramage wußte, mit der ersten Zahl würde er den jungen Fähnrich verwirren, der längst alle Signale aus dem Buch auswendig kannte. Als er die Nummern auf die Tafel schrieb, hielt er inne, um die Bedeutung zu prüfen, weil er ganz offensichtlich meinte, Ramage habe einen Fehler gemacht. Nummer 243 hieß: »Verlassen Sie die Prisen oder Schiffe im Konvoi und begeben Sie sich zum Admiral.« 63 bedeutete: »Ankern Sie, sobald es Ihnen paßt.« 371 stand für: »Die fremden Schiffe sind durchsucht worden.« Er wiederholte laut, was er las.

»Korrekt, Orsini. Wenn sie vor Anker gegangen ist, signalisieren Sie dem Kommandanten, zu mir an Bord zu kommen.«

»Aye, aye, Sir!«

Aitken grinste breit. »Das erste Signal muß Lacey überzeugen, Sir. Kein Holländer würde daran denken, selbst wenn er etwas von der *Perle* oder dem Signalbuch wüßte. Und der Hafen muß aus seinem Blickwinkel voll mit fremden Schiffen sein. Er kann die Masten der Kaperer hinter uns erkennen.«

Fünfzehn Minuten nach dem letzten Signal segelte der Schoner am Wind mit ausgerannten Kanonen durch die Hafeneinfahrt. Männer mit Teleskopen waren in die Masten geentert. Der vorsichtige Lacey rechnete also immer noch mit einer Falle. Er hielt sich im Kanal in Luv und hätte also Raum, zu halsen und sofort wieder auszulaufen.

Eine Stunde später saß Lacey Ramage gegenüber. Silkin servierte den ersten Gang des Mittagessens.

»Ich nehme an, Sie mögen Callalou-Suppe«, meinte Ramage.

»Ich habe sie noch nie probiert!« gab Lacey zu.

»Callalou ist eine Art Spinat von der Insel. Silkin ist überzeugt, daß er mir bekommt!«

Noch immer hatte Lacey sich nicht daran gewöhnt, wie ein Kommandant behandelt zu werden. Er hob seinen Löffel und probierte vorsichtig, weil er wohl Heißes vermutete. Als er eine kalte Suppe schmeckte, löffelte er kräftig weiter und machte kein Hehl aus seinem Gefallen.

»Also«, sagte Ramage, »nun erzählen Sie mir alles über die *Perle*.«

»Da gibt es nicht viel, Sir. Sie segelte auf das Festland zu, trug nachts ein Hecklicht und pumpte ununterbrochen. Das Leck wurde immer schlimmer, nehme ich an. Die Pumpen schafften es kaum. Ich hielt mich nahe, falls sie zu tief zu liegen käme. Doch meistens konnte ich achteraus bleiben.«

»Hielt sie die ganze Zeit einen Kurs bei?«

»Ja, Sir. Ich glaube, sie hatten sich entschieden, San Juan de los Cayos anzulaufen. Jedenfalls kamen wir dort an, achtundzwanzig Stunden nachdem wir uns von Ihnen getrennt hatten. Ich dachte, sie würde ankern, aber sie drehte in den Wind, reffte kräftig, setzte Boote aus, schüttelte die Segel wieder aus und lief genau aufs Ufer zu.

Es war auch bei uns so flach, daß ich vorne an den Rüsten einen Mann mit Lot hatte. Wir segelten mit losen Schoten nur ein paar Knoten, aber die Franzosen hatten es eilig. Sie traf auf die Untiefe mit gut fünf Knoten Fahrt.«

»Das Leck hat ihren Tiefgang also vergrößert?«

»Etwa zwei Fuß, Sir. Wir haben die Wasserlinie im Verhältnis zur Höhle der Kanonenpforten beobachtet. Wie auch immer. Der Grund war wohl weich, obwohl wir draußen mit unserem Lot Sand fanden. Jedenfalls kam sie langsam zum Halten, Großsegel und Toppsegel immer noch oben.«

Ramage nickte. »Ein seltsamer Anblick! Ein Schiff, das sich nicht bewegt und alle Segel oben hat. Ein bißchen mehr Wind und die Masten wären geknickt.«

»Genau, Sir. Sie nahmen sich keine Zeit, irgend etwas loszugeben: Schoten, Geitaue, Brassen, Fallen. Sie warfen Spieren über die Seite, Lukendeckel, alles was schwimmen und als Floß dienen konnte. Und so ließen sie das Schiff zurück. Die Boote zogen den Rest der Männer hinter sich her, die sich an die schwimmenden Hölzer klammerten. Als die Boote das Ufer erreichten, schlugen in der schweren Brandung zwei quer und kenterten. In diesem Augenblick stieg Rauch aus dem Großluk. Und zehn Minuten später brannte das Schiff lichterloh vom Bug bis zum Heck. Die Segel brannten im Wind wie Papier. Das Rigg sah phantastisch aus mit all seinem Teer. Die Stagen und Wanten brannten splitternd wie Zündhölzer. Dann knickten die Masten. Sie brannten wie Kienholz und jagten Dampfwolken in die Luft, als sie aufs Wasser schlugen.«

Lacey stoppte, erschrocken über seine eigene Beredsamkeit, und widmete sich wieder seiner Suppe. Als der Teller leer war und er einen Nachschlag bei Silkin, der mit der Terrine an den Tisch getreten war, abgelehnt hatte, fuhr er fort.

»Als die Masten dann über Bord gegangen waren, war sie leichter geworden, schwamm auf und lag natürlich höher im Wasser. Der Wind packte sie und drehte sie so, daß sie parallel zum Ufer lag, das von Ost nach West läuft. Ihr Bug lag nach Westen. Dann fegte der Wind durch die gesprungenen Heckfenster, und dann war's, als ob ein Blasebalg seine Arbeit begann. Sie zog noch etwa fünfzig Yards nach Westen und brannte wie das Feuer in der Esse eines Hufschmieds. Eine Stunde später war sie bis zur Wasserlinie heruntergebrannt. Wir lagen weit draußen vor Anker, um alles genau zu beobachten.«

»Und die Spanier?« wollte Ramage wissen. »Haben Sie irgend etwas von Patrouillen entdeckt?«

»Nein, Sir. Nur die Franzosen waren am Strand – überall verteilt. Ein paar versuchten, die Boote aus der Brandung auf den Strand zu ziehen, um sie zu retten. Aber drei zerschlug es. Wir sahen ein paar Spanier östlich vom Dorf, doch sie hielten sich fern von den Franzosen. Ich ahne, daß man die Franzosen nicht gerade herzlich begrüßen wird.«

Zum Ende der Mahlzeit informierte Ramage Lacey über die Probleme der Insel und die Kapitulation. Er beschrieb auch seine Pläne, nachts die Rebellen anzugreifen. »Ich könnte Ihnen auch dreißig Leute zur Verfügung stellen, Sir«, bot Lacey eifrig an. »Dann hätten Sie acht Gruppen.«

Ramage dachte einen Augenblick nach. Die *La Créole* ankerte hinter den Kaperschiffen fast im Schottegatt. Gefahr für die Ankernden könnte nur ein großes Schiff bedeuten, das in den Hafen einzudringen versuchte. Der Schoner würde also mit einer Rumpfmannschaft sicher sein.

»Sehr gut«, sagte er. »Rennick hat die Karte der Insel. Nehmen Sie sich eine halbe Stunde Zeit für ihn, dann wissen Sie ganz genau, was wir vorhaben.«

Nach dem Essen, als Lacey das Schiff schon verlassen hatte, kam Major Lausser von Punda herüber mit einer Nachricht vom Gouverneur. Die Rebellen und Kaperer hatten sich nicht aus dem Lager entfernt, das sie letzte Nacht errichtet hatten. Sie hatten die Dörfer Pannekoek, Willebrordus und Daniel offensichtlich geplündert. Als sie einige große Plantagen in Flammen aufgehen ließen, waren ihnen viele Fässer Rum in die Hände gefallen. Patrouillen hatten Männer beobachtet, die Vieh ins Lager trieben, wohl um es zu schlachten. Und außerdem sollte man wissen, endete die Meldung, daß morgen der Jahrestag der Erstürmung der Bastille war. Hatten die Franzosen vor, den groß zu feiern? Wenn sie das planten, fingen sie mit dem Trinken und Feiern sicherlich schon heute nacht an.

15

Die holländischen Händler und ihre Familien und alle anderen, die in Otrabanda lebten, waren den größten Teil des Tages damit beschäftigt, alles, was ihnen wertvoll erschien, auf die andere Seite nach Punda hinüberzubringen. Sie brachten jeweils so viel, wie sie selber tragen oder wozu sie die Bootsführer überreden konnten. Mit Möbeln beladene Boote überquerten den Kanal. Zwischen den Möbeln oder oben drauf hockten die Besitzer und machten ihre Witze oder klagten und ließen sich trösten – in schrillem Holländisch oder auf Papiamento, dem lokalen Dialekt, einer Mischung aus Holländisch, Spanisch, Englisch und afrikanischen Sprachen. Southwick meinte zu Aitken, daß wohl zum ersten Mal so viele Holländer in der brüllenden Mittagshitze draußen gewesen seien. Gewöhnlich zogen sie sich in kühle, mit Vorhängen versehene Räume zur Siesta zurück, die bis drei Uhr nachmittags dauerte.

Jetzt, eine halbe Stunde nach Dunkelheit, stiegen die letzten der acht Gruppen aus den Booten der *Calypso* auf die Kais von Otrabanda. Rennicks Seesoldaten waren angetreten wie zur Parade des Oberkommandierenden von Chatham. Lacey gab sich mit den dreißig Mann ab, die er von der *La Créole* herübergebracht hatte. Aitken stand vor seiner Gruppe, die er in drei Reihen zu zehn Mann hatte antreten lassen. Er war froh, daß Southwick den kleinen Streit verloren hatte. Diesmal blieb der Master an Bord zurück, nicht der Erste Offizier. Ramage hatte entschieden, daß der lange Marsch durch Curaçao etwas für junge Leute war. Wagstaffe führte seine Leute in vier Reihen zu sieben Mann – ein Vollmatrose marschierte voraus, einer folgte. Lacey, Baker und Kenton waren Aitkens Beispiel gefolgt, der sich seinerseits an Ramage gehalten hatte.

Ramage war dankbar für die Brise, die – bei einigem Glück – wohl die ganze Nacht durchstehen würde. Wie immer war es kühl auf der *Calypso* gewesen. Aber in dem Augenblick, als er seinen Fuß auf Otrabanda setzte, kroch die Hitze in ihn, als habe die Erde sie den ganzen Tag gespeichert, nur um sie in der Nacht langsam wieder loszuwerden. Mücken landeten auf ihm wie Wassertropfen in dichtem Nebel. Weil sie durch das Leder nicht an die Beine herankamen, griffen sie sirrend seine Handgelenke und das Gesicht an. Die glühenden Nadelstiche von Sandfliegen zeigten, daß auch Curaçao nicht frei war von den winzigen Tieren, die der Seemann überall »Sieht-man-nicht« nannte.

Die letzten Männer stiegen aus dem Boot und reihten sich in Kentons Gruppe ein. Ramage prüfte jetzt seine eigene. Dreißig auszuwählen war schwierig gewesen, weil er wenigstens weitere dreißig gleich gut geeignete zurückweisen mußte. Jackson war sein zweiter Mann, dann kamen Stafford und Rossi. Ein Dutzend hatte er ausgewählt, weil sie unter ihm schon auf der *Kathleen* gedient hatten, alle anderen kannte er von der *Triton* her. Es war schwierig gewesen, die dreißig aus Hunderten von Freiwilligen auszuwählen.

Nach einigem Nachdenken war es Ramage egal, als Mann bezeichnet zu werden, der Günstlinge bevorzugte. Für den Angriff hatte er keinen festen Plan – wie auch, wenn er noch nicht wußte, wie der Feind lagerte. Er wußte nur, daß er in der Dunkelheit mit seiner Gruppe praktisch allein operieren müßte, weil es schwierig war, nachts anderen Befehle zu übermitteln. Als das klar war, entschied er sich für Männer, die seine Absichten sofort und ohne lange Erklärung verstehen würden. Wie Jackson zum Beispiel, der als junger Mann auf Seiten der Rebellen im amerikanischen Unabhängigkeitskrieg gekämpft hatte und der über solche Gefechte wie das kommende sicherlich mehr wußte als Rennick. Hier ging es um Überfälle, plötzliche Angriffe und schnelle Rückzüge, ehe das Opfer sich besinnen konnte. Es kam darauf an, nicht lange stillzustehen, damit der Feind kein Ziel fand. Rennick war ausgebildet worden als Kommandierender von marschierenden Truppen, er beherrschte schwierige Flankenmanöver, war über alle Maßen tapfer – und doch beherrschte er nur, was das Ausbildungshandbuch vorschrieb: Routine-Situationen. Männer feuerten auf Befehl, und Bataillone sowie ganze Armeen, Freund oder Feind, bewegten sich wie in gigantischen Quadrillen. Das hatte nichts mit eifernden Seeleuten zu tun, die durch die Nacht eilten.

In der Dunkelheit schien ihm, als befehle er dennoch eine ganze Armee. Rennicks Vorschlag, daß aus jeder Kompanie zuerst jeweils ein Mann landen solle, hatte sich als richtig erwiesen. Er war für die Nachkommenden so etwas wie eine Markierungsboje, und es entstand kein Durcheinander.

Seine Inspektion begann Ramage bei der Gruppe, die Rennick führte, und setzte sie dann bei der des Unteroffiziers fort. Dann kam Ramages eigene, und ihr folgten die von Kenton und Baker, von Lacey und Wagstaffe. Aitken war der letzte. Einhundertachtzig Seeleute und vierzig Seesoldaten – mehr als zweihundertzwanzig Männer. Alle schwiegen. Nur gelegentliches Schlagen nach Mücken war zu hören. Bei Aktionen wie dieser bestand immer die Gefahr, daß einer der Männer, der seinen Rum angespart hatte, sich beim Marschieren betrank und Ärger machte. So mußte also jeder, der ins Boot stieg, an der Gangway der *Calypso* anhalten, wo ihn Southwick auf der einen und der Waffenmeister auf der anderen Seite inspizierten. Der Waffenmeister hatte ständig gemurmelt: »Hauch mich an. Pistole oder Muskete? Entermesser oder Pieke? Hast du Rum an dir versteckt?« War der Mann nüchtern und richtig bewaffnet, durfte der Mann das Schiff verlassen.

Es war jetzt acht Uhr, und sie hatten zehn Meilen vor sich. Ramage beendete seine Inspektion, ging zurück an die Spitze der Kolonne und fragte Rennick: »Wo sind die holländischen Führer?«

Der Offizier deutete auf zwei Männer, die vor der Marschkolonne standen.

»Einer soll sich besser an mich halten. Es bringt nichts, wenn beide bei Ihnen sind.«

»Sie sprechen beide Englisch, Sir«, sagte Rennick dankbar.

Ramage rief einen der Führer zu sich und befahl Rennick loszumarschieren. Mit seinem Führer eilte er an die Spitze seiner eigenen Kompanie und folgte den Seesoldaten. Seine Befehle an die Offiziere waren einfach: Folgen Sie der Kompanie vor Ihnen.

Stadtauswärts ging es ein paar hundert Yards hinter dem letzten Haus auf Kopfsteinpflaster voran. Dann folgte trockene Erde. Die Marschierenden machten also kaum Geräusche. Der Mond war noch nicht aufgegangen, und würde das wohl auch in den nächsten Stunden nicht tun. Dank weniger Wolken leuchteten die Sterne klar. Irgendwo in der Dunkelheit würden sie auf ihrem Marsch holländische Soldaten beobachten. Der Gouverneur hatte immer noch einen Zug Soldaten westlich von Amsterdam als Patrouillen eingesetzt, die Spione oder andere Sympathisanten abfangen sollten, wenn sie sich aus der Stadt stahlen, um die Rebellen vor den britischen Soldaten und Seeleuten zu warnen.

Nach noch nicht einmal einer Meile spürte Ramage die Muskeln in seinem Unterschenkel. Sie verhärteten sich wegen des ungewohnten Marschierens. Das Aufsetzen der Hacken bereitete ihm Kopfschmerzen. Die Straße verlief jetzt ins Land und dann wieder nach Westen. In der Dunkelheit erschien plötzlich Rennick. Er lief auf und ab, um sicherzustellen, daß die Kompanien dicht zusammenblieben.

Anderthalb Stunden später schätzte der Führer, daß das Dorf Daniel vielleicht noch drei Meilen entfernt sei. Ramage war heiß, er fühlte sich verklebt und müde. Seine Hacken waren aufgesprungen, und seine Füße schienen zweimal so groß. Seine Uniformjacke troff vor Schweiß. Seine Binde zerkratzte den Hals, und das Schweißband seines Hutes schien sich alle halbe Meile enger zusammenzuziehen – einer Daumenschraube vergleichbar. Es war Zeit haltzumachen, zum zweiten Mal. Ein paar Minuten später lagerten alle an der Straßenseite. Viele hielten die Füße in die Luft, fluchten still auf die Blasen, gaben aber zu, daß dieser Tip von Leutnant Rennick wirklich half.

Rennick war gerade wieder aus der Dunkelheit aufgetaucht, scheinbar voll ungebrochener Energie und offenbar mit Füßen, die nie schwollen und keine Blasen hatten. Da ließ plötzlich fernes Musketenfeuer alles Stöhnen enden. Zehn oder zwölf Sekunden lang fielen Schüsse. Ramage war auf den Beinen, um die Richtung festzustellen, aus der sie zu hören waren. Als er seine Augen in der Dunkelheit auf ein fernes rosa Glühen auf dem Horizont eingestellt hatte, gab es unter dem Glühen winzige Spritzer, als ob Glühwürmer aufstiegen. Es fielen wieder Schüsse.

Rennick knallte die Hacken zusammen, um klarzumachen, daß er jetzt offiziell sprach. »Das sind Musketen, die ohne Kugel abgefeuert werden, Sir.«

Ramage war klar, daß der Seesoldat recht hatte. Fernes Musketenfeuer klang immer unwirklich, kaum anders als ein Knall. Doch die letzten Schüsse waren in ihre Richtung abgegeben worden – wie man an der Helligkeit der Blitze merkte. Und es klang jetzt eher wie das Ploppen eines Korkens beim Öffnen einer Flasche. Wären die Musketen mit Kugeln geladen, hätte es schärfer klingen müssen. Rennicks militärische Ausbildung und Erfahrung war jetzt wichtig. Er wußte, was Ramage nicht wissen konnte.

Wahrscheinlich erwartete Rennick jetzt von Ramage eine Erklärung für das rosa Glühen. Es war offensichtlich ein Feuer, doch es glühte beständig. Die paar Häuser, die Ramage in der Dunkelheit hatte brennen sehen, waren aufgelodert und zusammengefallen, hatten dann wieder geflackert, wenn die Flammen neues Holz als Nahrung fanden. Das gleichmäßige Glühen bedeutete hingegen, daß das Feuer ständig und gleichbleibend gefüttert wurde. Es könnte zum Beispiel ein großes Freudenfeuer sein, das schon viele Stunden brannte.

»Wie weit waren die Schüsse entfernt?«

»Höchstens zwei Meilen, Sir!«

Der vierzehnte Juli! Wieder Musketenschüsse.

»Holen Sie bitte die anderen Kompanieführer zu mir«, sagte Ramage, »ich rede besser mal mit allen.«

Komisch, wie man soldatische Ausdrücke übernahm. Kompanieführer – in der Tat! Aber wenn man einem so eifrigen und kompetenten Seesoldaten wie Rennick Befehle gab, dann klang es besser, von »Kompanieführern« zu sprechen, obwohl die Kompanien gerade eben Zugstärke hatten. Aber von Zügen zu reden, hätte Spott und Hohn zur Folge gehabt.

Schließlich hatten sich Aitken, Wagstaffe, Baker und Kenton, Lacey und der Sergeant zur Stelle gemeldet. Sie umstanden ihn und waren im Dunkeln kaum zu erkennen. Plötzlich mußte Ramage, der seine Offiziere nie an Land versammelt hatte, an Mr. Wesleys methodistische Prediger denken, die an den Straßenrändern Cornwalls Gottesdienste abhielten – und zwar mit großen Gemeinden. Er hüstelte, auch um ein Lächeln zu unterdrücken, und sagte dann: »Sie haben eben die Schüsse gehört, und Sie können das Feuer erkennen. In der Richtung liegt kein Dorf. Und auch eine Plantage würde nicht so gleichmäßig brennen – oder so lange. Ich glaube, daß unsere Freunde da drüben ein Fest feiern. Unsere holländischen Späher haben gemeldet, daß die Kaperer und die Rebellen Vieh zusammengetrieben haben. Ich glaube, sie rösten es jetzt über dem Feuer. Darum brennt es so gleichmäßig. Die Musketenschüsse sind reine Freudenschüsse. Sie feiern den Fall der Bastille. Damit fangen sie früh an, denn erst um Mitternacht beginnt der vierzehnte Juli.«

»Aye, aye«, sagte Aitken mit aller Verachtung, deren er

fähig war, weil die da drüben nicht nur Revolutionäre und Säufer, sondern – jedenfalls bis vor kurzem – auch noch überzeugte Katholiken gewesen waren. »Die sind um Mitternacht knallvoll, und dann wird es wie Apfelpflücken sein.«

»Wollen wir etwa Gefangene machen, Sir?« fragte Kenton, der bei Aitkens Worten ganz offensichtlich an Äpfel dachte, die man in einen Korb einsammelte.

»Wir nehmen sie, wenn es sich ergibt«, sagte Ramage gleichmütig und dachte an die Toten auf der *Tranquil*. »So, und jetzt sorgen Sie dafür, daß alle Ihre Männer sich ein weißes Stirnband um den Kopf binden, damit es keine Irrtümer gibt. Machen Sie Ihnen noch mal klar: Wer kein weißes Stirnband trägt, ist ein Feind.

Denken Sie auch dran, selbst wenn die da drüben betrunken sind, sind es mehr als doppelt so viele wie wir. Aber wir haben einige Vorteile, also hören Sie genau zu. Erstens können wir nicht davon ausgehen, sie alle zu töten. Unser erstes Ziel ist es deshalb, sie aus Amsterdam zu vertreiben. Also, wenn wir angreifen, müssen wir sicher sein, daß die Überlebenden nach Westen fliehen.

Woher wir auch immer angreifen – die stehen zwischen uns und dem Feuer. Der Wind kann sich offensichtlich nicht entscheiden, ob er nun aus Südost oder Ost wehen soll. Doch auf jeden Fall zieht der Rauch in westliche Richtung. Wenn wir also mit dem Wind angreifen – also von Osten her, von dieser Seite – können wir vernünftigerweise davon ausgehen, daß Überlebende nach Westen flüchten.«

»Und was geschieht, Sir, wenn sie nicht fliehen, sondern stehen und kämpfen?« fragte Baker.

»Dann werden wir nach Osten abhauen«, sagte Ramage spöttisch. Und als das Lachen der anderen verklungen war, fügte er sofort hinzu: »Das ist eine gute Frage, aber ich habe keine andere Antwort als diese: Wir müssen alles versuchen, damit es so kommt, wie wir wollen.

Rennick, Ihre Seesoldaten sind Scharfschützen. Falls die Rebellen fliehen, sollen Ihre Soldaten so viel wie möglich mit Musketen außer Gefecht setzen und dann die erste Gruppe verfolgen. Sie werden die Leute auf der anderen Seite schon richtig einschätzen. Es wird Qualm geben und einiges Durcheinander. Unsere Männer werden zwischen den Fliehenden auftauchen. Und eben darum haben wir dem Zahlmeister soviel weiße Leinwand entrissen.

Ihre Seesoldaten werden also links und rechts vom Feuer stehen und schießen. Die sechs Kompanien greifen dann von hier an und drücken die Rebellen an Ihren Soldaten vorbei. Salven zuerst von Musketen und Pistolen und dann Nahkampf mit Pieken und Entermessern.«

»Können wir uns darauf verlassen, Sir, daß die Rebellen auf dieser Seite lagern und saufen und fressen?« fragte Wagstaffe vorsichtig.

Rennick lachte. »So kann nur ein Londoner fragen.«

»Reden Sie weiter und beantworten Sie die Frage selber!« lachte Ramage zusammen mit Rennick und Aitken.

»Es ist eine sehr heiße Nacht. Und dann sitzt niemals jemand in Lee eines riesigen Freudenfeuers. Die sitzen alle in Luv, fern von Hitze und Qualm. Selbst die Männer, die die Spieße mit den Braten drehen, tun dies bestimmt von Luv.«

»Aber auf solchem Feuer kann man nicht ganze Tiere rösten«, sagte Aitken. »Das Fleisch auf der Außenseite würde verkohlen, ehe es innen gar ist. Sie werden Teile auf langen Stangen rösten, wenn ich mich nicht irre. Ein ganzes Tier würde bedeuten, daß man eine Grube mit Glut braucht und einen Mann, der den Spieß dreht – stundenlang. Wenn man fünfhundert Mann oder mehr satt kriegen will, ist es besser, das Fleisch roh zu zerlegen und dem einzelnen zu überlassen, wie er es zubereiten will.«

»Sehr gut«, sagte Ramage. »Wichtig ist vor allem, daß wir uns nicht gegenseitig töten. Wir besitzen alle Uhren. Und das Feuer erlaubt uns, die Zeit abzulesen.« Er griff nach seiner eigenen Uhr. Bis Mitternacht waren es noch fünfundvierzig Minuten.

»Wir brauchen jetzt fünfundsiebzig Minuten, um unsere Stellungen zu beziehen. Eine halbe Stunde nach Mitternacht werden Sie drei Musketenschüsse hören mit je einer Sekunde Pause. Dann eröffnen Sie das Feuer. Die drei Schüsse werden auch den Schlafenden und Betrunkenen Zeit lassen, um herauszufinden, was los ist. Sie haben also noch ein paar Ziele mehr. Sie werden dann auch entdecken, wo die Posten stehen. Einhundertachtzig Musketenkugeln und einhundertachtzig Pistolenkugeln sollten schon ein paar töten. Denn Rennick und seine Seesoldaten haben nur vierzig Musketen und vierzig Pistolen, um den Rest zu erledigen.«

»Das sind ja nur vierhundertvierzig Schüsse, Sir. Aber es sind doch fünfhundert Rebellen und Kaperer!« warf Aitken ein.

»Wohl wahr!« meinte Ramage mit gespieltem Ernst. »Aber aus Ihnen spricht der Seemann. Rennicks Soldaten rechnen immer damit, daß jede ihrer Kugeln nachts durch mindestens zwei, und tagsüber durch mindestens drei Leute jagt.«

»Die zweite Kompanie Seesoldaten mit dem Sergeanten marschiert jetzt hinter unserer Gruppe. Dann nähern wir uns so, wie wir auch angreifen werden. Ihre Kompanie bleibt im Süden, Rennick, neben dem Feuer. Dann kommt meine, dann Baker, dann Lacey, dann Kenton und Wagstaffe ziemlich genau in der Mitte. Danach Aitken und schließlich die zweite Kompanie Seesoldaten. Haben Sie noch Fragen oder Vorschläge?«

Die gnadenlose Sonne hatte die Erde hart wie Ton gebrannt. Tagelang hatte es nicht geregnet. Die vielen Steine auf der Erde drückten sich tief in Hüften und Ellbogen und brachten die Griffe der Entermesser bei der geringsten falschen Bewegung zum Klingen.

Ramage zog seine Uhr heraus und hielt sie so hoch, daß er das Zifferblatt im Licht des Feuers, das keine hundert Meter entfernt brannte, erkennen konnte. Zwanzig Minuten nach Mitternacht. Noch zehn Minuten warten. Seine Handgelenke schienen auf den doppelten Umfang angeschwollen, das Fleisch schmerzte brennend, und die Mücken landeten kühn in seinem Gesicht.

Das Feuer war gute zwanzig Yards lang und brannte jetzt niedrig. Die Rebellen hatten am Nachmittag offenbar einen gewaltigen Holzstoß in Brand gesetzt und ihn gefüttert, so daß die rote Glut jetzt gerade recht zum Rösten war. Dutzende schattenhafter Figuren bewegten sich vor der Glut. Flammen, die immer wieder mal auflöderten, wenn neue Äste oder Büsche ins Feuer geworfen wurden, leuchteten sie an.

Viele Rebellen lagen einfach nur auf der Erde und hielten lange Stöcke, die vielleicht sogar Pieken waren, mit Fleischstücken am Ende über die Glut. Sie sahen aus wie Männer, die vom Ufer aus angelten. Es gab kaum Posten. Ramage konnte gerade einen vor sich erkennen. Der Mann hockte auf der Erde, seine Muskete im Arm.

Die Rebellen tranken. Man sah, wie Flaschen weitergereicht wurden. Gelegentlich wurden Krüge aus Fässern, die weit in Luv des Feuers aufgebockt waren, nachgefüllt. Ab und an klangen mal Fetzen von Revolutionsliedern herüber. Aber die Hitze, der Wein, die Mücken und die Müdigkeit nahmen ihnen den kriegerischen Schwung. Soweit Ramage schätzen konnte, schlief höchstens ein Viertel der Männer, schwarze Schatten wie Schafe auf der Weide, etwa vierzig Yards vom Feuer entfernt.

Er bewegte sich und schob sorgsam einen spitzen Stein zur Seite, der seine linke Hüfte gefühllos machte. Wieder sah er auf die Uhr. Nur drei Minuten waren vergangen. Er war sicher, daß die Zeiger beim nächsten Mal, wenn er auf die Uhr schaute, rückwärts liefen. Links von ihm lag Jackson, vor ihm seine Muskete, der Kolben so nahe, daß er sofort an die Schulter gezogen werden konnte. Stafford lag rechts, Rossi hinter ihm. Die anderen lagen rechts und links, so daß Ramage von seinem Platz in der Mitte aus Befehle in beide Richtungen brüllen konnte.

Rennick und eine Kompanie Seesoldaten sollten dort irgendwo links verborgen sein, links neben dem Feuer. Rechts lagen Baker, Lacey, Wagstaffe und Kenton parallel zum Feuer und am Ende schließlich Aitken und der Sergeant. Da keine Nachricht gekommen war, nahm er an, daß sie alle auf ihren Plätzen waren. Er hatte Rennick schockiert, als er ihm sagte, er brauche keine Melder mit der Nachricht, alles sei in Ordnung. Man sollte sie nur einsetzen, wenn es Schlimmes zu melden gab. Denn jede Bewegung konnte vom Feind entdeckt werden, als –

»*Qui vive?*«

Der Anruf kam von rechts, dort wo Baker mit seiner Kompanie lag.

»*Qui va là?*«

Der französische Posten, offenbar ein Kaperer, klang so, als habe er jemanden entdeckt.

Jetzt sah auch Ramage den Posten. Er stand kerzengerade und starrte in die Dunkelheit, die durch das Feuer hinter ihm besonders schwarz schien. Dann hob der Mann plötzlich seine Muskete an die Schulter und feuerte.

Sofort richteten sich Dutzende von Rebellen vor dem Feuer auf. Das vereinbarte Signal.

»Jackson, Stafford, Rossi. Wir greifen jetzt an. Klar, Jackson? Feuer frei. Stafford, Feuer frei. Rossi, Feuer frei.«

Rechts von ihm feuerten die britischen Musketen wie ein Trommelwirbel, die Mündungsfeuer erhellten die Nacht wie Blitze eines Sommergewitters. Vor dem Feuer brachen Männer zusammen wie halbgefüllte Säcke, die von einer Rampe geworfen wurden. Andere warfen sich flach auf den Boden – offenbar unverletzt und auf Deckung bedacht.

Ramage trug in jeder Hand eine Pistole, als er sich aufrichtete und auf das Feuer zulief. »Vorwärts, Männer. Pi-

stolen, wenn ihr nahe genug seid. Dann Messer und Pieken.«
 Er schrie vor Erregung, warum nicht? Es gab keinen Grund, sich zurückzuhalten. Er wollte, daß seine hundertachtzig Männer fünfhundert überwältigten. Warum also nicht beim Angreifen schreien?
 Jackson auf der einen, Stafford auf der anderen Seite. Aus den Augenwinkeln sah er, wie eine dunkle Linie sich rechts erhob und nach vorne bewegte. Vor ihm huschten Schatten vor den Flammen und der Glut. Überrascht richteten sich Rebellen auf. Es blitzte hier und dort, wenn Flammen sich auf Klingen spiegelten. Dazu ein paar Blitze aus Pistolen- oder Musketenmündungen. Ramage wußte, sie hatten die Postenkette jetzt hinter sich gelassen.
 Linken Hahn spannen, rechten Hahn spannen. Das Entermesser schlägt gegen das linke Bein. Fall bloß nicht oder verrenk dir den Fuß. Paolo irgendwo rechts bei Aitken. Bloß nicht an Gianna denken! Der Junge war viel zu eifrig und aufgeregt und rannte womöglich vor den anderen her.
 Einige der Rebellen knieten jetzt und zielten mit Pistolen. Dreißig Yards. Zu weit für einen angetrunkenen, müden und erschrockenen Mann, um genau zu zielen. Die Rebellen sind sowieso geblendet, weil sie stundenlang ins Feuer geblickt hatten. Und ihre Ziele, die Briten, rannten aus der Dunkelheit auf sie zu.
 Der Duft von geröstetem Rindfleisch und ihr Hungergefühl ließ jede Furcht verschwinden. Sie rannten jetzt alle auf die Rebellen zu, ihre Pistolen in der Hand. Aber britische Seeleute befolgen Befehle: Erst feuern, wenn man sicher ist, den Feind zu treffen. Ein aufgeregter Mann braucht einige Augenblicke, um stehenzubleiben, genau zu zielen und dann zu feuern.
 Krachen rechts. Einige Seeleute feuerten also schon. Und jetzt links Bewegung am Feuer. Zahlreich wie Maden in verrottetem Fleisch bewegten sich Rebellen auf die linke Seite des Feuers, brüllten und stolperten, viele

schwankten, weil sie zu betrunken waren. Sie taumelten nur hinter ihren Freunden her. Gleich würden sie auf ein mörderisches Feuer von Rennicks Seesoldaten treffen. Da krachten schon die Musketen.

Doch noch immer sind Dutzende vor dem Feuer. Männer, die nicht die Flucht ergriffen. Viel zu viele, um mit Pistolen herumzuspielen, fiel ihm ein. Er steckte sie zurück in den Hosengürtel und griff nach seinem Entermesser.

Zehn Yards bis zu den ersten Männern. Es roch nach Roastbeef, Knoblauch, verschüttetem Wein und Urin. Und dann der fast aromatische Geruch des Holzfeuers. Einer kniete mit einer Pistole, ein anderer hockte da mit einem Entermesser, als sei er behindert durch andere Kaperer neben sich und das Feuer hinter sich. Ein Dutzend Kerle schien bereit zu kämpfen. Jackson und Stafford brüllten beim Rennen so laut sie konnten, und von Rossi waren all die Flüche zu hören, die sein Land – bekannt für seine Blasphemien – in Hunderten von Jahren entwickelt hat.

Und dann der erste Feind: dick, runder Kopf auf breiten Schultern, kein Hals, das Gesicht glänzt vor Hitze, dunkle Augenlöcher, weil das Licht von hinten kommt. Sein Arm schwang weit nach rechts, die Klinge blitzte vor den Flammen, als er versuchte, mit einer mähenden Bewegung Ramage den Kopf abzuschlagen.

Ramage riß seinen Säbel hoch und wehrte den des Franzosen nach oben hin ab. Nun standen sie Gesicht an Gesicht, die Körper berührten sich. Nach Wein stinkender Atem, ein fettes Gesicht, seit Tagen unrasiert. Ramage hieb seinen Säbel schräg nach unten, und der Mann grunzte beim Fallen, Blut stürzte aus seinem Hals.

Einen Augenblick später warnte ein metallisches Blitzen Ramage vor einem Säbelhieb, der von rechts kam. Er parierte, kämpfte seitlich, um den Rebellen, die zwischen ihm und dem Feuer standen, nicht seinen Rücken zuzukehren. Dieser Mann war groß, hatte ein brutales Gesicht und trug Reste einer Offiziersuniform. Seine Lippen bewegten sich. Wahrscheinlich fluchte er.

Ein plötzlicher Hieb von oben – ein typischer Säbelhieb. Der Mann kannte sich im Säbelkampf aus. Ramage hielt seine Klinge horizontal, um Kopf und Schultern mit der klassischen Quint zu schützen. Er stürzte sich auf die Brust des Mannes, aber seinen Säbel fing eine Prim-Parade ab. Der Franzose kam einen Moment zu spät, als Ramage in die einfachste aller Positionen wechselte, die seine Lehrmeister als »Treffen mit der Spitze« bezeichnet hatten. Einen Augenblick später zog er seinen Säbel aus der Brust des Franzosen. Der Mann war zu mächtig, um ihm auszuweichen, und so schlugen sie zusammen auf die Erde. Ramage japste atemlos nach Luft. Sein Magen schmerzte, doch dann gelang es ihm, sich unter dem Franzosen wegzurollen. Er schien sich nicht verletzt zu haben; der Schmerz mußte wohl vom Sturz herrühren.

Sofort stand Jackson neben ihm, half ihm auf und stellte keine Frage, die Luft zum Beantworten brauchte. Der Kommandant lebte und war unverletzt.

»Mein Entermesser«, keuchte Ramage. Und Jackson riß es dem sterbenden Franzosen aus der Hand.

Dann stand Ramage wieder auf den Beinen. Er fühlte die sengende Hitze des Feuers. Und dann merkte er, daß es zwischen ihm und der großen Glut keine Rebellen mehr gab. Statt dessen krachten seitlich Musketenschüsse. Die beiden Kompanien Seesoldaten schossen auf die fliehenden Franzosen, die nach Lee hin wegrannten, nach Westen, weg von Amsterdam.

Dies war der entscheidende Augenblick. Ramage war froh, daß seine sechs Kompanien ihre Befehle befolgten und nicht einfach hinter den fliehenden Franzosen herjagten, um dann von den Schüssen der Seesoldaten getroffen zu werden. Für den ersten Ansturm fliehender Franzosen brauchten die Seesoldaten ein freies Schußfeld. Die verfolgenden Seeleute bildeten jetzt eine Kette.

Er hörte, wie die Schüsse auf beiden Seiten weniger wurden. Die Seesoldaten hatten Pistolen und Musketen leer geschossen. Jetzt begann die Verfolgung mit Pieken und Entermessern.

»*Calypso!*« rief er laut, und der Ruf setzte sich in der Reihe seiner Männer fort. Die Jagd um das Feuer herum begann, und sie brüllten beim Laufen.

Als er selber zu laufen anfing, nach links hinüber am Feuer vorbei, sah Ramage zum erstenmal die vielen Körper, die wie Garben auf der Erde lagen, von einem plötzlichen Sturm umgeweht. Seine Männer umgaben ihn jetzt. Mit dem Ruf »*Calypso! Calypso!*« liefen sie an dem Feuer vorbei und stürzten in die Dunkelheit. Sie waren geblendet und plötzlich war ihnen klar, daß die Franzosen jetzt im Vorteil waren, denn sie selber zeichneten sich gegen die Glut hinter ihnen genau ab.

Er rannte und traf auf immer mehr Männer mit weißen Stirnbinden und auf Männer in Uniformen der Seesoldaten. Dann hörte er, wie Rennick Befehle brüllte. Man hörte Stahl nicht mehr auf Stahl schlagen. Obwohl die Soldaten wachsam vorrückten, gab es keine kämpfenden Gruppen mehr.

»Rennick! Rennick!«

»Zur Stelle, Sir.«

Und da stand Rennick ihm gegenüber, sein Gesicht in der Glut noch roter, seine Augen blitzten, ein Grinsen zeigte, daß er bei allem seinen Spaß gehabt hatte. »Ich fürchte, die können viel schneller laufen als wir, Sir!«

Die Rebellen in der Dunkelheit verfolgen, während sie in wilder Unordnung fliehen? Oder auf Tageslicht warten, wenn sie sich wieder geordnet haben würden? Jetzt standen die Chancen gleich. Die Rebellen könnten Amsterdam nicht mehr angreifen. Also auf Tageslicht warten.

»Lassen Sie den Trompeter unsere Männer sammeln«, sagte Ramage zu Rennick. »Wir werden uns um die anderen bei Tageslicht kümmern. Jetzt schauen wir nach den Verwundeten!«

Auf der Luvseite des Feuers war Ramage entsetzt von dem, was er sah. Kein Bild eines Malers vom Eingang der Hölle könnte furchtbarer und brutaler sein. Mindestens hundert Tote lagen entlang der ganzen Länge des Feuers in einem Streifen, der fünfzehn Yards lang war und zehn Yards tief.

Hier und da bewegte sich ein Verwundeter. Einer versuchte, unter zwei Toten hervorzukriechen, die über ihm zusammengebrochen waren. Kenton erbrach sich still. Aitken und Baker standen neben Ramage. Bitter sagte Baker: »Vielleicht würde ich jetzt etwas anderes empfinden, wenn ich nicht an Bord der *Tranquil* gewesen wäre. Die toten Frauen dort, zerrissene Kleider, durchgeschnittene Kehlen. Das vergesse ich nie. Ich könnte selber ein paar Kehlen von denen da durchschneiden, ohne ein schlechtes Gewissen zu haben.« Er deutete auf die Verwundeten.

Kenton hatte sich neben sie gestellt und Bakers letzte Worte noch gehört. »Ich würde Ihnen dabei helfen, auch wenn ich mich eben erbrochen habe. Das hier ist nichts im Vergleich zur *Tranquil*. Da sahen die Leute aus, als wären sie im eigenen Haus ermordet worden. Hier ist es ein Schlachtfeld.«

»Lernen Sie eins hieraus, junger Mann«, warf Aitken ein. »Die meisten dieser Männer hier könnten noch leben, wenn der Ausguck richtig beobachtet hätte.«

»Wahr, in der Tat wahr«, sagte Rennick. »Die Posten hätten wenigstens zweihundert Yards weit weg stehen müssen. Die beiden, die ich im Teleskop sah, hoben alle fünf Minuten oder so eine Flasche an den Mund. Der Mann, der den Alarm ausgelöst hat, war wahrscheinlich so betrunken, daß er glaubte, zwanzig Feinde zu entdecken.«

Mittlerweile hatten sich alle Seeleute und Seesoldaten

versammelt. »Lassen Sie antreten!« befahl Ramage. »Prüfen Sie, ob alle da sind.« Er erhob seine Stimme. »Meine Kompanie! Antreten hier!«

Da war Jackson, beschmiert und voller Blutflecken. Stafford. Rossi, der wie der Abdecker aus einem Schlachthaus aussah. Noch ehe der Junge etwas sagen konnte, entdeckte Ramage dunkle Flecken auf dem Entermesser, das er in der einen Hand hielt, und auf dem Dolch in der anderen.

»Sir!« meldete er sich. Als Ramage nickte, fuhr er fort: »Ich habe zwei getötet, Sir!«

»*Main-gauche?*« wollte Ramage wissen.

»Den zweiten, nicht den ersten, Sir!«

»Sehr gut. Ich nehme an, Sie haben mit Ihrer Pistole vorbeigeschossen. Also üben Sie. Jetzt zurück ins Glied!«

»*Mama mia!*« murmelte Rossi. »Der hat in Volterra die richtige Erziehung genossen!«

»Was heißt *Main-gauche*?« fragte Stafford.

»Wenn du einen Dolch in der linken und einen Säbel in der rechten Hand führst. In dem Augenblick, wenn die Säbelspitze des Gegners von dir weg zeigt und er aus dem Gleichgewicht ist, bringst du den Dolch ins Spiel.«

»Soll man's glauben!« Staffords Überraschung klang echt. »Was für eine Idee. Warum machen wir das nicht alle so?«

Jackson musterte die Leichen. »Unabhängig von Mr. Orsinis Fähigkeiten, haben wir uns auch ganz wacker geschlagen.«

Ramage zählte die Männer, die sich hinter Jackson aufstellten. Der holländische Führer, den er zum letzten Mal vor dem Beginn des Angriffs gesehen hatte, kam mit schweißnassem Gesicht und hielt einen blutigen Säbel in der Hand.

»Das war eine gute Jagd, wirklich eine gute Jagd«, sagte er. »Ich glaube, die halten vor West Punt nicht mehr an. Wir haben hier viele getötet. Aber einige Rebellen leben noch.«

Ramage nahm sein Zählen wieder auf. »Sechsundzwanzig. Gehören Sie zu meiner Kompanie? Ich dachte es mir. Ab ins Glied. Achtundzwanzig. Und Ihr beiden? Sie haben sich verspätet. Dreißig.«

Die Hitze des Feuers mußte einigen der französischen Verwundeten schwer zusetzen. So schnell es ging, müßte er etwas für sie tun. Aber zunächst ging es um seine eigenen Männer. Keiner von ihnen hatte die *Tranquil* vergessen. »Jackson, sammeln Sie die Meldungen der Offiziere und des Sergeanten.«

Zehn Minuten später hörte Ramage die Meldung des Amerikaners und traute seinen Ohren nicht. Vier Seesoldaten waren verwundet, einer hatte eine Schußwunde, drei Säbelhiebe. Vier Seeleute waren getötet worden, drei verwundet. Sieben waren vermißt. Achtzehn Ausfälle also unter der Annahme, daß die sieben Vermißten tot oder verwundet waren. Ramage hatte mit fünfzig gerechnet – doch noch war die Aktion nicht beendet.

Er wandte sich an seine Kompanie. »Sie werden paarweise arbeiten. Suchen Sie das Feld hier nach verwundeten Feinden ab. Bringen Sie die, die man tragen kann, hierher, weit genug entfernt vom Feuer, doch noch ins Licht. Jackson, bitten Sie Mr. Aitken, seine zwei Arztgehilfen hierherzuschicken.«

Er wandte sich dem Holländer zu. »Finden Sie den Weg nach Amsterdam allein zurück?«

»Natürlich, Sir.«

»Ich gebe Ihnen eine Eskorte mit. Melden Sie dem Gouverneur, was Sie hier gesehen haben. Aber zuerst, verstehen Sie, zuerst schicken Sie alle Pferde und Wagen her, die Sie auftreiben können. Schicken Sie Stroh, Matratzen, Stoff für Verbände – alles, was den Transport der Verwundeten erleichtern kann.« Er sah die Fragen in den Augen des Holländers. »Einige sind unsere eigenen Leute. Und sagen Sie dem Gouverneur auch, daß wir jeden Wundarzt brauchen können. Sie sollten sofort losreiten und Verbände und ihre Instrumente mitbringen.«

»Jawohl, Sir. Aber ich möchte keine Begleitung. Allein bin ich viel schneller.«

Zwei Stunden lang trennten die Männer der *Calypso* die Toten von den Verwundeten. Immer wieder warfen sie Büsche ins Feuer, um besser zu sehen. Dann ging der Mond auf.

Die Zahl der französischen Gefallenen wäre erschrekkend gewesen, dachte Ramage, hätte es den Anblick auf der *Tranquil* nicht gegeben. Achtundneunzig Tote, zweiundvierzig Schwerverwundete, elf gehfähige leicht Verwundete. Insgesamt einhundertfünfzig – etwa ein Drittel der Streitmacht der Rebellen, ausreichend, um eine Fregatte mit 32 Kanonen zu bemannen. Dann rief er sich ins Gedächtnis, daß diese Zahl auch besagte, daß zwei Drittel der Feinde entkommen waren. Dreihundertfünfzig bewegten sich Richtung Westen und fingen an, sich neu zu organisieren . . .

Drei Seesoldaten führten die elf leicht Verwundeten, und Ramage beschloß, sie zu vernehmen. Wenn sie aus dem Westen der Insel gekommen waren, würden die Rebellen vielleicht dorthin zurückkehren – an dieselbe Stelle. Er entdeckte einen Mann, dessen verwundetes Bein verbunden war. Er trug etwas, das an die Uniform eines französischen See-Offiziers erinnerte. Ein junger Mann, hartes Gesicht, schmal und eckig, seit Tagen nicht rasiert, seine gelbliche Hautfarbe schien im Rot der Glut des Feuers noch dunkler.

»Ihren Namen und Ihren Rang?« Ramage fragte auf Französisch. Er kniete neben dem Mann. Einer der Seesoldaten trat ein paar Schritte zur Seite, so daß Ramage nicht in seinem Schußfeld war.

»Brune, Jean Brune.«

Ramage fühlte sich einen Augenblick schwindlig. »Sie waren Kommandant der *Nuestra Señora de Antigua*?«

»Nein. Das ist, das war mein Bruder. Ich kommandiere die *L'Actif*.«

»Wo ist Ihr Bruder?«

»Adolphe? Da ist er irgendwo.« Der Mann zeigte auf die Stelle, auf der die Toten zusammengetragen worden waren. »Er wurde ermordet. Und Sie, Monsieur, wer sind Sie?«

»Kapitän Ramage. Ich führe diesen Angriff!«

»Ach, Sie sind dieser Ramage. Wir hörten, daß Sie hier vor der Küste wären. Wir hätten es uns denken können.«

»Was hätten Sie sich denken können?«

»Daß Sie hinterhältig angreifen wie ein Mörder in der Dunkelheit.«

»Ich habe ein Schiff gefunden, das Ihr Bruder im Tageslicht erledigt hatte. Die *Tranquil*.«

»Ja, davon hat er erzählt. Eine britische Fregatte tauchte auf.«

»Ihr Bruder hat alle an Bord ermorden lassen, auch die Frauen. Sie wurden vorher vergewaltigt. Dann floh er.«

Jean Brune hob die Schultern. »Vielleicht eine, aber doch nicht alle.«

Ramage starrte in ein verächtliches Gesicht. Kein Nachdenken, keine Überraschung und offenbar auch keine Reue. Frauen zu vergewaltigen und zu töten war bedauerlich, aber nur, weil man auch Lösegeld hätte verlangen können.

»Wie sah Ihr Bruder aus?«

»Sehr groß. Groß und breit. Er trug einen gewaltigen Schnurrbart. Mein Bruder konnte gut mit dem Säbel fechten. Er muß gestolpert sein, denn ein englischer Matrose hat ihn getötet.«

»Haben Sie gesehen, wie es geschah?«

»Ja, ich lag auf der Erde mit einer Kugel im Bein!«

»Ihr Bruder fiel nach vorn über diesen englischen Matrosen – und sie brachen beide zusammen?«

»Ja, ich sage ja, er stolperte. Mein Bruder war gut – mit dem Säbel.«

Ramage nickte ernst. »Ich habe ihn getötet. Er stolperte nicht. Tut mir leid, daß er tot ist.«

»Das sollte Ihnen auch leid tun«, sagte Jean Brune bitter. »Mein Bruder war ein guter Mann. Er war mein älterer Bruder, verstehen Sie. Als wir jung waren, brachte er mir alles bei über die See – in der Bretagne. Er nahm mich mit auf Kaperfahrten und später half er mir, mein eigenes Schiff zu kaufen.«

»Ja«, sagte Ramage leise. »Es tut mir leid, daß Ihr Bruder tot ist. Ich hätte ihn gern an einem Galgen in Port Royal hängen sehen. Was Sie angeht – hüten Sie Ihre Zunge. Wenn meine Leute herausfinden, daß sie sein Bruder sind, ist Ihr Leben keinen Schuß Pulver mehr wert.«

Brune hob sich hoch und stützte sich auf einen Ellbogen. Seine Augen standen weit offen vor Angst. »Aber Sie müssen Befehl geben, mich zu beschützen. Als englischer Offizier können Sie doch nicht zulassen, daß einer Ihrer Gefangenen ermordet wird.«

»Wirklich nicht? Ihr Bruder ließ es zu. Ja, er hat es sogar befohlen.«

16

Die ersten Wagen kamen eine Stunde nach Beginn der Dämmerung an. Zwei nervöse holländische Wundärzte waren schon früher hergeritten. Es gefiel ihnen ganz und gar nicht, nach Befehlen zu arbeiten. Mit ihnen war der Führer zurückgekommen, der dem Gouverneur die Meldung überbracht hatte.

»Gibt es Nachrichten von Seiner Exzellenz?«

Der Führer schüttelte den Kopf. »Es kommen gleich noch mehr Wagen, und das Hospital ist vorgewarnt – wie sagen Sie? –, alles vorzubereiten.«

»Sprechen Sie Französisch?«

»Etwas. Genug, glaube ich.«

»Ich lasse Ihnen ein Dutzend Männer hier, die Ihnen helfen werden, die Verwundeten nach Amsterdam zu schaffen. Wenn Sie Pickel und Spaten mitgebracht haben, können Sie die Toten hier begraben. Sonst nehmen Sie sie in die Stadt mit.«

Die sieben vermißten britischen Seeleute waren gefunden worden. Zwei waren tot, im Säbelkampf gefallen, fünf verwundet, einer von ihnen schwer. Für den Augenblick wollte er die Namen der Toten nicht wissen. Bis Sonnenuntergang würden sicher noch einige sterben.

»Die britischen Toten und Verwundeten gehören auf die ersten Wagen!«

»Natürlich«, bestätigte der Holländer. »Unsere Wundärzte und Ihre Arztgehilfen kümmern sich schon um sie!«

Der Führer war ein phantasieloser, doch kompetenter Mann, und es war klar, daß er die holländischen Rebellen haßte, auch die Franzosen und jeden anderen, der absichtlich den üblichen Frieden und das ruhige Leben auf Curaçao unterbrach. Die Briten halfen gerade, Ruhe und Frieden wiederherzustellen, und aus diesem Grund – und nur aus diesem, war Ramage sich sicher – bekamen sie seine Ergebenheit und Hilfe.

Ramage suchte nach Rennick, als Jackson auftauchte und vorsichtig etwas trug.

»Frühstück, Sir. Einige schöne Scheiben Rindfleisch. Einer von den Leuten hat sie speziell für Sie geröstet. Er hat sich dabei fast die Augenbrauen versengt.«

Bei dem Gedanken, saftiges Rindfleisch zu essen, wurde Ramage plötzlich fast schwindlig vor Hunger. Er nahm das Fleisch und grinste Jackson an. Das Fleisch war dünn geschnitten und lag zwischen mehreren Scheiben Brot. Saft tropfte herab. »Haben alle anderen schon gegessen und etwas für später eingepackt?«

»Nur Sie und Mr. Aitken frühstücken jetzt. Die Männer haben schon genug gefuttert. Das reicht für eine Woche.«

»Und Mr. Orsini?«

Jackson fing an zu lachen. »Der war Ihr Chefkoch, Sir, und stand hinter dem Mann, der das Fleisch röstete. Ich nehme an, er weiß genau, wie Sie's mögen, Sir. Rot in der Mitte und braun an den Rändern. Er hat sich sehr darum gekümmert!«

Ramage setzte sich und begann zu essen. Die aufgehende Sonne stand noch unter dem Horizont. Ihre ersten Strahlen erreichten gerade die Spitze vom Sint Christoffelberg mit seinen zwölfhundert Fuß Höhe. Doch die Spitze des Tafelbergs vor ihm leuchtete noch nicht. Er war auch nur siebenhundertfünfzig Fuß hoch.

Wohin zogen die Rebellen sich zurück? Um den Sint Christoffelberg lagen viele Dörfer. Doch wahrscheinlich würden sie sich an der Sint Kruis Baai sammeln, an der Küste am Fuß des großen Berges, ganz in der Nähe der Stelle, wo die *Calypso* die *La Perle* zum erstenmal gesichtet hatte. Doch gleich darauf ließ Ramage den Gedanken fallen: Warum sollte man sich an einer Bucht sammeln, wenn man keine Boote zur Rettung hatte?

Das Fleisch war wirklich gut. Es schmeckte noch besser, weil man es aus der Hand aß und der Saft den Ärmel herablief und kitzelnd das Kinn herunter. Und es schmeckte noch besser, weil er wußte, daß alle Männer, die sich hier bewegten, ihren Teil schon gegessen hatten. Selbst das feinste Hotel in London konnte kein solches Rindfleisch bieten. Zweihundert Männer der *Calypso* hatten sich eben dick und satt gegessen. Solch ein Festessen hatten sie verdient, obwohl das Gemüse fehlte und es weder Wein noch Rum dazu gab. Der Unteroffizier der Seesoldaten hatte den Befehl bekommen, allen Wein wegzugießen, da sonst sicher schon einige Männer betrunken wären.

Es war natürlich ein Festessen auf einem seltsam schönen Friedhof. Da hinten lagen noch die Leichen der Franzosen. Die aufgehende Sonne warf von den Bergen und Hügeln, den Kakteen und den kleinen Divi-Divi-Bäumen, die vom Passat gebeugt immer nach Westen zeigten, phantastisch lange Schatten. Der Himmel war noch wolkenlos, die Sterne verblaßten, der Mond wurde durchsichtig. In ein paar Minuten würde die Sonne über den Horizont steigen und rosarote Lichtränder über alles werfen. Er schüttelte sich und stand auf. Vor ein paar Stunden war hier getötet worden. Und es würde weiter getötet werden. Sein Entermesser trug noch immer die Spuren des Bluts von Brune. Er hatte keine Lust, über den Zufall nachzudenken, der sie beide zusammengebracht hatte. Den Mann zu töten, hatte ihn nicht befriedigt. Er hätte eine Gerichtsverhandlung vorgezogen. So hätte Brune in einsamen Stunden und langen Nächten über seine Verbrechen auf der *Tranquil* in einer Zelle nachdenken können. Doch würde er das? Ein Mann, der das Massaker an unschuldigen Männern und Frauen befohlen hatte, fand bei zivilisierten Menschen kein Verständnis und stand damit praktisch außerhalb jeder Rechtsprechung. Einen tollwütigen Hund stellte man vor keinen Richter.

»Ah, Rennick!« Der Offizier hatte ihn aufstehen sehen und erwartete jetzt seine Befehle. »Sie haben ja Ihren Führer noch. Ich lasse meinen hier, damit er die Verwundeten nach Amsterdam begleiten kann. Lassen Sie uns den anderen Rebellen nachsetzen. Ihr Führer soll jeden ausfragen, der die Straße entlang kommt. Ich möchte keinen Schritt zuviel marschieren.«

»Ich wollte gerade Meldung machen, Sir«, sagte Rennick, »aber ich dachte, Sie sollten erst essen. Ein holländischer Bauer kam gerade, um sich zu erkundigen, was hier geschehen ist. Die Rebellen haben vor zwei Tagen sein Gehöft abgebrannt. Er hat dem Führer gesagt, daß die Rebellen sich hinter dem Dorf Pannekoek, sechs oder sieben Meilen von hier entfernt, befänden. Das liegt etwa zwei Meilen vor Sint Kruis Baai. Sie haben sich da ohne jede Ordnung gesammelt und haben wohl auch keinen Führer. Er sagte immer wieder, daß da alles wild durcheinandergeht. Sie haben kleine Feuer entzündet und treiben Rinder und Ziegen zusammen, um etwas zu essen. Es gibt da kaum noch Vieh, also müssen Sie sich mit Ziegen begnügen, die die Leute hier niemals essen.«

»Können wir ihnen eine Falle stellen?«

»Nein, Sir, ganz offensichtlich nicht. Wenn sie uns kommen sehen, marschieren sie einfach weiter nach Westen. Wir können sie nur am westlichen Ende der Insel zusammentreiben, am West Punt, wenn sie auf die See stoßen.«

»Sehr gut. Lassen Sie Ihre Seesoldaten antreten. Marschieren Sie zügig, aber nicht zu schnell. Die Seeleute haben nach dem nächtlichen Spaziergang Muskelschmerzen.«

Als Ramage das französische Lager durch sein Teleskop beobachtete, fluchte er auf den holländischen Bauern. Es war natürlich nicht sein Fehler, daß die Franzosen ein paar Meilen weitermarschiert waren und dann den geschäftigsten Vormittag ihres Lebens erlebt hatten – nachdem der Bauer längst verschwunden war. Ihre Rücken würden schmerzen, ihre Hände hätten sicher Blasen, und ihre Köpfe wären kurz vor dem Platzen nach der dreifachen Attacke: dem Saufen in der letzten Nacht, der Arbeit des Morgens und der brennenden Sonne jetzt. Sie hatten Hunderte, ja Tausende von Felsen und Steinen, die die Erde bedeckten, zusammengetragen und aus ihnen drei oder vier Dutzend kleine Verteidigungsanlagen aufgebaut, verkleinerte Ausgaben von Anlagen, die man für Treibjagden auf Rebhühner oder Fasanen errichtete. Diese Anlagen standen auf der Spitze eines Hügels östlich der Sint Kruis Baai.

Die Rebellen und die Franzosen hatten offenbar beschlossen, sich hier festzusetzen und zu kämpfen. Sie hatten die See mit der geschützten Bucht im Rücken und planten vielleicht, sich auf Schiffe und Boote zurückzuziehen. Vielleicht gab es hier noch andere Kaperer, obwohl Ramage das bezweifelte. Würde der eine oder andere der Kaperer versuchen wollen, in Amsterdam ein oder zwei

Schiffe in seine Gewalt zu bekommen und sie hier in die Bucht zu segeln? Auch daran zweifelte Ramage. Selbst wenn sie es versuchten, dürften sie kaum Erfolg haben.

Rennick lag neben Ramage und sah sich ebenfalls die französischen Verteidigungsanlagen an. Die Arbeit beeindruckte ihn, doch ihr Nutzen schien ihm zweifelhaft. »All das Sammeln von Steinen wäre sinnvoll, wenn sie sich eine Kaserne bauten«, sagte er, »dann könnten die Maurer sich die passenden Steine aussuchen. Aber so sind sie in eine Falle getappt – die einer unbeweglichen Verteidigung.«

Ramage mußte lächeln. In die Falle wäre Rennick gestern fast selber gelaufen, als er Amsterdam verteidigen wollte. »Doch sie haben sich einen guten Platz ausgesucht«, sagte er milde. »Der Berg steigt langsam an, sie schauen also auf uns runter. Und hinter ihnen sind die Klippen nur ein paar Fuß hoch. Man kann also leicht runterspringen, um in Booten zu fliehen!«

»O ja«, sagt Rennick leichthin. »Natürlich können sie uns sehen. Aber jeder unserer Männer braucht nur ein Dutzend Felsklötze und ist hinter dem selbstgebauten Wall vor Musketenkugeln in Sicherheit.«

»Aber wir müssen bergauf stürmen«, sagte Ramage und fragte sich, was Rennick vorhatte. »Und mit all den Kakteen und den Divi-Divi-Bäumen werden die Männer nur langsam vorankommen. Man kann ja wegen des dichten Bewuchses noch nicht mal die Erde sehen.«

»Im Dunkeln angreifen, Sir!« sagte Rennick. »Oder wenn die Abenddämmerung fällt. Wir können sie gegen den hellen Westhimmel sehen und greifen selber aus Osten an, aus der Dunkelheit.«

»Ist das wirklich eine gute Idee, Rennick? Bei solcher Wette hätten wir keine Chance. Zwei Verteidiger gegen einen Angreifer. Die Angreifer müssen bergan stürmen. Die Büsche halten sie zusätzlich auf. Und die Überraschung fehlt.«

Mehrere Augenblicke schwieg der Offizier der Seesoldaten.»Ihre Stellung ist so, daß sie glatt hundert Mann ersetzt. Das gebe ich zu. Aber sie kämpfen mit dem Rücken zur See, sie haben sich ihren eigenen Rückzug abgeschnitten.«

»Dann müssen sie sich ziemlich sicher sein, daß sie sich nicht zurückziehen wollen«, sagte Ramage. Er sprach absichtlich sehr ernst. »Militärisch gesehen, sind wir in keiner guten Position.«

Rennick rutschte hin und her, blickte noch einmal durch sein Teleskop und sagt dann zustimmend: »Sie haben ja wohl recht, Sir!«

»All dies Soldatische verwirrt mich immer sehr«, gab auch Ramage plötzlich zu. »Ich wäre in dem Augenblick verloren, in dem ich an den Horse Guards vorbei ein Kasernengelände betreten müßte. Aber als Seemann kann ich erkennen, daß wir noch eine Chance haben.«

Rennick wartete auf weitere Worte von Ramage, aber als der schwieg, fragte er schließlich: »An welchen Vorteil dachten Sie, Sir?«

»Wir haben den Vorteil des Wetters. Bei diesem Südostwind sind wir in Luv von ihnen.«

»Ja, Sir, aber wie soll uns das helfen?«

»Nun, das gibt uns viele Vorteile. Wir können Knoblauch über sie blasen. Wenn sie Hunger haben, rösten wir Fleisch über Feuer. Sie werden verrückt vor Heißhunger, wenn sie das riechen. Wir können sie beschimpfen und sicher sein, daß sie jedes Wort verstehen.«

Von Rennick gefolgt, kroch Ramage zurück und hörte dabei, daß alle Leutnants nach der Ankunft in Sint Kruis eine Mütze voll Schlaf gefunden hatten. Sie meldeten, daß außer den Wachen alle Kompanien schliefen. Die Seeleute hatten sich einfach auf die Erde geworfen, doch nicht ohne einen Wall kleiner Felsen vor sich aufgestapelt zu haben als Schutz vor französischem Musketenfeuer. Die Posten hockten hinter größeren Steinhaufen und achteten auch auf ihre Kameraden, falls einer im Schlaf aus dem Schutz der Wälle rollte.

Die Offiziere erhielten schnell ihre Befehle und freuten sich, wie einfach sie waren. Ramage sah sich die französische Stellung noch einmal an, blickte nach rechts und prüfte den Wind. Der hatte in Stärke und Richtung durchgestanden – eine Brise aus Osten, die sich nur gelegentlich zu einer Bö aufschwang, um staubtrockene Erde aufzuwirbeln. Ja, es war Ostwind, aber niemand konnte sicher sein, daß er nicht auf Nordost krimpen oder nach Südost schralen würde. Es gab kaum Wolken. Die paar runden Wattebäusche schienen strahlend weiß vor einem harten blauen Himmel. Seltsam, hier auf der Erde zu liegen und die fremden Gerüche aufzunehmen, die nun einmal zum Land gehörten. Die scharfe Süße von Thymian und die aromatischen Düfte von Pflanzen und Büschen, deren Namen er nicht kannte.

Er schob das Teleskop zusammen und steckte es in die Tasche. Die Franzosen schienen zu dösen. Bisher hatten sie noch keine Scharfschützen aufgestellt, die jede Bewegung der Briten unter gezieltes Feuer nehmen konnten. Hatten sie nicht genügend Musketen, Pulver oder Kugeln? Doch nicht jeder war vom Feuer weggerannt und hatte seine Muskete zurückgelassen. Und selbst wenn, dann hätte jeder da oben ein Entermesser. Und eine Situation wie die bevorstehende war auch am besten mit der Klinge, der Schärfe eines Enterbeils oder der Spitze der Pieke zu meistern.

Der Wind frischte deutlich auf. Die Wolken wuchsen unter der Hitze der Sonne. In einer halben Stunde würde sich über dem heißer werdenden Land der Passat melden und die Brise verdrängen. Für diesen Tag wollte er auch nicht mehr als einen stetigen Wind. Er hatte zur Erklärung seiner Absichten weniger als fünf Minuten gebraucht, und seine Offiziere verstanden sie genau. Vielleicht würden ein paar Männer fallen oder verwundet werden. Doch wenn sie sich genau an die Befehle hielten, hätten sie die Überraschung auf ihrer Seite – eine unsichtbare Rüstung, die sie in der Vergangenheit schon so oft beschützt hatte.

Eine halbe Stunde reichte gut für die Vorbereitungen. In einer Stunde, wenn der kleine Zeiger der Uhr den zwölften Teil des Weges um das Zifferblatt zurückgelegt hatte, wäre das alles schon vorbei – auf die eine oder auf die andere Weise. Entweder würden die Rebellen und die Franzosen die Insel beherrschen, was bedeutete, daß die meisten Männer der *Calypso* tot waren und der Gouverneur gehängt würde; oder die Leichen der Rebellen und Franzosen würden sich oben am Hang stapeln. Und witzige Matrosen würden von der Schlacht in der Sint Kruis Baai sprechen. Ramage rieb sich das rauhe Kinn und wünschte, er könnte sich rasieren und die Zähne putzen.

Auf den ersten Blick sah es aus, als wollten sie den Angriff der letzten Nacht bloß wiederholen – jetzt bei Tageslicht und mit einem Feind, der sich diesmal oben am Hang eines Berges verschanzt hatte. Ramage lag flach auf der harten Erde, und dieselben Steine drückten wieder dieselben schmerzenden Stellen an seinem Körper. Jackson lag links, Stafford rechts. Der einzige Unterschied zum Angriff der letzten Nacht war die Lage der Kompanien. Sie lagen jetzt gleichmäßig verteilt an jeder Seite, seine eigene in der Mitte. Sie bildete die Vorhut, die Spitze einer Klinge, die – er sah wieder auf die Uhr – in genau elf Minuten den Berg hinaufjagen würde.

Er hielt die Uhr vor sich in der Hand, starrte auf das Zifferblatt und war sich nicht klar, ob er die langsam dahinkriechenden Zeiger als Feinde oder Freunde bezeichnen sollte. Die beiden Pistolen preßten sich gegen seinen Magen. Die Gürtelhaken hielten sie sicher im Hosenbund. Neben ihm lag griffbereit sein Entermesser. Seine Füße pochten vor Hitze, das dauernde Blinzeln der Sonne wegen ließ seine Wangenmuskeln schmerzen. Insekten surrten herum oder krochen in der glühenden Luft, die der

Wind bewegte, aber nicht abkühlte, über die Erde. Oben auf dem Berg rührte sich nichts außer den Wachen. Die Franzosen hielten Siesta.

Noch zehn Minuten. Die Franzosen würden jetzt Hunger haben und durstig sein. Warteten sie doch auf ein Schiff, das in die Bucht einlaufen und sie aufnehmen würde? Theoretisch könnte man sie so lange einschließen, bis sie sich vor Durstqualen ergaben, doch praktisch würden sich viele in der Dunkelheit davonschleichen.

Acht Minuten. Einige würden es nachts über die kleine Klippe versuchen und das Wasser erreichen. Sie würden ein paar hundert Yards schwimmen und hinter den britischen Reihen an Land klettern. Vielleicht konnte jeder zweite von ihnen schwimmen – wie es etwa unter britischen Schiffsmannschaften die Regel war.

Sieben Minuten. Die Franzosen da oben eingeschlossen zu halten, bis sie sich aus Wassermangel ergaben, hätte auch von den Briten viel Geduld verlangt. Denn sie hatten pro Mann und Tag auch nur gut einen Liter; wenn sie morgens schon getrunken hatten, noch weniger. Doch man könnte sie mit neuem Wasser versorgen.

Sechs Minuten. Er haßte dieses Soldatensein. Hitze, Staub, körperliche Erschöpfung, die unendliche Zeit, die so ein Unternehmen verschlang. Wer von hier nach dort wollte, mußte gehen – oder richtiger: marschieren. Bei Regen marschierte man durch Matsch. Nachts schlug man im Matsch sein Zelt auf, morgens kroch man wieder in eine nasse Uniform und marschierte weiter. Auch auf See konnte man klatschnaß werden, und wurde es auch häufig genug. Aber auf Freiwache konnte man im Trockenen schlafen und trockene Kleider anziehen.

Fünf Minuten. Ein leichter, schnell verwehender Brandgeruch. Auch Jackson hatte ihn wahrgenommen. Er schaute sich hinter seinem Steinhaufen um und suchte nach verräterischem Rauch. Ramage sah an seinen Steinen vorbei und suchte den Hügel ab. Keine Bewegung.

Der Hang lag ganz friedlich da. Man meinte, jeden Augenblick Ziegen zu sehen. Sie würden sich vorsichtig zwischen Steinen und Büschen bewegen und sich gelegentlich auf die Hinterbeine aufrichten, um die höheren Zweige der Büsche zu erreichen.

Vier Minuten. Das Fehlen der Ziegen war natürlich ein deutlicher Hinweis dafür, daß sich da oben Menschen verbargen. Auf dem flachen Land links und rechts bewegten sich Tiere. Es gab sie in Weiß und Schwarz, Braun und Schwarz, Weiß und Braun. Die Lämmer, die vor drei oder vier Monaten auf die Welt gekommen waren, sahen schon ziemlich groß aus. Und er merkte plötzlich, daß er sich an ihr Meckern, das ziemlich menschlich klang, gewöhnt hatte.

Drei Minuten. In der Tat, sie erinnerten ihn an Frauen, die mit schriller Stimme ihre Männer beschimpften, oder an kleine Kinder, die ihren Müttern ihr Leid klagten.

Zwei Minuten. Sie schienen zart und oft scheu, sprangen manchmal mit allen vieren in die Luft, steifbeinig, verspielt.

Eine Minute. Jackson beobachtete ihn jetzt, bereit, angespannt und mit einem weißen Tuch in der Hand. Leise zählte Ramage: »Dreiviertelminute, eine halbe Minute, eine Viertelminute. Jetzt!«

Jackson sprang auf die Füße und schwenkte das weiße Tuch, so daß alle in den acht Kompanien ihn sehen konnten – die Franzosen auch, falls sie hinschauten. Dann ließ er sich wieder flach hinfallen. Vielleicht hatte er das Signal geben können, ohne daß die dösenden Posten der Franzosen es gesehen hatten. Auf jeden Fall war es lautlos geschehen.

Jetzt rannten drei Männer aus jeder Kompanie nach vorn. Jeder hielt eine brennende Fackel in der Hand. Sie bewegten sich wie erfahrene Ziegen, fiel Ramage auf. In der letzten Viertelstunde hatten sie ihr Ziel und ihren Weg dorthin ausgesucht: auf Büsche zu und welke Pflanzen, Flekken trockenen Grases, zu Kakteen, die vor Jahren gestürzt und nun lange trockene Stämme waren. An sie hielten sie die Fackeln. In Sekundenschnelle war der Fuß des trockenen Hügels eine einzige knatternde Flammenlinie, die Kraft bekam und dann vom Wind getrieben den Hügel hinaufkroch. Flammen, die anfangs wenige Zoll hoch waren, wuchsen im Handumdrehen in gewaltige Höhe. Die Flammen erreichten auch grüne Büsche, trockneten und entzündeten sie. Der Qualm zog den Berg hoch wie der Rauch einer Breitseite. Das Krachen brennender Zweige und Äste wurde immer stärker, und schließlich konnte man meinen, ein Riese trample durch einen Dschungel.

Dann merkte Ramage, daß er die obere Hälfte des Berges nicht mehr sehen konnte. Dichte Rauchwolken hüllte sie ein. Die Flammen hatten jetzt ein paar Yards zurückgelegt, und der Streifen verbrannte Erde wurde bergan zusehends breiter.

Ein Wirbel drückte einen Augenblick lang den Rauch zur Seite, und Ramage sah oben auf dem Gipfel Männer ziellos in Gruppen herumrennen. Er stand auf und rief nach rechts und dann nach links, so laut er konnte: »Achtung, Leute! Sie können jetzt jeden Augenblick ausbrechen!«

Sofort knieten Seeleute und Soldaten mit angelegten Musketen hinter ihre Steinhaufen, die Mündung auf den Berg in den Rauch gerichtet. Es würde nur einen winzigen Augenblick dauern, bis die Mündung ein Ziel erfaßt hatte.

Plötzlich schien sich ein Teil des Berges zu bewegen. Er sah Männer sich den Weg durch den Rauch nach unten bahnen. Als sie die dünner werdenden Rauchschwaden erreichten, erkannte Ramage, daß sie versuchten, ihre Augen vor dem Rauch zu schützen. Einige hatten sich Lumpen vors Gesicht gebunden, wohl um überhaupt Luft zu bekommen. Doch sie schleppten ihre Musketen mit und ihre Entermesser. Diese Männer wollten kämpfen, sich nicht ergeben.

Rennicks Soldaten schossen mit fürchterlicher Genauigkeit. Es klang wie eine verzögerte Salve, da jeder erst abdrückte, wenn er sein Ziel sicher erfaßt hatte.

Oben im Rauch bewegte sich jetzt niemand mehr. Zwei Dutzend oder mehr Körper lagen diesseits der Flammen. Rennick hatte die Angreifenden erst die Flammen durchqueren lassen, ehe er seinen Soldaten das Feuer freigab.

Jetzt würde Wagstaffes Kompanie auf die Ziele feuern, während Rennicks Soldaten nachluden. Ja, da kam die nächste Gruppe zerlumpter Feinde. Sie husteten und spuckten beim Laufen, feuerten ihre Pistolen ziellos ab und brüllten wild mit erhobenen Entermessern. Zwei oder drei, die im Rauch über Felsen oder Wurzeln verbrannter Büsche gefallen waren, blieben flach liegen.

Das Musketenfeuer von Wagstaffes Männern kam fast wie eine Salve – und nur zwei oder drei Männer rannten weiter. Nicht, wie Ramage klar war, um ein paar hundert Briten anzugreifen, sondern weil sie keine andere Wahl hatten. Sie entflohen lieber den Flammen und dem Rauch auf dem Berg als britischen Musketenkugeln. Ramage wollte gerade einer Gruppe seiner Männer befehlen, sie aufs Korn zu nehmen, als weitere Schüsse aus Wagstaffes Kompanie fielen. Seine Männer befolgten die Befehle mit kühlem Kopf, soviel war sicher.

Laceys Kompanie würde die nächste Gruppe unter Feuer nehmen. Nur wenn von oben alle auf einmal flohen, würden hier unten auch alle auf einmal schießen. Ramage ahnte, daß es da oben auf dem Hügel keinen Kommandierenden mehr gab. Gruppen rannten einfach los, wenn sie Rauch und Hitze nicht mehr aushalten konnten.

Die Flammenlinie fing an, sich in Kurven und Windungen weiterzubewegen, weil Wirbel sie immer wieder vorantrieben. Ganze Schleier aus Funken wehten in die Luft. Das Feuer hatte bald zwei Drittel der Strecke zum Gipfel zurückgelegt. An vielen Stellen waren Flammen sechs bis acht Fuß hoch, wenn Büsche aufloderten und sie schnell wie brennende Vogelscheuchen aussahen.

Wieder rannten ein paar Männer den Hügel herab – zu wenige, Ramages Meinung nach. Nur Verrückte würden in so kleinen Haufen fliehen. »Achtung, Männer!« rief er. »Dies könnte –«

Doch ehe er sagen konnte, was er wollte, waren die Flammen einen Augenblick gänzlich verdeckt. Dutzende von Männern rannten jetzt den Hügel herab, wie ein Tausendfüßler, der sich seitwärts bewegt. Sofort feuerte Laceys Kompanie – sie hatten schon auf die Flammen gehalten und warteten nur auf das Auftauchen von Zielen. Viele der vorderen Männer fielen sofort und kurz darauf ein Dutzend weitere, auf die Bakers Kompanie geschossen hatte. Es war viel zuviel Lärm in der Luft, um Befehle zu geben. Doch seine eigenen Männer wußten, daß sie an der Reihe waren, nachdem die Musketen links von ihnen abgefeuert worden waren.

Jacksons Muskete klickte, danach Staffords, und dann zogen beide ihre Pistolen. Ramage griff nach den seinen, spannte die Hähne und wartete ein paar Augenblicke, während die Musketen der nächsten Kompanie, Kentons Leute, und dann die der nächsten, Aitkens Männer, fast gleichzeitig krachten.

Die Wirkung war grauenvoll. Der Feind schien in eine unsichtbare Wand zu rennen und brach zusammen. Ganze zwanzig Männer liefen noch, die anderen waren gefallen, einige in den Flammen, andere in den glühenden Resten diesseits des Feuers. Einige erreichten sogar das unverbrannte Gras und die Büsche, ehe sie fielen.

Ramage merkte, daß weder Jackson noch Stafford ihre Pistolen abgefeuert hatten. Auch seine eigenen waren noch gespannt und geladen, aber unbenutzt. Bitte, bitte, laß einen Mann aus dem Rauch kommen mit einer weißen Flagge oder mit einem wehenden Hemd, oder laß wenigstens einen nur brüllen, daß sie sich ergeben. Warum diese Schlächterei fortsetzen? Ihm wurde klar, daß die holländischen Rebellen keine Gnade zu erwarten hatten, wenn sie in die Hände des Gouverneurs fielen – als Verräter. Die französischen Kaperer erwarteten schon wegen ihres blutigen Gewerbes nichts, sie gaben ja selber selten genug Pardon. Aber Stapel von Toten und Verwundeten auf einem verbrannten Hügel – das war nicht die Art von Krieg, die Ramage bisher gesehen hatte, und Wellen von Übelkeit überfluteten ihn. Vielmehr von dem hier würde er nicht ertragen können.

Doch noch bevor er irgend etwas sagen oder tun konnte, rannte wieder eine Gruppe den Hügel herab. Sie schrien und husteten, rieben sich die Augen, brüllten Verderben und Tod, doch sobald sie durch die Flammen gerannt waren und klare Ziele abgaben, hörte Ramage Kenton seiner Kompanie kühl den Befehl zum Feuern geben. Wieder wurde eine Salve abgefeuert. Als immer noch einige Feinde rannten, hörte er eine scharfe Stimme einer Kompanie den Befehl zum Feuern aus Pistolen geben. Einen Augenblick später erkannte er, daß er es selber war, und knallende Pistolenschüsse fällten die Fliehenden.

Die Männer der *Calypso* luden jetzt flink ihre Musketen nach, und er konnte diesseits der Flammen so etwas wie eine Brustwehr entdecken. Als ein Windstoß den grauen wirbelnden Rauch zur Seite drückte, erkannte er, daß es Leichen waren. Ab und zu rührte sich noch ein Arm, ein Mann richtete sich auf und brach zusammen, schwache Bewegungen deuteten hie und da noch auf Leben hin – dann kam der Rauch wieder.

Doch so entsetzlich dies alles war – er rettete damit seine eigenen Männer. Er hatte befürchtet, sie müßten bergauf befestigte französische Stellungen angreifen. Die Männer, die da draußen tot lagen oder als Verwundete im Rauch husteten, waren Feinde, nicht Männer der *Calypso*. Noch nicht einmal reguläre Feinde. Als Holländer hatten sie ihre eigenen Leute verraten. Als Franzosen waren sie Kaperer, kaum besser als Piraten. Und wahrscheinlich kamen mindestens hundert von ihnen aus Brunes Schiff und hatten mitgeholfen, die Leute auf der *Tranquil* bestialisch zu ermorden.

Langsam wurde das Szenario weniger entsetzlich. Er fand es beruhigend, daß die Seesoldaten und die Seeleute aller Kompanien ihre Musketen nachgeladen hatten und kniend die nächste Welle von Feinden aus dem Rauch erwarteten. Der Qualm wurde jetzt dünner. Die Flammen waren schon sehr hoch geklettert, waren sicherlich vierzig oder mehr Yards entfernt. Noch zwanzig Yards, schätzte er, und sie würden den Gipfel erreicht haben.

Wie viele Franzosen waren noch da oben? Ganz oben müßten sie sich jetzt sehr zusammendrängen, es sei denn, einige sprangen in die See. Aber die Patrouillen seiner Soldaten, die Rennick ausgesandt hatte, den Strand zu beobachten, hatten bisher nicht geschossen. Der Feind zog also den Teufel der tiefen blauen See vor. Natürlich hatten die Männer da oben das Schicksal ihrer Kameraden zunächst nicht ahnen können, in das sie bergab rannten, da der Rauch alles verschleierte. Die Schüsse konnten sie zwar hören, doch durch Rauchschwaden hindurch war nicht zu erkennen, daß die Schüsse der Briten die Laufenden niedermähten wie eine Sichel das Korn. Wenn der Rauch verwehte, würden die Überlebenden sich ergeben, nahm Ramage an. Aber vielleicht rannten auch alle auf einmal, bevor der ganze Hügel verbrannt war, und zogen einen plötzlichen Sturm durch die Flammen allem anderen vor. Die Flammen, weniger der Rauch, ließen die Männer rennen. Sie würden jeden verbrennen, der stehenblieb und darauf wartete, daß sie vorbeizogen.

Wieder rannte eine Gruppe Franzosen bergab. Der erste Mann winkte mit einer weißen Flagge: ein Hemd, an ein Entermesser gebunden. Ramage rief nach rechts und nach links, das Feuer einzustellen. Doch gerade als er rief, sah er Stafford einen Augenblick innehalten und dann ein neues Ziel auffassen. Jackson tat das gleiche und während er noch schrie, schlugen die Musketenkugeln ein, bis auch der letzte Franzose zusammengebrochen war.

Jackson stand auf und drehte sich zu ihm: »Ich glaube nicht, daß die Männer sie hören konnten, Sir«, sagte er leise und sah Ramage gerade in die Augen. »Jedenfalls nicht, bevor die Schüsse gefallen sind.«

»Nein, Sir!« bestätigte Stafford. »Ich habe nichts von Ihnen gehört. Und ganz sicher nicht, daß wir das Feuer einstellen sollen. Die Schießerei hat uns taub gemacht, nicht wahr, Rosey?«

Der Italiener hielt eine Hand ans Ohr. »Kann sein, Staff. Sprich lauter, ich höre nichts!«

Kein Pardon für die Männer, die die Menschen auf der *Tranquil* ermordet hatten. Die Männer der *Calypso* hatten das lange vorher entschieden. Als Folge waren in diesem letzten Ansturm ein paar holländische Rebellen gefallen. Doch insgesamt waren dem Mann mit der weißen Fahne nur noch zehn oder fünfzehn Mann gefolgt.

Der Rauch dünnte jetzt aus. Immer wieder konnte Ramage die Spitze des Hügels deutlich sehen. Da stand jetzt niemand mehr. Vielleicht hatten sich noch ein paar Feinde hinter den Steinmauern verkrochen, um sich vor den Kugeln zu schützen, die dank der klaren Sicht jetzt wahrscheinlich einschlagen würden.

Er rief Rennick zu, mit seinen Soldaten auf die Spitze des Hügels vorzurücken, und wartete auf Aitken, den er auf sich zueilen sah. Jetzt war es Zeit, Meldungen von seinen Offizieren entgegenzunehmen und zu erfahren, wie viele Ausfälle es gegeben hatte. Er nahm eine kleine silberne Pfeife aus der Tasche und blies viermal kurz hinein. Es war das Signal, das sie vor dem Verlassen des nächtlichen Feuers verabredet hatten.

Es war eine seltsam gestaltete Pfeife: ein Zylinder mit einem verwirrenden maurischen Muster, das nicht zu erkennen war. Hielt man die Pfeife dagegen in einem bestimmten Winkel, dann sah man, daß sie eine weibliche Brust darstellte. Die Brustwarze war das Mundstück. Die Pfeife war ein Geschenk von Gianna. Ein Geschenk in einem Kästchen, das mit Samt ausgeschlagen war. Gianna hatte es ihm mit einem süffisanten Lächeln und einigen italienischen Bemerkungen in die Tasche geschoben. Er hatte sie nicht verstanden, aber wahrscheinlich waren sie zweideutig gewesen. Er benutzte die Pfeife heute zum ersten Mal, um das Ende des blutigsten und längsten Kampfes, an dem er je teilgenommen hatte, zu signalisieren.

Die Offiziere machten Meldung. Keine Ausfälle bei Aitken. Ein verstauchtes Fußgelenk, weil ein Mann über einen Felsen gestolpert war, bei Kenton. Eine Brandwunde im Gesicht durch einen Pulverblitz aus der Pfanne der Muskete bei Baker. Eine verwundete Schulter vom Streich des Entermessers eines übereifrigen Kameraden bei Wagstaffe. Zwei weitere Männer klagten über heftige Magenschmerzen als Folge von zuviel Rindfleisch, wie Aitken gefühllos meldete. Zwei von Kentons Leuten konnten sich kaum noch bewegen. Stacheln einer gefährlichen Kakteenart steckten bei ihnen in den Beinen und hatten sich über Nacht entzündet.

Der zweite Führer wurde jetzt nach Amsterdam geschickt mit Station beim nächtlichen Feuer. Er sollte weitere Wagen und Pferde besorgen, um die Toten und Verwundeten mitzunehmen. Dann kam Rennick mit seinen Soldaten zurück und meldete, daß der Hügel verlassen war. Die Männer der *Calypso* trugen jetzt die verwundeten Franzosen und Holländer aus dem glimmenden Unterholz und versuchten sie möglichst bequem außerhalb des Qualms zu lagern. Der Führer erhielt den Befehl, einen Arzt zu besorgen. Doch Ramage hatte wenig Hoffnung. Die Ärzte hatten sicher noch genug zu tun, die Verwundeten der Nacht zu versorgen.

Eine Stunde später führte er seine Männer auf den langen Marsch nach Amsterdam, das zwanzig Meilen entfernt lag. Fünfzig Mann hatte er zurückgelassen, um die Verwundeten zu versorgen und die Wagen zu beladen. Einige der Männer hatten immer noch Klumpen von geröstetem Fleisch bei sich. Der Anblick eines Seemanns, der eine Muskete über der Schulter trug und ein riesiges Stück Fleisch unter dem anderen Arm, das vom vielen Fallenlassen staubig war, ließ Ramage lächeln. Er wünschte sich, es wäre jemand da, der solche Szenen mit dem Stift festhalten könnte. Manchmal hielt die Marschkolonne, um Wasserflaschen zu füllen. Doch nur wenige Dörfer oder Plantagen hatten Quellen oder genug Wasser in ihren Zisternen, und die Sonne stand tief im Westen, als Ramage die ersten Häuser von Amsterdam entdeckte.

Und erst jetzt wurde ihm die ganze Bedeutung der Kapitulation der Insel klar. Die Kapitulation war unterzeichnet, die Rebellen und ihre verbündeten Kaperer waren erledigt. Jetzt könnte man die Insel unter dem Schutz der kleinen holländischen Garnison zurücklassen und nach Jamaica segeln, um Foxe-Foote Meldung zu machen über den neuesten britischen Besitz. Drei oder vier Kaperschiffe könnte er mitnehmen und den Rest verbrennen, damit nicht irgendein gerissener Holländer auf den Gedanken kam, sie verschwinden zu lassen. Curaçao hatte sich zwar ergeben, aber Großbritannien lag immer noch mit der Batavischen Republik im Krieg, von Frankreich und Spanien ganz zu schweigen.

Er marschierte weiter, fluchte über die Blasen an den Hacken, die schmerzenden Beinmuskeln und seine trockene Kehle. Doch alle halbe Stunde gab es eine kurze Rast, und er sprach mit den Männern und machte Witze. Das hielt ihn munter. Die Männer strahlten, als sie das gerade Stück Straße erreicht hatten, auf dem sie auf der nächsten Meile nach Amsterdam kommen würden. Seine Augen schienen in Staub gebadet und schmerzten von dem grellen Licht, das sie den ganzen Tag hatten aushalten müssen.

Doch er war glücklich, als er endlich die Masten der *Calypso* über den Dächern der Häuser entdeckte.

Die Straße machte eine Kurve, und jetzt entdeckte er neue Masten seewärts der *Calypso*. Eine zweite Fregatte ankerte im Kanal ganz dicht neben ihr. Furcht überlief ihn eiskalt. Er blieb stehen und zog sein Teleskop auseinander. Es war eine Fregatte mit der holländischen Flagge. Die lang erwartete Verstärkung – und mit ihr Marias Verlobter – war endlich eingetroffen. Hatten sie die fast hilflose *Calypso* erobert?

17

Southwick ärgerte sich, war verwirrt und glaubte an gar nichts mehr. Er meldete Ramage, daß er kurz nach Tagesanbruch einen Brief bekommen hatte – genauer gesagt, geöffnet hatte –, adressiert vom Gouverneur an Kapitän Lord Ramage, der besagte, daß eine holländische Fregatte um die Mittagszeit in Amsterdam erwartet werde und daß übliche Salutschüsse zu feuern seien.

»Übliche Salutschüsse – wirklich!« schimpfte Southwick laut. »Ich weiß nicht, wofür sich der Gouverneur hält. Aber dieser Brief zeigt, daß er vergessen hat, daß er nicht länger Gouverneur ist. Und wie kann er es wagen, einem Schiff der Royal Navy Befehle zu erteilen. Oder genauer, dem Kapitän etwas zu befehlen, der die Kapitulation der Insel entgegengenommen hat. Als ob wir je Salut für ein feindliches Schiff geschossen hätten.«

»Das waren doch sicher keine Befehle?« fragte Ramage freundlich.

»Befehle, Sir. Ich zeige Ihnen den Brief gleich. Im Augenblick habe ich ihn eingeschlossen. Die Fregatte, die *Delft*, wird dem Gouverneur salutieren, dann uns, und dann sollen wir Schuß für Schuß das Salut erwidern. Die britische Flagge soll eine halbe Stunde, ehe sie durch die

Forts in den Hafen segelt, eingeholt werden und es wird die Flagge der Batavischen Republik gesetzt. Feindliche Handlungen gegen sie sind untersagt und so weiter. Und die holländischen Flaggen wehen bis Sonnenuntergang...«

»Geben Sie mir bitte den Brief!« sagte Ramage.

Er war müde und voller Vorahnungen an Bord zurückgekehrt. Die *Delft* ankerte zweihundert Yards entfernt in Richtung Einfahrt. Und trotz des Briefs des Gouverneurs hatte Southwick die Kanonen der *Calypso* laden lassen, und die paar Männer an Bord waren auf Gefechtsstation geschickt worden. Er hatte die Spring zur Ankerleine dichtgeholt, damit das Schiff drehte. Jetzt zeigte die Steuerbordbreitseite auf die *Delft*. Diese Bewegung war nicht erkennbar gewesen. Denn der Wind hielt die *Calypso* schräg im Kanal, und er mußte sie nur ganz wenig verholen – mit der Spring, die von der *Delft* nicht eingesehen werden konnte. Jetzt wiesen alle Kanonen auf den Gegner.

Holländische Flaggen auf den Forts. Ramage nahm an, daß dies der wichtigste Teil der ganzen Veranstaltung gewesen war. Sie sollten eine Stunde anstelle der britischen Flaggen wehen, damit die *Delft* in den Hafen lief und der frühere Gouverneur eine Chance bekam, die Situation zu erklären. Ja, das machte Sinn. Aber dann hätten die britischen Flaggen jetzt wieder wehen müssen.

Welche Rolle spielte die *Delft* genau? Sie war ein Rätsel. Als holländisches Schiff war sie der Feind. Sie war in den größten Hafen einer Insel eingelaufen, die sich den Briten ergeben hatte. Das machte sie zu einer britischen Prise. Aber die holländischen Flaggen wehten auf Befehl des früheren Gouverneurs. Der Kommandant der *Delft* konnte also mit Recht behaupten, er habe nicht gewußt, daß die Briten die Insel in Besitz genommen hatten. Ohne holländische Flaggen auf den Forts wäre er niemals eingelaufen. Und so könnte es weitergehen mit Rede und Gegenrede.

Tatsache war, entschied Ramage, daß der Gouverneur, der frühere Gouverneur, sich in etwas eingemischt hatte, was nicht länger seine Sache war. Es sei denn, er akzeptierte die Kapitulation nicht mehr, jetzt, da die *Delft* angekommen war. Die Briten hatten ja auch alle seine Gegner und die Franzosen erledigt.

Southwick kehrte mit dem Brief an Deck zurück. Ramage trat näher an das Licht am Niedergang, um ihn zu lesen. Wenn man alle Floskeln beiseite schob, stand hier genau das, was der Master berichtet hatte. Was Southwick nicht erwähnt hatte: Unter van Somerens Unterschrift stand Gouverneur – sein früherer Titel. In solch offiziellen Dokumenten kam es – besonders unter Umständen wie diesen – auf jedes Wort an.

Ramage faltete den Brief wieder zusammen und steckte ihn in die Tasche. Aitken und die anderen Offiziere waren unter Deck, rasierten und wuschen sich. Die Seeleute taten das gleiche an Deck und benutzten dazu bewegliche Pumpen und Eimer. Sie sahen müde aus, aber ihren Scherzen und Liedern nach zu urteilen, waren sie durchaus guter Laune.

»Ich werde zum früheren Gouverneur gehen. Ich werde mich eben herrichten. Ich möchte, daß uns die ganze Nacht hindurch zwei unserer Boote bewachen. Ein drittes beobachtet die *Delft* aus diskreter Entfernung. Wenn sie irgendwas vorhaben, machen wir ihnen die Hölle heiß. Zwei Mann an jede Kanone an Steuerbord, vier Mann in den Ausguck und jede Menge Fackeln bereithalten. Damit blenden wir jeden, der entern will, und können auch selber besser sehen.«

»Aye, aye, Sir«, sagte Southwick. »Die werden uns nicht im Schlaf erwischen.«

»Ich will einen Offizier in dem Boot haben, das die *Delft* im Auge behält. Wir hatten zwar alle wenig Schlaf, aber ich kann's nicht ändern. Je einen Maat in die anderen Boote. Einer kann der junge Orsini sein.«

Damit ging Ramage nach unten. Eine Stunde später wurde er im Palast dem Gouverneur gemeldet. Für diesen Besuch hatte Ramage sich gewaschen, rasiert, trug eine saubere Uniform, glänzende Schuhe und den Paradesäbel. Den Brief des früheren Gouverneurs hatte er in seine Uniformtasche gesteckt.

Der große Empfangsraum war voller Menschen. Es war heiß. Doch das lag an der Zahl der Leute, nicht an der Zahl der Kerzen, die in zwei Leuchtern unter der Decke brannten, oder von den zahlreichen Kandelabern und Haltern auf vielen Tischen.

Ramage blieb in der großen Tür stehen und wartete absichtlich darauf, daß van Someren ihn begrüßte. Außerdem wollte er gern wissen, wer sonst noch unter den Gästen war. Van Someren unterhielt sich angeregt mit zwei holländischen Seeoffizieren. Einer war sicher der Kommandant der *Delft*. Zwei andere holländische Offiziere, von Marine und Heer, standen drei oder vier Schritte entfernt – wahrscheinlich Adjutanten, die jeden Augenblick gerufen werden konnten.

Major Lausser stand vor einem großen Fenster. Er trug keine Uniform und unterhielt sich angeregt mit Maria van Someren und deren Mutter. Ramage sah ein halbes Dutzend andere Männer und Frauen. Zwei waren Offiziere der Garnison, die anderen wahrscheinlich bedeutende Bürger. Doch Ramage fiel sofort auf, wie unwohl sich Lausser, Maria und ihre Mutter zu fühlen schienen. Lausser schien erschreckt, ja ängstlich und dann doch erfreut, ihn zu sehen.

Warum stand Lausser nicht neben dem früheren Gouverneur? In dem kurzen Augenblick, den er für den Rundblick brauchte, hatte er den deutlichen Eindruck gewonnen, Lausser sei aus dem Kreis des Gouverneurs ausgeschlossen worden. Der Eindruck war schwer zu beweisen, aber er war so spürbar wie ein Temperatursturz.

Endlich, nachdem er ganz bewußt das Gespräch mit

dem Kommandanten der *Delft* zu Ende geführt hatte, ging van Someren zu Ramage hinüber, völlig formell, lächelte nicht mehr, gab sich wichtig und machte den Eindruck eines geschäftigen Mannes, der sich wegen einer Lappalie nicht stören lassen wollte.

»Mein lieber Ramage, ich nehme an, Sie sind gekommen, um mir den Erfolg Ihres Ausflugs zu melden.«

Ramage verbeugte sich leicht. »Meine Komplimente an Ihre Frau und Ihre Tochter. Ich hoffe, es geht beiden gut.«

Van Someren schien überrascht, drehte sich um und deutete auf sie: »Ja, es geht Ihnen gut, wie Sie sehen. Und jetzt bitte Ihren Bericht –«

»Der geht den üblichen Weg« – Ramage senkte seine Stimme, damit kein weiterer ihn hören konnte – »zu meinem Admiral. Nun, Sir, sollten wir in Ihre Kanzlei gehen, damit Sie mir Bericht erstatten können.«

»Ich Ihnen? Wie absurd. Wer bitte ...«

»Ich denke, hier ist nicht der Ort, das zu diskutieren.«

»Ich bin nicht gewohnt, daß man mir in meinem eigenen Haus Befehle erteilt«, sagte van Someren drohend.

»Das haben Sie sich angewöhnt, als Sie Gouverneur waren«, antwortete Ramage mit unverhohlener Schärfe in der Stimme.

»Ich bin immer noch Gouverneur, und Sie reden mich bitte mit Exzellenz an!«

»Sie sind nicht mehr Gouverneur«, sagte Ramage gelassen. Er sah van Someren unbewegt in die Augen und fügte hinzu: »Sie haben sich und die Insel ergeben. Und zwar mir als Vertreter Seiner Britannischen Majestät. Und darum werden Sie alle Befehle befolgen, die ich für richtig halte.«

Van Someren sah auf den Boden, blickte sich dann zu der Gruppe holländischer Marineoffiziere um, als suche er Verstärkung. »Ich sollte Sie mit den Offizieren der Fregatte bekannt machen!«

Ramage nickte kurz, sagte aber: »Zuerst möchte ich Ihre Frau und Ihre Tochter sehen.« Und als van Someren ihn begleitete, sagte er nur kurz: »Allein, wenn ich bitten darf!«

Während er langsam auf sie zuging, wußte er, das van Someren schon nicht mehr so selbstsicher war wie vorhin. Die Nachricht, daß ich die Rebellen und die Kaperer erledigt habe, muß den Gedanken in seinen Kopf gepflanzt haben, daß die Drohung nicht mehr besteht, die ihn kapitulieren und um britischen Schutz bitten ließ. Die *Delft* läuft ein, er hat die Verstärkung, die er braucht, und die die Lage völlig ändert. Das heißt kurzgefaßt: Kraft und Sicherheit bietet jetzt die *Delft*, die Drohung ist jetzt die Fregatte *Calypso*. Sie liegen fast nebeneinander im Hafen. Zwei Spieler, die sich am Spieltisch gegenübersitzen. Auf der einen Seite Gottlieb van Someren, der die Fregatte *Delft* für die Insel einsetzt. Auf der anderen Seite Nicholas Ramage, der die *Calypso* einsetzt. Das Stück Pergament, das die Kapitulation der Insel bestätigte, war keinen Pfifferling mehr wert.

Ramage küßte Madame van Somerens Hand, ebenso die von Maria und wandte sich dann Major Lausser zu, der ihm die Hand entgegenstreckte und sie kräftig schüttelte. Keiner hatte bisher gesprochen, aber die Parteien hatten sich gebildet – und zwar schon lange bevor Ramage wieder in Otrabanda eintraf oder gar in Punda.

»Sie hatten Erfolg«, sagte Lausser. »Herzliche Glückwünsche. Ich hielt es nicht für möglich.«

»Viel hängt von den Fehlern ab, die der Feind macht.«

Lausser sah auf und lächelte. »In der Tat, Sie haben recht. Und wenn man lange genug wartet, macht er gewöhnlich Fehler!«

Ramage nickte und verstand genau, was Lausser ihm mitteilen wollte. Wie jetzt herausfinden, ob Maria neutral war? »Ihr Verlobter ist immer noch Erster Offizier der *Delft*, Mademoiselle?«

»Mein Verlobter? Mylord, ich bin nicht verlobt.« Sie bewegte den Fächer langsam, und Ramage sah die bleiche

Stelle auf ihrem Finger, die bis vor kurzem ein mit Brillanten besetzter Ring bedeckt hatte.

»Ich bitte um Entschuldigung«, sagte Ramage schnell. »Ich muß irgendein Gerede mißverstanden haben. Aber es war doch sicher für Sie alle eine angenehme Überraschung, daß die *Delft* endlich einlief!«

»Oh ja«, sagte Maria ruhig. »Wie Sie sehen, sind wir alle so entzückt, daß wir den Offizieren einen Ball geben.«

»Wie freundlich von Ihnen. Und wann wird das sein?«

»Oh, hier und jetzt!« antwortete Maria. Ihr Lächeln konnte nicht verhehlen, daß sie den Tränen nahe war. »Sehen Sie nicht all die heiteren Paare tanzen? Unser Orchester in Amsterdam ist wie unsere Ehre – unsichtbar und still.«

»Maria!« protestierte ihre Mutter ohne viel Überzeugungskraft. »Dein Vater hat seine Pflicht zu tun!«

Ramage fragte sich, warum Lausser statt einer Uniform einen nüchternen grauen Frack trug mit entsprechenden Kniehosen. Der Holländer las Ramages Gedanken. »Ich habe heute mittag mein Offizierspatent zurückgegeben.«

»Ehe der Gouverneur den Brief zur *Calypso* hinüberschickte?«

»Ja, ein paar Minuten früher. Verschiedene andere haben das zur gleichen Zeit auch getan.«

»Ich verstehe«, sagte Ramage. »Aber Sie sind in der Minderzahl?«

Lausser hob die Schultern. »Nur wenige Leute wissen überhaupt, was hier gespielt wird.«

»Das können sie aber doch sicherlich erraten?«

»Wahrscheinlich nicht. Die Kapitulation vor den Briten ist im Amtsblatt der Insel noch nicht veröffentlicht worden. Nur ungefähr ein Dutzend Leute wissen, daß Sie nach Recht und Gesetz Kommandant von Curaçao sind. Der Rest glaubt Gerüchten, daß die Briten Hilfe angeboten haben. Und jetzt, da die *Delft* eingelaufen ist, können die Briten ja wieder auslaufen.«

»Könnten sie wirklich wieder auslaufen?«

Wieder hob Lausser seine Schultern. »Als ich meine Demission einreichte, war die Entscheidung noch nicht gefallen!«

Ramage sah, wie Lausser hinter seinem Rücken jemanden fixierte. Er drehte sich um und sah van Someren hinter sich stehen. Er berührte Ramage am Arm. »Kommen Sie, ich möchte Sie dem Kommandanten der *Delft* vorstellen!«

»In Ihrer Kanzlei. Dies ist kein geselliges Treffen«, sagte Ramage sehr fest.

»Aber mein lieber Lord Ramage, natürlich ist dies ein geselliger Abend.«

»Mister van Someren«, antwortete Ramage deutlich, »Sie haben sicherlich schon mal von der Heide von Newmarket in England gehört.«

»Newmarket? Finden da nicht die Rennen statt?«

»Ja. Und ich möchte Sie an zweierlei erinnern. Selbst der glücklosester Spieler hat das schon als Kind auf dem Schoß seines Vaters gelernt.«

»Und bitte – was?«

»Erstens: Nur ein Pferd kann gewinnen.«

Van Someren grunzte. »Aber er hat nicht gelernt, wie man den Gewinner bestimmt.«

»Nein, dazu braucht man Erfahrung. Aber jeder Wettende kennt die zweite Lektion über Pferde.«

»Und ich soll jetzt sicher fragen, wie die lautet?« fragte van Someren ungeduldig.

»Nein. Sie kennen sie. Es ist gefährlich, auf halber Strecke die Pferde zu wechseln.«

»Kommen Sie«, sagte van Someren wütend. »Wir gehen in meine Kanzlei.«

Er ging mit ihm hinaus, wobei er zwei Marineoffizieren zu verstehen gab, daß sie ihnen folgen sollten. In der Kanzlei wollte er sie bekannt machen, doch Ramage unterbrach ihn, obwohl er den jungen Mann, der mit Maria verlobt gewesen war, gern näher kennengelernt hätte. »Das englische Marinegesetz verbietet mir, Feinde zu treffen. Ich habe von Ihnen die Kapitulation der Insel entgegengenommen, und das bedeutet, daß Sie und die Bewohner der Insel jetzt unter meinem Schutz stehen. Dieser Herr, falls er die *Delft* befehligt, übergibt mir entweder das Schiff, oder er bleibt mein Feind. Großbritannien ist immer noch im Krieg mit der Batavischen Republik ...«

»Das ist lächerlich«, bellte van Someren. »Sie nehmen doch die Kapitulation nicht ernst, oder? Sie wurde unter Zwang unterzeichnet!«

»Alle Kapitulationen werden unter Zwang unterzeichnet«, erwiderte Ramage trocken. »Doch ich habe den Zwang nicht ausgeübt. Es waren Ihre eigenen holländischen Rebellen und die französischen Kaperer, wenn Sie sich bitte erinnern.«

»Dieser Zwang, diese Drohung besteht nicht. Das wissen Sie!«

»O ja, ich weiß, daß der Zwang nicht mehr besteht. Ich habe ihn für Sie aus dem Weg geräumt.«

»Also sehen Sie, wie absurd es ist, daß ich eine ganze Insel wie diese einer einzelnen englischen Fregatte übergebe. Absolut verrückt!«

»Die Kapitulationsurkunde trägt Ihre Unterschrift. Major Lausser hat als Zeuge gegengezeichnet!«

»Lausser hat seine Stellung nicht mehr!«

»Sie auch nicht«, entgegnete Lausser leise. »Sie sind nicht mehr Gouverneur dieser Insel aufgrund der Kapitulation, die Sie selber unterzeichneten. Doch das macht die Urkunde nicht ungültig.« Er machte eine Pause und fuhr mit großem Nachdruck fort: »Nichts kann Ihre Unterschrift auslöschen. Sie haben die Insel Curaçao übergeben.«

Van Someren machte eine vage Handbewegung. »Dies ist das Geschwätz eines jungen Mannes«, sagte er auf englisch zum Kommandanten der *Delft*. »Er hat keine Ahnung von Gesetzen, von Diplomatie und von Politik.«

Und das, dachte Ramage, ist das Ende dieser Angelegenheit. Er hatte van Someren Zeit genug zum Nachdenken gelassen. Was jetzt geschah, hatte er selber zu verantworten. Ramage gestand sich ein, daß er nur wütend war, weil er van Someren für einen Mann von Ehre gehalten und vergessen hatte, daß er zuallererst Politiker und Überlebenskünstler war. Er hatte seine politischen Einstellungen geändert und hatte als Gouverneur überlebt, als die Franzosen in die Niederlande marschierten und sein König nach England floh.

»Mister van Someren«, sagte er und betonte »Mister«. »Ich muß zu meinem Schiff zurück. Aber ehe ich gehe, sollte ich Ihnen – sicherlich auch auf Wunsch meines Admirals – zweierlei sagen: Erstens wird die Kapitulationsurkunde in England veröffentlicht. Sobald die Franzosen sie gelesen haben, ist ihr Leben nicht mehr den Dreck unter dem Fingernagel wert, wenn man Ihrer habhaft wird. Man wird Sie auf die Guillotine führen. Wenn Sie also die Sache ungeschehen machen wollen, bedeutet das für Sie Selbstmord. Zweitens ist Curaçao den Briten übergeben worden. Daß danach eine holländische Fregatte hier eingelaufen ist, hat nichts zu sagen. Die Insel ist britisch, und wir stehen zu unserem Wort – meine Unterschrift steht auf dem Dokument, mit dem Sie die Insel unter den Schutz meines Königs gestellt haben. Längst ehe Sie entsprechende Nachrichten in die Niederlande geschickt oder gar Hilfe bekommen haben, wird eine britische Streitmacht hier von Jamaica aus eingetroffen sein.«

Der Kommandant der *Delft* war ein kräftiger, untersetzter Mann mit einem plumpen weißen Gesicht und tiefliegenden Augen. Er tippte Ramage auf die Schulter und zeigte ein Grinsen, das Ramage an das sprichwörtliche Pferd erinnerte, das van Someren gewechselt hatte. »Du kennst die Antwort, Engländer?«

Ramage schüttelte den Kopf.

»Die Antwort, Engländer, ist, daß die Kapitulationsurkunde Amsterdam nicht verlassen darf.«

Sofort erkannte Ramage, daß er in der Falle saß, die ihm die *Delft* gestellt hatte. Aber es half nichts, wenn er seine Niederlage zugab. Überraschung, hieß das Geheimnis, Überraschung notfalls mit einer Lüge. Er lachte also verächtlich. »Amsterdam nicht verlassen? Sie glauben doch nicht ernsthaft, daß sie noch hier ist?«

Unruhig schaute der Kommandant van Someren an, der bleich geworden war. »Wann haben Sie die weggeschickt? Kein Schiff hat seither Amsterdam verlassen!«

»Amsterdam ist nicht der einzige Platz, von dem aus man die Insel verlassen kann. Was glauben Sie, würde mein Admiral sagen, wenn ich die Kapitulation entgegennähme, ohne ihn zu informieren, und dann in die Berge marschierte, um eine Horde Rebellen und Kaperer zu jagen? Er würde mich vors Kriegsgericht stellen!«

Und das würde er wirklich, dachte Ramage, wenn er es ahnte. Das verächtliche Lachen und sein Tonfall klangen echt. Die beiden Männer glaubten ihm – im Augenblick. Später würden sie Zweifel bekommen. Sie würden sich gegenseitig mancherlei bestätigen – aber das wäre später. Ramage erinnerte sich an so manchen Schauspieler, der nach einer guten Vorstellung zu lange auf der Bühne geblieben war und dann nach verklungenem Applaus in völliger Stille die Bühne verlassen hatte.

»Gute Nacht, meine Herren«, sagte er nur.

»Versuch nicht zu fliehen, Engländer«, rief ihm der holländische Kapitän nach. »Mein Schiff hat Sie vor den Kanonen. Sie sind meine Prise.«

»Das ist so«, wiederholte van Someren. »Betrachten Sie sich als unser Gefangener. Morgen früh werden wir die holländische Flagge über der britischen heißen.«

In der Kajüte war es kühl. Die Brise, die nachts um zehn immer noch durchstand, ließ die Kerzen flackern. Die Offiziere standen oder saßen gedrängt nebeneinander auf der Bank. Obwohl Southwick als Unteroffizier der rangniedrigste war, saß er im Sessel. Ramage saß an seinem Schreibtisch, den Männern zugewandt.

Er hatte gerade Bericht erstattet über den Besuch im Palast des Gouverneurs. Und erzählt, wie der Kapitän der *Delft* eine Karte ausgespielt hatte, die er für einen Trumpf hielt: daß nämlich die Kapitulationsurkunde die Insel nicht verlassen würde.

»Hat man Ihnen geglaubt, Sir? Was meinen Sie?« fragte Aitken. »Die Behauptung klingt wahrscheinlich. Eine Karte, die sticht, wirklich!«

»Sie haben mir in dem Augenblick geglaubt, weil es sie erschreckte. Aber jetzt haben sie darüber nachgedacht. Van Someren weiß, daß kein Schiff Amsterdam verlassen hat. Und die Chance, daß in irgendeiner der Buchten ein Schiff lag, ist ziemlich gering, wenn man darüber nachdenkt.«

Wagstaffe richtete sich auf. »Ob sie es nun glauben oder nicht, Sir. Müssen wir die *Delft* als Feind betrachten?«

»Unbedingt. Ihr Kommandant und van Someren sehen uns als ihre Prise. Sie werden uns versenken, wenn sie wollen.«

Southwick schnaufte verächtlich, wie so oft. »Die *Delft* mag das planen. Aber was haben Sie vor, Sir?«

Ramage sah sich im Kreis seiner Offiziere um.

»Vorschläge von Ihnen?«

Lacey sagte: »Ich würde gern damit beginnen, die Residenz des Gouverneurs zu beschießen. Wenn ich an die Mücken denke und an die Bisse der Sandflöhe ... Wir würden auch ein paar Feinde des Gouverneurs mit erledigen.«

»Keine schlechte Idee, dieser verdammten ehemaligen Exzellenz eine Lektion zu erteilen«, brummelte Southwick. »Sollen ihm ein paar Dachpfannen um die Ohren fliegen. Da wird er lernen, daß ein Gentleman sein Wort hält.«

»Das weiß er schon«, sagte Aitken mißmutig. »Darum kann ein Schurke einen Ehrenmann auch immer betrügen.«

»Natürlich. Aber es gibt keinen Grund, warum ein Ehrenmann hinterher einem Schurken nicht ein paar Maulschellen verpassen sollte«, sagte Southwick.

»Ich warte auf Ideen«, ließ Ramage geduldig hören.

»Lassen Sie uns das Feuer auf die *Delft* eröffnen, Sir. Wir haben Springs auf der Ankerleine und unsere Schüsse werden im Ziel liegen«, meinte Wagstaffe.

»Die werden auch eine Spring an die Ankerleine geschlagen haben und können genausogut zielen und schießen«, sagte Ramage. »Wir enden mit einem Schlagabtausch auf eine Kabellänge Entfernung. Das erste Schiff, das in Splitter zerlegt ist, hat verloren.«

»Was haben Sie also vor, Sir?« fragte Aitken vorsichtig.

»Ich möchte die *Delft* zerstören, ohne daß die *Calypso* Schaden nimmt und ohne daß wir Verluste haben.«

»Wer wollte das nicht?« grummelte Southwick ungeduldig und fuhr sich durchs Haar. »Wer will schon Schaden am Schiff oder Verluste an der Mannschaft, Sir? Aber wenn wir sie nicht aus dem Wasser jagen können, Sir, was bleibt uns dann?«

»Ist irgendwas falsch daran, sie aus dem Wasser zu blasen?« wollte Ramage wissen.

»Daran ist nichts falsch. Aber es ist die reinste Pulververschwendung. Man braucht Tonnen dazu«, meinte Southwick.

»Richtig«, bestätigte Ramage. »Ich habe vor, Ihres zu benutzen.«

Sechs überraschte Augenpaare starrten ihn an.

»Sie wollen uns auf den Arm nehmen, Sir!« protestierte Southwick.

Ramage schüttelte den Kopf. »Denken Sie voraus. Wenn

wir die *Delft* versenkt haben, haben wir immer noch ein Problem. Denken Sie an meine ursprünglichen Befehle.«

»Die Kaperer? Mit denen sind wir doch fertig«, warf Southwick ein.

»Ganz sicher wird Admiral Foxe-Foote dem nicht zustimmen. Zehn Kaperschiffe ankern in Amsterdam, aber wir können nicht hierbleiben und sie bewachen, und wir haben leider auch nicht genügend Leute, sie alle nach Jamaica zu segeln. Die Schiffe, die wir zurücklassen, werden die Holländer übernehmen. Oder sie an die Franzosen oder Spanier verkaufen.«

»Dann versenken wir die, die wir nicht mitnehmen können«, sagte Southwick kurz angebunden. »Für die kriegt man sowieso kaum Prisengeld.«

»Diese *Nuestra Señora de Antigua*«, sagte Wagstaffe bitter. »Ich würde sie gern in Flammen sehen. Schade, daß wir uns die Überlebenden ihrer Mannschaft nicht einfach herauspicken können, um sie an Bord zu bringen. Jedenfalls ist ihr Kapitän tot, soviel ist sicher.«

»Sie würde gut brennen«, sagte Ramage nachdenklich. In der Kajüte war es sofort still. Er hörte plötzlich unter dem Heck der *Calypso* das Wasser schlappen und das Säuseln des Winds im Rigg. Auf Deck hustete eine Wache und spuckte über Bord.

»Francis Drake, Sir?« wollte Aitken wissen.

Ramage nickte. »Heute nacht. Der Wind wird durchstehen. Ungefähr um drei, ehe der Mond aufgeht. Die Explosion wird übrigens die meisten Pfannen vom Dach des Gouverneurspalastes fegen.«

»Soll ich mit den Vorbereitungen anfangen, Sir?«

»Halt, halt!« protestierte Southwick. »Ich verstehe überhaupt nichts mehr.«

Wagstaffe lachte zufrieden und sagte: »Drake. Also das ist schon ein paar Jahre her. Lange vor uns. Aber Sie haben davon gehört, wie er Feuerschiffe gegen die spanische Armada treiben ließ, die vor Gravelines ankerte?«

»Na ja. Ich war zwar nicht dabei. Aber ich habe immerhin gehört, daß er damit kein einziges spanisches Schiff versenkt hat.«

»Nein, aber die Spanier kappten die Ankerleinen und flohen aus Angst um ihr Leben.«

»Wir wollen eigentlich nicht, daß die *Delft* die Leinen kappt und flieht. Wir möchten, daß sie in die Luft fliegt – und zwar genau hier«, erklärte Southwick.

Wagstaffe hatte Spaß, den Master aufzuziehen. »Drake hätte sicher Freude daran gehabt, ein französisches Kaperschiff mit einem spanischen Namen zu benutzen, um eine holländische Fregatte in die Luft zu blasen.«

»Ich auch«, sagte Southwick, der plötzlich die Absichten Ramages verstanden hatte. »Wir haben wirklich viel auf der *Nuestra Señora de Antigua* vorzubereiten. Als erstes – sie hat nicht ein einziges Segel angeschlagen.«

In der Dunkelheit achteten sie darauf, leise zu arbeiten und den Rumpf der *Calypso* immer als Sichtschutz zur *Delft* zu halten. Die Boote der britischen Fregatte ruderten lange hin und her und brachten auf die *Nuestra Señora de Antigua*, was nötig war für die Aktion: Fässer, Äxte und Sägen, Wurfanker, Längen leichter Ketten, ganze Rollen Tauwerk und viele einzelne und doppelte Blöcke, um auf dem Schoner improvisierte Schoten zu riggen, statt die richtigen in der Unordnung unter Deck zu suchen.

Seeleute unter dem Befehl von Southwick und dem Bootsmann schleppten die Segel an Deck und schlugen sie an Masten und Stagen. Andere entfernten alle Luken und schnitten große Löcher in die Schotten, damit der Wind durch die ganze Schiffslänge wehen konnte und die Niedergänge hinauf. Sie entfernten alle Decksluken, damit der Zug noch kräftiger würde.

Einige Männer waren damit beschäftigt, im Rigg die Wurfanker an Ketten so hoch festzumachen, daß sie gerade etwas höher hingen als das Deck der *Delft*. So würden sie sich am besten in deren Rigg verhaken. Zwei Äxte lagen am Ankerpoller. Alle Kanonen an Steuerbord waren mit zwei Kugeln und der dreifachen Pulvermenge geladen. Kein Kanonier würde sie abfeuern, weil die Rohre zerreißen könnten. Doch Hitze oder Funken, die in die Zündpfannen fielen, würden das Pulver zünden.

Ramage stieg in die Kajüte des Kommandanten hinunter. Sie war kaum mehr als eine Höhle. Er war überrascht und froh über den Zug hier unten. Er würde, wenn es soweit war, die Flammen wachsen lassen wie der Blasebalg eines Schmieds. Jetzt wehte er den Gestank davon, in dem Adolphe Brune gelebt hatte. Ramage ging nach vorne in die Räume der Kaperer. Ihre Hängematten waren noch gerigt. Einige Seeleute schlugen Teerblöcke entzwei und trieben die Splitter in jeden Spalt, den sie im Rumpf entdecken konnten. Auch einige der Hängematten verrieten beim Hin- und Herschwingen ihren brennbaren Inhalt.

In einer anderen Ecke zerlegten Seeleute dickes Tauwerk in zehn Fuß lange Stücke. Andere faserten die Enden auf und schoben sie in die Stapel von Pech. Alle paar Fuß sah er kleine Teerfässer, die man nur am Geruch erkannte, weil zwischen den Dauben immer winzige Spalten klafften. Man würde sie erst im letzten Augenblick zerschlagen oder die Spunde heraustreiben. Einige dieser Fässer standen auf Bergen von Segeln.

Rennick und sein Unteroffizier hatten am Großmast zu tun. Sie hatten Zündschnüre um den Hals, die langsam brennen würden. Zehn Halbfässer Pulver, jedes dreieinhalb Fuß lang, waren sicher auf Deck gelascht, das Spundloch oben. Fünfzehn Fuß entfernt gab es einen Punkt, von dem aus die Zündschnüre über Deck zu den Pulverfässern liefen, bevor sie in den Spundlöchern verschwanden. Die Schnüre erinnerten an einen dünnen Tintenfisch. In den Spundlöchern hielten sie leichte Holzpfropfen.

»Die brennen zwei Fuß pro Minute, Sir!« erklärte Rennick. »Von diesem Punkt zu den Fässern sind es fünfzehn

Fuß. Wir brauchen nicht zu jedem Faß eine langsam brennende Schnur«, fuhr er fort. »Eine würde reichen, denn wenn ein Faß hochgeht, gehen alle mit. Aber wir wollen auf der sicheren Seite sein. Wenn es soweit ist, zünden wir an, was wir können, aber das müssen nicht alle sein.«

»Und die Kanonen?« fragte Ramage.

»Ich habe noch drei Kugeln in die Läufe von denen an Steuerbord laden lassen, die auf die *Delft* gerichtet sind. Die an Backbord, die in unsere Richtung weisen, habe ich ohne Kugeln laden lassen – mit dreifacher Pulvermenge. Ich habe die Bremstaue gekappt. Wenn sie losgehen, rollen sie durch die ganze Breite des Schiffes zurück.«

»Müssen Sie die Deckslichter noch herrichten?«

»Ja, Sir. Ich dachte, ich setze sie an Deck in der Nähe des Rades. Dann können wir selber in den letzten paar Minuten besser sehen!«

»Und der Brandy?«

»Southwick hat die Fässer an Deck an der Steuerbordseite gestaut. Ein Seesoldat bewacht sie. Wir hatten Glück, daß wir sie an Bord hieven konnten, ohne daß ›zufällig‹ eins aufsprang.«

Ramage nickte. »Der Zahlmeister wird sich freuen, sie los zu sein. Seit er sie entdeckt hatte, war er voller Sorge.«

An Deck schauderte Ramage, als er sich die *Nuestra Señora de Antigua* als Feuerofen vorstellte. Pech und Teer mit aufgefaserten Enden, alte Segel und zerschlagene Grätings, um das Feuer zu entzünden; Brandy, um es zu vergrößern, und schließlich Pulver und der Schoner selbst, um das Feuer zur *Delft* hinüberzuschleudern. Die Wurfanker würden sich im Rigg der *Delft* verhaken und die *Nuestra Señora de Antigua* an ihrer Seite halten für eine lange und feurige Umarmung.

Die Männer, die den Schoner segeln würden, brauchten Glück. Sie durften erst im letzten Augenblick, ehe die *Nuestra Señora de Antigua* in die holländische Fregatte krachte, das Feuer entzünden. Dann würden sie ins Wasser springen und in der Hoffnung davonschwimmen, daß das Holz, das die Explosion in die Luft schleuderte, nicht auf ihren Köpfen landen würde. Die Boote der *Calypso* würden sie dann aufnehmen – falls herumfliegende Wrackteile und Haie überhaupt jemanden übrig ließen.

Southwick richtete sich auf und sagte ganz nebenbei: »Das muß man verdammt gut hinkriegen, daß sie rechtzeitig in den Wind schießt und genau auf die *Delft* zutreibt, Sir!«

»Darüber habe ich mir auch den Kopf zerbrochen!«

»Keine halbe Meile, um die Segel zum Ziehen zu kriegen und Fahrt ins Schiff.«

»Etwas mehr als eine halbe Meile.«

»Das reicht kaum, um ein Gefühl für das Schiff zu bekommen. Und unten muß man das Feuer schon anzünden, bevor man längsseits liegt. Sonst könnten die Holländer an Bord steigen oder die Wurfanker kappen. Oder das ganze Rigg, wenn sie die Ketten nicht schaffen.«

»Das ist richtig«, antwortete Ramage geduldig.

»Und ein versehentlicher Schuß in die Brandyfässer tut auch nicht gut. Natürlich werden sie auch auf Sie feuern.«

»Ich hatte nicht angenommen, daß sie mich mit Blumen überschütten würden. Aber ihre Breitseite können sie erst im letzten Augenblick feuern.«

»Die Musketen früher«, sagte Southwick bedrückt. »Und zwar genug. Musketenkugeln werden fallen wie Regentropfen. Sie müssen Ersatzleute für die Pinne haben, denn die Holländer werden auf die Rudergänger schießen.«

»Also«, sagte Ramage schließlich. »Ich habe mich entschlossen, die *Nuestra Señora de Antigua* selber längsseits zu bringen. Sie bleiben an Bord der *Calypso*. Und ich möchte nicht wieder Ihr Lamentieren hören wegen der verpaßten Jagd über die Insel. Wenn Sie eine Meile laufen könnten, wären Sie willkommen gewesen. Wenn Sie eine Meile schwimmen können, kommen Sie mit auf die *Nuestra Señora de Antigua*.«

»Ich muß keine Meile schwimmen, darf ich doch wohl bemerken!«

»Aber Sie könnten nicht einmal hundert Yards schwimmen. Also Schluß mit dieser Rederei.«

»Aber Sie nehmen Jackson mit, nicht wahr?«

»Jackson, Stafford, Rossi, Baker. Er übernimmt das Kommando, wenn mir etwas passieren sollte. Rennick gehört dazu und dann noch vierzehn Mann. Zwanzig für einen Brander reicht. Uns helfen ja auch noch die anderen, die Segel zu setzen. Die gehen dann sofort von Bord. Reichen würde eigentlich auch schon ein halbes Dutzend.«

»Ich wünschte, Sie würden ein Boot hinterher schleppen, damit Sie sich sicher retten können!«

»Das haben wir nun schon genügend besprochen«, sagte Ramage ungeduldig. »Die Festmacherleine macht das Ruder unklar. Und ein Boot, das davonrudert, ist im Licht der Flammen ein schönes Ziel für holländische Musketen. Schwimmer im Wasser werden sie nie entdecken – und selbst wenn, werden sie sie nicht treffen.«

»Nun, Sir, Sie wissen selber, was Sie tun«, antwortete Southwick in einem Ton, der genau das Gegenteil besagte.

Um halb drei war die *Nuestra Señora de Antigua* bereit. Jackson und Stafford standen an der großen gebogenen Pinne, Ramage und Baker warteten in der Nähe. Unter Deck hielt Rennick einige brennende Laternen bereit. Die neuen Kerzen brannten beständig, und Sackleinwand verdeckte nach außen jedes Licht. Auf Befehl vom Achterdeck würden die Kerzen herausgenommen, um die Zündschnüre anzuzünden, die zu den Pulverfässern und zu den Stapeln von leicht brennbaren Sachen führten, die ihrerseits Pech und Teer entzünden und auch den Brandy in den Fässern zum Brennen bringen würden. Das explodierende Pulver würde zuerst das Magazin der *Nuestra Señora de Antigua* in die Luft jagen und dann das der *Delft*.

Ramage fühlte den Wind im Gesicht. Er war beständig und hatte auf Ost-Nord-Ost zurückgedreht, so daß er quer über den Kanal wehte, nicht ganz rechtwinklig von Punda nach Otrabanda. Die Kaperschiffe, die *Calypso* und die *Delft* lagen im Wind mit dem Bug nach Punda weisend. Noch war der Mond nicht aufgegangen. Ramage hatte den Angriff eine Stunde vor Mondaufgang angesetzt. Doch die Sterne glitzerten, und die Ufer des Kanals und die Kais sahen aus wie graue Bänder.

Von holländischen Wachbooten war nichts zu sehen gewesen. Offenbar verließ man sich auf den Ausguck an Bord. Was erwartete der holländische Kapitän? Einen Angriff des Engländers? Wahrscheinlich erwartete er ein Breitseitenduell oder vielleicht den Versuch zu entern. Er wußte, daß die *Calypso* keine echte Chance hatte, ankerauf und längsseits zu gehen, denn der Kanal war für Manöver von Fregatten mit mehr als sechzehn Fuß Tiefgang zu schmal. Und dann brauchte man auch einen Lotsen, der die Untiefen kannte. Wahrscheinlich hatten die Holländer entschieden, daß die *Calypso* bis zum Tagesbeginn nichts unternehmen würde. Möglicherweise würde Ramage erkennen, daß er in der Falle saß, und kapitulieren. Plötzlich fiel ihm ein, daß van Someren ja vorhaben könnte, die großen Kanonen der beiden Forts im Morgengrauen in Richtung Stadt zu drehen. Von den Kais auf beiden Seiten könnten sie also der *Delft* helfen, die *Calypso* in Splitter zu schießen. Jedes Fort hatte etwa fünfundzwanzig Vierundzwanzigpfünder. Und das hieß, daß die *Calypso* Feuer wie von einem Linienschiff bekommen würde, ohne richtig darauf antworten zu können. Verrückt, daß weder er noch seine Offiziere daran gedacht hatten. Es war immer ein schlimmer Fehler, seinen Gegner zu unterschätzen. Aber die Idee mit dem Brander hatte alle anderen Gedanken ausgelöscht.

Gruppen von Männern warteten an den Masten der *Nuestra Señora de Antigua* auf den Befehl, an den Fallen das Großsegel, das Vorsegel, das Vorstagsegel und die Fock zu setzen. Man könnte noch mehr Vorsegel setzen, aber das würde Zeit kosten und hieß, mehr Schoten zu trimmen und mehr Leinen klarzuhalten. Er konnte darauf verzichten, ein Vorsegel mit einer blockierenden Schot klarzubekommen. Die Schoten waren so geführt, daß die Vorsegel back gehalten werden konnten, damit der Bug des Schoners schneller nach Steuerbord gedrückt wurde, sobald die Ankerleine gekappt war. So lag sie gleich auf dem richtigen Bug und mußte nicht erst wenden.

Zwei Männer standen mit Äxten am Poller, warteten auf den Befehl, die Leine zu kappen. Rennick war mit seinen Männern unten – »Satan und seine Feuerknechte« hatte Southwick sie getauft. Rossi wartete an Deck mit Deckslaternen, Sackleinwand, alten Segeln und Blöcken aus Pech, die ein schönes Feuer geben würden.

Er sah nach Steuerbord und erkannte gerade so den dunklen Rumpf der *Calypso*. Hinter ihr lag die *Delft*, und dann kam schon die Hafeneinfahrt. Die Baumfrösche quakten scharf und waren selbst von Land gut zu hören. Es klang wie das Quietschen von Blöcken, die gefettet werden mußten. Die holländischen Wachen, zwei auf der *Nuestra Señora de Antigua* und zwei auf dem nächsten Kaperschiff, saßen jetzt als Gefangene auf der *Calypso* – ohne zu wissen, warum sie festgenommen waren. Sehr bald, dachte er, werden sie glauben, das Ende der Welt sei gekommen.

Ramage befahl jetzt Rennick, die Fässer mit dem Teer zu öffnen, damit er in das Holz eindringen konnte. Er ging nach vorne. Es war ein ungewohntes Erlebnis. Wie alle anderen Männer trug auch er nur Hemd und Hose. Seine nackten Füße tappten über das Deck. Seine Fußsohlen spürten, wie uneben die Planken gearbeitet waren. Er trug eine Pistole im Gürtel – aus den Schiffsbeständen. Sie würde, selbst wenn er sie vor dem Verlassen des Schiffs nicht abfeuern könnte, auf der Liste des Waffenmeisters der *Calypso* in der Rubrik »Im Kampf verloren« auftauchen.

Alles war klar, warum also noch länger warten. Alles war klar, nur der Mut des Kommandanten nicht. Sein Mut war verflogen. Seine Knie schienen seltsam weich. Und die Muskeln in Unter- und Oberschenkel waren offensichtlich weggeschmolzen. Irgend etwas drückte auf seine Kehle, und sein Magen wollte sich immer wieder heben, so als habe er kürzlich schlechtes Fleisch gegessen. Er stand jetzt am Großmast, und erwartungsvoll sahen die Männer ihn an. »Segel setzen«, sagte er, »Großfall dichtholen – aber leise!«

In der letzten Stunde waren die Blöcke gefettet worden. Aber die Scheiben brauchten gewöhnlich ein paar Umdrehungen, bis das Fett sich eingearbeitet hatte. Die Blöcke der Gaffel machten da keine Ausnahme, doch als das Segel den Mast emporstieg, stand er schon vor dem Fockmast und wiederholte die Befehle für das Vorsegel. Die paar Reffleinen waren schnell gelöst, und die Gaffel schwebte am Mast nach oben, zog das Segel hinter sich her und schien keinerlei Verbindung zu den Männern zu haben, die unten die Fall dichtholten.

Das Großsegel war jetzt oben, ein paar Pulls an der Gaffelfall würden es stehen lassen. Die Leinwand warf nur Falten, schlug aber nicht. Der Wind strich an beiden Seiten vorbei, und die Segel zogen noch nicht. Schlagende Segel würden in einer Nacht wie dieser weit zu hören sein.

Jetzt stand auch das Vorsegel, und die Männer holten die Gaffel dicht. Ramage gab den Männern an den Vorsegelfallen ein Zeichen. Sofort stiegen schmale Leinwanddreiecke an den Stagen empor, doch bevor der Wind sie füllen konnte, standen sie wie flache Bretter, zurückgehalten von den Schoten, damit der Wind von der anderen Seite einfiel und den Bug nach Steuerbord hinüberschob. Jetzt stand Ramage schon im Bug bei den beiden Männern mit den Äxten.

Ja, der Bug der *Nuestra Señora de Antigua* wurde in Richtung auf die Hafeneinfahrt gedrückt. »Kappen!« befahl er kurz. Der erste Axthieb schlug in das Ankertau, gleich darauf der zweite. Fünf Hiebe und dann peitschte das Tau über den Bug. Jetzt, wo ihn kein Anker mehr hielt, schwang der Schoner gut nach Steuerbord parallel zum Kanalufer und zeigte auf die *Calypso* und den Ausgang des Hafens.

Ohne weiteren Befehl warfen die Männer die Vorschoten los und belegten sie an Steuerbord. Die Segel begannen zu ziehen. Drei Männer reichten für die Fockschot, denn dort stand noch keine Kraft, und vier weitere kümmerten sich um die Großschot.

Und nun begann die *Nuestra Señora de Antigua* zu leben. Alle Segel zogen, sie nahm Fahrt auf, und Ramage rief: »Segelsetzer – ab ins Boot!« Das Boot wurde für sie hinterhergezogen. Als er nach achtern ging, wartete er auf die Männer, die an ihm vorbei in das Boot springen, die Festmacherleine loswerfen und zur *Calypso* rudern sollten. Er erreichte das Achterdeck, sah die Segel gut stehen und die *Calypso* näher kommen. Da bemerkte er, daß sich keiner der Leute bewegt hatte: »Segelmannschaft – ab ins Boot!« rief er wieder.

Es schien, als seien jetzt sehr viel weniger Männer an Deck. Was zum Teufel ging hier vor? Oder hatte er in einem Moment der Geistesabwesenheit nicht bemerkt, daß seine Männer das Schiff verlassen hatten?

»Jackson! Ist die Segelmannschaft von Bord?«

»Die . . ., also, Sir, ich habe sie nicht beobachtet, Sir!«

»Was zum Teufel geht hier vor? Wo sind die Männer?«

»Die verstecken sich, Sir!« sagte Jackson direkt. »Sie wollen helfen, das Schiff in Brand zu setzen!«

»Aber wie . . .«

»Sie können alle schwimmen, Sir«, sagte Jackson und lehnte sich gegen die große hölzerne Pinne. »Wie dicht soll ich hinter der *Calypso* vorbeisegeln, Sir? Diese Seite vom

Kanal könnte flach sein. Es gibt da vor der *Delft* auf Otrabanda keine Kais.«

Ein Brander mit dreißig Mann an Bord ... Doch besser zu viele als zu wenige. »Kurs halten!« sagte er zu Jackson. Noch war die *Delft* nicht zu erkennen, da die *Calypso* sie verdeckte. Der Schoner würde dreißig Yards hinter der britischen Fregatte vorbeiziehen, die sie dann nicht mehr verbergen könnte. Eigentlich hätte der holländische Ausguck ihre Segel schon entdecken müssen. Doch Menschen sahen immer nur das, was sie suchten. Wahrscheinlich hatte man den Ausguckleuten nur befohlen, die *Calypso* im Blick zu behalten.

Das Großsegel zog sehr gut – ein gutes geschnittenes Segel, soviel konnte er im Licht der Sterne sehen. Das Focksegel war ein bißchen zu bauchig, vielleicht war es zu alt, aber es arbeitete gut. Die Vorsegel waren perfekt getrimmt, als ob die Männer erwarteten, von Southwick mit dem Glas beobachtet zu werden.

In dem ruhigen Wasser zischte die Bugwelle, als der Schoner mit dem Wind von Backbord querab schneller wurde. Vier Knoten, fünf und jetzt sechs, schätzte Ramage. Natürlich war ihr Boden sauber. Kupferbeschlag hatte Muschel- und Algenbewuchs verhindert. Sie nahm schnell Fahrt auf und, das durfte er nicht vergessen, brauchte dann auch wieder Zeit, um Fahrt zu verlieren.

Die *Calypso* kam jetzt schnell auf, ihre drei großen Masten und Rahen waren schwarze Streifen vor den Sternen. Immer noch war von der *Delft* nichts zu sehen. Jackson und Stafford fühlten sich an der Pinne offenbar wohl, gaben gelegentlich nach in kleinen Böen, die den Kutter etwas krängen ließen. Von der *Calypso* herüber würde man sie jetzt mit Nachtgläsern beobachten. Der Ausguck zur See würde sich schwer tun, nicht über die Schulter zurückzublicken und den Schoner zu bewundern, der jetzt unter vollen Segeln im Sternenlicht den Kanal entlangschoß. Auch hier gab es phosphoreszierendes Wasser, ihre Bugwelle würde eine bleiche, grüne Flamme sein – scheinbar lebendig.

Da! Ein unscharfer schwarzer Fleck hinter dem Heck der *Calypso*. Einige Sterne dicht über der Kimm wurden unscharf, wurden durch Rigg und Maste der holländischen Fregatte abgedeckt. Noch zweihundert Yards.

»Rennick. Befehl nach unten. Feuer an!«

Fast sofort sah er, wie schwarze Luken zu hellgelben Quadraten wurden. Laternen kamen hinter ihren Blenden hervor, Kerzen wurden herausgenommen, um Zündschnüre und leicht Entflammbares anzuzünden. Es roch nach Teer und sofort auch rußig nach flackernden Kerzen – nein, das waren Rossis Laternen, die er vernünftigerweise im Kompaßhäuschen gestaut hatte.

»Rossi. Klar bei Decklichtern!«

Noch einhundertfünfzig Yards, sechs Schiffslängen oder etwas mehr. Flackern in den Niedergängen – Rennicks Männer kamen gut voran, und der Teer brannte wahrscheinlich schon. Auf der *Delft* mußte man das Licht jetzt sehen. Die Flammen, obwohl noch klein, spiegelten sich glänzend im Fock- und im Großbaum, erhellten das Rigg wie feine Spinnweben und ließen auch schon das Gewebe der Segel leuchten. Das Phosphoreszieren der Bugwelle konnte man nun auch nicht mehr übersehen. Warteten die Holländer nur darauf, eine Breitseite abzufeuern? Er gab Jackson einen kurzen Befehl. Der brachte den Schoner einen Strich höher nach Backbord. Aber die Holländer könnten ihre Kanonen immer noch nicht einsetzen. Die Segel mußten nicht mehr getrimmt werden. Die *Nuestra Señora de Antigua* hatte genug Fahrt, um neben der Fregatte in den Wind zu gehen. Einen Augenblick lang glaubte er, das Krachen seien Musketen – oder Pistolenschüsse von der *Delft* herüber. Dann wußte er, daß es die Flammen im Inneren des Schoners waren. Das Pech brannte jetzt. Ja, und da stieg auch schon der ätzende Rauch hoch.

Das einzige, das die Holländer jetzt noch retten konnte, war das Feuer, wenn es außer Kontrolle geriete. Wenn es die Halbfässer mit Pulver erreichte, ehe die *Nuestra Señora de Antigua* längsseits lag... Noch einhundert Yards, vielleicht etwas weniger. Der Schoner war siebzig Fuß lang, fünfundzwanzig Yards.

»Klar bei allen Fallen!«

Er konnte Männer erkennen, die aus ihren Verstecken kamen, hinter Masten auftauchten, hinter Kanonen und hinter den aufgeschossenen Leinen. Er konnte diese Extraleute gut gebrauchen. Er mußte also nicht, wie vorgesehen, Rennicks Leute schon nach oben rufen, Ja, so würde sein Plan noch besser gelingen.

»Ein Mann an jeden Wurfanker«, rief er. »Auf in die Wanten entern. Werft sie ins Rigg des Holländers, wenn wir längsseits kommen. Auf mein Kommando!«

Rossi stand ruhig wartend neben ihm. »Nehmen Sie Ihre Laternen raus, aber halten Sie sie so, daß sie uns nicht blenden.«

Rennick meldete durch das Luk der Kapitänskabine – ein gähnendes Loch –, unten liefe alles nach Plan. Der Rauch quoll aus den Luken empor. Er konnte Männer husten und fluchen hören.

»Bringen Sie Ihre Männer an Deck!« befahl er Rennick.

Jetzt lag die *Delft* gewaltig vor ihnen an Backbord voraus. Auf diesem Kurs könnte die *Nuestra Señora de Antigua* an ihrem Heck vorbei durch die Hafeneinfahrt auf See rennen. Nein – bloß nicht auf die Blitze an Deck der *Delft* achten. Die Holländer schossen wie wild mit Musketen. Er fürchtete sich vor Verwundeten unter seinen Männern, da sie zurückbleiben mußten. Er hatte klare Befehle gegeben.

Fünfundsiebzig Yards. Jackson beobachtete Ramage, die Kanten der Segel und die *Delft*. Die Luken des Schoners glühten gelb und rot von Licht und Flammen. Der

Zug unten war viel stärker als erwartet. Es krachte und brannte wie von einem Blasebalg angefacht. Und dann stand Rennick atemlos neben ihm.

»Alles läuft gut, Sir!«
»Brennt auch nichts zu schnell?«
»Nein – von hier oben sieht es nur so aus!«
»Rossi«, rief Ramage, »Deckslaternen klar!«

Jetzt war das Heck der *Delft* an Backbord. Die Blitze aus Musketenmündungen ließen sie aussehen wie ein Haus das von Glühwürmchen umschwärmt wurde. Jetzt war es soweit.

»Ruder über, Jackson.« So lautete kein Befehl, aber dieser war so viel wirksamer. Sanft schien die *Delft* sich von der Backbordseite über den Bug des Schoners hinwegzubewegen, knapp am Bugspriet vorbei. Jetzt stand sie an Steuerbord und auf dem gleichen Kurs wie der Schoner.

Die Segel der *Nuestra Señora de Antigua* begannen zu killen, die Masten zitterten.

»Dirks festsetzen. Alle Fallen los. Alle Mann an Deck. Achtung von oben. Auf Bäume und Gaffeln achten.«

Rossis Laternen loderten jetzt, und Ramage sah, wie Jackson nun ganz ruhig die *Delft* beobachtete und den Stand der Segel. Seine Augen spiegelten das Feuer wider. Man brauchte ihm keine Steuerbefehle mehr zu geben. Der Amerikaner würde mit dem letzten Schwung den Schoner genau neben die *Delft* legen.

Das Musketenfeuer der Holländer war ohrenbetäubend. Kugeln, die von Fittings und Kanonen abprallten, klangen scharf oder hallten wie Kirchenglocken. Jetzt tauchte die Heckreling der *Delft* vor dem Fockmast auf. Die *Nuestra Señora de Antigua* machte vielleicht noch zwei Knoten Fahrt. Da war der Großmast.

»Rüber mit den Wurfankern. Und laßt sie halten, Männer!«

Dumpf krachte der Schoner in die Seite der *Delft*. Jeder hatte das erwartet. Dann merkte Ramage, daß die Segel mit Gaffeln und Bäumen schon vor ein paar Augenblicken nach unten gekommen waren. Er hatte das Krachen und Schlagen nur nicht bemerkt, weil er sich ganz auf die *Delft* konzentriert hatte. Und da stand Rossi und hielt die offenen Deckslaternen in die Falten des Großsegels.

Ramage griff nach der Silberpfeife, die er jetzt um den Hals trug. Ein Blick rundum. Die Wurfanker hielten die Schiffe zusammen, und die Männer waren schon längst aus den Riggs auf Deck zurück. Er entdeckte niemanden, der verwundet auf Deck lag. Ein Wunder bei all dem Musketenfeuer. Doch bis vor wenigen Augenblicken hatten die Holländer versucht, rennende Männer auf einem Schiff zu treffen, das sich bewegte.

»Alle Mann von Bord!« brüllte er, hob die Pfeife an den Mund und ließ einen durchdringenden Ton hören. Plötzlich schien die Pfeife zu explodieren, und alles wurde schwarz.

18

Seen brachen sich über ihm. Sein Schädel schien eingeschlagen. Sein linker Arm fühlte sich an wie in einem Schraubstock. Eine Stimme fluchte laut – in schönstem Italienisch. Und dann kam breitester Londoner Dialekt dazu. Sein Körper wurde plötzlich angehoben, zur Seite gerollt und mit einem leichten Geräusch fallen gelassen. Plötzlich war ihm schlecht, und er erbrach Salzwasser, das seine Kehle aufrauhte.

Dieser Anfall verging schnell. Doch das rote Flackern blieb ebenso wie der Schmerz in seinem Kopf. Dann erkannte er, daß das Flackern nicht mit seinem Kopf zusammenhing. Es kam von zwei Schiffen, keine fünfzig Yards entfernt. Er lag in einem Boot, dessen Besatzung eilig von den Flammen wegruderte – als sei der Teufel hinter ihnen her.

»Sind Sie wieder klar, Sir?«

Er erkannte schattenhaft Staffords Gesicht. Sein Haar hatte sich aus dem Zopf gelöst und klebte am Kopf. Er sah aus wie eine Hexe, die man zu ertränken versucht hatte.

»Ich glaub schon. Mein linker Arm fühlt sich seltsam an. Und mein Kopf.«

»*Accidente*. Sie leben, *commandante*«, kam es atemlos und aufgeregt von Rossi. »Jeden Augenblick werden die *stronzi* da in die Luft fliegen.«

»Wo, wo ist Jackson?«

»Hier, an der Pinne. Und hier ist auch Rennick.«

Ramage sah sich um. Die *Nuestra Señora de Antigua* brannte vorn und hinten, ihre Masten sahen aus wie Bäume in einem Waldbrand. Doch wie geplant, brannte nichts in der Nähe des Großmasts. Dort fraßen sich die Zündschnüre an die Pulverfässer heran. Aber das Feuer, das Rossis Laternen auf dem Achterdeck entfacht hatten, war durch Funken auf die *Delft* hinübergeweht. Nein, ihr Kreuzmast war mit seinen Rahen auf das Achterdeck der *Nuestra Señora de Antigua* gestürzt, wohl weil die Stagen durchgebrannt waren. Jetzt formte das lange Holz einen Flammenbogen, der die beiden Schiffe verband.

Vor ihnen lag die *Calypso*. Masten, Rahen und Rigg sahen aus wie gelbrote Spitze im Licht der Flammen. Doch ihr Rumpf glänzte fest und schwarz und drohend. Die tanzenden Flammen zeigten hinter ihr die Masten der anderen Kaperschiffe und ganz weit weg in der Ferne die *La Créole*.

Und da die Gebäude. Die Flammen erhellten jedes Gebäude in Otrabanda. Und in Punda? Da stand die Residenz des Gouverneurs, die Wände dieser Seite schienen beißend weiß, die nördlichen lagen in tiefem Schatten. Die Hafeneinfahrt war wie ein schwarzes offenes Maul mit einem Fort an jeder Seite.

Plötzlich gab es einen doppelten Blitz, dem sofort ein gewaltiges Rollen folgte und ein Echo, das körperlich zu spüren war. Dann war die Nacht wieder schwarz, als die Druckwelle der Explosion über sie hinwegraste. Die Männer hatten aufgehört zu rudern. Sie waren wie betäubt von dem soeben Erlebten, aber sie wußten, sie waren in Sicherheit. Das Echo lief den Kanal entlang ins Schottegatt, eine lähmende Stille in seinem Kielwasser zurücklassend.

Dann begann es zu regnen. Das Platschen auf dem Wasser wurde heftiger, und plötzlich wurde Ramage klar, was es war: Die Überbleibsel von zwei explodierten Schiffen kamen herunter.

»Ducken!« schrie er. »Kriecht unter – unter die Duchten.« Seine Stimme krächzte nur. Stafford griff den Befehl auf und hängte seine eigenen Flüche an.

Schweres Klatschen zeigte, daß auch größere Teile ins Wasser fielen. Und in all dem Lärm hörte Ramage Stafford wie beiläufig sagen: »Der Blitz hat uns ganz schön ins Dunkel gesetzt, nicht wahr? Du bist weit aus dem Kurs auf die *Calypso*, Jacko!«

»Na und. Wir sehen nicht jede Nacht eine Fregatte in die Luft fliegen.«

»Nee, aber ich bin klatschnaß und friere, und der Kapitän zittert wie ein kranker Hund.«

»Ruder an!« befahl Jackson, und die Männer warfen sich wieder in die Riemen.

»Die überlebenden Holländer«, krächzte Ramage. »Unsere Boote ... sucht nach ihnen ...«

»*Mama mia*, alle sind in den Himmel geblasen, Sir«, sagte Rossi, »und sitzen auf den Wolken und fragen sich, wie sie wieder nach unten kommen.«

»Wir schicken Boote, sobald wir an der *Calypso* angelegt haben, Sir«, rief Jackson. »Vielleicht sind sie schon unterwegs. Jetzt müssen wir erst mal Sie und Mr. Rennick und den Rest schnell an Bord kriegen.«

»Was ist mit Mr. Rennick los?«

»Keine Ahnung, Sir. Es ist seine Schulter. Er hat auch viel Blut verloren.«

»Wo ist Mr. Baker?«

»Den hat eine Musketenkugel getroffen.«

»Schwer verwundet?«

»Tot, Sir. Er und etliche andere. Sie und Mr. Rennick und ein paar Verwundete waren alle, die wir so schnell ins Boot heben konnten.«

Doch der Versuch, sich zu konzentrieren, war zuviel. Ramage versuchte, gegen die Bewußtlosigkeit anzukämpfen, aber er hatte keine Kraft mehr. Als er das nächste Mal wieder zu sich kam, lag er auf dem Deck der *Calypso*. Southwick hielt eine Laterne über ihn, und Bowen, der Schiffsarzt, riß die Nähte von Hemd und Hose auf. Er hörte, wie Bowen zu Southwick sagte: »Schlimmer Riß am Kopf. Aber der Schädelknochen ist unverletzt. Musketen- oder Pistolenkugel im linken Unterarm. Bringt ihn in seine Kajüte und wascht ihn. Im Augenblick habe ich dringendere Fälle.«

»Aber es ist der Kommandant!« protestierte Southwick.

»Ja«, sagte Bowen kurz angebunden. »Und genau das hätte er gewollt.«

Ramage schien wie in einem Traum zu schweben. Jemand rieb ihn mit einem harten Handtuch ab, und er fühlte sich wärmer. Dann war es wieder dunkel, und jemand versuchte, ihm etwas Brandy einzuflößen. Stunden schienen zu vergehen, doch es waren – wie er später herausfand – ganze dreißig Minuten, bis er wach und warm wieder in seinem Bett saß und nach frischen Kleidern rief.

Silkin verschwand und kam mit Southwick wieder, der in fürsorglichem Ton meinte: »Der Arzt sagt, Sie müssen im Bett bleiben, Sir.«

»Holen Sie mir Kleider, Silkin«, antwortete Ramage kurz angebunden. »Ich muß an Land gehen.«

»Sir!« widersprach Southwick.

»Reden Sie nicht. Wie spät ist es?«

»Halb fünf, Sir. Wir haben bald Sonnenaufgang!«

Ramage schwang sich aus dem Bett, mußte sich aber am Sessel festhalten, weil ihm so schwindelte. »Silkin, holen

Sie ein nasses Tuch, und bringen Sie das da auf meinem Kopf in Ordnung.«

»Das ist in Ordnung, Sir!« antwortete Silkin. Das ist ein trockener ordentlicher Verband. Und Ihr Arm, Sir, auch. Mr. Bowen sagt, er wird bald sehr schmerzen.«

»Bald?« rief Ramage. »Er schmerzt jetzt schon wie der Teufel. Helfen Sie mir beim Anziehen, und bitten Sie Mr. Aitken, ein Boot bereitzuhalten. Ich möchte, daß er mich an Land begleitet. Der Unteroffizier und ein Dutzend Soldaten sollen uns begleiten.«

Das erinnerte ihn an den Offizier. »Wie geht es Rennick?« fragte er Southwick.

»Bowen glaubt, es geht alles in Ordnung. Musketenkugel in der rechten Schulter. Er hat viel Blut verloren. Wie Sie, Sir.«

Silkin legte jetzt die Kleider bereit, und Southwick machte sich auf den Weg zu Aitken.

»Etwas Heißes zu trinken, Sir, ehe Sie gehen?« fragte Silkin einladend.

»Das würde mich krank machen. Nach all dem Salzwasser, das ich getrunken habe.«

»Vielleicht etwas zu essen?«

»Nichts. Zerren Sie nicht so an meinen Kniehosen. Mein Kopf fühlt sich an, als wolle er jeden Augenblick herunterfallen.«

Zehn Minuten später war Ramage angekleidet. Seine Halsbinde war sauber geknüpft, sein Säbel hing richtig. Ein breiter Verband um den Kopf zwang ihn, den Hut unter dem rechten Arm zu tragen. Der linke Arm lag in einer Schlinge und klopfte, als wolle er gleich explodieren. Doch er fühlte sich besser, als er sicherlich aussah.

Aitken traf ihn am Niedergang. »Die Soldaten sind im Boot, Sir. Aber Bowen . . .«

Im gleichen Augenblick kam Bowen angehastet. »Sir, ich muß diesen Wahnsinn verbieten. Sie sollten im Bett liegen und –«

»Wie geht es Ihren anderen Patienten, Bowen?«
»So wie erwartet.«
»Dann kümmern Sie sich besser um sie!«
»Ja, Sir«, meinte Bowen verärgert. »Ich verstehe.« Verstand er wirklich? Oder Southwick? Aitken ganz sicher. Er war ein kluger Kopf. Er war wahrscheinlich der einzige Mann an Bord, der ahnte, daß die Sache mit der Explosion der *Delft* noch keineswegs zu Ende war. Immer noch gab es van Someren und die gefährlichen Kanonen auf den Forts. Jetzt, in der Dunkelheit und das explodierende Schiff noch vor Augen, war der richtige Zeitpunkt, sich Gottlieb van Someren vorzunehmen.

Der Weg neben Aitken hinauf in die Residenz des Gouverneurs schien diesmal länger als sonst. Die marschierenden Seesoldaten klangen auf dem Kopfsteinpflaster wie ein ganzes Bataillon. Aitken führte den Sergeanten an die große Pforte, und nach einem lauten Befehl und einem Aufstampfen hielten die Soldaten an.

»Warten Sie hier«, sagte Ramage zu dem Unteroffizier.

Das Schilderhaus vor dem Tor war leer. Doch im Haus brannten einige Lichter. Als sich das Tor nach lautem Klopfen öffnete, zog sich ein erschreckter Majordomus die Treppe hinauf zurück, als er Ramage erblickte.

»Kommen Sie«, sagte Ramage zu Aitken und folgte dem Mann, »er führt uns geradewegs zu van Someren!«

Der frühere Gouverneur saß in seiner Kanzlei an seinem Tisch ein paar Männern gegenüber, die wohl Ratsherren waren. Zwei Armeeoffiziere saßen getrennt von ihnen.

Als Ramage von Aitken gefolgt den Raum betrat, beugte sich der Majordomus gerade zu van Someren, um ihm den englischen Kommandanten zu melden. Als van Someren den Kapitän erblickte, sprang er auf, und sein Stuhl fiel um.

»Sie Mörder!« schrie er.

»Jeder einzelne auf der *Delft* würde noch leben, wenn Sie Ihr Wort gehalten hätten«, sagte Ramage bitter. »Sie zeigen weiße Flaggen und ergeben sich, wenn Sie Furcht vor Rebellen haben. Aber in dem Augenblick, wo Sie sich wieder in Sicherheit wiegen, zerreißen Sie die Kapitulationsurkunde. Und mit dem Kommandanten der *Delft* planten Sie, uns gefangenzusetzen. Uns, die wir Ihnen geholfen haben. Sie haben sich ergeben, und dann haben Sie Verrat geübt.«

»Sie ... Sie ...!« Van Someren versuchte, sich wieder unter Kontrolle zu bekommen. »Dies ist eine Frage von Ehre. Sie können wählen. Pistolen oder Säbel. Mein –«

»Sie sind ein Schurke«, antwortete Ramage ihm verächtlich. »Kein Gentleman würde mit Ihnen auf einem Feld der Ehre kämpfen. Wie auch immer. Sie stehen unter Arrest! Ihre Eskorte wartet an der Pforte.«

»Aber – wohin wollen Sie mich bringen?«

»Nach Jamaica.« Er deutete auf Aitken. »Dieser Herr segelt um Mittag mit dem Schoner *Créole*. Sie werden ihn begleiten.«

»Und Sie?«

»Ich warte mit meinem Schiff auf neue Befehle von meinem Admiral. Sie gehen sofort. Rufen Sie den Unteroffizier«, sagte er zu Aitken und fühlte wieder, wie ihm schwindelig wurde.

Van Someren trat näher an ihn heran. »Sind Sie schwer verwundet?«

Ramage schüttelte den Kopf, er fühlte sich, als habe man ihm eine Keule über den Kopf gezogen. »Nein, nur ein Schnitt oder zwei.«

Aitken stand neben ihm. »Geht es Ihnen wirklich gut, Sir? Ich werde diesen Menschen an Bord bringen und komme dann zurück, wenn Sie sich ein bißchen erholt haben.«

»Machen Sie das«, sagte Ramage. Es gelang ihm, stehen zu bleiben, bis Aitken und van Someren aus dem Raum gegangen waren. Dann kam ihm in einem steilen Winkel der Fußboden entgegen und schlug ihm ins Gesicht.

Er wachte in einem kühlen Schlafzimmer auf und lag in einem gewaltigen Bett mit vier Pfosten. Ein mächtiger Holländer starrte ihn durch dicke Brillengläser an und untersuchte seinen Kopf. Maria van Someren hielt seinen linken Arm, als könne der jeden Augenblick in einen Haufen Krümel zerfallen.

Der Holländer fing seinen Blick auf. »Ah, Sie sind wach! Sie werden die übliche Frage stellen: Wo bin ich? Und ich antworte: Im Haus des Gouverneurs. Ich bin Arzt!«

Ramage spürte einen leichten Druck auf seiner Handfläche und sah Maria. »Sie sind ziemlich lange bewußtlos gewesen – die Sonne ist inzwischen aufgegangen«, sagte sie. »Mr. Aitken war hier und wollte Sie sprechen, zusammen mit einem Herrn Mr. Susewick – oder so. Er segelt um die Mittagszeit. Einer Ihrer Offiziere wartet draußen mit drei Seeleuten. Er fragt, ob er mit Ihnen reden kann, wenn Sie wieder bei Bewußtsein sind. Ich habe hier ihre Namen aufgeschrieben.«

»Nicht nötig«, sagte Ramage. »Ich weiß, wer sie sind.«

Der holländische Arzt unterbrach ihn. »Ich muß darauf bestehen, daß Sie jetzt ruhen. Reden Sie nicht mehr. Ich habe Ihren Kopf verbunden. Heute nachmittag werden wir die Kugel aus Ihrem Arm entfernen. Dafür brauchen Sie alle Kraft.«

»In der Tat!« sagte Ramage. »Ich danke Ihnen für Ihre Behandlung, aber ich habe viel zu tun.«

»Sir, Ihr Schiff liegt sicher vor Anker, Miss van Someren hat Ihnen gesagt, daß der Schoner um Mittag segeln wird – mit ihrem Vater an Bord. Um mehr müssen Sie sich nicht kümmern.«

»Die Insel rund um mein Schiff fällt zufällig auch unter meine Verantwortung, Doktor. Wenn die Franzosen kommen und Sie alle in Ihren Betten umbringen, möchte ich nicht, daß Ihre Geister mich verfolgen.«

»Aber solche Gefahr besteht doch gar nicht mehr, Sir.

Die Insel hat sich Ihnen doch ergeben. Wir stehen jetzt unter britischem Schutz.«

»Sehen Sie mich an, Doktor«, antwortete Ramage spöttelnd, »ich bin Ihr ganzer britischer Schutz. Wenn Sie also jetzt fertig sind, dann schicken Sie beim Rausgehen meine Männer rein.«

Maria hielt weiter seine Hand an ihrer Brust, und er spürte, daß sie unter dem Kleid nichts trug. An der Tür klopfte es, und sie antwortete. Wagstaffe schaute herein, sah, daß Ramage wach war, und grinste. »Guten Morgen, Sir. Wir hatten keine Zeit, für Sie einen Blumenstrauß zu pflücken. Aber ich bringe Ihnen Grüße von der *Calypso*. Haben Sie die Nachricht über Jackson und ...«

»Lassen Sie sie reinkommen.«

Die drei Männer traten ein, waren überrascht über Marias Anwesenheit und stellten sich am Fußende des Bettes auf. »Schön, daß Sie wieder besser aussehen«, sagte Jackson. »Sie haben jetzt ein bißchen mehr Farbe im Gesicht.«

»Ich habe meinen eigenen Arzt und meine eigene Krankenschwester. Diese Männer«, wandte er sich an Maria, »haben Befehle nicht befolgt und verdienen Strafe.«

Maria schien verblüfft und fragte mit großen Augen: »Aber ich bin sicher, sie wollten nichts Böses.«

»Nein, nein«, sagte Ramage mild. »Ihr Ungehorsam rettete mein Leben. Also, Jackson, was ist geschehen?«

Der Amerikaner schien erschrocken. »Nun, Sir, viel kann man da nicht sagen. Als wir noch Fahrt hatten, waren wir ja bewegliche Ziele. Und die holländischen Musketen taten uns nichts. Aber als wir dann längsseits lagen, waren wir wie sitzende Enten. Aber komisch, sie trafen immer noch keinen, bis Sie den Befehl gaben, das Schiff zu verlassen.«

»Richtig«, bestätigte Rossi, »es ist ein Wunder, aber keiner wurde getroffen.«

»Aber als Sie pfiffen, sah ich, wie Mr. Baker fiel. Ein Schuß riß ihm das halbe Gesicht weg, und dann traf ihn ein zweiter.«

»Woher wissen Sie das?« fragte Ramage aus reiner Neugier.

»Stafford hat ihn angehoben, um zu sehen, ob noch Hoffnung war. Dann sahen wir, wie Mr. Rennick getroffen wurde. Er befahl uns, Stafford und mir, ihn liegen zu lassen. Rossi hatte schon gesehen, daß Sie getroffen waren.«

»Und dann?«

»Nun, Sir. Rossi schrie, und wir sahen, daß Sie lagen, vom Kompaßhäuschen verdeckt. Sie lagen auf der linken Seite, also lief das Blut von der rechten Seite über Ihr ganzes Gesicht.«

»Ich dachte, es hätte Sie erwischt, Sir!« Erschrocken blickte er auf. »Rossi, Stafford und ich hoben Sie hoch, warfen Sie über Bord und sprangen hinterher. Wir dachten, der Schoner könnte jeden Augenblick in die Luft fliegen. Also, es schien uns nicht richtig, Sie tot auf einem Mischlingsschiff zurückzulassen.«

»Ein Mischlingsschiff?« Maria war erschrocken von dem Bericht und verwirrt von dem Ausdruck.

»Nun, Madam, sie hatte einen spanischen Namen, aber einen französischen Besitzer, und sie waren alle Mörder. Wir dachten, die See wäre ein besseres Grab für den Kommandanten – aber das hat er ja nun nicht gebraucht«, fügte er hastig hinzu.

Maria sah Ramage an. »Wenn er Mörder sagt, meint er das wirklich?«

»Ja«, sagte Ramage kurz. »Und die anderen Verwundeten?«

»Die haben wir auch über Bord geworfen. Sie sehen, Sir, niemand hat Ihren Befehl ernst genommen, die Verwundeten an Bord zurückzulassen.«

»Aber ich habe das deutlich gesagt, als ich Freiwillige

suchte. Ich sagte, daß jeder, der verwundet wird und nicht selber fliehen kann, an Bord zurückgelassen wird.«

»O ja, Sir, das ist schon alles richtig. Aber Sie glauben doch nicht, daß uns das abhält.«

»Nein. Die ganze Mannschaft hat sich freiwillig gemeldet.«

»Und Sie haben nur sechzehn ausgewählt, die Offiziere und den Unteroffizier nicht mitgezählt. Darum haben sich die Leute an den Segeln ja auch versteckt.«

Ramage seufzte. Ihm war klar, daß er gesehen hatte, wie die Ankerleine der *Nuestra Señora de Antigua* gekappt wurde. Als das Schiff Fahrt aufnahm, hatte er geglaubt, er habe das Kommando. Die Männer, gestand er sich ein, waren so gütig gewesen, ihn in dem Glauben zu lassen.

Er sah zu Wagstaffe. »Wie geht es Rennick?«

»Er kommt wieder auf die Beine. Bowen hat die Kugel unzerstört rausoperiert. Nichts Lebenswichtiges ist verletzt. Jetzt schläft er.«

»Und wer steht sonst noch auf der Liste?«

»Außer Baker wurden sechs Seeleute getötet, zwei sind vermißt. Wir haben noch keine Spur von ihnen gefunden. Fünf wurden verwundet – Sie und Mr. Rennick eingeschlossen, Sir.«

»Überlebende Holländer?«

Wagstaffe sah Maria an, aber Ramage nickte.

»Keiner, Sir.«

Leise sagte Maria: »Es ist wohl auch besser so. Dieser fürchterliche Mensch, der Kapitän, hat meinem Vater mit der Guillotine gedroht. Heute wollte er Sie gefangennehmen, wenn Sie an Land kämen. Er war sicher, Sie würden verhandeln. Und heute nacht, nachdem man Sie . . . also, wenn man Sie erschossen hätte, wollte man die *Calypso* entern!«

»Und darum haben Sie den Ring zurückgegeben und Lausser sein Patent?«

Sie nickte und weinte leise. »Ich kann doch nicht einen

Mann heiraten, der mit so einem Kapitän gemeinsame Sache macht. Und Major Lausser konnte meinen Vater nicht überzeugen...«

Ramage sah die drei Seeleute an und grinste. »Sagen Sie den Männern, daß jeder weitere Ungehorsam bestraft wird!«

»Natürlich Sir«, sagte Stafford. »Es ist so«, sagte er ganz nüchtern, »daß wahrscheinlich noch vor Michaeli einige ihren Ungehorsam bereuen werden.«

»Was heißt denn das?« wollte Maria wissen.

»Ich erkläre es Ihnen später«, sagte Ramage. »Nun, Mr. Wagstaffe, als Zweiter Offizier übernehmen Sie für die nächste Zeit das Kommando über die *Calypso*. Schicken Sie ein Dutzend Seesoldaten in jedes Fort, bis wir hier an Land wieder Ruhe und Ordnung haben. Ich mache Major Lausser vorerst zum Gouverneur. Alle seine Befehle werden von mir gegengezeichnet. Und lassen Sie zwischen Sonnenuntergang und Sonnenaufgang ein Wachboot die Hafeneinfahrt bewachen. Fällt Ihnen noch etwas ein?«

»Bowen macht sich wegen Ihrer Verwundung Sorgen, Sir. Die Kugel ist immer noch in Ihrem Arm.«

»Berichten Sie ihm, was Sie hier sehen«, meinte Ramage. »Er kann sich die Kugel morgen anschauen. Der Arzt nimmt sie heute nachmittag raus. In der Zwischenzeit tut sie weh, so viel kann ich Ihnen verraten.«

Zwei Wochen später kletterte Ramage in ein Boot. Zum ersten Mal trug er einen Hut über der großen Narbe auf seinem Schädel. Er lehnte sich zurück, als Jackson die Kommandos gab. Das Boot ruderte auf ein Linienschiff zu, das gerade hundert Yards seewärts von der Stelle vor Anker gegangen war, an der die *Delft* in die Luft geflogen war.

Fünfzehn Minuten später war er an Bord der *Queen* und meldete sich bei Admiral Foxe-Foote, dessen erste Worte eine Beschwerde waren, kein Gruß. »Ich erwartete einen schriftlichen Bericht von Ihnen, Ramage. Aber alles, was Sie mir schicken, sind mündliche Meldungen Ihres Ersten Offiziers.«

»Ich nehme an, Sir, Sie haben auch die Kapitulationsurkunde für diese Insel und den früheren Gouverneur empfangen.«

»Ja, ja«, sagte Foxe-Foote ungeduldig. »Aber was ist mit den Kaperern? Ihr Aitken erzählt mir, es gibt nur noch neun. Und ich hoffe, das Wrack dieser verdammten holländischen Fregatte blockiert die Hafeneinfahrt nicht. Der Kanal ist sowieso viel zu schmal.«

»Die Stelle ist mit Bojen markiert, Sir.«

»Das will ich auch hoffen. Eine feindliche Fregatte und einen feindlichen Schoner verloren. Kein Pfennig Prisengeld. Tausende von Guineen einfach untergegangen. Ein schlechtes Geschäft, Ramage. Sie denken nicht weit genug voraus, das ist Ihr Problem. Ah ja, da kam gerade ein Geleitzug an, zwei Tage ehe wir ankerauf gingen. Eine junge Frau fragte nach Ihnen. Sie hatte einen ausländischen Namen.«

Ramage sah Aitken unverhohlen an, der hinter dem Admiral stand. Aitken zwinkerte ihm zu.

»Ein Name wie Volterra, Sir?« fragte Ramage.

»Ja, das stimmt. Miss Volterra. Kennen Sie sie?«

»Ich kenne eine Marchesa di Volterra, Sir.«

»Marchesa? Ist sie verwandt mit der Dame, die über Volterra herrscht?«

»Ja, Sir. Sie ist in der Tat eben jene Dame.«

»Guter Gott! Nun – hätte ich das geahnt, hätte meine Frau . . .«

»Ich glaube, die Marchesa ist ganz gut aufgehoben, Sir«, antwortete Ramage höflich. Er beobachtete das Gesicht des Admirals, dem offensichtlich gerade klar wurde, daß diese Miss Volterra nicht nur ein Königreich besaß, sondern in London auch über genügend Einfluß verfügte, um einen Admiral auf einem fernen Posten stürzen – oder ihn fördern zu können.

»Sir«, sagte er, »nun zu den neun Kaperschiffen . . .«

Nachwort des Autors

1806 wurde in London die vierte Auflage von *Steele's Naval Chronologist of the Late War* aufgelegt. Auf Seite 100 steht unter der Überschrift »Kolonien, Siedlungen etc., die dem Feind abgenommen wurden«, folgende kurze Eintragung:

»Die Insel Curaçao, in Westindien, H(olländisch), ergab sich, nachdem sie um den Schutz seiner Britannischen Majestät gebeten hatte, am 12. September 1800 der *Néréide* unter Kapitän F. Watkins.«

William James nennt im Band III seiner *Naval History of Great Britain* weitere Einzelheiten:

»Am 11. September, während die britische Fregatte *Néréide,* 36 Zwölfpfünder, vor dem Hafen von Amsterdam auf der Insel Curaçao kreuzte, schickten die holländischen Einwohner, die genug hatten von den Übergriffen einer Bande von 1200 republikanischen Rohlingen, die im Besitz des westlichen Teils der Insel waren, eine Deputation, die um den Schutz von England nachsuchte. Am 13. wurde die Kapitulation zur Übergabe der Insel ... unterzeichnet ... 44 Fahrzeuge, große und kleine, lagen im Hafen von Amsterdam, doch unter ihnen keine Kriegsschiffe.«

Der Rest der Geschichte wird von dem verläßlichen James erzählt, der den ganzen Krieg mit vielen Einzelheiten festhielt. Die Insel wurde später den Holländern zurückgegeben. Und Amsterdam wurde danach in Willemstad umgetauft.

D.P.
Yacht *Ramage*
English Harbour
Antigua
West Indien

Alexander Kent - Die legendäre Blackwood-Saga

»Grandios und spannend wie Kent seine Helden durch die Geschichte führt.«

THE TIMES

Bei den Royal Marines zu dienen gehört über Generationen zur eisernen Familientradition. Packende marinehistorische Seekriegsromane um wagemutige Marineinfanteristen, die von den Landungsschiffen stets als Erste an Land und als Letzte wieder an Bord gingen.

Die Ersten an Land, die Letzten zurück -
Hauptmann Blackwood und die Royal Marines
(Schauplatz: Westafrika, Malta / 1850)
3-548-24058-5

Die Faust der Marine
Hauptmann Blackwood im Boxeraufstand
(Schauplatz: China / 1900)
3-548-20715-4

In vorderster Linie
Oberstleutnant Blackwood und die Royal Marines in Flandern
(Schauplatz: Mittelmeer, Atlantik / 1. Weltkrieg)
3-548-23391-0

Nebel über der See
Hauptmann Blackwood und das Unternehmen Lucifer
(Schauplatz: Mittelmeer / 2. Weltkrieg)
3-548-24764-4

Econ | ULLSTEIN | List

Patrick O'Brian
Die Chronologie der weltberühmten
Jack-Aubrey-Serie

»Die besten Seefahrerromane, die ich je gelesen habe!«
   WELTUMSEGLER SIR FRANCIS CHICESTER

Kurs auf Spaniens Küste
3-548-25317-2

Feindliche Segel
3-548-25318-0

Duell vor Sumatra
3-548-25319-9

Geheimauftrag Mauritius
3-548-25203-6

Sturm in der Antarktis
3-548-25208-7

Kanonen auf hoher See
3-548-25212-5

Verfolgung im Nebel
3-548-25320-1

Die Inseln der Paschas
3-548-25329-6

Econ | **ULLSTEIN** | List

C. H. Guenter
Die großen maritimen Romanerfolge bei Ullstein Maritim

Atlantik-Liner
3-548-24609-5

Duell der Admirale
U-136 auf tödlicher Jagd
3-548-24398-3

Einsatz im Atlantik
Das letzte U-Boot nach Avalon (I)
3-548-24634-6

Geheimauftrag für Flugschiff DO-X
3-548-25079-3

Kriegslogger 29
Den letzten fressen die Haie
3-548-24304-5

Das Otranto-Desaster
3-548-24728-8

Der Titanic-Irrtum
3-548-24471-8

U-136 – Flucht ins Abendrot
3-548-25207-9

U-136 in geheimer Mission
Das letzte U-Boot nach Avalon (II)
3-548-24635-4

U-Kreuzer Nowgorod
3-548-24774-1

Econ | Ullstein | List